Sara Douglass
Gebieterin des Dunkels

Zu diesem Buch

Eine Schlacht ist verloren, doch noch geben die Nachfahren der Götter Tencendor nicht auf. Am Zufluchtsort entwickelt Drago, Axis' und Aschures ungeliebter Sohn, seinen Schlachtplan. Er selbst und fünf Auserwählte sollen gegen die Dämonen kämpfen. Die Lage wird hoffnungslos, als Isfrael – um die Awaren zu retten – den Zufluchtsort an Qeteb verrät. Nur die magischen Kräfte der Urbärin bewahren die Verfolgten vor dem sicheren Tod. Mit ihrer Hilfe fliehen sie in die eisige Tundra des Nordostens, während Axis der Sternenmann in einem verzweifelten Feldzug das Land zurückerobern will.

Sara Douglass, geboren 1957 in Penola, Australien, ist Historikerin. Mit ihrer Kompetenz als Professorin für mittelalterliche Geschichte verleiht sie ihren Romanen eine einzigartige Authentizität und Lebensnähe. Jüngst auf Deutsch erschienen sind »Hüter der Macht«, »Tochter des Krieges«, »Diener des Bösen« und »Gesandter des Teufels«, die ersten Bände ihres neuen phantastischen Mittelalter-Epos »Das dunkle Jahrhundert«. Weiteres zur Autorin: www.saradouglass.com

Sara Douglass

Gebieterin des Dunkels

TENCENDOR – IM ZEICHEN DER STERNE 5

Aus dem australischen Englisch von
Hannes Riffel und Sara Schade

Piper München Zürich

Zu den lieferbaren Büchern von Sara Douglass bei Piper siehe Seite 333.

FSC
Mix
Produktgruppe aus vorbildlich bewirtschafteten
Wäldern und anderen kontrollierten Herkünften
www.fsc.org Zert.-Nr. GFA-COC-001223
© 1996 Forest Stewardship Council

Ungekürzte Taschenbuchausgabe
Juli 2009

Titel der australischen Originalausgabe:
»Crusader«, Teil 1, Voyager / Harper Collins Australia, Pymble 1997

Umschlagkonzeption: Büro Hamburg
Umschlaggestaltung: HildenDesign, München – www.hildendesign.de
Umschlagabbildung: Jason Engle
Autorenfoto: A. J. Jennings
Satz: Satz für Satz. Barbara Reischmann, Leutkirch im Allgäu
Papier: Munken Print von Arctic Paper Munkedals AB, Schweden
Druck und Bindung: CPI – Clausen & Bosse, Leck
Printed in Germany   ISBN 978-3-492-26694-9

Und sah man diese Füße einst,
Auf Englands Hügeln sich ergehn;
Und ward das heil'ge Gotteslamm,
auf Englands grünen Auen gesehn!

Und schien das Göttliche Gesicht,
auf unsere umwölkten Berge?
Stand hier Jerusalem inmitt,
satanisch-finstrer Räderwerke?

Bringt meinen Bogen lohen Golds!
Bringt meine Pfeile der Begier!
Bringt meinen Speer: Wolken brecht auf!
Bringt meinen feurig Wagen mir!

Ich laß nicht ab vom Geisterkampf,
nicht ruht das Schwert in meiner Hand:
Bis wir Jerusalem erbaut,
In Englands grünem, schönen Land.

–William Blake, *Jerusalem*

PROLOG – DAS ENTFESSELTE BÖSE

»Was können wir tun?« fragte Fischer überflüssigerweise, doch die ständige Wiederholung dieser Frage schien ihm Trost zu schenken. »Was können wir tun? Was zum Teufel, frage ich dich?«

»Ruhig, mein Freund.« Thomas Fielding legte beruhigend seine Hand auf Fischers geballte Faust.

Fischer schüttelte seine Hand ab und drehte sich zu der hohen, fensterlosen Mauer um. Er war über siebzig Jahre alt, ein weißhaariger, ausgemergelter alter Mann, dessen Gesicht von dem vier Jahrzehnte währenden Kampf gegen das Böse, das seine Welt verwüstet – überflutet, verzehrt, zerstört – hatte, gezeichnet war.

Als der Krieg begonnen hatte, war er ein Mann im besten Alter gewesen: kraftvoll und geschmeidig, kupferfarbenes Haar und klare Augen, entschlossen, gegen die Eindringlinge zu kämpfen und sie zu besiegen.

»Dämonen« war ein seltsames, schreckliches Wort, das Fischer erst vor kurzem zu verwenden gelernt hatte und das ihm noch immer zuwider war.

»Dämonen« paßten nicht in eine Welt, die auf wissenschaftlichen Theorien beruhte. Auf folgerichtigen Erklärungen. Auf beweisbaren Tatsachen. Auf dem rückhaltlosen Glauben an Technologie, die weitaus gültiger und angenehmer war als alle Religion. »Das Böse« gab es nicht – nur Fakten. Nur die Launen der Natur und geologische Phänomene, die noch immer nicht mit ausreichender Sicherheit vorhergesagt oder beherrscht werden konnten. Nur das selbstsüchtige, überhebliche Wesen der menschlichen Gesellschaft. Nur die unbedeutenden Straftaten gesellschaftlicher Außenseiter und das organisierte Verbrechen der Erfolgreichen.

Das Böse hatte keinen Platz in dieser vernünftigsten und folgerichtigsten aller Welten.

Bis es an einem schönen, heiteren Sonntagmorgen über New York vom Himmel fiel.

Das ist es, was uns seit drei Jahrzehnten zu schaffen macht, dachte Fischer. Die Vorstellung, daß wir nicht von pastellfarbenen Außerirdischen mit eleganten langen Gliedmaßen und großen dunklen Augen in glänzenden, metallischen Raumschiffen überfallen wurden, die an einen Spielberg-Film erinnern, sondern vom grenzenlos Bösen, das von rasender Gier erfüllt ist.

Drei Jahrzehnte lang hatte das grenzenlos Böse in Gestalt der dämonischen Hüter der Zeit gewütet. Länder wurden verwüstet, und übrig blieb nur die dem Wahnsinn verfallene, klagende Bevölkerung, die ziellos über die staubige Erde irrte. Die Städte waren verlassen, die Dschungel kahl, die Ozeane ausgetrocknet. Innerhalb eines Jahres war die menschliche Bevölkerung der Erde von mehreren Milliarden auf einige jämmerliche Zehntausend zusammengeschrumpft, die in unterirdischen Gewölben auf engstem Raum das Ende der dämonischen Stunden abwarteten und darüber nachsannen, wie sie zurückschlagen konnten.

Diese Zehntausend waren selbstverständlich diejenigen, die noch bei Sinnen waren. An der Oberfläche irrten unzählige Millionen umher, die vollkommen den Verstand verloren hatten, von den Dämonen besessen waren, sich geräuschvoll – und erfolgreich – paarten und unzählige Millionen von Kindern zur Welt brachten, die bereits von Geburt an dem Wahnsinn verfallen waren. Jene Kinder, die in den ersten fünf Lebensjahren nicht gefressen wurden, wuchsen zu noch schrecklicheren Ungeheuern heran als ihre Eltern.

Fischer erschauerte. Die Wahnsinnigen – von denen es inzwischen Milliarden gab – waren noch immer dort draußen und suchten die verlassene Oberfläche der Erde heim.

Zwar war es ihm und seinen Gefährten gelungen, Qeteb zu fangen und ihn in Stücke zu teilen, doch die anderen fünf Dämonen ließen noch immer ihre zerstörerischen Schreie erschallen.

Sie hatten Qeteb gefangen und zerlegt, doch sie hatten ihn nicht zerstört.

Das war die Schwierigkeit, der sich Fischer und seine Gefährten nun gegenübersahen. Was sollten sie tun? Was konnten sie nur tun?

»Die anderen Dämonen werden keinen Monat brauchen, um die Barriere zu durchbrechen«, sagte Katrina Fielding, Thomas' Gattin. Von ihr stammte die Idee, die Dämonen zu fangen, indem man ihre eigene Bösartigkeit auf sie zurückspiegelte.

Fischer warf ihr einen Blick zu. Sie war jung, Anfang vierzig, bei der Ankunft der Dämonen war sie noch ein Kind gewesen.

Sie hatte praktisch ihr gesamtes Leben unter der Erde verbracht und das sah man ihr auch an. Katrinas Schultern und Wirbelsäule waren verkümmert, ihre Augen trüb, ihre Haut bleich und schuppig. Sie hatte keine Kinder bekommen können. In den ersten Jahren unter der Erde waren nur eine Handvoll Kinder geboren worden, von den wenigen Frauen, die sie hatten austragen können, und die meisten von ihnen hatten körperliche oder geistige Schäden davongetragen.

Wir sterben, dachte Fischer. *Die gesamte Menschheit stirbt. Irgendwann werden die Dämonen uns auslöschen, selbst wenn es ein oder zwei Generationen länger dauern wird als bei denen, die sie an der Oberfläche überwältigt haben. Wenn die Dämonen unsere Welt nicht bald verlassen, wird es* niemanden *mehr geben, der sich weiter fortpflanzen kann!*

Das heißt, niemanden, der noch bei Verstand war. Die wahnsinnigen Horden an der Oberfläche vermehrten sich natürlich ohne Schwierigkeiten.

Die Vorstellung erschreckte Fischer. »Wie immer wir es anstellen«, sagte er, »wir müssen uns Qetebs verdammter, unsterblicher Einzelteile entledigen und der anderen fünf Dämonen.«

»Es gibt nur eine Lösung«, sagte Thomas. »Devereaux' Vorschlag.«

Devereaux' Vorschlag erfüllte Fischer ebenso mit Grauen wie die Vorstellung, daß der Teil der Menschheit, der noch bei Verstand war, bald aussterben und eine mit wahnsinnigen menschlichen Mischwesen (Gott allein wußte, mit wem sie sich dort oben paarten!) bevölkerte Erde zurücklassen würde. Doch sie mußten einen Entschluß fassen und zwar bald.

Warum nur, dachte Fischer, gibt es keine Regierung mehr, die uns diese Entscheidung abnehmen könnte? Warum können wir es nicht einem Haufen anonymer, korrupter Politiker überlassen, die Angelegenheit in den Sand zu setzen, dann könnten wir wenigstens jemand anderem die Schuld dafür zuschieben?

Aber es gab keine Nationen mehr, keine Regierungen, keine Präsidenten, Premierminister oder auch nur verdammte Würdenträger, welche die Bürde der Verantwortung auf sich nehmen konnten. Es gab nur Fischer und sein Komitee.

Und Devereaux. Der höfliche, charmante, hilfsbereite Devereaux, der vorgeschlagen hatte, daß sie Qetebs Einzelteile einfach in verschiedene Raumschiffe luden – praktischerweise gehörten die Menschen, die sich bei der Ankunft der Dämonen in den unterirdischen Gewölben befunden hatten, vor allem dem Militär und der Raumfahrtbehörde an – und sie in den Weltraum hinausflogen.

»Wir bringen sie einfach an einen anderen Ort«, hatte Devereaux erst vorgestern gesagt. »Oder fliegen zumindest immer weiter. Die anderen Dämonen werden ihnen sicherlich folgen.«

»Was, wenn Devereaux keinen Ort findet, an dem er sie abladen kann?« fragte Jane Havers, die zweite Frau in der Runde. »Oder auf einem anderen fernen Planeten oder Mond abstürzt? Was dann?«

»Hoffen wir, daß die Bewohner dieses Mondes oder Planeten mit den Dämonen besser fertig werden als wir«, sagte Katrina. »Zumindest wird es nicht in unserem Sonnensystem oder unserer Galaxis sein.«

Fischer ließ den Kopf in die Hände sinken und rieb sich die Stirn. Der Krebs wucherte in seinem Bauch, und er wußte, daß er in wenigen Wochen tot sein würde. Sie sollten lieber jetzt eine

Entscheidung treffen, solange er noch lebte und es noch Frauen mit fruchtbaren Leibern in ihrer Gemeinschaft gab.

Die Menschheit mußte überleben.

»Schickt nach Devereaux«, sagte er.

Acht Tage später rasten die Raumschiffe aus der Erdatmosphäre hinaus. Ihre Besatzungen hofften, daß sie damit ihren Gefährten in der Heimat zumindest eine Aussicht auf Überleben boten.

Sie bemerkten nicht, daß sie bei ihrem Abflug aus den unterirdischen Gewölben einen Tunnel aus Staub und Fels hinterließen, in dem es bereits von hungrigen Wahnsinnigen wimmelte.

Fischer sollte nicht einmal mehr genug Zeit bleiben, um an seinem Krebs zu sterben.

1

Die Einöde

Der alte blaugefleckte Adler durchmaß schon lange nicht mehr den klaren Himmel Tencendors. Statt dessen bevölkerten Falkenkinder die glühendheißen Winde, die über der verwüsteten Einöde aufstiegen. Sie schwangen sich hoch hinauf in den brütenden leblosen Himmel, auf der Suche nach allem, was ihrem Herrn von Nutzen sein konnte.

Der wiedergeborene Feind hat sich verborgen. Findet sein Versteck, findet sein Schlupfloch.

Findet ihn für mich!

Qeteb war überlistet worden. Der Sternensohn war nicht im Labyrinth gestorben. Die Jagd war eine Täuschung gewesen. Der wahre Sternensohn verbarg sich irgendwo und lachte ihn aus.

Findet ihn! Findet ihn!

Und wenn die Falkenkinder ihn schließlich fanden, würde Qeteb sich nicht noch einmal die Mühe machen, ihn durch das Labyrinth zu jagen. Er würde seine gepanzerten Fäuste nach ihm ausstrecken und ihn würgen, bis der letzte Atemzug aus dem Körper des verhaßten wiedergeborenen Feindes entwich!

Die Tatsache, daß er überlistet worden war, machte ihm beinahe soviel zu schaffen wie die Erkenntnis, daß er erst über diese Welt herrschen konnte, wenn der Feind endgültig besiegt war.

Qeteb wollte diese Welt verwüsten, doch dazu mußte er den Feind ein für allemal von ihrem Angesicht tilgen, und zwar so schnell und gründlich wie möglich.

Findet ihn! Findet ihn!

So zogen die Falkenkinder weiter ihre Kreise, und auch wenn sie das Schlupfloch des wiedergeborenen Feindes bei ihrem ersten Flug über die Einöde nicht gleich entdeckten, stießen sie doch auf viele andere interessante Dinge.

Es war von ungeheurem Nutzen, daß alles Unwichtige wie Wälder, Blätter, Häuser und Menschen auf der Oberfläche der Einöde vernichtet worden war, denn das bedeutete, daß sich dem aufmerksamen Blick bislang verborgene Dinge offenbarten.

Geheimnisse, die seit vielen Jahren in Vergessenheit geraten waren. Dinge, an die sich der wiedergeborene Feind hätte erinnern, um die er sich hätte kümmern müssen, bevor er sich in seinem Schlupfloch verkroch.

»Dummer Junge. Dummer Junge«, flüsterten die Falkenkinder, während sie kreisten und segelten. »Wir erinnern uns, wie du vor dem letzten Sprung nach Tencendor gleichgültig und hoffnungslos durch die Welten geirrt bist. Jetzt wird deine Vergeßlichkeit dein Verderben sein …«

So flüsterten und kicherten sie, zogen ihre Kreise und prägten sich alles ein, was sie sahen.

Weit im Süden erspähte ein einsames Falkenkind tief unter sich etwas im Staub dessen, was einmal ein rauschendes Meer von Bäumen gewesen war.

Es war nur ein Fleck, den das Falkenkind aus den Augenwinkeln wahrnahm, aber dieser Fleck war irgendwie … interessant.

Die Hände an den Spitzen der ledernen Flügel zuckten und ballten sich zu Fäusten, und das Falkenkind glitt durch die Luft auf den aschebedeckten Erdboden zu.

Eine Weile lang kauerte es dort, den Kopf neugierig zur Seite gelegt, seine hellen Augen blinzelten, und es betrachtete nachdenklich den Gegenstand.

Er war wenig bemerkenswert und offenbar vollkommen nutzlos, aber er strahlte eine gewisse Macht aus, und das Falkenkind wußte, daß man ihn genauer untersuchen sollte.

Das vogelähnliche Wesen pirschte sich an den Gegenstand heran, hielt inne und stieß ihn dann vorsichtig mit seinem klauenbewehrten Fuß an.

Der Gegenstand kippte um und schlug mit einem dumpfen

Geräusch auf dem Boden auf. Eine feine Wolke aus Holzasche stieg auf und wurde vom bitteren Nordwind davongeweht.

Zischend sprang das Falkenkind zurück. Einen Moment lang, nur einen kurzen Moment lang hatte es geglaubt, das Flüstern eines dichten Waldes zu hören.

Ein Flüstern? Nein, eher ein wütendes Rascheln.

Das Falkenkind wich noch zwei weitere Schritte zurück, die Flügel flugbereit ausgebreitet.

Doch kurz bevor es sich in die Luft erheben wollte, hielt es inne. Das Flüstern war verstummt – *hatte es vielleicht nur in den dunklen Kammern seines Geistes existiert?* – und der Gegenstand wirkte wieder harmlos, sicher … abgesehen … abgesehen von der verwirrenden fremden Macht, die von ihm ausging.

Es war ein magischer Gegenstand. Ein jämmerliches Ding zwar, aber vielleicht würde sein Herr Gefallen daran finden.

Das Falkenkind hüpfte vor, schlug mit den Flügeln, um sich kurz in die Luft zu erheben, und packte den Gegenstand mit den Klauen.

Im nächsten Moment war es verschwunden, ließ sich von der warmen Luftströmung hinauftragen, die es nach Südwesten in das pulsierende, schwarze Herz der Einöde bringen würde.

Qeteb lachte, und das verwüstete Land um ihn erzitterte.

»Er glaubt sich sicher in dem Versteck, das er sich geschaffen hat«, flüsterte er, und dieses Flüstern klang wie ein Dröhnen im Geiste all jener, die ihn hören konnten. »Und wenn ich es finde … wenn ich sein Geheimnis entdecke …«

Qeteb, der Dämon der Mittagsstunde, ging steifbeinig im Inneren des Dunklen Turms auf und ab, die Arme auf dem Rücken verschränkt. Seine metallenen Flügel kratzten über den mit Steinplatten bedeckten Boden des Mausoleums.

Er schrie, heulte und brüllte vor Lachen.

Was für ein Gefühl, endlich wieder vollkommen zu sein! Niemals wieder würde er jemandem in die Falle gehen.

Qeteb blieb unvermittelt stehen, und dabei fielen seine Augen, verborgen unter dem Helm mit dem schwarzen Visier, auf die Frau, die in der Finsternis unter einem der Säulenbogen stand.

Sie war recht hübsch, mit glänzendem schwarzen Haar, einem geschmeidigen Körper unter dem schmutzigen, rostfleckigen Gewand und Flügeln, die mit sorgfältig gelegten Federn verführerisch auf ihrem Rücken glänzten.

Qeteb fragte sich, wie laut sie wohl schreien würde, wenn er sie mit einer Faust festhielt und ihr mit der anderen einen ihrer Flügel ausriß.

Sie sagte, sie sei seine Mutter, aber Qeteb gefielen ihre Worte nicht. Er war in sich selbst vollkommen, er brauchte niemand anderen, und er war mit Sicherheit niemals in ihrem abscheulichen Körper gefangen gewesen. Sie hatte ihm nicht das Leben geschenkt!

Aber sie hatte ihm seinen Leib gegeben, und dafür ersparte Qeteb ihr den schmerzhaften Verlust eines Flügels.

Jedenfalls im Moment.

Auf der anderen Seite des Raumes bewegte sich etwas, und Qeteb lächelte beinahe. Dort wartete der seelenlose Körper einer Frau auf ihn. Er begehrte sie – ihre Seelenlosigkeit fand er äußerst verlockend – und griff nach ihr, doch Scheols Stimme von der Eingangstür her unterbrach ihn.

»Großer Vater. Eines der Falkenkinder ist zurückgekehrt und hat –«

»Den Zugang zum Versteck des Sternensohns entdeckt?« fragte Qeteb.

»Nein«, sagte Scheol und trat in den Raum. Hinter ihr erschien ein Falkenkind, das etwas in Händen hielt.

»Großer Vater!« sagte das Falkenkind und sank vor Qeteb auf ein Knie. »Schaut, was ich Euch mitgebracht habe.«

Es legte den Gegenstand vor Qeteb auf den Boden, und der Dämon der Mittagsstunde betrachtete ihn.

Es war eine hölzerne Schale, die aus einem massiven Stück warmen, roten Holzes geschnitzt war.

Qeteb verabscheute sie instinktiv, doch ebenso instinktiv wußte er, daß sie ihm großes Glück bringen würde.

Jenseits des Mausoleums wimmelte das Labyrinth vor Kreaturen mit dunklen Gesichtern und Gemütern. Die Mehrzahl der wahnsinnigen Wesen der Einöde hatte den Weg in das finstere Herz des Landes gefunden. Sie eilten geschäftig flüsternd durch alle Gänge und Windungen des Labyrinths. Eine Armee aus verrückt gewordenen Tieren und Menschen, die nur auf Qeteb wartete und darauf, daß er ihnen den Befehl zum Handeln gab.

Sie warteten auf eine weitere Jagd, denn die vergangene Jagd im Labyrinth hatte sich als eine große Enttäuschung herausgestellt. Der Mann, der falsche Sternensohn, hatte ohne einen Klagelaut seine Brust der Schwertspitze dargeboten, sogar mit einem Lächeln und Worten der Liebe auf den Lippen, und nun ergossen sich die Hoffnungen und Träume der wahnsinnigen Horde in die starren Gänge des Labyrinths.

Irgendwo gab es eine Jagd. Irgendwo gab es ein Opfer. Eine Opfergabe wartete auf sie, irgendwo, und die flüsternde, wahnsinnige Horde wußte es.

Sie lebte für die Jagd und nur für die Jagd.

Ein Geschöpf kroch durch das Labyrinth, das ganz und gar nicht verrückt war, obwohl manche an der Klarheit seines absonderlichen Verstandes zweifeln mochten.

Wolfstern, der noch immer mit Caelums Blut bedeckt war, das schreckliche Bild des niedersausenden Schwertes noch vor Augen, kroch auf etwas zu, von dem er sich Erlösung versprach, und das wahrscheinlich seinen Tod bedeutete.

Kreaturen eilten um ihn herum oder über ihn hinweg, und obwohl ihm manche einen flüchtigen Blick zuwarfen, nach ihm hackten oder mit ihren stumpfen Zähnen knirschten, schenkte ihm niemand besondere Aufmerksamkeit.

Schließlich sah er aus wie einer der ihren.

2

Die Zerstörung einer Legende

In der Mitte der Lichtung stand eine verfallene Hütte aus grauen Steinen. Sie war von Blumenbeeten umgeben, die jedoch mit verfaultem Unkraut und Disteln überwuchert waren. Hütte und Garten wurden von einem Holzzaun eingefaßt, dessen Latten größtenteils zerbrochen waren. Von denjenigen, die noch erhalten waren, war die einstmals weiße Farbe verblichen und abgeblättert, so daß der Zaun einem Mund voll schlechter Zähne glich.

Urs Baumschule hatte schon bessere Zeiten gesehen.

Zwei Frauen saßen auf einer Bank in einem kleinen gepflasterten Teil des Gartens. Mehrere der Pflastersteine waren zerbröckelt, und dazwischen hatte sich Schmutz angesammelt.

Die Mutter hielt eine Tasse Tee in den Händen und versuchte, ein Seufzen zu unterdrücken. Sie war müde – die Aufgabe, sämtliche Wege, die zum Heiligen Hain führten, vor dem Eindringen der Dämonen zu schützen, hatte sie erschöpft. Weitaus beunruhigender war jedoch ein überwältigendes Gefühl des Unwohlseins. Der Mutter ging es nicht gut. Sie fühlte sich sogar ausgesprochen krank.

Tencendor war von Qeteb verwüstet worden, der Erdenbaum zerstört – auch wenn er in Gestalt des Schößlings überlebt hatte, den sie Faraday gegeben hatte –, und die Mutter spürte, wie die Lebenskraft sie langsam verließ.

Aber nicht ehe – bei den Göttern, nicht ehe das Leben an einem anderen Ort wiedererweckt werden konnte.

»Ist sie leer?« fragte eine brüchige Stimme neben ihr, und die Mutter zuckte zusammen.

»Wie bitte? Oh nein, vielen Dank, ich habe noch eine halbe Tasse voll.« Und doch war alles andere leer. Alles ...

Ur murmelte etwas Unverständliches in ihre Tasse hinein, und die Mutter blickte sie an. Die Kapuze von Urs rotem Umhang lag auf ihren knochigen Schultern und enthüllte ihren kahlen Schädel. Die Haut ihres Gesichts war von tiefen Falten durchzogen, doch sie spannte sich straff und zornig über ihren Wangenknochen.

Ur hatte ihren Wald verloren. Über fünfzehntausend Jahre lang hatte sie sich um ihre Baumschule gekümmert, geschützt und verborgen inmitten der Bäume des Heiligen Hains. Wenn die awarischen Zaubererpriesterinnen starben, gelangten ihre Seelen hierher, um als Schößlinge in kleinen Terrakottatöpfen wiederausgepflanzt zu werden. Zweiundvierzigtausend Zaubererpriesterinnen hatten diese Verwandlung durchlaufen, und Ur hatte sie alle gekannt – ihre Namen, ihre Geschichten, ihre Vorlieben, Liebschaften und Enttäuschungen. Und nachdem Ur sie so lange gehütet hatte, hatte sie sie in Faradays Obhut gegeben, um damit das große Bardenmeer anzupflanzen.

Und nach nur zweiundvierzig Jahren hatte Qeteb den Wald in Kleinholz verwandelt.

Kleinholz! Ur ließ sich das Wort wieder und wieder durch den Kopf gehen – wie einen Fluch und zugleich ein Versprechen auf Rache.

Kleinholz.

Urs geliebter Wald war vom Abschaum des Universums geschmäht, gemordet und völlig zerstört worden.

Sie fletschte die Zähne – die ungewöhnlich weiß und scharfkantig waren – und knurrte stumm angesichts ihres verwüsteten Gartens. Rache ...

»Es ist nicht gut, solchen Gedanken nachzuhängen«, sagte die Mutter und legte ihre Hand beschwichtigend auf Urs hageren Oberschenkel.

Ur preßte die Lippen zusammen und antwortete nicht.

Die Mutter versuchte erneut, ein Seufzen zu unterdrücken,

und blickte auf den Wald jenseits von Urs verfallenem Garten hinaus.

Alles welkte dahin. Die Wälder des Heiligen Hains, selbst die Gehörnten verloren ihre Kraft. Der Mutter war nicht bewußt gewesen, wie eng der Hain mit Tencendor verbunden war – und ebenso dem Wohlergehen aller diente, die in ihm lebten. Tencendor war verwüstet worden, und wenn Drachenstern das Unrecht, das Qeteb und seine dämonischen Gefährten begangen hatten, nicht wieder rückgängig machen und beenden konnte, was der Feind vor so vielen Äonen begonnen hatte, würde der Hain schließlich sterben.

Ebenso wie sie und sämtliche Gehörnten und vielleicht sogar Ur.

Die Mutter warf der alten Hüterin der Baumschule einen forschenden Blick zu. Oder vielleicht auch nicht. Ur schien ihr unablässiges Sinnen auf Rache recht gut zu bekommen.

»Aber im Moment sind wir hier sicher«, flüsterte die Mutter. »Jedenfalls im Moment.«

3

Einen Sohn verloren, einen Freund gewonnen

Die Zuflucht hätte längst überfüllt sein müssen. In den letzten Wochen waren Hunderttausende von Menschen und Myriaden von verschiedensten Insekten, Tieren und Vögeln über die Brücke mit dem silbernen Filigranmuster geströmt und hatten den Weg genommen, der durch Wiesen voller Wildblumen und Gräsern zum Eingang des Tals führte. Doch trotz des gewaltigen Ansturms war die Zuflucht ein herrlich weitläufiger Ort geblieben – unberührte Wege überall, Winde, die sich in scheinbar endlose Höhen erhoben, und Paläste mit einem Labyrinth von Gängen, die noch immer weitgehend unerforscht waren.

Die Zuflucht hatte die Bevölkerung Tencendors mit offenen Armen empfangen und Platz für alle geboten. Sie hatte sie willkommen geheißen, ihnen Frieden, Geborgenheit und die immerwährende Schönheit ihrer Natur geschenkt.

Dennoch erschien die Zuflucht manchen wie ein Gefängnis. Der fortwährende Frieden, die Geborgenheit und Schönheit hatten sich in Ärgernis und Langeweile verwandelt, die sich hin und wieder in Handgreiflichkeiten – ein übellauniger Schlag ins Gesicht oder ein Klaps auf das Hinterteil eines Kindes, der kräftiger war als nötig – und noch häufiger in boshaften Worten Luft machten.

Andere litten eher unter dem Gefühl, Gefangene in einem riesigen, wunderschönen Kerker zu sein.

Sternenströmer irrte durch die Korridore und fragte sich, wie er Zenit wohl dazu bringen könnte, sich der Liebe hinzugeben, der sie sich verwehrte.

Zenit hingegen fragte sich, ob sie Sternenströmers Umarmung jemals mit Verlangen statt mit Abscheu erfüllen könnte.

Bannfeder lag im Sterben und wurde dennoch von einem solchen Rachedurst angetrieben, daß er sich von Baum zu Baum und von Lichtung zu Lichtung schleppte, auf der Suche nach etwas, das seine Verdrossenheit lindern könnte.

Aschure trauerte um die Kinder, die sie verloren hatte.

Isfrael kochte vor Wut über den Verlust seines Erbes.

Faraday fragte sich – mit trockenem Auge und flammendem Herzen –, ob sie den Mut aufbringen würde, eine Liebe anzunehmen, von der sie fürchtete, daß auch sie mit ihrem Verderben enden mochte.

Katie klammerte sich an Faradays Rock und fragte sich mit einem heimlichen Lächeln, ob Faraday in der Lage sein würde, sich zu opfern.

Noch einmal.

Die Zuflucht war ein trauriger, düsterer Ort, dafür, daß er eigentlich so wunderschön und friedlich war.

Es gab noch einen Mann, der die Zuflucht unerträglich fand.

Axis hatte sein ganzes Leben lang über eine Welt geherrscht, die ihm zu Füßen lag. Als Axtherr eigentlich dem Bruderführer des Seneschall untergeordnet, war er in Wirklichkeit größtenteils Herr seines eigenen Schicksals und des seiner Untergebenen gewesen. Als frisch gebackener Zauberer hatte er festgestellt, daß er noch vieles lernen mußte, doch er hatte daran und an dem damit verbundenen Machtgewinn Gefallen gefunden – ebenso wie an der Frau, die all das ihm einbrachte. Als Sternenmann hatte Axis das Geschick eines ganzen Landes und seiner Menschen in Händen gehalten, und er hatte seinem Namen Ehre gemacht, hatte das Zepter des Regenbogens in Gorgraels Brust gestoßen und das Land für die Ikarier und Awaren zurückerobert.

Doch im vergangenen Jahr hatte er feststellen müssen, daß er lediglich eine Marionette im großen Plan jenes uralten Geschlechts war, das der Feind genannt wurde, und eine noch unbedeutendere Marionette des Sternentanzes selbst, der nicht nur den Feind seinem Willen unterworfen hatte, sondern alle Wesen in Tencendor.

Und wofür? Um das Schlachtfeld und den Krieger hervorzubringen, die den ältesten aller Gegner bezwingen konnten – das schwärende Böse in Gestalt der dämonischen Hüter der Zeit.

»Keiner von uns hat irgendeine Bedeutung«, flüsterte Axis vor sich hin, »außer um dem Sternentanz in seinem letzten Akt als Werkzeug zu dienen.«

Und welche Rolle würde er in diesem Plan spielen?

»Bis über den Tod hinaus sollst du dafür verdammt sein«, murmelte Axis, »daß du aus einem Gott wie mir eine bloße Marionette gemacht hast!«

Dann lachte er, denn über soviel Selbstmitleid konnte er nur Belustigung empfinden. Axis zuckte mit den Schultern und blickte sich um.

Es war ein schöner warmer Tag in der Zuflucht – so wie alle Tage hier, und er ging die Straße entlang auf die Brücke zu. Endlich den Fesseln unbegrenzter Sicherheit entkommen zu können! Um ihn herum wogten pastellfarbene Blumen, deren zarter Duft von einer sanften Brise herübergetragen wurde. Die Ebene zwischen den Bergen, die die Zuflucht beherbergten, und die Brücke, die aus der versunkenen Burg herausführte, schienen sich auf beiden Seiten der Straße bis in alle Ewigkeit zu erstrekken, und Axis fragte sich, was geschehen mochte, wenn er sich nach links oder rechts wandte und den Weg verließ. Würde die Magie der Zuflucht ihn schließlich wieder an den Punkt zurückführen, an dem er losgegangen war, auch wenn er stets geradeaus ging? Würde er jemals der merkwürdigen Tatenlosigkeit in der Zuflucht entkommen können?

»Ich frage mich, ob es mir gelingen würde –«, grübelte Axis laut und hielt dann überrascht inne.

Er hätte schwören können, daß er einen Moment zuvor noch hundert Schritte von der Brücke entfernt gewesen war! Und doch war er jetzt hier, mit dem Stiefel auf der silbernen Oberfläche der Brücke.

»Willkommen, Axis Sonnenflieger, Sternenmann«, sagte die Brücke. »Kann ich Euch behilflich sein?«

Axis grinste. Die Brücke klang so begeistert wie eine erschöpfte Hure auf dem Heimweg nach einer anstrengenden Nacht mit ihren Freiern. Sein Grinsen wurde bei dem Gedanken breiter. Immerhin hatte die Brücke in letzter Zeit die Last vieler schwerer Körper tragen müssen.

Und jeder von ihnen mußte zur Wahrhaftigkeit seiner Absichten befragt werden.

»Nun«, sagte er und lehnte sich mit verschränkten Armen an die Brüstung, um in die dunstigen Tiefen des Abgrunds hinabzublicken. »Ich muß zugeben, Brücke, daß ich mich ein wenig nach geistreicher Unterhaltung gesehnt und mich an die angenehmen Nächte erinnert habe, die ich mit deiner Schwester verbracht habe.«

Ob sie wohl noch am Leben war, fragte sich Axis unwillkürlich, inmitten des Malstroms, der Tencendor verschlungen hatte?

»Sie hat immer ein angenehmeres Dasein geführt als ich«, murrte die Brücke. »Ich war hier gefangen, über den Tiefen, die zwischen eurer Welt und der Zuflucht lagen, sehnte mich nach Gesellschaft und hoffte zugleich, daß ich sie niemals finden würde.«

Axis nickte verständnisvoll. Gesellschaft hätte bedeutet – bedeutete –, daß die Welt über ihnen vom vollkommenen Untergang bedroht war.

»Und, ja«, fügte die Brücke leise hinzu, »meine Schwester ist noch am Leben. Der Untergang hat noch nicht stattgefunden, Axis Sonnenflieger.«

Axis verlagerte unbehaglich das Gewicht. Die Brücke verstand sich noch viel besser darauf, unausgesprochene Gedanken zu lesen, als ihre Schwester. »Und wenn der Untergang stattgefunden hat? Was dann?«

»Was dann? Sieg, mein Freund. Grenzenloser Sieg.«

Axis richtete sich auf und schluckte seinen Ärger hinunter. »Der Untergang bedeutet grenzenlosen Sieg? Wie kann das sein?«

Die Brücke strahlte Gleichgültigkeit aus. »Ich bin nicht diejenige, die Euch diese Frage beantworten kann, Axis.«

»Wer dann? Wer?«

Es kam keine Antwort, abgesehen von einem grellen Lichtblitz und dem plötzlichen Klappern von Hufen.

Axis fluchte leise und hob die Hand, um seine Augen gegen das Rechteck aus gleißendem Licht abzuschirmen, das am anderen Ende der Brücke aufgetaucht war. Eine große Gestalt bewegte sich in dem Licht, verschwamm wieder, bewegte sich erneut und verwandelte sich dann in ein Pferd mit einem Reiter.

Das Licht flammte auf und verblaßte.

Die Brücke schrie auf …

… und erzitterte.

Axis stürzte zu Boden und rutschte in die Mitte der Brücke. Einen Augenblick lang lag er nur da, der Aufprall hatte ihm den Atem geraubt.

Ihm blieb keine Zeit, sich zu erholen. Die Brücke schwankte und bäumte sich unter ihm auf, und Axis fiel bei dem Versuch, auf die Beine zu kommen, immer wieder hin.

Die Brücke schrie erneut, und Axis wurde von einem Gefühl des Todes heimgesucht.

Die Brücke starb.

Axis hielt sich an einer Strebe der Brüstung fest, doch sie zerschmolz unter seinen Fingern und hinterließ eine klebrige Flüssigkeit auf seinen Händen.

Eines seiner Beine rutschte durch ein großes Loch, das sich unvermittelt in der Brücke gebildet hatte … sie löste sich auf!

Verzweifelt warf sich Axis nach vorn, der Straße entgegen, doch die Brücke fiel buchstäblich auseinander, immer noch schreiend, und ihre Todeszuckungen ließen Axis wieder auf ihre Mitte zurollen, weit weg von der Sicherheit festen Bodens.

Ein weiterer Teil der Brücke stürzte in die Tiefe, und Axis blickte in den Abgrund hinunter, dem sicheren Tod entgegen.

Die Brücke wimmerte – und verschwand.

Axis fiel …

… und wurde von einer Hand am Kragen seiner Tunika gepackt.

Der Geruch eines heißen, verschwitzten Pferdes hüllte ihn ein, und Axis spürte, wie er gegen die Schulter des herabstürzenden Tieres stieß. Er packte blindlings zu und bekam mit der linken Hand die Mähne des Pferdes und mit der rechten den sehnigen Unterarm eines Mannes zu fassen.

»Bewegt Euch nicht!« bellte die Stimme des Mannes. Axis blickte hoch und sah in das Gesicht seines verhaßten Sohnes Drago. Nur daß dieser Mann nicht Drago war. Axis spürte es noch im selben Moment, als sein Blick auf das Gesicht des Mannes fiel, und er wußte es mit Sicherheit, als ihn der Mann auf der Straße zur Zuflucht absetzte.

Dieser Mann war einmal Drago gewesen.

Axis beugte sich vor, stützte sich mit den Händen auf den Knien ab und holte tief Luft. Er versuchte sein Gleichgewicht wiederzufinden, nach dem zweifachen Schrecken über den Tod der Brücke und das Erscheinen von … von …

Axis blickte hoch, ohne sich aufzurichten. »Was ist geschehen?« fragte er, obwohl das nicht die Frage war, die ihn wirklich beschäftigte.

Der Mann glitt von seinem Pferd herunter, und Axis warf einen kurzen Blick auf das Tier.

Bei den Göttern! Das war Belaguez!

Zutiefst erschüttert richtete sich Axis auf und starrte das Pferd an.

»Ich verstehe nicht, warum die Brücke gestorben ist«, sagte der Mann, und Axis' Blick richtete sich wieder auf ihn. Er war schlank und dennoch kräftig, besaß Axis' Körpergröße und Muskulatur, und sein kupferfarbenes Haar war im Nacken zusammengebunden.

So habe ich als Axtherr mein Haar getragen, dachte Axis unwillkürlich.

Der Mann war nackt, abgesehen von einem schneeweißen Leinentuch, das um seine Hüften gebunden war, und dem schönsten – und ganz offensichtlich magischsten – Schwert, das

Axis jemals gesehen hatte. Sein Heft besaß die Form einer Lilie, und Axis konnte gerade noch einen Blick auf die funkelnde Klinge erhaschen, bevor sie in der juwelenbesetzten Scheide verschwand. Die Scheide hing von einem ebenfalls über und über mit Juwelen geschmückten Gürtel herab, auf dessen anderer Seite ein edelsteinverzierter Beutel befestigt war.

Axis' Augen glitten zum Gesicht des Mannes.

Es war schlicht, beinahe gewöhnlich, von Falten zerfurcht, irgendwie müde … und zugleich vollkommen einzigartig. Lebendig und von Magie erfüllt. Gelassen und ruhig in seiner Sanftheit.

Dunkelviolette Augen betrachteten ihn mit Belustigung, Verständnis und …

»Liebe?« sagte Axis. »Die habe ich sicherlich nicht verdient.«

Seine Stimme klang hart und bitter.

»Es liegt an Euch, sie anzunehmen oder zurückzuweisen«, sagte Drachenstern, »ganz wie es Euch beliebt.«

Axis sah seinen Sohn an und haßte sich dafür, daß ihm der Anblick so sehr mißfiel. »Was hast du mit Caelum gemacht?«

Drachenstern hielt inne, bevor er antwortete, doch seine Stimme klang fest. »Caelum ist tot.«

Axis zeigte keine Regung. Er biß lediglich die Zähne zusammen, und ein harter Blick trat in seine Augen. »Du hast ihn in den Tod geführt!«

»Caelum ist freiwillig gegangen«, erwiderte Drachenstern mit sanfter Stimme. »Wie es seine Pflicht war.«

Axis starrte ihn an. Er konnte den Blick nicht von Drachensterns Gesicht abwenden, auch wenn er es sich noch so sehr wünschte. »Ich …«, setzte er an und hielt inne. Er konnte den Haß in seiner Stimme nicht ertragen und die Tatsache, daß er nicht begriff, gegen wen oder was sich dieser Haß richtete.

Hinter ihm bewegte sich etwas, und dann trat Aschure an seine Seite, wie sie es schon seit so vielen Jahren tat.

Und wie schon so oft zuvor, rettete sie ihn auch aus diesem Kampf.

Aschure berührte Axis kurz am Arm – es gelang ihr, ihm selbst mit der flüchtigsten Zärtlichkeit unendlichen Trost zu spenden – und ging dann an ihrem Gemahl vorbei auf Drachenstern zu.

Sie hielt inne und sagte: »Hat Caelum Euch so gesehen? So ... wie Ihr hättet sein sollen?«

Drachenstern nickte, und durch Aschures Körper lief ein Zittern.

Dann beugte sie sich vor und umarmte ihren Sohn.

Er zog sie zu sich heran und fand soviel Liebe in ihr wie sie Trost in ihm.

Axis sah ihnen verständnislos zu. Er wollte sie nicht verstehen.

Schließlich löste sich Aschure von Drachenstern, drehte sich zu ihrem Gemahl um und streckte ihm die Hand entgegen. Ihre Augen und Wangen waren feucht, ihr Gesicht war von Trauer erfüllt, und sie hielt Drachenstern mit der anderen Hand fest.

»Axis? Ich ...«

»Was soll das, Aschure?« Seine Stimme klang hart. »Caelum ist tot. Tot! Und ...«

»Caelum wußte, daß er sterben würde«, sagte Aschure. »Er hat seinen Tod angenommen.«

Axis preßte die Lippen zusammen.

»Und er hat eingesehen«, sagte Aschure, »wie auch wir es längst hätten tun sollen, daß Drago ...«, sie warf ihrem Sohn einen Blick zu, »daß Drachenstern von Geburt an der wahre Sternensohn ist.«

Axis öffnete den Mund, um *Nein!* zu sagen, doch er brachte kein Wort heraus. Der Mann, der vor ihm stand, war eindeutig nicht der mürrische Drago, der so viele Jahre lang durch Sigholt geschlichen war, und er war außerdem ein Mann, der über so gewaltige Kräfte verfügte, daß er ... daß er ... vielleicht tatsächlich ...

Axis wandte den Kopf ab, und als eine leichte Brise sein Gesicht streifte, spürte er überrascht, daß seine Wangen tränenüberströmt waren. »Bei den Göttern«, sagte er und sank zu Boden.

»Besucht Ihr Euren Vater später in unserer Wohnstätte?« sagte Aschure rasch zu Drachenstern. »Ich glaube, im Augenblick ist es das Beste, wenn er und ich eine Zeitlang alleine sind ...«

Drachenstern nickte.

»Ich danke Euch«, murmelte Aschure und beugte sich dann zu ihrem Gemahl hinunter. Drachenstern stieg wieder auf Belaguez' Rücken und ritt die Straße entlang in die Zuflucht hinein.

Drachenstern beschloß, unbemerkt in die Zuflucht zurückzukehren. Niemandem war seine Ankunft aufgefallen, und so blieb er in den folgenden drei Stunden ungestört, bis Aschure ihn aufsuchte.

»Euer Vater erwartet Euch nun«, sagte sie und beschrieb Drachenstern, wie er zu ihrer Wohnstätte gelangen konnte. Sie musterte ihn – Drachenstern hatte den Leinenschurz gegen ein Paar beigefarbene Kniehosen, braune Stiefel und ein weißes Hemd eingetauscht, doch er trug noch immer das Schwert und den edelsteinbesetzten Beutel an seinem Gürtel.

»Und?« fragte Drachenstern.

Aschure nickte leicht. »Und er ist bereit, Euch anzunehmen.«

Drachenstern lachte leise. »Er ist bereit dazu, aber er hat es noch nicht getan.«

»Es ist ein Anfang.«

»Ja, das ist es wohl. Aschure ... warum habt Ihr es so schnell getan? Selbst ich habe mich monatelang geweigert, es zu glauben.«

»Vielleicht weil ich so lange darum gekämpft habe, Euch bis zu einem lebensfähigen Alter in meinem Leib zu behalten, während Ihr Euch so sehr darum bemüht habt, früher geboren zu werden. Eine Mutter glaubt nun mal an ihre Kinder.«

Drachenstern erbleichte angesichts ihrer Worte und der Schärfe, die in ihrer Stimme lag. Er wollte etwas erwidern, doch Aschure legte ihm besänftigend die Hand auf die Brust.

»Ich hatte kein Recht, so mit Euch zu sprechen, Drachenstern. Ich habe kein Recht, meinen Kindern Vorwürfe zu machen. Ich war viel zu sehr mit der Magie und mit Axis beschäftigt, als daß ich außer Caelum einem von euch Kindern eine gute Mutter hätte sein können.«

»Aschure ...«

Aschure verstand nur zu gut, warum er sie nicht »Mutter« nennen konnte.

»... es ist nie zu spät, Euren Kindern eine Freundin zu sein. Ich glaube, daß Ihr und ich immer bessere Freunde sein werden, als ich Euch ein Sohn sein kann.«

Aschure lächelte und senkte den Blick.

»Aber«, fuhr Drachenstern unbeirrt fort, »ich glaube, daß Zenit Euch eher als Freundin braucht als ich. Es gibt vieles, was wir vor dem Untergang retten können, Aschure, und ich hoffe, daß Zenit dazu gehört.«

Aschure richtete den Blick wieder auf Drachensterns Gesicht. »Und ich habe sie noch nicht einmal besucht, seit ich in die Zuflucht gekommen bin!«

»Das wußte ich nicht«, sagte Drachenstern, »aber es überrascht mich auch nicht.«

Damit drehte er sich um und ging ohne ein weiteres Wort zur Tür hinaus. Seine Mutter starrte ihm hinterher, die Hand voller Scham auf den Mund gepreßt.

Axis erwartete Drachenstern in einem kleinen, schmucklosen Gemach, das so schlicht war, daß es Drachenstern beinahe unpassend für die Zuflucht vorkam. Möglicherweise hatte Axis nach ihrer Ankunft Stunden damit verbracht, all die Annehmlichkeiten und Kinkerlitzchen hinauszuwerfen, um eine Atmosphäre zu schaffen, in der sich ein Kriegsherr im Ruhestand wohl fühlen konnte.

In Friedenszeiten war Axis nie besonders glücklich gewesen, und Drachenstern fragte sich zum ersten Mal, wie wenig erfüllt das Leben für ihn nach dem Sieg über Gorgrael gewesen sein mußte, als wieder Frieden in Tencendor eingekehrt war. Kein Wunder, daß er Caelum die Macht überlassen hatte: die endlosen Ratssitzungen, in denen die Einzelheiten von Handelsverträgen erörtert wurden, mußten ihn zu Tode gelangweilt haben.

Hatte ihn sein Leben als Gott vor größere Herausforderungen gestellt? fragte sich Drachenstern.

Axis saß an einem hölzernen Tisch. Er hatte sich in einem

schlichten Holzstuhl zurückgelehnt, die gekreuzten Beine ruhten auf der Tischplatte, und die Arme hatte er vor der Brust verschränkt.

Auf dem Tisch vor ihm befanden sich ein Krug Bier, zwei Becher und ein in Tuch gewickeltes Paket. Am anderen Ende des Tisches, Axis gegenüber, stand ein leerer Stuhl.

Drachenstern blieb in der Tür stehen, nickte Axis zu, schlenderte dann zum Tisch hinüber, zog den Stuhl zu sich hin und setzte sich. »Nun, Axis, wie werdet Ihr mich begrüßen? Als Saufkumpanen? Waffenbruder?« Er hielt kurz inne. »Als verlorenen Sohn?«

Er verstummte, und ein leichtes Lächeln umspielte seine Lippen. »Wenn ich Euer verlorener Sohn bin, soll ich mich dann auf Gift im Bier gefaßt machen? Auf ein Messer, das von einem treuen Leutnant aus einer dunklen Ecke nach mir geworfen wird?«

Axis starrte Drachenstern einen Augenblick lang mit ausdrucksloser Miene an. Dann beugte er sich vor, goß das Bier in die Becher und stieß einen davon über den Tisch in Drachensterns Richtung. »Es ist kein Gift im Bier und es wartet auch kein Messer auf Euch.«

»Ah.« Drachenstern fing den Becher ab, bevor er vom Tisch fiel, führte ihn zum Mund und nahm einen Schluck Bier. »Dann bin ich also nicht der verlorene Sohn.«

»Ich bin nur hier, weil Aschure und Caelum mich darum gebeten haben.«

Drachensterns Lächeln verschwand. »Ich habe keinen Grund hierzubleiben, Axis«, zischte er. »Ich könnte einfach das dort an mich nehmen«, er nickte in Richtung des Pakets, »und gehen. Verblaßte Sterne interessieren mich nicht!«

Zu seiner Überraschung brach Axis in Gelächter aus. »Und nichts könnte mehr davon zeugen, wer Euer Vater ist, Drago! Ach, entschuldigt, ich sollte Euch wohl mit Eurem Geburtsnamen ansprechen, nicht wahr?«

»Ich hätte schon immer meinen Geburtsnamen tragen sollen«, sagte Drachenstern. »Wie es mein Recht ist.«

»Bei den Göttern«, sagte Axis leise, »Ihr besitzt meinen Humor und meinen Stolz.« Dann nahm seine Stimme auf einmal einen leicht gepreßten Ton an. »Außerdem habe ich überall in diesem fabelhaften Ort namens Zuflucht Gerüchte vernommen, daß Ihr auch Faraday für Euch gewinnen konntet.«

Mit plötzlicher Überraschung wurde Drachenstern bewußt, daß Axis ihn als Ebenbürtigen behandelte. Das war ein Gespräch von Mann zu Mann, und es ging nicht um Caelum oder darum, ob er der Sternensohn war oder nicht, sondern darum, den Stab der Legende weiterzureichen.

Und Axis wollte ihn nicht hergeben.

Drachenstern holte tief Luft. Von dem ungeschickten Caelum hatte sich Axis nie bedroht gefühlt, doch Drachensterns Selbstsicherheit schüchterte ihn ein. Der Stab entzog sich Axis' Griff … war ihm bereits entglitten.

War Drachenstern womöglich Sinn und Zweck von Axis' abenteuerlichem Kampf gegen Bornheld und Gorgrael gewesen? War Axis vielleicht nur eine Marionette und Drachenstern der wahre Krieger?

Sollte Axis nicht der wahre Krieger sein, so sprach seiner Meinung nach nichts so sehr dafür wie die Tatsache, daß Faraday sich zu Drachenstern hingezogen fühlte. Faradays Liebe würde zeigen, wer von ihnen die Marionette und wer der König war.

»Faraday zieht es vor, allein zu bleiben«, sagte Drachenstern, und als Axis sichtlich aufatmete, fügte er hinzu: »Obwohl ich deutlich gemacht habe, daß mir ihre Wärme und Gesellschaft willkommen wären.«

Axis hielt im Trinken inne, warf Drachenstern über den Rand des Bechers einen kalten Blick zu und stellte den Becher wieder auf den Tisch zurück.

»Caelum ist tot«, sagte er. »Ich habe meinen Sohn verloren, und ich trauere um ihn. Vergebt mir, wenn ich mich Euch nicht zu Füßen werfe.« Er starrte Drachenstern an. *Du schickst meinen geliebten Sohn in den Tod, und jetzt sagst du mir, daß du es auf die Frau abgesehen hast, die einmal meine Geliebte war.*

Drachenstern verzog das Gesicht und lächelte. »Ich nehme

an, Ihr wollt keinen anderen Sohn, nicht wahr Axis? Aber es wäre besser für Euch und mich, für Aschure und alle anderen lebenden Wesen in der Zuflucht, wenn wir Freunde werden könnten.«

Axis senkte den Blick und drehte den halbleeren Becher langsam in den Händen. Überraschenderweise fühlte er vor allem Erleichterung. Drachenstern hatte ihnen gerade die beste Lösung für ihre Schwierigkeiten angeboten. Axis wußte, daß er den Mann auf der anderen Seite des Tisches niemals als seinen Sohn betrachten könnte – zwischen ihnen hatte es zu wenig Liebe und zuviel Haß gegeben, als daß sie sich jemals wie Vater und Sohn in die Arme schließen könnten. Aber als seinen »Freund«? Axis wurde mit einem Mal bewußt, wie sehr er einen Freund vermißt hatte ... wie schmerzlich er Belial und seine Freundschaft und Verläßlichkeit vermißte.

Axis wußte, daß er schrecklich eifersüchtig auf einen Sohn wäre, der mächtiger war als er, aber bei einem Freund würde es ihm seltsamerweise nichts ausmachen.

Axis schien eine Ewigkeit in Gedanken versunken zu sein. Ein Freund. Drachenstern ein Freund?

Etwas Dunkles und Schreckliches regte sich in Axis – Eifersucht, Groll, Bitterkeit – und schien doch einen Augenblick später bereits wieder aus seiner Erinnerung getilgt zu sein.

Er brauchte einen Freund. Dringend. Der Gedanke erfüllte ihn mit einer solchen Erleichterung, daß Axis bemerkte, wie ihm Tränen in die Augen traten.

Er blinzelte, um sie zu vertreiben, und richtete den Blick dann wieder auf Drachenstern. »Woher habt Ihr gewußt, wie dringend ich einen Freund benötige?«

Um Drachensterns Mundwinkel zuckte es. »Ich habe viel an Weisheit gewonnen, seit ich von Euch verlangt habe, Caelum aufzugeben und mich zum Sternensohn zu machen.«

Axis lächelte beinahe und war überrascht, daß er bei der Erinnerung daran überhaupt lächeln konnte. »Du warst ein verdammt altkluger, kleiner Bastard.«

»Nun ... ein ›Bastard‹ bin ich genaugenommen nicht gewesen, aber sonst habt Ihr nicht Unrecht. Axis, was immer zwischen uns geschehen ist, was ich über Euch gesagt und gedacht und wie sehr ich Euch gehaßt haben mag, ich danke Euch dafür, daß Ihr mich auf den Weg des Leidens geschickt habt, denn sonst wäre ein weiterer Gorgrael oder Qeteb aus mir geworden. Erinnert Ihr Euch, was Ihr zu mir gesagt habt, als Ihr mich in Sigholt zum ersten Mal saht?«

»Ich habe gesagt, daß ich Euch nicht eher im Haus der Sterne willkommen heißen würde, ehe Ihr nicht gelernt habt, was Bescheidenheit und Mitgefühl bedeuten.« Axis hielt inne und musterte Drachenstern eingehend. »Und nun sehe ich einen Mann vor mir, dessen Gesicht nicht wie einst von Haß und Bitterkeit erfüllt ist, sondern von Bescheidenheit und Mitgefühl. Drachenstern ...« Axis schüttelte leicht den Kopf. »Wie seltsam es ist, Euch bei diesem Namen zu nennen – ich denke, es ist endlich an der Zeit, Euch im Haus der Sterne willkommen zu heißen.«

Drachenstern zögerte mit seiner Antwort, um zuerst Herr der Gefühle zu werden, die ihn durchfluteten. Wie viele Stunden hatte er als Kind und junger Mann in sehnsuchtsvoller Bitterkeit verbracht und auf diesen Moment gewartet, ohne es sich eingestehen zu wollen?

»Ich fühle mich geehrt, von Euch angenommen zu werden, Axis«, sagte Drachenstern, »doch mehr noch als Euer Freund.« Caelum hatte Drachenstern bereits im Haus der Familie willkommen geheißen. Die Tatsache, daß Axis es nun ebenfalls tat, bedeutete, daß die Bande zwischen Drachenstern und der Familie seiner Geburt endgültig wiederhergestellt waren.

Ohne diese Bande konnte Tencendor nicht wiederaufgebaut werden.

Axis erhob sich, und im selben Augenblick öffnete sich die Tür des Gemaches und Aschure trat ein.

Drachenstern stand auf und musterte sie. Er fragte sich, ob es ihr weiblicher Instinkt gewesen war, der sie genau im richtigen Moment hatte hereinkommen lassen, oder ihr aufmerksames Ohr am Schlüsselloch. Statt dem schlichten Tageskleid, das sie getragen hatte, als sie ihn in seinem Gemach aufgesucht hatte, trug sie nun ein tiefschwarzes Gewand, an dessen Saum sich ein Muster aus silbernen Sternen befand. Ihr rabenschwarzes Haar ergoß sich über den Rücken und verlor sich in den Falten ihres Kleides. Ihre Augen strahlten vor Liebe und vielleicht einem Hauch ihrer einstigen Zauberkräfte.

Drachenstern starrte sie an, dann gewann er die Fassung wieder und verbeugte sich in ihre Richtung, in Anerkennung ihrer Rolle als seine Mutter, als Frau und als Zauberin.

Axis lächelte, streckte Aschure eine Hand entgegen und Drachenstern die andere. »Wie es scheint, meine Liebe«, sagte er zu Aschure, »hat unsere verblassende Konstellation einen neuen Stern dazugewonnen.«

Sie lachte und umarmte die beiden Männer. »Ich heiße uns alle im Haus der Sterne willkommen«, sagte sie.

4

WOLFSTERN

Wolfstern rollte sich auf den Rücken und schrie. Schmerzen rasten durch seinen Bauch und flossen in schrecklichen Strömen in seine Beine hinab. Er riß die Knie an die Brust und legte die Arme um sie. Schwer atmend versuchte er, den Schmerz zu ertragen, der ihn durchflutete.

Raspus Gift, nahm er an, oder Modts oder Barzulas, das sich in ihn ergossen hatte, als sie ihn mißbraucht hatten.

Er stöhnte erneut und drehte sich auf die Seite, schluchzend vor Schmerz und einem überwältigenden Gefühl der Demütigung. Nicht so sehr wegen des Mißbrauchs durch die Dämonen, den er hatte erdulden müssen – obwohl dieser auch dazu beitrug –, sondern vor allem der Erkenntnis wegen, daß alles, was er in den letzten tausend Jahren getan und worüber er zu herrschen geglaubt hatte, ein Wahngebilde gewesen war. Er war ein Werkzeug, eine Marionette gewesen, und jetzt hatte man sich seiner mitleidlos entledigt.

Das Labyrinth – vom Sternentanz dazu eingerichtet – war der härteste und grausamste Lehrmeister von allen.

Wolfstern – Zauberer und Krallenfürst, von allen Ikariern dieser Welt gefürchtet.

Wolfstern – der verrückte Mörder, von Generationen von Ikariern verachtet.

Wolfstern – der dunkle Mann, der geliebte Mann, Freund und Verbündeter von Gorgrael dem Zerstörer.

Wolfstern – Niahs Geliebter und schließlich ihr Verderben.

Wolfstern – der über die gesamte Welt geherrscht hatte, über alle Lebewesen.

Wolfstern – der unverbesserliche Narr.

Eine Ratte lief über seinen rechten Fuß und hinterließ dabei tiefe Kratzer in seinem Fleisch, doch Wolfstern schenkte ihr keine Beachtung. In den vergangenen Stunden – Tagen? Wochen? Er wußte es nicht – waren zahllose Wesen über ihn hinweggeklettert, hatten ihn getreten, sich über ihm erleichtert, an ihm genagt, ihn gebissen, und doch hatte ihm keines den Gefallen getan, ihn zu töten.

Wolfstern wollte nur noch sterben … der endlosen Demütigung entkommen, zu der er verdammt war. Doch kein Mensch oder Tier in dieser Welt des Todes – diesem verdammten, verfluchten Labyrinth – wollte ihm den Tod gewähren. Trostlosigkeit brandete ständig über ihn hinweg, und der Irrsinn drang wieder und wieder in seinen Geist ein. Die Stunden, in denen die Dämonen wüteten, trieben ihn an den Rand des Wahnsinns, doch niemals darüber hinaus in das Vergessen, das mit dem völligen Verlust des Verstandes einhergeht.

Warum? Warum konnte er nicht eines dieser stumpfsinnigen Wesen werden, die so sinn- und ziellos durch das Labyrinth schwärmten? Wolfstern wollte den Verstand verlieren, denn dann würde er endlich keinen Schmerz mehr empfinden.

Seine Finger tasteten über seine Brust und spürten erneut Caelums klebriges Blut. Er würgte – die verdammte Hartnäckigkeit des Blutes verursachte ihm Übelkeit.

Er konnte es nicht abwischen, es wollte nicht verschwinden. Es trocknete nicht einmal zu einer Kruste ein, die er hätte abkratzen können.

Wolfstern war von Caelums Blut gezeichnet, und er fragte sich, ob es das war, was ihn beschützte.

Was war mit dem Jungen geschehen? Warum war er direkt in Qetebs Schwert gelaufen?

Wolfstern hatte sich die schrecklichen Momente von Caelums Tod wieder und wieder ins Gedächtnis gerufen, und doch konnte er nicht begreifen, was passiert war. Was war in ihm vorgegangen? Warum hatte sich Caelum nicht gewehrt?

Oder warum hatte er nicht zumindest zu fliehen versucht?

Wolfstern konnte nicht mehr weiterkriechen. Die Magie des Labyrinths hielt ihn fest, und er hatte keine Ahnung, wohin sie ihn geführt hatte. Er lehnte sich gegen eine Mauer, eine Hand auf den Bauch gepreßt, und schnappte nach Luft.

Plötzlich kam Caelum um eine Ecke, direkt auf ihn zu, ein glückseliges Lächeln auf den Lippen.

»Caelum Sternensohn!« schrie Qeteb, richtete sich in den Steigbügeln auf und schwang sein Schwert.

Caelum, der unmittelbar vor Wolfstern stehengeblieben war, drehte sich um und blickte dem Grauen entgegen, das auf ihn losgestürmt kam.

»Ach, wie sehr ich dich liebe«, sagte er.

»Was?« kreischte Qeteb, vor Zorn außer sich, nicht nur über Caelums Worte, sondern auch über seine gelassene Miene.

Mit Macht rammte er ihm das Schwert in die Brust.

Wolfstern wollte seinen Augen nicht trauen. Als das Schwert auf ihn herabfuhr, streckte Caelum die Hand aus und umklammerte die Klinge.

Als ob das etwas genutzt hätte.

Das Schwert bohrte sich durch seine Hand und in seine Brust, warf Caelum nach hinten gegen Wolfstern, der erschrocken aufschrie und sich zur Seite rollte, um nicht von der Klinge an die Mauer genagelt zu werden.

Qeteb hatte sein ganzes Gewicht in den Stoß gelegt und drehte das Schwert dabei. Muskeln und Knorpel rissen, und aus dem Mund des Sternensohns strömte leuchtend rotes Blut.

Wie war der Junge dazu gekommen, mit einem Lächeln im Gesicht durch das Labyrinth zu irren, während sämtliche Höllendämonen ihm auf den Fersen waren?

»Jemand muß Magie gewirkt haben«, flüsterte Wolfstern und schleppte sich durch eine weitere Sackgasse des Labyrinths. »Ein Zauberspruch ... jemand hat Caelum mit einem Zauberspruch belegt ... aber wer? Wer nur?«

Plötzlich wurde Wolfstern wütend, und der Zorn vertrieb die Trostlosigkeit und Demütigung. Irgend jemand – nicht die

Dämonen – hatte Caelum verzaubert ... Wer in dieser vom Sternentanz verlassenen Welt beherrschte noch die Kunst der Magie?

Und wenn jemand die Zauberei beherrschte, wie konnte Wolfstern dies zu seinem Vorteil nutzen?

»Wer bist du?« flüsterte er und schleppte sich mit einer Hand weiter, während er mit der anderen seinen verletzten Bauch hielt. »Wer bist du?«

Er wiederholte die Frage wieder und wieder, wie ein Gebet. Stunde um Stunde wiederholte er sie, während er durch das Labyrinth kroch, ohne die zahllosen Wesen – die einst Menschen, Tiere oder Ikarier gewesen waren – wirklich wahrzunehmen, die um ihn herum oder über ihn hinwegliefen. Er wiederholte sie während der dämonischen Stunde der Abenddämmerung, die in seinen Geist vordrang, und die ganze Nacht hindurch, bis sie ihn beinahe in den Wahnsinn getrieben hatte.

In der Morgendämmerung, als über dem Labyrinth die Sonne aufging, gelangte Wolfstern zu einer Erkenntnis.

Er war nicht verrückt. Und er war nicht tot. Weder der Wahnsinn noch die Dämonen hatten ihm etwas anhaben können. Er hatte überlebt, aus welchem Grund auch immer.

Ein Lichtschein sickerte an den steinernen Mauern hinab in das Labyrinth und erhellte die Steinplatten vor ihm.

Millionen Symbole flossen über den Stein hinweg. Das Labyrinth hielt ihn zum Narren.

»Verflucht sollst du sein!« flüsterte Wolfstern voller Wut darüber, wie sich der Sternentanz und das Labyrinth Tausende von Jahren seiner bedient hatten. Aus den Höhen der Macht, den glorreichen Tagen, an denen er noch geglaubt hatte, ganz Tencendor befände sich in seiner Hand, war Wolfstern hinabgestürzt, nun wenig mehr als eine nutzlose Marionette, die durch die steinernen Gänge des Labyrinths kroch.

Ein Krallenfürst, der kaum mehr Macht besaß als eine Ameise.

»Nein!«

Nein, das konnte er nicht ertragen. Irgendwo dort draußen

gab es noch Magie – er konnte es spüren! – und es gab sicher Wege, sie sich zunutze zu machen.

Und er würde sie sich zunutze machen. Niemand würde über Wolfstern lachen!

»Wer bist du?« flüsterte er wieder und wieder, während er über den rauhen Stein kroch. »Wer bist du?«

Während am Himmel über ihm wahnsinnige Vögel vorbeitaumelten, taumelten in Wolfsterns Kopf Pläne und Intrigen durcheinander.

Dort draußen gab es irgendeine Form von Macht, und er würde einen Weg finden, sich ihrer zu bedienen.

»Wer bist du? Wer bist du?«

Stundenlang kroch Wolfstern dahin, tief in seine Gedanken versunken. Sein Zorn gab ihm Kraft weiterzumachen, wann immer er dem Zusammenbruch nahe war, bis er schließlich ein Flüstern zu hören glaubte. Er hob den Kopf und sah sich um.

Dann lachte er, und zum ersten Mal seit vielen Tagen war er wieder voller Hoffnung.

Zehn Schritte vor ihm ragte das Tor zur Einöde auf.

5

Vielerlei Feinde

»Dieses Land genügt uns nicht«, flüsterte Scheol. »Wir brauchen die gesamte Welt und all ihre Seelen, um uns an ihnen gütlich zu tun. Wann können wir sie uns ganz einverleiben?«

Sie lag auf dem Boden des Mausoleums, zuckend vor Gier und Verlangen. Die letzte Stunde, in der sie ihren Hunger hatte stillen können, war gut gewesen, aber nicht gut genug.

Dort draußen waren noch andere Seelen, und es verlangte sie nach ihnen.

Sie fletschte die Zähne und knurrte.

Qeteb beugte sich vor, packte sie bei den Haaren und riß sie auf die Beine. Scheol schrie und brüllte, ihre Gestalt verwandelte sich von einem Menschen in einen Hund und wieder zurück in einen Menschen.

Sternenfreude, die mit dem Rücken gegen eine der schwarzen Säulen gelehnt dasaß, wandte das Gesicht angewidert ab – sie versuchte ihren Ekel nicht einmal mehr zu verbergen. Seit ihr Sohn in den Vollbesitz seiner Kräfte gelangt war, standen die Dinge für sie nicht gerade zum besten.

Qeteb lachte und ließ Scheol los.

Die Dämonin kroch einige Schritte von ihm fort, stand dann auf, strich ihr pastellfarbenes Kleid glatt und setzte einen Gesichtsausdruck auf, der Ehrerbietung nahekam.

»Großer Vater«, sagte sie demütig und neigte den Kopf.

Qeteb knurrte. Für den Augenblick wollte er sich Scheols Ungeduld gefallen lassen – schließlich hatte sie hunderttausend Jahre darum gekämpft, ihn wiederzubeleben –, aber er war nicht sicher, ob seine gegenwärtige gute Laune länger als bis zur Abenddämmerung anhalten würde.

Es würde eine ärgerliche Verzögerung geben, bis sie sich die Seelen des gesamten Planeten einverleiben konnten, und Qeteb mochte es nicht, auf etwas warten zu müssen, schon gar nicht auf die allumfassende Herrschaft.

»Im Moment müssen wir uns noch mit der Einöde begnügen«, sagte er. »Solange, bis wir uns endgültig ... des Sternensohns entledigt haben.«

Der wiedergeborene Feind.

Er hatte die Dämonen mehr irritiert, als sie sich eingestehen wollten. Der verfluchte wiedergeborene Feind.

Sie hatten geglaubt, sie würden dem Schatten der Arche folgen, doch in Wahrheit hatte der Schatten sie verfolgt.

»Wenn der Sternensohn erst einmal tot ist, wird es ein Festmahl ohnegleichen geben«, flüsterte Raspu. Er stand mit Modt und Barzula hinter dem Steinsarg, der sich in der Mitte des Mausoleums erhob. Die drei Dämonen hatten sich mit den Ellbogen auf die glatte Oberfläche des Steins gestützt, das Kinn in die Hände gelegt, und beobachteten, wie Qeteb auf und ab ging.

Hinter ihnen, kaum zu sehen in der Finsternis der von Säulen gestützten Nischen des Mausoleums, lag das Niah-Wesen, die Arme aufgestützt, den Kopf mit den leeren Augen in einem unbequemen Winkel an die kalte Marmorwand gelehnt. Ihre weiße Haut war mit kleinen Verletzungen übersät. Qeteb hatte sich mit ihr vergnügt. Die Gelüste seines neuen Körpers mußten befriedigt werden, und ihre seelenlose Hülle war ihm aufgrund der Annehmlichkeiten nützlich, die sie ihm bereitete – doch seine schwarze Eisenrüstung hatte ihre Spuren hinterlassen.

Keinen der Dämonen kümmerte das, schon gar nicht Qeteb. Was ihn betraf, mußte Niahs Leib nur so lange unversehrt bleiben, bis er Rox' verlorener Seele eine neue Gestalt aus Fleisch und Blut verleihen konnte. Qeteb war äußerst ungehalten über Rox' tollkühnen Versuch, es mit der Brücke in Sigholt aufzunehmen, und hatte schon erwogen, ihn bis in alle Ewigkeit körperlos schweben zu lassen – doch die Zeit war reif für die Wiederauferstehung, und Rox würde ihm in einem Körper nützlicher sein denn als Geist.

Sie würden dem Sternensohn mit vereinter Kraft gegenübertreten müssen. Dieses Mal würde Qeteb den Sieg über den Feind davontragen.

»Was meint Ihr damit?« sagte Sternenfreude und trat einen Schritt vor. »Ich dachte, Ihr hättet den Sternensohn im Labyrinth mit Eurem Schwert durchbohrt. Was soll diese Verzögerung?«

Qetebs Verlangen nach Macht wurde von dem Sternenfreudes noch weit übertroffen.

Der Dämon drehte sich langsam zu ihr um. Er hätte sie am liebsten ausgelöscht, doch im Augenblick wollte er ungern etwas zerstören, das ihm noch von großem Nutzen sein könnte. Wenn Qeteb in den letzten einhunderttausend Jahren der Gefangenschaft etwas gelernt hatte, dann, mit Bedacht zu handeln.

»Er war nicht der wahre Sternensohn«, sagte er und ließ seine Stimme durch das geschlossene Visier seines Helms strömen wie Honigseim.

Die Wirkung blieb nicht aus. Sternenfreude beruhigte sich sichtlich.

»Ein Köder«, fuhr Qeteb fort. »Der falsche Sternensohn hat dem wahren Sternensohn Zeit verschafft ... wofür, weiß ich noch nicht.«

»Zeit«, sagte Scheol, »um ein Versteck für den Großteil der Seelen dieses Landes zu schaffen. Selbst die Insekten hat er mitgenommen!«

Eine Seele war eine Seele war eine Seele – und jede von ihnen bot den Dämonen gleich viel Nahrung. Die Millionen von Insekten, die Dragos Zauberinnen in die Zuflucht befördert hatten, hatten die Dämonen ebensoviel gekostet wie die gewaltige Anzahl von Menschen, die der endgültigen Zerstörung entkommen waren.

Qeteb nickte langsam, wandte den Blick von Sternenfreude ab und ließ ihn durch das Mausoleum schweifen. Dieser dunkle Ort war schön und gut, doch Qeteb hatte das Eingesperrtsein satt. Bald war die Zeit gekommen, in die Welt hinauszutreten.

»Wir werden sein Versteck finden«, sagte der Dämon der Mittagsstunde, »und wir werden es zerstören. Wir werden uns an allem gütlich tun, was wir dort finden. Und dann werden wir – ich – dem Sternensohn entgegentreten und ihn lehren, endlich zu begreifen.«

Unter seinem Visier verzogen sich Qetebs Lippen zu einem freudlosen Lächeln. Der Sternensohn mochte der wiedergeborene Feind sein, doch die Magie, die er zu beherrschen glaubte, war voller Fehler, die der Feind einst begangen hatte. Und er, Qeteb, hatte seine Tausende von Jahre währende Gefangenschaft dazu genutzt, aus den Fehlern seines Feindes zu lernen. Der wiedergeborene Feind, dieser nutzlose, alberne Sternensohn würde dieselben Fehler begehen wie seine Vorfahren … doch dieses Mal würde Qeteb darauf gefaßt sein, und dieses Mal würden seine Fehler dem wiedergeborenen Feind den Tod bringen.

Qeteb spürte, wie ihn ein wollüstiger Schauer durchlief. Er hatte hunderttausend Jahre auf seine Wiedergeburt gewartet, während der Feind hunderttausend Jahre lang auf den Tod gewartet hatte.

Dieses Mal würde er siegen. Qeteb wußte, daß es so kommen mußte.

»Und was ist hiermit?« sagte Barzula und wies auf die Holzschale, die am Fuße des Sarges lag. »Sie strahlt Magie aus … aber welche? Ist sie gefährlich?«

Qeteb ging hinüber, hob die Schale auf und strich über das Holz. »Sternenfreude, was meint Ihr?«

Sie seufzte und trat zu ihm. Sie berührte das Holz. »Awarische Handwerkskunst. Schön, aber nutzlos.«

»Da bin ich anderer Meinung«, sagte Qeteb und schob ihre Hand beiseite. »Aber ich mache Euch keinen Vorwurf. Schließlich seid Ihr nur eine Frau und eine Sterbliche, die ihr Überleben der Macht und Duldsamkeit meiner Brüder und Schwestern verdankt.«

Sternenfreudes Körper versteifte sich, und in ihre Augen trat ein harter Blick.

Qeteb bemerkte es entweder nicht, oder es war ihm gleichgültig. »Diese Schale birgt ein Geheimnis«, sagte er. »Ein gewaltiges und wahrscheinlich für uns sehr wichtiges Geheimnis.«

Seine Hand schloß sich um die Schale, und ein feiner Riß bildete sich an ihrem Rand.

»Ich mag es nicht, wenn Gegenstände Geheimnisse bergen!« sagte Qeteb und drückte stärker zu.

Der Riß wurde größer.

»Ah!« Qeteb lockerte seinen Griff. Er wog die Schale in der Hand und warf sie dann hoch in die Dunkelheit der kuppelförmigen Decke.

Sie verschwand darin.

»Was ich an Geheimnissen mag«, bemerkte Qeteb, seine vom Helm verborgenen Augen wieder auf Sternenfreude geheftet, »ist, daß sie ewig währen. Die Schale gehört mir, und irgendwann werde ich auch ihr Geheimnis lüften.«

Sternenfreude hielt dem Blick des Dämonen stand, auch wenn das schwierig war, da hinter dem eisernen Gitter des Visiers seine Augen nur zu erahnen waren. »Eure Brüder und Schwestern«, sagte sie gelassen, »haben mir als Lohn für meine Unterstützung Macht versprochen.«

Scheol kicherte.

»Eure Unterstützung«, sagte Qeteb. »Wie amüsant, daß Ihr tatsächlich glaubt, Ihr hättet –«

»Ich habe Euch das Leben geschenkt!« rief Sternenfreude, ballte die Hände zu Fäusten und machte einen Schritt auf Qeteb zu.

Barzula und Modt tauschten einen Blick, sahen dann wieder Sternenfreude an und lächelten.

Ihr habt mir nicht das Leben geschenkt!

Der Gedanke hallte im Mausoleum wider, und obwohl Qeteb die Worte nicht laut ausgesprochen hatte, wurden sie doch von allen vernommen.

»Ihr seid mein Sohn!« schrie Sternenfreude. Blinde Wut verlieh ihrer Stimme ungewöhnliche Kraft. »Ich habe Euch das Leben geschenkt. Ich habe Euch allen Widrigkeiten zum Trotz ausgetragen. Ich habe Euch geboren, während ich zwischen den Sternen schwebte. Dreitausend Jahre lang habe ich Euch gehegt und gepflegt …«

»Ihr habt mir die äußere Hülle gegeben, die ich bewohnt habe, einen Klumpen Fleisch!« Qeteb trat einen Schritt vor, und Sternenfreude war klug genug, zurückzuweichen. »Ich brauche keine ›Mutter‹. Ihr wart lediglich die Kuh, die meine Bedürfnisse gestillt hat. Ihr seid diejenige, die dankbar sein sollte … und dennoch besitzt Ihr die Vermessenheit, von mir Dankbarkeit zu fordern! Ich frage mich«, fuhr er mit einem Knurren fort und trat einen weiteren Schritt vor, »warum Ihr immer noch am Leben und Gebieterin Eures Verstandes seid.«

Sternenfreude erbleichte, auch wenn ihre Augen noch immer vor Wut funkelten. »Weil niemand in diesem finsteren Turm sich mit diesem Land und seinen Geheimnissen besser auskennt als ich!« sagte sie. »Ihr habt es verdient, weitere hunderttausend Jahre im Gefängnis Eures Feindes zu schmoren, wenn Ihr jetzt die einzige Bewohnerin Tencendors tötet, die noch an Eurer Seite und einigermaßen bei Verstand ist!«

»Ihr solltet vielleicht doch lieber wahnsinnig zu meinen Füßen kriechen!«

»Das würdet Ihr nicht wagen!« gab Sternenfreude zurück und reckte trotzig die Schultern.

Qeteb starrte sie an, dann hob er die Faust und schlug Sternenfreude so hart ins Gesicht, daß sie mehrere Schritt weit über den Boden geschleudert wurde.

»Dummes Stück«, sagte er. Seine Stimme klang gepreßt vor Verdrossenheit. »Eines Tages werde ich es wagen, und ich werde gerade genug von Eurem Verstand übrig lassen, damit Ihr wißt, was Euch geschah.«

Sternenfreude richtete sich auf dem Ellbogen auf und funkelte ihn an. Ihre linke Wange war gerötet, Blut lief ihr über Kinn und Hals. »Wenn es ein Wesen gibt, mit dem Ihr es Euch nicht verscherzen solltet«, flüsterte sie, »dann mit Eurer Mutter.«

Qeteb machte einen Schritt auf sie zu. Er lachte rauh. »Als ich in diesem Leib zum Leben erwacht bin, Sternenfreude, habe ich seine Erinnerungen übernommen. Wollt Ihr wissen, was ich von Eurem Sohn erfahren habe, Sternenfreude? Wollt Ihr? Ich weiß, daß er Euch verachtet hat –«

»Nein! Mein Sohn hat mich geliebt –«

»– er hat Euch verachtet, weil er wußte, daß sämtliche Ikarier im Krallenturm Euch nichts als Verachtung entgegenbringen –«

»Nein!«

»Dummes, nutzloses Weib. Ihr habt geglaubt, Ihr seid die mächtigste Ikarierin im ganzen Land, nicht wahr? Ihr habt geglaubt, daß Ihr alle Macht besitzen würdet, oder? Und doch wart Ihr nichts als eine Schande für Euer Volk. Jemand, dem man mit einem spöttischen Lächeln begegnet, wenn er den Raum betritt, und über den man lacht, wenn er ihn wieder verlassen hat. Die Ikarier haben Euch verachtet, Euer Gemahl fand Euch abstoßend, und Euer Sohn konnte es kaum erwarten, Euren Leib zu verlassen. Er hat Euch gehaßt, Sternenfreude. Ihr habt ihn angewidert, und er hat sich lieber in den Tod geflüchtet, als eine Ewigkeit zwischen den Sternen mit Euch verbringen zu müssen.«

Sternenfreude schwieg, entsetzt und versteinert vor Schrekken. Sie starrte Qeteb an.

Qeteb lachte erneut. »Königin des Himmels?« sagte er. »Niemals!« Dann spuckte er ihr durch sein eisernes Visier ins Gesicht.

Sie keuchte und wich zurück.

»Das war von Eurem Sohn, Miststück, nicht von mir.«

Damit drehte sich Qeteb um und ging davon.

Sternenfreude lag auf dem kalten Boden des Mausoleums.

Lügen! Lügen! Er hatte sie belogen! Ihr Sohn hatte sie geliebt, sie angebetet.

Von dem Augenblick an, als er in ihrem Leib zu Bewußtsein gekommen war, war ihr Sohn der einzige gewesen, der ihre Kräfte verstanden und begriffen hatte, daß sie zu Großem bestimmt war und deshalb alle Mittel angemessen waren, wenn sie damit nur ihre Bestimmung erfüllen konnte.

Qeteb hatte gelogen!

Oder etwa nicht?

Von Haß erfüllt lag Sternenfreude auf dem Boden des Mausoleums. Mehr noch, sie gierte nach Rache. Qeteb durfte nicht solche Lügen verbreiten und die Erinnerung an ihren Sohn trüben –

Ihr Götter! War ihr Sohn gefangen in diesem Monstrum aus Metall und abscheulichem Fleisch und schrie nach ihr, damit sie ihn befreite?

– und glauben, daß sie nichts dagegen unternehmen würde.

Sternenfreude fletschte die Zähne, und aus ihrer Kehle drang ein Laut, halb Fluch und halb Knurren.

Ihre Hände krallten sich in den Boden, die Fingernägel kratzten über seine Oberfläche.

So lag sie da, von Haß erfüllt und nach Rache dürstend.

Sternenfreude verstand sich nur zu gut darauf, Haß und Rache zu nähren. Schließlich hatte sie Tausende von Jahren nichts anderes getan.

Ich habe für meinen Sohn gesorgt, dachte sie, ihr ganzer Körper war starr vor Ablehnung. Ich habe für ihn gesorgt, habe ihn gehegt und in den Armen gewiegt und ihn geliebt, trotz Schmerzen und Verzweiflung, wie du – Dämon – sie dir noch nicht einmal vorstellen kannst. Ich habe ihm meine Brust dargeboten, und er hat sie angenommen.

Ich habe ihn geliebt, und du hast ihn mir genommen, Qeteb, und die Erinnerung an ihn mit deinen Lügen besudelt.

»Mein Sohn soll mich gehaßt haben?« flüsterte Sternenfreude, und ihre Hände kratzten noch immer langsam über den Boden. »Er hat mich nicht gehaßt. Er hat mich angebetet ... so wie alle Ikarier! Niemand hat über mich gelacht. Niemand!«

Sie hob leicht den Kopf und starrte Qeteb an, der jetzt am anderen Ende des Mausoleums stand und mit seinen alptraumhaften Gefährten flüsterte.

Du bist der Einfaltspinsel, Qeteb, wenn du glaubst, du könntest meinen Sohn und mich unserer Bestimmung berauben.

Im selben Augenblick drehte sich Qeteb langsam um und musterte sie.

Sternenfreude bewegte sich nicht und senkte auch nicht den Blick, in dem kaum verhohlener Haß und Groll lagen.

Nach einer Weile drehte Qeteb ihr wieder den Rücken zu.

Jetzt hast du einen weiteren Feind, dachte Sternenfreude und wischte sich mit einem Zipfel ihres fleckigen Gewandes das Blut von Gesicht und Hals.

Ihr Sohn hatte sie nicht gehaßt ... oder vielleicht doch?

Sternenfreude hielt in der Bewegung inne, und ihr Gesicht zitterte, als sie von Zweifeln übermannt wurde.

Vielleicht doch?

6

Das magische Liederbuch

»Erzähl uns von Caelum«, sagte Axis, als sie sich setzten. »Und erzähl uns vor allem von dir selbst. Wir haben nur wilde Gerüchte gehört, und wir wüßten gern die Wahrheit.«

Wo soll ich anfangen? dachte Drachenstern. »Euch ist bewußt«, begann er schließlich, »wie sehr unsere Familie von einer fremden Macht gelenkt wurde?«

Axis nickte. »Ich dachte, meine Aufgabe sei es gewesen, Gorgrael zu besiegen und Tencendor wiederzuvereinen, doch in Wahrheit bestanden meine und Aschures Rolle darin, die Umstände herbeizuführen, aus denen der Sternensohn hervorging.«

Drachensterns Mund zuckte. »Ja. Selbst Wolfstern wurde solcherart beeinflußt, daß Aschure auf die Welt kommen und Axis die Fähigkeiten erwerben konnte, die dazu führten, daß ...«

»Du geboren wurdest«, sagte Aschure leise. Sie sah weder ihren Gemahl noch ihren Sohn an.

»Nicht nur unsere Familie ist von dieser Macht gelenkt worden«, sagte Drachenstern. »Ihr Einfluß lenkt das Geschick des gesamten Landes und seiner Völker bis ... weit zurück in die Welt des Feindes. Wir sind nur das Ergebnis von Zehntausenden von Jahren der Einflußnahme. Vielleicht noch mehr.«

»Aber durch was?« fragte Axis. »Und durch wen?«

»Durch den Sternentanz«, sagte Drachenstern. »Oder das, wofür er steht.«

»Der Sternentanz!« sagte Axis und seine Worte klangen wie ein Fluch, voller Haß. »Es gab eine Zeit, da ich außer Aschure kaum etwas mehr geliebt habe.«

»Möglicherweise«, sagte Drachenstern, »hat der Sternentanz seit Millionen von Jahren auf diesen einen Zeitpunkt zugesteuert, auf uns. Er hat die Dämonen durch Raum und Zeit gejagt und wurde zugleich von ihnen verfolgt.«

»Wir sind das Ergebnis von Millionen Jahren der Einflußnahme?« sagte Aschure, lachte herzlich und schüttelte dabei den Kopf. »Hätte der Sternentanz uns nicht vollkommener machen können? Einen Axis, der nicht ganz so selbstsüchtig und grausam ist? Einen weniger zornigen und ehrgeizigen Drachenstern? Und mich? Weniger in die eigenen Kräfte vernarrt und eher willens, mich um meine Familie zu kümmern?«

»Wer weiß«, sagte Drachenstern. »Vielleicht werden uns gerade unsere Fehler noch von Nutzen sein.« Und er lächelte, als habe er einen Scherz gemacht. »Aber Ihr habt nach Caelum und mir gefragt. Wir sind beide inmitten von Lügen aufgewachsen – Lügen, die weder von Euch stammten noch von uns, sondern mit denen der Sternentanz uns mit Hilfe des Labyrinths umgeben hatte. Diese Lügen haben unser Handeln bestimmt und mich zu einem solch maßlosen Ehrgeiz angestachelt, daß ich sogar die Ermordung meines Bruders erwägen konnte und aus Caelum ein …«

»Ein schwacher Anführer geworden ist«, beendete Aschure den Satz, »und vielleicht auch ein Mörder?«

Ihr Götter, dachte Drachenstern schwach, was soll ich dazu sagen? Ja, Mutter. Caelum hat unsere Schwester, Eure Tochter, ermordet. Wollt Ihr, daß ich das laut ausspreche, Aschure?

»Vielleicht«, erwiderte er. Aschure nickte und wandte erneut das Gesicht ab.

»Ein Mörder?« fragte Axis. »Was meinst du damit?«

»Er meint«, sagte Aschure, »daß wir alle das Blut anderer an den Händen haben, Geliebter.«

Axis nickte. Er ahnte, was sie damit meinte, auch wenn er nicht wirklich begriff, wovon sie sprach.

»Caelum war dazu bestimmt, ein falscher Sternensohn zu sein«, sagte Drachenstern. »Ein Köder. Ich brauchte Zeit, um heranzuwachsen, zu lernen und Qeteb zu gestatten, Tencendor zu zerstören ... was er nicht getan hätte, wenn er gewußt hätte, daß der Sternensohn noch am Leben ist.«

In aller Kürze erzählte Drachenstern seinen Eltern von der verborgenen Magie der Achariten, die nur von jemandem erlangt werden konnte, der schon einmal gestorben war.

Axis warf Aschure einen erregten Blick zu und sah dann wieder Drachenstern an. »Aber das bedeutet, daß auch ich die Macht der Achariten beherrschen kann!«

Drachenstern schüttelte den Kopf. »Es tut mir leid, Axis, aber –«

»Ich habe an der Schwelle des Todes gestanden, aber die dürre Alte wollte mich nicht einlassen. Warum kann ich mir nicht mein acharitisches Blut zunutze machen?«

»Weil Ihr Euch ständig des Sternentanzes bedient habt.« Drachenstern hielt inne, er spürte die Ungehaltenheit seines Vaters. »Außerdem seid Ihr ein Sternengott gewesen. Die Magie der Ikarier hat jede Regung acharitischer Magie in Euch abgetötet. Als Ihr Euch zum Sternenmann ernannt habt, habt Ihr damit der Magie des Sternentanzes den Vorzug vor der acharitischen Magie gegeben. Es tut mir leid, Axis.«

Axis verstummte, bitter enttäuscht. Einen Moment, einen kurzen Moment lang hatte er gedacht ...

Er schüttelte den Kopf und schob seine Enttäuschung beiseite. »Was hast du uns noch zu erzählen?«

Drachenstern zögerte, voller Mitgefühl für Axis. Dann fuhr er fort und erzählte ihnen von Urbeth, der ersten Zauberin und Mutter der Völker, und Aschure hielt den Atem an und tastete nach dem Sternenkreis an ihrem Finger, dem Ring der Zauberin, der seinen Glanz verloren hatte. Er berichtete ihnen von seiner Zeit bei den Dämonen und was mit ihm geschehen war, nachdem er nach Tencendor zurückgekehrt war. Er erzählte, wie Caelum gestorben war.

Und schließlich berichtete er von der grenzenlosen Blumenwiese und davon, was Tencendor erwartete, wenn die Dämonen vernichtet waren.

Axis und Aschure lauschten schweigend, ihre Gesichter wurden immer blasser und ihre Augen runder, während Drachenstern weitersprach.

»Und Caelum« sagte Aschure, als Drachenstern geendet hatte. »Caelum?«

»Ist auf der Blumenwiese«, sagte Drachenstern. »Da könnt Ihr sicher sein.«

»Können wir ihn sehen? Du hast gesagt, daß Zared und Theodor die Blumenwiese gesehen haben. Können wir –«

»Nein«, sagte Drachenstern. »Wartet, laßt es mich Euch erklären. Ihr könnt sie noch nicht sehen, aber, wenn alles gutgeht, werden wir alle die Blumenwiese besuchen können. Von der Zuflucht kann ich Euch nicht auf die Wiese führen. Wir müssen von Tencendor aus dorthin gehen. Es gibt nur einen Zugang.«

»Was ist mit dem Narrenturm?« sagte Aschure. »Öffne dein Lichttor, bring uns in den Narrenturm und dann zur –«

»Aschure«, sagte Drachenstern, lehnte sich über den Tisch und nahm ihre Hand. »Qeteb ist auferstanden, und die Dämonen herrschen jetzt über die Einöde, die einmal Tencendor gewesen ist. Ich weiß nicht, ob der Narrenturm noch sicher ist. Möglicherweise schon, aber es hat keinen Zweck, sinnlos Euer Leben zu riskieren. Ich werde als erster gehen, und dann ein oder zwei von den anderen fünf, die schon einmal gestorben sind und den Dämonen standhalten können, eine Zeitlang zumindest. Wartet. Bitte.«

Aschure nickte und senkte den Kopf. Ihr Blick fiel auf den in Tuch geschlagenen Gegenstand, der noch immer auf dem Tisch lag.

»Caelum hat uns gebeten, dir das zu geben«, sagte Aschure, »für den Fall, daß er … daß er sterben sollte.«

Sie schob das Paket über den Tisch auf Drachenstern zu.

Das magische Liederbuch. Drachenstern wickelte es langsam aus.

»Wir haben erst die Melodien und dann die Tänze entziffert«, sagte Axis. »Sie sind … ungewöhnlich.«

»Sie sind der Schlüssel zur Vernichtung der Dämonen«, sagte Drachenstern.

Axis musterte seinen Sohn und dachte an den Morgen, als Caelum versucht hatte, einen der Tänze auf dem Sternenfinger aufzuführen. »Drachenstern ... Drachenstern, sei vorsichtig damit. Caelum –«

»Caelum war nicht der Sternensohn –« setzte Drachenstern an, aber Axis unterbrach ihn zornig.

»Du hast die Überheblichkeit der Sonnenflieger geerbt, mit all ihrer Blindheit!« sagte er. »Hör mir zu, verflucht nochmal!«

Drachenstern senkte den Blick. »Entschuldigt, Axis. Was ist damals geschehen?«

Zögernd beschrieb Axis, welche Wirkung der Tanz auf Caelum gehabt hatte. »Es war, als würde er von Haß und Gewalt aufgezehrt. Der Tanz hat ihm das angetan ... er hat ihn mit der gesamten Boshaftigkeit erfüllt, aus der er erschaffen worden war.«

»Qeteb wurde damals mit Hilfe von Spiegeln eingefangen, die seine eigene Boshaftigkeit auf ihn zurückgeworfen haben«, sagte Drachenstern bedächtig. »Das wird er nie wieder mit sich machen lassen. Die Tänze und Melodien in diesem Buch«, er klopfte nachdenklich mit den Fingern auf den Buchdeckel, »haben dieselbe Wirkung wie einst die Spiegel.«

»Vielleicht«, sagte Axis, »vielleicht auch nicht.«

7

Eine Reise durch und in die Zuflucht

Faraday, Zenit und Sternenströmer wanderten gemächlich einen der Wege entlang, die die Zuflucht zur Erbauung, Freude und Ertüchtigung der Wesen geschaffen hatte, die sie in ihrem Inneren beherbergte. Es war fast, dachte Sternenströmer – und bemühte sich, wenn es ihm auch nicht ganz gelang, den Gedanken von unangenehmen Untertönen freizuhalten – wie auf der Insel des Nebels und der Erinnerung. Zenit, ich … und Faraday, die ständig zwischen uns steht. Und das sogar wörtlich, denn im Augenblick ging Faraday in der Mitte zwischen Zenit und Sternenströmer, während sie nebeneinander herschlenderten.

Nicht einmal die Zuflucht ist mir wohlgesonnen, dachte Sternenströmer. Denn wäre dieser Pfad nur ein kleines Stückchen schmaler, müßte Faraday vielleicht hinter Zenit und mir laufen und ich hätte das Vergnügen, daß mein Arm hin und wieder flüchtig den Stoff von Zenits lavendelfarbenem Kleid berührte.

Aber vielleicht wäre das auch nicht so, denn Sternenströmer war sich sicher, daß, wäre der Pfad schmaler, er derjenige wäre, der allein hinterherlaufen müßte, während Faraday und Zenit einander unterhakten – so wie sie es jetzt taten – und sich fröhlich unterhielten, ohne ihn zu beachten.

Ja, dachte er, es ist genau wie auf der Insel des Nebels und der Erinnerung, denn Zenit fühlt sich mit mir wohler, wenn wir nicht allein sind. Als könnte sie nur über jemand anderen mit mir Verbindung aufnehmen.

Sie lacht nur ungezwungen, wenn jemand anderes dabei ist, der einen Abstand zwischen ihr und mir ermöglicht.

Sie lächelt mich nur an, wenn ihr jemand anderer einen Grund dazu gibt.

Sie wirft mir nur dann liebevolle Blicke zu, wenn sie ihren Blick zuerst auf jemand anderen richten kann.

Sternenströmer war alles andere als glücklich über die gegenwärtige Lage, aber er konnte und wollte nichts dagegen tun. Er mußte Zenit Zeit lassen, sich ihre Liebe zu ihm einzugestehen, oder es würde für sie beide keine Zukunft geben. Ihre gemeinsamen Wanderungen durch die Zuflucht am Tage waren schlimm genug, doch noch schrecklicher waren die langen, warmen Nächte, in denen er in seinem einsamen Bett lag, in dem Wissen, daß Zenit dazu bestimmt war, es mit ihm zu teilen, und daß sie sich dennoch weigerte … weil …

… weil sie seine Berührung abstoßend fand! Sternenströmer durchlief ein Schauer der Verzweiflung. Wie konnte er sich in ihrer Vorstellung jemals vom Großvater zum Geliebten wandeln?

»Sternenströmer?« sagte Zenit und er zuckte zusammen.

»Hmm?«

»Seht doch, dort vorn liegt der Ort in der Zuflucht, der Awarinheim nachempfunden ist. Ich frage mich, welchem Klan der Awaren wir als erstes begegnen werden? Der Jeppelsandklan war gestern hier …«

Sternenströmer war das gleichgültig, doch er tat sein Bestes, um zumindest äußerlich einen Anschein von Interesse zu bekunden. Sie waren noch etwa hundert Schritt von dem finster aussehenden Wald entfernt, und doch wußte Sternenströmer, daß sie unter seinen Bäumen nur freien Raum und Licht und Musik vorfinden würden, so wie einst in Awarinheim.

Und zweifellos irgendeinen Klan, bei dem Faraday und Zenit sich unbedingt niederlassen und Einzelheiten über die Zubereitung von Malfaribrot austauschen wollten – oder etwas derartiges.

Frauen! Wußten sie denn nicht, daß es noch andere Freuden im Leben gab?

Doch nun blieb Faraday ein wenig zurück.

»Ich weiß nicht«, sagte sie, und Sternenströmer und Zenit blieben stehen und musterten sie.

»Faraday«, sagte Zenit und griff nach Faradays Hand. »Isfrael hält sich normalerweise tief im Wald auf, und selbst wenn nicht, wird er kaum hier auf uns warten, um uns den Morgen zu verderben.«

Faraday antwortete nicht, sondern starrte nur den Wald an und biß sich auf die Lippen. Sie unterhielt sich gern mit den Awaren, und diese mochten offenbar ebenfalls ihre Gesellschaft, doch die gelegentlichen Begegnungen mit Isfrael oder auch nur das Aufblitzen seiner feindseligen Augen hinter dem schattigen Laub eines Astes ließen ihr für gewöhnlich Schauer über den Rücken laufen.

»Vielleicht solltest du zusammen mit Sternenströmer weitergehen«, sagte sie, und Sternenströmers Gesicht hellte sich auf.

»Das wird das beste sein!« sagte er und ergriff Zenits Hand, um sie weiterzuführen. »Zenit, Faraday möchte offenbar nicht –«

»Faraday! Zenit! Sternenströmer!«

Sie blieben stehen und warfen einen Blick zurück.

Aschure kam rasch – und doch mit einer solch leichtfüßigen Anmut, daß Sternenströmer der Atem stockte – auf sie zu.

Als sie sie erreicht hatte, schenkte sie ihnen ein liebliches Lächeln, und nun verlor Sternenströmer endgültig die Fassung, weniger Aschures Schönheit wegen, so verlockend sie auch sein mochte, als vielmehr wegen der Ähnlichkeit ihres Gesichtes mit dem von Zenit.

»Faraday«, sagte Aschure leise. »Drago … Drachenstern ist zurückgekehrt.«

Faraday erbleichte, und ihre grünen Augen weiteten sich. Sie ließ Zenits Hand los und blickte an Aschure vorbei zur fernen Palastanlage hinüber. Ein Ausdruck, der Schrecken gleichkam, huschte über ihr Gesicht.

»Geht zu ihm«, sagte Aschure leise. »Axis und ich haben mit ihm gesprochen, und jetzt solltet Ihr es wohl ebenfalls tun.«

Faradays Augen richteten sich wieder auf Aschure. »Ihr habt mit ihm gesprochen …?«

»Faraday, geht zu ihm.«

Faraday warf noch einmal einen Blick auf den fernen Palast. Sie und Aschure hatten sich lange unterhalten, als Drago – warum nannte Aschure ihn Drachenstern? – noch in Tencendor gewesen war. Anfangs hatte Faraday Aschure davon überzeugen wollen, ihrem Sohn wieder ihre Liebe zu schenken, doch das war unnötig gewesen. Drago hatte Aschure noch im selben Moment für sich eingenommen, als er sie im dunklen Keller des Sternenfingers mit grenzenloser Liebe angeblickt hatte. Statt dessen hatte Aschure Faraday dazu gedrängt, sich ihre Liebe zu Drago einzugestehen.

Sie und die Mutter müssen irgendwie gemeinsame Sache machen, hatte Faraday damals gedacht.

Doch sie hatte Aschure trotzdem angehört, so wie sie auch der Mutter gelauscht hatte.

»Ich muß Katie abholen«, sagte Faraday. »Sie ist bei Leah und Gwendylyr im –«

»Nein«, sagte Aschure. »Katie kann warten.«

»Ich –«

»Geht«, sagte Aschure, nahm Faradays Hand und zog sie sanft den Pfad entlang. »Geht.«

Faraday nickte und machte sich auf den Weg.

Isfrael hatte mit kaltem Blick und noch kälteren Gefühlen seine Mutter den Pfad entlanggehen sehen.

Die Awaren duldeten seine Anwesenheit in ihrer Mitte, hießen ihn sogar willkommen, doch Isfrael war sich stets bewußt, daß sie ihn als einen der ihren betrachteten, nicht als jemanden, der über ihnen stand.

Dieser Platz gehörte jetzt Faraday. Ihre Baumfreundin weilte wieder unter ihnen. In der Stunde der größten Gefahr war sie zu ihnen zurückgekehrt und hatte sie in Sicherheit gebracht.

Seine Mutter hätte eine Legende bleiben sollen, dachte Isfrael, wie schon tausend Mal, seit er dieses jämmerliche unterirdische Verlies namens »Zuflucht« betreten hatte.

Es wäre besser … wenn sie wieder zu einer Legende würde.

Weitaus besser.

Isfrael wandte sich um und entschwand in die Dunkelheit.

Faraday fuhr nervös über das weiße Leinen ihres Kleides und glättete eine Falte, die sich unter dem regenbogenfarbenen Band der Mutter gebildet hatte, das noch immer um ihre Hüfte geschlungen war.

Einen Moment lang ruhte ihre Hand dort, wo Pfeil und Schößling in den Falten des Bandes verborgen waren.

Dann hob sie den Blick und betrachtete die geschlossene Tür, vor der sie stand. Aschure hatte gesagt, daß Drago sie hier erwarte.

Hier, in dem Gemach, das er für sich gewählt hatte. Gleich neben Axis' und Aschures Wohnstätte, was Faraday nur als Absicht deuten konnte.

Entscheidet Euch zwischen uns, Faraday. Mein Vater oder ich.

Welche Tür, Faraday?

Faraday dachte weder an die Dämonen, noch daran, wie Tencendor wiederhergestellt werden konnte, nicht einmal an Katie. Sie vermochte nur darüber nachzudenken, was sie zu diesem Mann sagen sollte.

Wie sie ihm am besten mitteilen könnte, daß sie nach all ihrem Zögern, ihrer Weigerung und Furcht, ihrer Entschlossenheit, nicht noch einmal ihren Körper und ihre Seele dem Verrat zu öffnen, den sie durch Axis und Gorgrael erdulden mußte, doch bereit war, es wieder zu tun, wenn es bedeutete, daß sie lieben und geliebt werden konnte.

Die Mutter hatte recht gehabt. Ihr Leben hätte keinen Sinn, wenn sie es nicht wagte, zu lieben.

Faraday blickte zu Axis' Tür hinüber, die wenige Schritt entfernt war.

Wie sie sich entscheiden würde, stand außer Frage, und Drago wußte das sicherlich, und doch gefiel es ihm, ihr vorzugaukeln, sie habe eine Wahl.

Nein, die größte Schwierigkeit war für Faraday, sich aus der

Lage zu befreien, in die sie sich selbst gebracht hatte, ohne dabei das Gesicht zu verlieren.

Monatelang hatte sie sich dem Mann und ihrer Liebe zu ihm verwehrt – wie konnte sie nun kehrtmachen und ihm sagen, daß sie im Unrecht gewesen war?

Würde nicht ein überhebliches Lächeln auf seinem Gesicht erscheinen? Oder Genugtuung?

»Nein, Faraday«, sagte eine sanfte Stimme hinter ihr und sie wirbelte herum.

Drago ... nein! Drachenstern – und jetzt verstand sie, warum Aschure ihn bei diesem Namen genannt hatte – lehnte einige Schritt hinter ihr an der Wand.

Die Welt um Faraday herum blieb stehen und nichts war zu hören als das heftige Schlagen ihres Herzens.

Und das schmerzhafte Verlangen, das aus der Tiefe ihrer Seele aufstieg, durch ihren Bauch und in ihre Kehle, um sich diesem Mann zu offenbaren.

Tränen traten ihr in die Augen. Er war herrlich. Irgendwie, irgendwo hatte er sich in den wenigen Tagen, seit sie ihn das letzte Mal gesehen hatte, erneut verändert. Er hatte sich in sein wahres Selbst verwandelt, das Selbst, das Axis und Aschure hatten unterdrücken wollen, und das die Macht des Feindes zurückgebracht hatte.

Drachenstern war nicht stattlich, noch nicht einmal körperlich eindrucksvoll. Das müde, zerfurchte Gesicht und die violetten Augen waren dieselben – und doch war er vollkommen anders geworden. Gesicht und Augen waren von solch einem tiefen Verständnis – Faraday konnte es nicht »Macht« nennen – und Mitgefühl durchdrungen, daß sie davon fast überwältigt wurde.

Mit einem Lächeln betrachtete Drachenstern sie, richtete sich dann auf, zögerte einen Moment, bevor er an ihr vorbeiging und die Tür zu seinem Gemach öffnete. »Wolltet Ihr mit mir sprechen?«

Wut blitzte in Faraday auf.

»Ist das alles, was Ihr mir zu sagen habt?« Sie wandte sich um und folgte ihm in das Gemach. »Was ist mit Euch geschehen?

Und mit Caelum? Und Qeteb? Und Tencendor? Niemand hat etwas von Euch gehört –«

Drachenstern legte ihr sanft die Hand auf den Mund. »Pst, Faraday. Es gibt noch einige andere Dinge zwischen uns, über die wir zuvor sprechen müssen.«

Sie wollte nicht mit ihm darüber reden. Lieber flüchtete sie sich darein, seiner Erzählung von den Ereignissen in der Oberwelt zu lauschen. Sie wollte ihm von ihren Begegnungen mit Isfrael berichten. Und ihm sagen, daß der Erdenbaum zwar zerstört war, aber daß es nichts zu fürchten gab, weil sie in ihrem Gürtel –

Er legte ihr den Arm um die Hüfte und zog sie sanft zu sich heran. »Ich habe Euch vermißt.«

»Wer seid Ihr?« flüsterte sie, ein wenig erschrocken über diesen Mann, in den Drago sich verwandelt hatte.

»Derselbe«, sagte er, und seine Augen wanderten langsam über ihr Gesicht, »und doch ein anderer.«

»Härter?«

Er schüttelte den Kopf »Weicher.« Der Griff seines Arms verstärkte sich ein wenig.

»Qeteb –«

»Qeteb kann warten. Faraday, redet mit mir.«

Sie holte tief Luft und schloß für einen Moment die Augen. Was hatte die Mutter gesagt? Wenn Ihr nichts wagt, werdet Ihr auch nicht leben lernen. Faraday … wagt etwas und lernt lachen!

»Ich werde Euch nicht verraten, Faraday«, flüsterte Drachenstern, und ihr wurde mit einem Mal bewußt, wie nah er ihr war. So nah, daß sie seine Wärme durch die Schichten aus Leinen zwischen ihnen spürte. »Vertraut mir …« Er verstummte und sie öffnete die Augen.

Ich werde Euch niemals verraten, hörte sie ihn in ihrem Geist flüstern, *nicht für eine andere Frau, nicht für Reichtum und Ehre und nicht für dieses Land.*

»Ich brauche Euer Blut nicht«, sagte er nun mit klarer, wenn auch immer noch gedämpfter Stimme. »Tencendor braucht Euer Blut nicht.«

Noch immer brachte sie kein Wort heraus.

Faraday ...

Wie schrecklich, dachte sie, daß es mir so schwergefallen ist, mich seiner Liebe hinzugeben.

Faraday.

Wie furchtbar, daß ich die Zuflucht seines Herzens so lange zurückgewiesen habe.

Faraday.

Wie konnte ich nur Gefallen daran finden, das ewige Opfer zu sein, anstatt zu leben.

Faraday.

Sie bewegte sich ein wenig in seinen Armen und kostete das Gefühl aus, seinen Körper an ihrem zu spüren.

Drachenstern, flüsterte sie im Geist zurück. Dann lächelte sie, lehnte sich an ihn und mußte über das Lächeln auf seinem Gesicht lachen.

»Ich habe dich schon immer geliebt«, sagte sie. Kaum ein Satz in all ihren vergangenen Leben war ihr je leichter über die Lippen gegangen als dieser.

8

Das bestellte Feld

Drachensterns Zauberinnen und Zauberer saßen im Kreis auf ihren Holzstühlen mit den geraden Lehnen, die Hände im Schoß gefaltet, den Blick gesenkt.

Faraday trug wieder das weiße Leinenkleid. Das regenbogenfarbene Band der Mutter an ihrer schmalen Taille barg den Pfeil und den Schößling an ihrem warmen Körper. Ihre kleinen Füße in eleganten roten Lederschuhen hatte sie unter dem Stuhl gekreuzt. Ihr frisch gebürstetes kastanienbraunes Haar ergoß sich schwungvoll und doch beherrscht über ihren Rücken, bis auf eine einzelne dicke Haarsträhne, die ihr über die Schulter gefallen war und sich nun über ihrer Brust kräuselte.

Ein leises, beinahe geheimnisvolles Lächeln umspielte ihre Lippen. Die letzten Stunden waren süßer gewesen als alles, was Faraday jemals erlebt hatte. Alle Furcht war von ihr gewichen, und alle Gedanken an Verrat waren verflogen. Statt dessen erfüllten sie Wärme und die Erinnerung an Drachenstern, so wie sie ihn zurückgelassen hatte.

Leah trug ein ähnliches Gewand, auch wenn ihr gewölbter Leib keine Schärpe und keinen Gürtel zuließ. Ihr Gesicht war ebenso von Glück und Zufriedenheit erfüllt wie das Faradays. Es leuchtete geradezu, nachdem sie einige Tage die Ruhe und das gute Essen der Zuflucht genossen hatte. Ihre Finger strichen immer wieder über ihren Bauch und spürten den winzigen Bewegungen von Zareds Kind nach.

Eine grenzenlose Blumenwiese, hatte Faraday gesagt. In ihrem Bauch wuchs eine grenzenlose Blumenwiese heran.

Eine kleine Träne floß über Leahs Gesicht, aber es war eine Träne der Freude, nicht der Trauer.

Die dritte Zauberin, Gwendylyr, war weniger von Freude erfüllt als Faraday und Leah. Wie Leahs Gemahl Zared war auch der ihre noch am Leben, doch Gwendylyr und Theodor hatten den Tod ihrer Zwillingssöhne mit ansehen müssen. Tomas und Cedrian waren von den Westbergen auf die Blumenwiese gelangt. Und obwohl Gwendylyr wußte, daß sie noch lebten, zwischen den Blumen spielten und voller Ehrfurcht auf magischen Klippen standen, die in das schäumende Meer abfielen, vermißte sie sie doch von ganzem Herzen. Sie würde sie immer vermissen, solange sie in diesem Leben weilte, ehe auch sie durch das Tor auf die Blumenwiese gelangte.

Selbst wenn Theodor und sie neue Kinder zur Welt brächten und aufzogen, würde nichts jemals das Lachen ihrer beiden Söhne ersetzen können.

Sie hob bedächtig die Hand, strich sich durch das schwarze Haar und schob sich eine schwere Locke aus der Stirn. Wie Faraday und Leah trug sie ihr Haar offen, es fiel ihr in üppigen, seidigen Wellen auf den Rücken.

Der vierte im Kreis war Meister Jannymire Goldmann. Er besaß weder prachtvolles langes Haar noch einen geschmeidigen Körper, der von den schweren Falten eines weißen Leinengewandes bedeckt wurde. Dennoch glich seine Kleidung – eine kurze Tunika aus demselben weißen Leinen wie die Frauenkleider und rote Ledersandalen – der der anderen drei.

Gelassenheit und Scharfsinn, wie sie nur wenigen Menschen, Magiern oder Zauberern eigen sind, leuchteten aus seinen Augen.

Goldmann hatte Geheimnisse und seltsame Lehren entdeckt, als Drachenstern ihn durch das Tor auf die Blumenwiese geschoben hatte, und seither fand Goldmann mit jeder Stunde etwas Neues, das es zu erforschen galt, das ihn in noch abwegigere Gebiete führte. Er verbrachte jeden Tag viel Zeit damit, Menschen zu suchen, mit denen er diesen philosophischen Fragen nachgehen und Gedankenspiele treiben konnte. In der Zuflucht genoß er bereits den Ruf eines Mannes, der den Menschen eines Tages die Geheimnisse des Daseins enthüllen und die großen Rätsel der Welt so anschaulich machen würde wie einen Teller mit Brot und Käse.

Goldmann seufzte glücklich, schloß die Augen und ließ die Macht seiner Seele seinen Körper durchströmen. Er fühlte sich hier heimisch.

Der fünfte von Drachensterns Zauberern saß nicht auf einem Stuhl und war auch nicht Teil des Kreises. Bannfeder Eisenherz lag in der Mitte des Kreises auf dem Rücken und bildete damit sein Zentrum. Seine Brust hob und senkte sich schwer, sein Atem rasselte und sein Körper glühte vor Fieber.

Bannfeder lag im Sterben – zum zweiten Mal, was ihn selbst geistig aushöhlte und alles schmerzhafter und lähmender empfinden ließ.

Die Zauberinnen und Zauberer befanden sich unter einer großen Kristallkuppel in einem abgelegenen Teil der Zuflucht. Die Kuppel ruhte auf siebzig Kristallsäulen, die übermannsgroß aus einem mit Terrakottafliesen bedeckten Boden ragten. Hinter den Säulen erstreckte sich eine weite Ebene frisch gepflügter Erde.

Sonst war nichts zu sehen.

Dragos Zauberinnen und Zauberer warteten und hingen ihren Gedanken nach.

Er schritt über die gepflügten Felder dahin, seine nackten Füße sanken kaum in der weichen Erde ein.

Sein Körper war ebenfalls nackt, bis auf den weißen Leinenschurz um seine Hüften, das lilienförmige Schwert und den edelsteinbesetzten Beutel, der an seinem mit Juwelen geschmückten Gürtel hing.

Die Haut seines Körpers glitzerte vom Schweiß.

Drachenstern, der wiedergeborene Feind.

Hinter ihm lief der Sternenhengst, ruhig und kraftvoll, sein Kopf hob und senkte sich bei jedem Schritt. Sterne fielen von seiner Mähne und seinem Schweif auf die nackte Erde. Von seinem Widerrist, ob durch Magie oder vielleicht auch nur auf einen Wunsch hin dort befestigt, hingen der Wolfen und die Pfeile mit den zitternden blauen Federn.

Hinter dem Pferd, etwas seitlich, folgten die Alaunt. Sie liefen in einer Reihe, die Köpfe nur so weit erhoben, daß ihre goldenen Augen auf ihren Vordermann gerichtet blieben.

Ihre Schnauzen waren leicht geöffnet, so daß das Funkeln ihrer Zähne und ihre Zungen zu sehen waren.

Hinter ihnen tapste die blaugefiederte Echse, die hin und wieder nach unsichtbaren Mücken schnappte.

Die Kristallkuppel erschien am Horizont, doch Drachenstern beschleunigte weder seine Schritte, noch veränderte sich der Ausdruck auf seinem Gesicht. Er war mit sich selbst im reinen, auch wenn er im Geist das Bild von Millionen von Sternen und Galaxien vor sich sah, die durch das Universum taumelten, verfolgt von einer großen dunklen Wolke, die ihren stachelbewehrten Skorpionenschwanz zum Angriff erhoben hatte.

So hatte das Böse alles Gute bedroht, das jemals geschaffen wurde.

So war der Sternentanz seit der Erschaffung des Universums selbst von den dämonischen Hütern der Zeit verfolgt worden.

Die Zeit war gekommen, dem ein Ende zu machen.

Hier und jetzt. In diesem Zeitalter. Mit diesem Mann, diesem Krieger. Und dann … dann …

… wie viele Äonen hatte der Sternentanz gewartet? Wie lange hatte er nur zugesehen, als Welten, Sonnensysteme und Galaxien zerrissen wurden?

… dann konnte der Garten neu geschaffen werden. Und dieses Mal ohne den Stich des Skorpionenstachels.

Nur die grenzenlose Blumenwiese wogte sanft bis in alle Ewigkeit.

Faraday wandte leicht den Kopf und schien zu lächeln, obwohl ihre Gesichtszüge unbeweglich blieben.

Sie konnte seinen Geruch wahrnehmen.

Und dann stand er hinter ihr. Sie spürte das Zittern seines

Körpers und seine Wärme, ihre Lippen öffneten sich, und sie rutschte unruhig auf dem Stuhl hin und her, in Erinnerung versunken.

Drachenstern legte ihr die Hand auf die Schulter und sie lehnte sich von Liebe erfüllt zurück. Er beugte sich kurz vor und küßte sie auf den Mund.

Leah, Gwendylyr und Goldmann blickten auf und lächelten voller Freude.

»Drachenstern!« sagte Leah.

Er nickte, umfing jeden von ihnen mit der Wärme seines Blikkes und sah dann zu Bannfeder hinüber.

Der Vogelmann hatte den Kopf in Drachensterns Richtung gedreht und die Augen geöffnet. Sie waren rot und von der schrecklichen Krankheit ermattet.

Dennoch lag Freude darin.

Drachenstern schritt an Faraday vorbei und trat in den Kreis. Er hielt inne und ging dann neben Bannfeder in die Hocke. »Ich brauche Euch lebendig«, sagte er.

»Gut«, krächzte Bannfeder.

Drachenstern grinste und legte Bannfeder ganz leicht die Hand auf die Brust.

»Verspürt Ihr Lust auf ein Abenteuer?« fragte er.

»Für Euch«, sagte Bannfeder, »würde ich sogar die Kohlen stehlen, die die Flammen in den Feuergruben des Nachlebens lodern lassen.«

Drachenstern umfaßte Bannfeders Kinn. »Von Euch«, murmelte er, »verlange ich noch viel mehr als das. Jeden Tag eine Blume von der Wiese, die Euch umgibt.«

Beide Männer lächelten einander liebevoll an, dann stand Drachenstern auf und wandte sich an die anderen vier.

»Das Feld, das diese Kuppel umgibt, ist kahl und leer«, sagte er. »Es wurde gejätet, gehackt und gepflügt und ist trotzdem fruchtlos. Woran erinnert es uns?«

»An uns selbst«, sagte Goldmann, der an solchen Gleichnissen Gefallen fand. »Wir haben gepflügt und in uns die Saat gelegt, aber wir müssen noch zur Blüte gelangen.«

»Richtig«, sagte Drachenstern.

»Vielleicht können wir das erst«, sagte Gwendylyr, »wenn Bannfeder geheilt ist.«

Drachenstern nickte, doch er sagte nichts.

»Wir müssen Bannfeder heilen«, sagte Faraday, ihre Stimme war ruhig und nachdenklich. »Nicht wahr, Drachenstern? Wir müssen es tun.«

Drachenstern nickte erneut.

»Und ich muß mich selbst heilen«, sagte Bannfeder.

»Breitet Eure Flügel aus«, sagte Drachenstern. »Ein jeder von Euch.«

Damit verließ er den Kreis.

Ein erschrockener Ausdruck huschte über Leahs Gesicht, und sie legte wie beschützend ihre Hand kurz auf den Bauch. »Wie sollen wir das tun?«

»Wir haben alle acharitische Magie in uns«, sagte Faraday, »die jetzt freigesetzt ist, weil wir alle schon einmal gestorben sind.«

Drachenstern schritt langsam aus der Kuppel heraus und ging über das bestellte Feld. Die Alaunt hatten sich in der Nähe der Kuppel friedlich und doch wachsam niedergelassen. Der Sternenhengst stand ruhig da und döste vor sich hin. Er schenkte der Echse keine Beachtung, die hinter ihm lag und träge nach dem zuckenden Schweif des Hengstes schlug.

Ein winziger Stern fiel aus der Mähne des Hengstes und verglühte auf der feuchten Erde.

»Seltsam«, fuhr Faraday fort, und ihre Stimme klang immer noch sehr ruhig, »daß wir über acharitische Magie verfügen, und Drachenstern uns inmitten dieses gepflügten Feldes darauf hingewiesen hat.«

Von den anderen besaß nur Bannfeder genügend Erinnerungen an das alte Achar, um zu verstehen, worauf Faraday anspielte.

»Ihr sprecht von dem alten Gott von Achar«, sagte er und wurde von einem heftigen Hustenanfall unterbrochen, »Artor der Pflüger.«

»Artor war böse!« sagten Leah und Gwendylyr im Chor.

»Ja«, sagte Faraday, »aber vielleicht sollten wir den Einfluß nicht vergessen, den Artor auf Achar hatte und damit auch auf unsere Kräfte.«

Sie hielt inne und versuchte, Ordnung in ihre Gedanken zu bringen. »Von uns fünf ist nur Bannfeder erkrankt. In ihm fließt eine Mischung aus ikarischem und acharitischem Blut ... und vielleicht ist es Artors Vermächtnis in uns allen, das ihn so krank gemacht hat, daß er dem Tod nahe ist.«

»Ich denke, Drachenstern meinte, es sei ein starkes Fieber«, sagte Gwendylyr und runzelte die Stirn.

»Fieber ist nur das äußere Erscheinungsbild der Krankheit«, sagte Goldmann, dem klar wurde, worauf Faraday hinauswollte, »aber in Wahrheit ist Bannfeders Geist von Artors Vermächtnis befleckt. Er leidet mehr darunter als wir.«

»Ist das der Grund, warum dieses Feld keine Früchte trägt?« fragte Leah. »Und warum Bannfeder nicht gesunden kann? Müssen wir uns von Artors Vermächtnis befreien?«

»Ja!« sagte Faraday, und die anderen lächelten, denn die Erklärung schien ihnen einzuleuchten. »Ja. Wir müssen uns von den Furchen der gepflügten Erde lösen.«

»Aber wie?« fragte Gwendylyr, die stets praktisch dachte.

Alle schwiegen.

»Wir müssen uns selbst eine Frage stellen«, sagte Goldmann. »Was ist von Artor, dem Gott des Pfluges, in uns?«

Wieder Schweigen.

»Faraday«, sagte Bannfeder, und seine Stimme war kaum mehr als ein ersterbendes Flüstern, »von uns allen seid Ihr die einzige, die in der Kunst Artor des Pflügers bewandert ist. Ich habe nur gegen ihn gekämpft und Goldmann ...«

»Ich war erst zwölf Jahre alt, als Aschure Artor ins Grab geschickt hat«, sagte Goldmann. »Faraday, was könnt Ihr uns über ihn erzählen?«

Faraday saß eine Weile schweigend da und erinnerte sich an die Unterweisung im Weg des Pfluges, die sie in ihrer Kindheit erhalten hatte, und an ihre Treue und Liebe zu Artor dem Pflüger. Die Monate, die schnell zu Jahren wurden, in denen sie das Buch von Feld und Furche studiert hatte. Wie blind bin ich damals gewesen, dachte sie.

Doch der Glaube an den Pflug war so tröstlich. Warum eigentlich?

»Wir haben die Natur verabscheut und gleichzeitig gefürchtet«, sagte sie schließlich langsam, »und Artor hat uns für diese Furcht einen Namen und ein Gesicht gegeben. Die ungezähmte Natur, Berge, Wälder und Sümpfe, so glaubten wir, wurden von finsteren Wesen bevölkert, deren Absicht es sei, alles Gute und Schöne zu überwältigen ... uns zu überwältigen.«

Bannfeders Mund verzog sich zu einem bitteren Lächeln, und er wandte den Kopf ab.

»Als wir erst einmal wußten, wovor wir uns fürchteten – die wilde Natur und alles, was darin lebte –, fühlten wir uns wohler. Dann nahmen wir uns die Wälder mit unseren Äxten vor, die Berge mit unseren Armeen und die Sümpfe nach Plänen unserer Wasserfachleute und trieben die wilde Natur so weit zurück, wie wir konnten. Wir haben die Erde gezähmt und sie dann sogar versklavt.«

»Wir haben sie mit dem Pflug unterworfen«, sagte Gwendylyr.

»Ja«, sagte Faraday, »mit dem Pflug und den ordentlichen, rechteckigen Feldern und den geraden, genau gezogenen Furchen.«

»›Furche weit, Furche tief‹«, sagte Goldmann. »Ich erinnere mich, daß mein Vater das immer gesagt hat.«

»Müssen wir unsere Fehler wiedergutmachen?« fragte Gwendylyr.

Faraday blickte Bannfeder an. »Müssen wir das?«

»Nein«, sagte er schließlich. »Nicht unbedingt. Die Erde braucht keine ›Wiedergutmachung‹.«

»Sie will nur, daß wir uns von unserem Haß und unserer Furcht befreien«, sagte Goldmann.

»Aber ich bringe der Natur weder Haß noch Furcht entgegen!« sagte Leah.

»Dennoch steckt etwas tief in uns«, sagte Faraday, »das uns verdirbt. Es ist das Vermächtnis tausender Generationen, die Artor blind verehrt haben. Von diesem Erbe müssen wir uns befreien.«

»Aber wie?« fragte Leah. Sie ließ den Blick über die anderen Zauberer und Zauberinnen schweifen und schaute dann zu Bannfeder hinüber. Er sah noch schlechter aus als vorher, und Leah wurde klar, daß ihnen nicht mehr viel Zeit blieb.

Faraday lächelte. »Ich glaube, ich weiß es«, sagte sie, und Drachenstern auf dem gepflügten Feld hob den Kopf und lächelte ebenfalls.

»Wir fürchten uns noch immer ein wenig vor der Natur«, sagte Faraday. »Ein jeder von uns. Wir müssen uns dieser Furcht stellen und uns von ihr befreien.«

»Aber –«, setzte Gwendylyr an.

»Wir alle fürchten uns davor«, sagte Faraday noch einmal und blickte Gwendylyr ruhig an. »Ein jeder von uns.«

»Ich weiß, wovor ich mich fürchte«, sagte Bannfeder, doch Faraday ließ ihn nicht ausreden.

Sie hob die Hand, stand auf und kniete neben ihm nieder. »Bannfeder, ich glaube, ich weiß, wovor Ihr Euch fürchtet und wie stark diese Furcht ist.«

Faraday lächelte traurig. »Kein Wunder, daß Ihr starkes Fieber habt.« Dann hob sie den Kopf und blickte die anderen drei an, eine Hand ruhte leicht auf Bannfeders Schulter. »Wir müssen uns zuerst unseren eigenen Ängsten stellen, und danach, wenn wir stärker geworden sind, können wir Bannfeder helfen. Goldmann, was meint Ihr dazu?«

»Wie? Oh … ich, äh …« Goldmann verstummte, sein Blick war verhangen, der Mund zusammengepreßt, die Hände lagen verkrampft in seinem Schoß.

»Ich hasse Sackgassen«, sagte er, und Faraday nickte. Goldmann war ganz der zielgerichtete, erfolgsgewohnte Geschäftsmann.

»Es gibt nichts schlimmeres«, sagte Goldmann und sein Blick war hart, »als durch die Natur zu schlendern und sich plötzlich in irgendeiner Schlucht wiederzufinden, aus der es keinen Ausweg gibt, und dann den ganzen Weg wieder zurückgehen zu müssen, um eine andere Lösung zu finden. Eine solche Zeitverschwendung!«

»Es zahlt sich nicht aus«, sagte Leah, und begriff nun ein wenig besser, was ihnen allen bevorstand.

»Ja!« sagte Goldmann, stand auf und ging unter der Kuppel auf und ab. »Sackgassen sind so ärgerlich! So sinnlos!«

Faraday betrachtete ihn lange. Goldmann schien beinahe von Haß überwältigt zu sein, und ihr wurde bewußt, daß es dafür wohl noch andere Ursachen geben mußte.

»So sinnlos«, wiederholte Goldmann und verschwand.

Goldmann fand sich vor einer aufreizend glatten – und überaus hohen und steilen – Felswand in einer Schlucht wieder, und ihn packte die Wut.

Stundenlang war er gewandert, um zu diesem Punkt zu gelangen, doch die Zeit und Mühe hätte er woanders gewinnbringender einsetzen können.

Er war durch diese Schlucht gegangen, in dem Glauben, daß sie ihn zu einem besseren Leben führen würde, zu mehr Geld und vielleicht sogar einem tieferen Verständnis für das Leben selbst, doch alles, wohin sie ihn geführt hatte, war eine Sackgasse, eine Felswand, ein Hindernis, das Goldmann nicht überwinden konnte.

Er tobte vor Zorn. War es möglich, die Felswand zu beseitigen? Vielleicht konnten einige hundert Mann, mit Spitzhacken und Schaufeln bewaffnet, sie in einer Woche niederreißen. Eine kleinere Gruppe von Männern mit Schießpulver konnte sie sicher sogar noch schneller vernichten. Etwas mußte getan werden, um diese Felswand zu zwingen, sich Goldmanns Wünschen und Bedürfnissen zu fügen und …

… und Goldmann schauderte angesichts der Stärke seiner Wut. Warum hegte er solche Gedanken? Warum war er so zornig?

Schließlich wütete er gegen einen Felsbrocken!

Goldmann starrte die Felswand an und fragte sich, wie er am besten seine Verärgerung und Wut niederringen könnte.

Du bist an dieser Felswand angelangt, dachte er. Das muß doch einen Sinn haben. Nur welchen?

Er setzte sich mit überkreuzten Beinen auf den Boden und betrachtete den Fels.

»Was kannst du mich lehren?« fragte er, und bei dieser Frage fiel alle Verärgerung und aller Zorn von ihm ab, und er wurde von großer Freude erfüllt.

Der Fels nahm die Freude in sich auf ... dann beugte er sich vor und begann voller Ernsthaftigkeit mit Goldmann zu sprechen.

Goldmann klopfte den Staub von seiner Tunika und lächelte die vier Gesichter an, die ihn anblickten.

»Und nun seid Ihr an der Reihe«, sagte er zu Gwendylyr.

Sie war im Garten und kochte vor Wut.

Wie lange hatte sie sich um diese Hecke gekümmert? Wie viele Stunden hatte sie sie gestutzt und zurechtgeschnitten? Wie viele Tage hatte sie sorgfältig die Erde an ihren Wurzeln gelokkert, damit Licht, Luft und Dünger an sie herankamen?

Und die Hecke war so wichtig! Sie hatte einst den Garten vom Feld geschieden – und welch ordentlicher Garten es war, mit seinen genau abgemessenen Beeten und geraden Reihen von Rankstäben – und damit die Grenze zwischen Ordnung und Unordnung gebildet, die jeder Mensch brauchte.

Doch nun hatte Unordnung in diesem Garten Einzug gehalten.

Unordnung in Gestalt von rücksichtslosem Efeu. Er hatte sich in der Hecke eingenistet, sich in ihrem dunklen Inneren ausgebreitet und hatte schließlich triumphiert. Die gesamte Hecke entlang wiegten sich lange, hämische Ranken in der lauen Sommerluft.

Die Hecke war ruiniert! Zweifellos würde sie absterben! Wie konnte sie diesen Schmarotzer dulden und nähren und trotzdem –

Gwendylyr wurde mit einem Mal bewußt, daß sie furchtbare Angst hatte. Es gab gar keine Grenzlinie zwischen Ordnung und Unordnung. Es war alles eine Lüge. Die Unordnung würde stets den Sieg davontragen. Sie würde sich niemals bezwingen lassen.

Gwendylyr wich langsam zurück, aus Furcht, daß eine der Ranken nach ihr greifen und sie packen könnte. Wo konnte sie sich verstecken? Gab es einen Ort, an dem sie sich verbergen konnte? Vielleicht im Keller … die Dunkelheit würde den Efeu sicherlich fernhalten … in der Dunkelheit wäre sie sicher … sicher …

Gwendylyr hielt entsetzt inne. Sie wollte sich den Rest ihres Lebens in der Dunkelheit verstecken, um der Unordnung zu entkommen?

Was wäre denn das für ein Leben?

Sie schluckte, trat vor, hob den Arm und nahm eine der wogenden Ranken sanft in die Hand.

»Es freut mich, deine Bekanntschaft zu machen«, sagte sie.

»Ganz meinerseits«, sagte der Efeu, und die Sonne explodierte und überschüttete die Hecke, den Efeu und Gwendylyr mit Freiheit.

»Leah?« sagte Gwendylyr.

»Nein! Nein!« schrie Leah und tastete entsetzt über ihren Bauch.

Er war vollkommen flach. Unfruchtbar.

So unfruchtbar wie das Land um sie herum. Über ihren leeren Leib gekrümmt, lief sie über eine Ebene voller roter heißer Kieselsteine. Ein trockener Wind blies ihr ins Gesicht, wehte ihr die Haare in die Augen.

Der Himmel war grau und trüb, voller bleierner Träume.

»Nein, nein«, flüsterte sie. Sie war in einem Land gefangen, das ihr ihr Kind geraubt hatte, um damit die eigene Hoffnungslosigkeit zu nähren. Himmel und Erde waren gleichermaßen unfruchtbar, und sie war zwischen ihnen gefangen.

»Nein.« Leah sank zu Boden, keuchte vor Schmerz, als sie die heißen Steine berührte, und rollte sich zusammen, ohne auf ihre Verbrennungen zu achten.

Ihr war nichts mehr geblieben. Sie sollte aufgeben. Sterben.

Es gab nichts mehr, wofür es sich zu leben lohnte.

Sie weinte, das Elend ließ sie immer wieder aufschluchzen. Sie wollte sterben. Warum konnte sie nicht sterben? Gab es niemanden, der ihr beim Sterben helfen konnte? Konnte nicht irgend jemand ein Messer in ihren – hoffnungslos unfruchtbaren – Leib stoßen und ihn aufschlitzen? Der Schmerz wäre nichts im Vergleich zu dem … dem Grauen, das sie umgab.

Dieser Wüste. Diesem kargen Land.

Leah weinte noch heftiger und packte eine Handvoll Kiesel, die sie mit einem Abscheu erfüllten, wie sie ihn noch nie zuvor für etwas oder jemanden empfunden hatte. Sie warf sie wütend von sich, packte dann eine weitere Handvoll und warf sie hinterher.

Als sie noch eine Handvoll ergreifen wollte, hielt sie plötzlich inne, entgeistert über das, was sie tat.

Warum gab sie dem Land die Schuld für ihr Unglück? Wenn sie das Kind verloren hatte, das sie in sich getragen hatte, wie konnte sie diese Wüste dafür verantwortlich machen?

Eine kühle Brise wehte über sie hinweg und blies ihr das Haar aus dem Gesicht.

Ein kleines Erdhörnchen lief über ihre Hand, seine winzige samtige Nase schnupperte an ihrer Handfläche, auf der Suche nach Nahrung.

Leah lächelte und lachte auf, als sie ein angenehmes Gewicht in ihrem Bauch spürte. Sie legte die Hand auf ihren Leib, spürte den Herzschlag ihres Kindes und dann …

… keuchte sie überrascht auf und tastete mit der Hand über die Kiesel um sie herum.

Aus dem Leib der Erde drang ebenfalls das Klopfen eines Herzens zu ihr herauf und es glich –

Schlag für Schlag

– dem ihres Kindes.

»Was willst du mir mitteilen?« flüsterte sie und weinte vor Entzücken, als die Kiesel es ihr erklärten.

Leah hob den Kopf und musterte die anderen. Ein seltsames, machtvolles Licht leuchtete in ihren Augen.

»Und nun Ihr, Faraday«, sagte sie.

Faraday wußte, wem sie sich gegenübersehen würde, doch dieses Wissen machte die Vision nicht im mindesten angenehmer.

Sie war gefangen, so wie sie immer wieder in Gefangenschaft geraten war. Sie hatte jemandem vertraut – dieses Mal den Bäumen – und diese hatten ihr den Rücken zugewandt und sie hier zurückgelassen.

In einem Dornengestrüpp.

Dornenranken hüllten sie ein, bohrten sich in die weiße Haut ihrer Arme, ihrer Brust und ihres Bauchs und krochen zwischen ihre Beine.

Dornen stachen in ihre Kehle und ihre Wangen, so daß bei jedem Atemzug Blut hervortrat und die Dornen noch tiefer in ihre Haut eindrangen.

Muß ich immer bluten? dachte sie. Muß ich immer wieder die Verzweiflung der Gefangenschaft ertragen?

»Es ist keine leichte Aufgabe«, murmelte ein Dorn an ihrem Ohr. »Aber jemand muß sie auf sich nehmen.«

Ja, ja, dachte Faraday, jemand muß sie auf sich nehmen. Sie war sich so sicher gewesen, daß sie den Verlockungen der Selbstaufopferung widerstehen könnte, und doch war sie hier und gab sich ihnen erneut hin.

Jemand würde sein Leben dafür geben müssen, damit Tencendor gerettet werden konnte, und Faraday glaubte, daß sie es noch einmal tun mußte.

Voller Schmerz.

Eine Gefangene des Landes, das nur auf ihre Kosten überleben konnte.

Die Dornen legten sich noch enger um sie, und Faraday schrie. Irgendwie schien es die richtige Entscheidung zu sein.

»Ihr habt die Wahl«, sagten die Dornen. »Ihr könnt aufgeben, und der Schmerz wird … einigermaßen schnell vorüber sein. Oder Ihr könnt kämpfen und Euch bei dem Versuch, Euch zu befreien, selbst zerreißen. Was wollt Ihr tun?«

»Ich … ich …«

»Rasch! Rasch! Euch bleibt nicht viel Zeit!«

Faraday geriet in Panik. Sie öffnete den Mund, um zu schreien – und hielt inne, plötzlich völlig ruhig.

»Entscheide du für mich«, sagte sie. »Ich vertraue darauf, daß du die richtige Wahl treffen wirst.«

»Braves Mädchen«, sagte das Land zufrieden, und Faraday spürte, wie sie in einem See aus smaragdgrünem Wasser langsam nach oben stieg.

Sie brach durch die Oberfläche, schüttelte sich das Wasser aus den Haaren und lachte.

»Bannfeder«, sagte sie und packte seine Schulter fester. »Wir werden für Euch da sein.«

Bannfeder taumelte durch die Lüfte, entschlossener als jemals zuvor in seinem Leben.

Die Erde sollte ihn nie bekommen.

Er war ein Ikarier! Ein Vogelmann! Der Erdboden hatte ihm nichts zu bieten, gar nichts.

Aber warum spürte er dann ein solches schmerzhaftes Ziehen an seinen Flügeln? Warum schien das Gewicht seines Körpers mit jedem Atemzug zuzunehmen, so daß es ihm immer schwerer fiel, sich in der Luft zu halten?

Die Erde rief ihm zu: »Geh auf mir, werde mein Geliebter, binde dich an mich.«

Nein!

»Binde dich auf ewig an mich.«

Nein!

Bannfeder verdoppelte seine Anstrengungen. Schultern, Brust und Leib schmerzten ihm von dem Versuch, sich in der Luftströmung zu halten.

Doch trotzdem kreiste er abwärts, nicht hinauf.

Sein Sturz wurde immer schneller, und Bannfeder schrie dem Boden Flüche entgegen. Er würde sich niemals von der Erde binden lassen! Er war ein Geschöpf der Lüfte, des Himmels und der Sterne!

Die Erde raste auf ihn zu, und Bannfeder schrie vor Furcht mehr noch als vor Zorn. Nicht aus Furcht vor Tod oder Schmerz, sondern aus Furcht, daß er an die Erde gefesselt wäre, daß er nie wieder fliegen könnte, nie wieder segeln, nie mehr der stolze ikarische Krieger …

Er kam mit einer solchen Wucht auf dem Boden auf, daß er auf der Stelle hätte tot sein müssen, doch die schlimmsten Verletzungen, die Bannfeder spürte, waren Prellungen an Schulter und Oberschenkel. Er stand auf und wäre beinahe auf den Rükken gefallen.

Nur mit Mühe hielt er sich auf den Beinen. Was war mit seinem Gleichgewicht geschehen? Warum kam ihm alles so schwer vor?

Bannfeder hielt erschrocken inne.

Seine Flügel hatten sich in eine Last verwandelt. Zum ersten Mal in seinem langen Leben wurde Bannfeder bewußt, daß seine Flügel ihm eine Last waren. Wie riesige steinerne Gewichte hingen sie an seinem Rücken, und er konnte sie kaum bewegen, geschweige denn sich mit ihnen in die Luft erheben.

»Nein! Verflucht! Gib mir meine Anmut zurück! Mein Gleichgewicht! Meinen …«

Meinen ikarischen Stolz, dachte er und hielt verwundert inne. Bin ich schon immer so überheblich gewesen?

So verächtlich gegenüber der Erde?

So blind?

»Was willst du von mir?« flüsterte er. »Wie kann ich meine Fehler wiedergutmachen?«

»Lege deine Überheblichkeit ab«, erwiderte die Erde. »Denn damit hast du die Flügellosen seit Ewigkeiten verärgert.«

Ich soll meine Flügel ablegen? dachte Bannfeder, und Zorn durchflutete ihn. Kein Vogelmann legt seine Flügel ab!

Die Erde schwieg, und Bannfeder ließ beschämt den Kopf sinken.

Seine Flügel hingen schwer an ihm. Eine Last, nicht ihres Gewichts, sondern seiner Überheblichkeit wegen.

Bannfeder drehte den Kopf ein wenig, um sie zu betrachten. Seine Flügel waren Gebilde von majestätischer Schönheit, mit glänzenden schwarzen Federn – kraftvoll, anmutig, der körperliche Inbegriff der »Andersheit« der Ikarier. Sie waren es, die die Ikarier glauben ließen, sie seien Geschöpfe der Sterne.

Der Sternentanz liebte die Ikarier wegen ihrer Schönheit und ihrer Fähigkeit, zu fliegen.

»Falsch«, sagte der Erdboden. »Der Sternentanz hat Eure Schönheit und Eure Fähigkeit zu fliegen hingenommen, aber geliebt hat er Euch aus anderen Gründen.«

»Tatsächlich?«

»Eure innere Schönheit, die Ihr trotz Eurer Überheblichkeit besitzt ...«

Bannfeder zuckte zusammen und ließ den Kopf hängen.

»... und Euren Wagemut. Ihr und Euer Volk seid aus dem Funkeln der Edelsteine geschaffen, Bannfeder. Begrabt es nicht unter Eurer Überheblichkeit.«

Bannfeder nickte. Mut, dachte er, brauche ich nicht für das, was ich tun muß. Eher grenzenlose Demut.

Bannfeder blickte über die Schulter, hob die Arme und ergriff einen seiner Flügel. Er holte tief Luft und spannte die kraftvollen Flugmuskeln von Brust und Schultern an.

Dann riß er sich den Flügel aus.

Er schrie und beugte sich vor, schluchzend vor Schmerz, den Flügel noch immer in der Hand. Blut floß ihm den Rücken hinab.

Bannfeder biß sich auf die Lippen, kämpfte darum, nicht das Bewußtsein zu verlieren und warf den Flügel fort.

Er landete in einigen Schritt Entfernung auf dem Boden – ein nutzloses Anhängsel aus Fleisch und Federn.

Wellen der Dunkelheit drohten Bannfeder zu verschlingen, aber er kämpfte gegen sie an. Er packte den anderen Flügel, die Hände glitschig von Blut. Dann richtete er sich mit wildem Blick schwer atmend auf und riß den Flügel aus.

Er fiel zu Boden, und Bannfeder schrie ein letztes Mal, bevor der Schmerz ihn in die Bewußtlosigkeit stürzte.

Faraday kniete an Bannfeders Seite, und ihre Hand hielt seine Schulter fest umklammert. Seine Augen waren weit aufgerissen und starrten ins Leere. Sein Körper zuckte und bebte, als würde er einen verrückten abscheulichen Tanz aufführen.

»Faraday ...«, sagte Leah. Ihre Stimme klang gepreßt, und sie blickte unruhig in die Runde.

»Er wird es gleich geschafft haben«, sagte Faraday. Sie hielt inne und biß die Zähne aufeinander, als würde sie Bannfeders Schmerz teilen. »Er muß.«

»Trotzdem«, sagte Leah, »er braucht unser aller Hilfe.«

Gwendylyr, Goldmann und Leah erhoben sich von ihren Stühlen, bildeten einen Kreis um Bannfeder und knieten sich nieder. Gwendylyr legte Bannfeder nun behutsam die Hand auf die Schulter, während Leah und Goldmann jeweils eine Hand des Vogelmannes ergriffen. »Wir sind Eure Freunde«, flüsterte Leah.

Wir sind Eure Freunde, flüsterte ihre Stimme durch Bannfeders Qualen.

Wir alle, sagte eine andere Stimme, und Bannfeder wurde bewußt, daß es die Stimme des Landes selbst war.

»Tatsächlich?« sagte er.

»Tatsächlich?« flüsterte Bannfeder. Seine Augen öffneten sich und blickten in die vier Gesichter über ihm.

»Ich habe meine Flügel abgelegt«, sagte er und lächelte.

Faraday erwiderte sein Lächeln. »Wirklich? Wie kommt es dann, daß sie sich immer noch auf Eurem Rücken befinden?«

Bannfeder zuckte überrascht zusammen und rollte sich herum, um selbst nachzusehen. »Oh«, sagte er mit solch einem verdutzten Ausdruck im Gesicht, daß seine Gefährten auflachten.

»Bannfeder«, sagte Goldmann. »Ist Euch aufgefallen, daß sich das Fieber gelegt hat?«

»Ich bin gesund«, sagte Bannfeder. »Ich bin wieder gesund.«

Im selben Augenblick stieß Leah ein Keuchen aus und blickte sich um. Überall auf dem bestellten Feld sprossen Blumen, bedeckten seine Rillen und Furchen so vollständig, daß nicht mehr zu erkennen war, wo einst der Pflug seine Spuren hinterlassen hatte.

»Nun ist Artor wirklich tot«, sagte Faraday, »und wir sind endlich frei.«

9

Von Vorherbestimmung und Kampf

Sie standen vor dem siebenseitigen Turm mit den weißen Mauern, von Widerwillen erfüllt.

»Er ist durchdrungen vom Gestank des Feindes«, sagte Scheol. »Durch und durch.«

Qeteb sagte nichts. Er saß auf seinem schwarzen Reittier und betrachtete nachdenklich den Turm.

Schließlich wandte er den Kopf Sternenfreude zu, die auf dem Boden halb saß und halb kauerte. »Sagt mir, was es damit auf sich hat«, forderte er.

Sternenfreude zischte.

Etwas Schreckliches ging von Qeteb aus und bohrte seine Krallen tief in Sternenfreudes Geist. Sie schrie und wälzte sich auf dem schmutzigen Boden hin und her.

»Narrenturm! Sein Name ist Narrenturm!«

»Ihr seid ein solch nützlicher Quell des Wissens«, sagte Qeteb. »Geliebte Mutter.«

Die anderen Dämonen kicherten.

Sternenfreude beruhigte sich wieder, aber ihre Augen waren starr auf Qetebs Gestalt gerichtet.

Sie war eine Närrin gewesen, daß sie dem Dämon gestattet hatte, ihr ihren Sohn zu nehmen! Konnte sie ihren Jungen immer noch retten? Gab es etwas, das sie tun konnte, das –

»Euer Sohn ist vor Tausenden von Jahren gestorben«, sagte Qeteb. »Nichts kann ihn zurückbringen. Findet Euch mit Eurer nutzlosen und überflüssigen Mutterschaft ab, Sternenfreude.«

Ihre Augen funkelten.

Qeteb schenkte ihr keine Beachtung. »Erzählt mir mehr über diesen Turm.«

Sternenfreude erwog, zu schweigen, doch ihre Gier nach Rache erfüllte sie mit einem starken Überlebenswillen. Sie wußte, daß Qeteb nur noch nach einem Grund suchte, sie zu töten.

Qeteb verlagerte im Sattel ein wenig sein Gewicht, und Sternenfreude sagte: »Nur sehr wenige Ikarier sind jemals in der Lage gewesen, sich des Turms zu bedienen. Sein Geheimnis wird streng gehütet.«

Scheol murrte ungehalten, doch Qeteb saß schweigend auf seinem Reittier und wartete.

»Wie dem auch sei …« Sternenfreude lächelte, als sie sich daran erinnerte, wie mächtig sie einmal gewesen war und welch große Bestimmung ihrer harrte. »Ich habe einen wachen Blick und einen klaren Verstand …«

Modt kicherte.

»… und ich glaube, daß der Turm die Menschen, die ihn betreten – möglicherweise sogar jeden, der ihn darum bittet – an jeden beliebigen Ort bringen kann.«

Qeteb starrte die Ikarierin durchdringend an und gelangte zu der Überzeugung, daß sie die Wahrheit sprach. Ein nützlicher Teil der Magie des Feindes also, dachte er und überlegte, was das für ihn bedeutete. Konnte er den Turm benutzen? Vielleicht. War es eine Falle? Möglicherweise …

Konnte er das Risiko eingehen, wenn es sich um eine Falle handelte?

Er wandte den Kopf und betrachtete die anderen Dämonen. Er könnte einen von ihnen hineinschicken …

Nein. Sie hatten Rox verloren – zumindest für den Augenblick – und Qeteb wollte das Leben der anderen nicht aufs Spiel setzen. Qetebs Blick huschte zu Niah hinüber, aber sie kam nicht in Frage. Niah besaß keine Seele, mit der sie eine Frage hätte stellen können, ganz zu schweigen davon, daß sie nicht stark genug wäre, um den Narrenturm zum Handeln zu bewegen.

Wer dann?

Ah, natürlich! Der Dämon der Mittagsstunde hob seine gepanzerte Hand und winkte.

Eine dunkle Gestalt kam vom Himmel herabgeflogen und landete vor den Dämonen. Es war Sternengrazie Sonnenflieger.

»Großer Vater«, sagte sie und verneigte sich vor ihm.

»Sternengrazie«, sagte Qeteb. »Ich habe eine Aufgabe für Euch.«

Sternenfreude ließ ihren Blick von Sternengrazie zu Qeteb gleiten und geriet ins Grübeln. Würden ihr die Falkenkinder helfen, Rache an Qeteb zu nehmen – er hatte ihr ihren Sohn genommen! –, oder waren sie blind gegenüber der Doppelzüngigkeit des Dämonen und würden ihm weiter gehorchen?

Sternengrazie würdigte Sternenfreude keines Blickes und hielt den Kopf aufmerksam gesenkt, während Qeteb mit ihr sprach. Als er geendet hatte, beeilte sie sich, seine Befehle auszuführen.

Und immer noch sah sie Sternenfreude nicht an.

Sternenfreude preßte die Lippen zusammen. Also war sie allein.

Faraday blinzelte, und sie standen unter der Kristallkuppel inmitten einer Blumenwiese.

Sie blinzelte noch einmal und fand sich mit ihren vier Gefährten unter Apfelbäumen in der Zuflucht wieder. Aus den Augenwinkeln nahm sie eine Bewegung wahr. Es war Bannfeder, wieder vollkommen geheilt, der seine glänzenden Flügel in der Sonne ausbreitete.

Er lächelte ihr zu, doch Faraday bemerkte, daß sich der Ausdruck in seinen Augen verändert hatte. Zweifellos, dachte sie, haben wir alle uns verändert.

»Meine Zauberinnen und Zauberer«, sagte eine warme, heitere Stimme, und Faradays Lächeln vertiefte sich.

Drachenstern trat aus dem Schatten eines Apfelbaumes und gesellte sich zu ihnen. Er betrachtete sie eingehend und bedachte jeden von ihnen mit einem kleinen Nicken und einem Lächeln, sagte sonst jedoch nichts zu ihrer Verwandlung.

Was hat er vor? dachte Faraday, und sofort huschte ihr der nächste Gedanke durch den Kopf. Was hat er mit uns vor?

»Faraday?« sagte eine leise Stimme, und Faraday wandte sich rasch um.

Es war Katie, die hinter demselben Baum hervortrat, unter dem Drachenstern gestanden hatte, und Faraday streckte die Arme nach ihr aus und umfing sie.

»Sie kann erst einmal bei uns bleiben«, sagte Drachenstern. »Aber wenn wir in die Einöde zurückkehren, wäre es sicherer, sie bliebe hier in der Zuflucht.«

Den Göttern sei dank, daß er sie keiner Gefahr aussetzen wird, dachte Faraday, und küßte das Mädchen auf die glänzenden braunen Locken.

»Wann gehen wir zurück in die Einöde?« fragte Bannfeder, und seine Stimme war von einem Gefühl durchdrungen, das Faraday erst jetzt als Rachedurst erkannte.

»Wir werden alle dorthin zurückkehren müssen«, sagte Drachenstern, »aber Ihr, Bannfeder, und ich werden als erste gehen. Nein, wartet, laßt mich ausreden, bevor Ihr mich mit Fragen überhäuft. Wollt Ihr Euch nicht setzen? Dieser Garten ist abgelegen genug, daß wir ohne unterbrochen zu werden miteinander reden können.«

Sie ließen sich in einem Kreis nieder, und Katie legte den Kopf in Faradays Schoß.

Als Faraday aufblickte, sah sie, wie Leah das Mädchen mit einem seltsamen Gesichtsausdruck anstarrte.

Als Leah Faradays Blick bemerkte, verschwand der Ausdruck von ihrem Gesicht. Katie hatte ihre eigene Bestimmung, so wie Leahs Kind, und sie konnte weder an der einen noch an der anderen etwas ändern.

Faraday wollte Leah fragen, warum sie Katie so angesehen hatte, doch bevor sie etwas sagen konnte, ergriff Drachenstern das Wort.

»Tencendor kann wiedergeboren werden«, sagte er. »Doch es muß erst von allen bösen Einflüssen befreit werden.«

»Von den Dämonen?« fragte Gwendylyr. Eine Strähne ihres

schwarzen Haars hing ihr unordentlich in die Stirn, und Gwendylyr hob die Hand, um sie fortzuwischen, doch dann hielt sie inne und ließ die Hand sinken. Sie ließ der Strähne ihren Willen.

»Ja«, sagte Drachenstern, »aber auch von all den verrückt gewordenen Tieren und … und …«

Und den wahnsinnigen Menschen, hätte er beinahe gesagt, doch er brachte es nicht über die Lippen. Obwohl er den Gedanken nicht laut ausgesprochen hatte, sah er in den Augen der anderen, daß sie wußten, was er meinte.

»Worum sollen wir uns als erstes kümmern?« fragte Goldmann.

Drachenstern zögerte und befeuchtete mit der Zunge seine Lippen. »Im besten Fall zuerst um die Dämonen«, sagte er nach einer Weile, »aber wir, Ihr fünf und ich, müssen noch stärker werden, wenn wir sie vernichten wollen.«

Katie hob bei seinen letzten Worten den Kopf und starrte Drachenstern kurz an, dann ließ sie das Gesicht wieder in Faradays Schoß sinken. Ihre Schultern zitterten leicht.

Niemand bemerkte ihre Reaktion, außer Faraday, die jedoch glaubte, Katie würde wegen der leichten Brise frösteln, die durch den Garten wehte. Sie schlug eine Falte ihres Rockes um Katie, während sie gespannt Drachensterns Worten lauschte.

Faraday und die anderen vier tauschten besorgte Blicke aus. »Sag uns«, fragte Faraday. »Was meinst du damit?«

Drachenstern holte tief Luft. »Ich bin der Sternensohn und ich werde gegen Qeteb kämpfen«, sagte er. »Aber die anderen Dämonen …«

»Ah«, sagte Goldmann, der verstanden hatte, »während Ihr für Qetebs Vernichtung verantwortlich seid, wird jeder von uns sich um einen der anderen Dämonen kümmern.«

»Ja. So ist es vorherbestimmt. Fünf von ihnen, fünf von Euch.«

»Aber wie sollen wir allein gegen einen Dämon kämpfen?« fragte Leah. Ihr Gesicht spiegelte Entsetzen wider, und sie legte beide Hände schützend auf ihren Bauch. »Ich kann nicht –«

»Hier und jetzt«, sagte Drachenstern mit sanfter Stimme und

betrachtete Leah, »könnt Ihr es nicht. Ihr habt recht. Wir brauchen mehr Erfahrung und vielleicht auch noch mehr Wissen, bevor wir es mit den Dämonen aufnehmen können. Aber irgendwann wird jeder von uns eine Aufgabe übernehmen und diese wird sich um einen bestimmten Dämonen drehen.«

»Es sind aber nur noch vier Dämonen übrig«, sagte Gwendylyr, »Qeteb nicht eingerechnet. Die Brücke von Sigholt hat Rox vernichtet ...«

»Das Böse kann nicht vernichtet werden«, flüsterte Katie in Faradays Schoß. »Man kann es nur umwandeln.«

Niemand hörte ihre Worte.

»... das bedeutet doch sicher, daß nur vier von uns den Dämonen gegenübertreten müssen. Leah kann in der Zuflucht warten. Wir dürfen sie nicht in Gefahr bringen.«

Drachenstern blickte Gwendylyr ruhig in die Augen und sah dann zu Leah hinüber. »Ein jeder von uns wird in der Einöde gebraucht«, sagte er. »Leah ebenso wie alle anderen. Ihre Schwangerschaft ist keine Entschuldigung. Und was Rox angeht, nun ... ich weiß nur, was mein Gefühl mir sagt. Das Gleichgewicht wird wiederhergestellt werden.«

»Wie denn nur?« fragte Goldmann.

Drachenstern senkte den Blick und mußte an die Unruhe zurückdenken, die er Niahs wegen empfunden hatte, auch wenn er nicht gewußt hatte, was ihn an ihr so sehr beunruhigte. »Niah«, sagte er. »Niah wird der fünfte Dämon werden.«

Alle schwiegen bestürzt und in dem instinktiven Gefühl, daß es die Wahrheit war.

Niah würde der fünfte Dämon werden ... und doch ... und doch fühlten alle diese seltsame Unruhe, die auch Drachenstern verspürt hatte.

Irgend etwas stimmte nicht mit Niah. Irgend etwas, das sie alle wissen und verstehen sollten.

Sternengrazie betrat den Narrenturm, von Hunger erfüllt. Sie war einmal eine Zauberin der Sonnenflieger gewesen und Thronerbin, wenn Sternenfreudes Kind nicht überlebt hätte.

Und eigentlich hatte es das ja auch nicht, wenn man es recht überlegte?

Eigentlich sollte also sie – Sternengrazie – Krallenfürstin sein.

Wenn Wolfstern nur nicht von seinem mörderischen Ehrgeiz gepackt worden wäre.

Wolfstern, Wolfstern, Wolfstern!

Voller Haß wiederholte Sternengrazie den Namen immer und immer wieder. Wolfstern! Wann würde Qeteb sie endlich auf Wolfstern hetzen?

Nun ja. Sie beruhigte sich wieder und erinnerte sich an die Anweisungen, die Qeteb ihr gegeben hatte. Für Wolfstern würde noch genug Zeit bleiben.

Sternengrazie legte ihren vogelartigen Kopf schief und betrachtete das Innere des Turms. Sie betrat ihn jetzt zum ersten Mal. Zu ihren Lebzeiten wußten nur die Zauberer und Krallenfürsten der Ikarier um die Geheimnisse des Narrenturms.

Über ihr schien sich der Turm bis in die Unendlichkeit des Himmels zu erstrecken, mit seinen seltsamen Treppen und verrückten Balkonen. Nichts hier ergab einen Sinn – die Balkone waren nicht mit den Treppen verbunden, und hinter den Balkonen lagen keine Räume.

Anscheinend konnte man hier nirgendwo hingelangen.

Aber Qeteb hatte ihr ein Ziel genannt, nicht wahr?

»Narrenturm«, sagte Sternengrazie in einem zwitschernden Tonfall, von dem sie hoffte, daß er dem Turm gefiel, »führ mich zu den verlorenen Völkern Tencendors.«

Sie faltete die schwarzen Flügel flach auf dem Rücken und setzte ihre krallenbewehrten Füße auf die ersten Stufen der Treppe, die in den Turm hinaufführte.

»Ihr sagtet, daß Ihr und ich als erste zurückkehren werden, Drachenstern?« sagte Bannfeder.

»Ja«, erwiderte Drachenstern. »Aus zwei Gründen. Zum einen muß ich herausfinden, ob wir den Narrenturm noch benutzen können.«

»Ist das unsere Verbindung zur Blumenwiese?« fragte Leah.

Sie versuchte immer noch, die Furcht zu meistern, die sie bei dem Gedanken ergriffen hatte, daß sie gegen einen der Dämonen kämpfen sollte. Wie konnte sie das? Was wurde aus ihrem Kind? Welcher Gefahr würde sie es aussetzen?

»Wir können die Wiese nur über die Einöde erreichen, die einmal Tencendor war«, bestätigte Drachenstern. »Und wenn ich keinen anderen Weg finde und wir nicht die Stufen des Bergfrieds hinaufsteigen wollen, ist der Narrenturm die beste Möglichkeit, um in die Einöde zu gelangen. Aber ich will uns nicht alle in Gefahr bringen, bei dem Versuch, herauszufinden, ob die Dämonen schon in den Narrenturm eingedrungen sind ...«

»Könnten sie die Zuflucht erreichen?« fragte Faraday. Ihr Götter, wenn ihnen das gelang ...!

»Nein. Sie könnten herausfinden, wo sich die Zuflucht befindet, aber sie werden ihre Schutzzauber nicht durchbrechen können.«

Und dennoch ... Drachenstern erinnerte sich an seine Gedanken, als er die Zuflucht zum ersten Mal gesehen hatte. Sie hatte genauso ausgesehen wie eine der Welten, durch die ihn die Dämonen bei ihren Sprüngen nach Tencendor gezerrt hatten.

Wenn es doch eine Schwachstelle gab? Was, wenn die Dämonen eine Möglichkeit fanden, hineinzugelangen?

Bei den Sternen! Wohin sollten sie dann alle gehen?

Drachenstern schüttelte die düsteren Gedanken ab. Der Feind hatte diesen Ort errichtet, und er war als Zuflucht vor den Dämonen bestimmt. Sie wußten, was sie taten, oder?

»Bist du sicher?« fragte Faraday, und Drachenstern schenkte ihr ein zuversichtliches Lächeln.

»Natürlich. Ich werde Bannfeder mitnehmen.« Drachenstern wandte sich an den Vogelmann und lächelte ihn ebenfalls an. »Nicht nur, weil ich seine Gesellschaft schätze, sondern auch, weil ich ihm etwas zeigen will. Etwas, das er – so wie wir alle – in unserem Kampf um unser Land brauchen wird.«

»Und das wäre ...«, sagte Bannfeder.

»Eure Armee«, sagte Drachenstern und lachte angesichts des begierigen Ausdrucks, der in Bannfeders Augen trat.

10

Geschäftiges Treiben im Narrenturm

Führt mich zu den verlorenen Völkern Tencendors, hatte Sternengrazie gesagt, und der Narrenturm tat wie ihm geheißen. Sternengrazie stieg eine Reihe von Treppen hinauf, über eine Vielzahl von Balkonen, und schließlich zeigte der Narrenturm Erbarmen mit ihren schmerzenden Beinen und ihrem wachsenden Unmut und führte sie zu einem kurzen Tunnel, der von blauem Dunst erfüllt war.

Am Ende des Tunnels konnte Sternengrazie die sich bewegenden Umrisse von Menschen sehen und lachte auf.

»Vielleicht wird Qeteb mir als Lohn für diesen Dienst endlich gestatten, Rache an Wolfstern zu nehmen«, rief sie und trat in den blauen Dunst des Tunnels, um festzustellen, wo der Sternensohn die Millionen von Seelen verborgen hatte, nach denen die Dämonen gierten.

Als sie das Ende des Tunnels fast erreicht hatte, blieb Sternengrazie stehen, alle Genugtuung wich aus ihrem Blick.

Dann knurrte sie. Der verfluchte Turm hatte sich auf ihre Kosten lustig gemacht!

Der Narrenturm hatte sie tatsächlich zu den verlorenen Völkern Tencendors geführt ... aber nicht zu den verborgenen Völkern. Jenseits des Tunnels konnte Sternengrazie eine Höhle erkennen, und in der Höhle kauerte eine flüsternde Menge wahnsinniger Menschen. Sie hatten sich die Kleider vom Leib gerissen und waren völlig nackt, nur von Wunden und Hautabschürfungen bedeckt. Ihre verrückten Augen zuckten hin und her, und sie kratzten einander unablässig.

»Ssss!« Sternengrazie wäre beinahe gestürzt, so sehr beeilte sie sich, wieder in den Narrenturm zurückzugelangen. Die Sterne allein wußten, wo die Höhle sich befand, und sie wollte keine Zeit damit verschwenden, zum Narrenturm – und dem ungeduldig wartenden Qeteb – zurückzufliegen und noch einmal von vorn zu beginnen.

Sie atmete auf, als ihre Füße auf die Stufen einer Treppe stießen. Sie hielt inne und sagte ein wenig abfällig: »Narrenturm, bring mich zu dem Ort, an dem der Sternensohn die Völker Tencendors verborgen hat.«

Damit setzte sie einen Fuß auf die Treppe vor ihr.

»Meine Armee?« fragte Bannfeder, während er mit Drachenstern die Straße entlangging, die dorthin führte, wo einmal die silberne Brücke den Abgrund überspannt hatte. Drachenstern hatte den Sternenhengst, die Alaunt und die Echse in der Zuflucht zurückgelassen, weil er sie keiner unnötigen Gefahr aussetzen wollte, doch er trug den Wolfen und den Köcher mit Pfeilen auf seinem Rücken.

»Wer, glaubt Ihr wohl, wird das sein?« sagte Drachenstern.

Bannfeder runzelte die Stirn, und dann kam ihm ein solch eigenartiger Gedanke, daß er stehenblieb und Drachenstern an der Schulter packte. »Aber sie sind doch alle tot!«

»Das wart Ihr auch«, sagte Drachenstern und lächelte.

»Die Luftarmada«, hauchte Bannfeder. Er blickte stumm vor sich hin, während er sich daran erinnerte, wie es war, sich in die Luftströmungen hinaufzuschwingen.

Drachenstern nickte.

Bannfeder richtete den Blick wieder auf Drachensterns Gesicht. »Kein Wunder, daß Ihr mich als einen der fünf Zauberer zurückholen wolltet.«

»Als Anführer der Luftarmada. Ja.«

Bannfeder atmete tief ein, von solcher Freude erfüllt, daß er es kaum glauben konnte. Die Luftarmada!

»Aber zuerst müssen wir uns den Narrenturm ansehen«, sagte Drachenstern, »und herausfinden, ob die Treppen noch sicher sind.«

Den Rest des Weges schwiegen sie, und erst als sie am Abgrund angekommen waren, den die Brücke früher überspannt hatte, erwachte Bannfeder aus seinen Grübeleien und fragte sich, wie sie hinübergelangen sollten. »Habt Ihr nicht die Brücke benutzt, um in den Narrenturm zu kommen?«

»Eigentlich nicht«, sagte Drachenstern. »Ich habe sie nur dazu benutzt, um meinen eigenen Zauber zu verstärken. Ich brauche die Brücke nicht, um hinüberzugelangen, aber ich brauche etwas, auf das ich meine Gedanken richten kann, um uns wieder ...«, er zögerte ein wenig und Bannfeder warf ihm einen fragenden Blick zu, »... an diesen Ort zurückzubringen. Aber eine Brücke brauchen wir nicht.«

Drachenstern griff über seine Schulter und zog einen Pfeil aus seinem Köcher. Mit einer kraftvollen Bewegung rammte er ihn in den Boden.

Seine blauen Federn und der Schaft zitterten noch ein wenig und standen dann still.

»Und nun«, sagte Drachenstern, zog sein Schwert aus der Scheide und zeichnete das Lichttor in die Luft, »auf in den Narrenturm.«

Sternengrazie stieg höher und höher in die verrückte Welt des Narrenturms hinauf, und ihre Wut wuchs mit jedem Schritt.

Wohin führte sie der Turm? Sie würde längst die Sonne erreicht haben, ehe sie an ihrem Ziel ankam!

Plötzlich verharrte sie und blieb ganz still stehen.

Sie war nicht alleine. Sternengrazie wußte nicht, wieso sie so sicher war, aber es war noch jemand in dem Turm. Von einem Herzschlag zum nächsten hatte plötzlich jemand anderes den Narrenturm betreten.

Qeteb? Einer der anderen Dämonen?

Nein. Ihr Gefühl sagte ihr, daß es jemand anderer war.

Da! Über ihr! Sternengrazie kauerte sich unter einen Balkon und spähte hinauf.

Drachenstern blieb auf dem Weg durch den Narrenturm stehen. »Er ist nicht so sicher wie einst«, sagte er. »Wir müssen vorsichtig sein.«

Sternengrazies Augen verengten sich, suchten die Dunkelheit über ihr ab und hielten dann inne. Zwei Männer, einer von ihnen ein Ikarier, gingen eine Treppe hinunter.

Sternengrazie hätte sich beinahe von ihrer Furcht überwältigen lassen, denn sie kamen direkt auf sie zu, doch bevor sie die Treppenbiegung umrundet hatten, die sie zu ihr führen würde, traten die beiden Männer auf einen Balkon und verschwanden in einem Tunnel, der von blauem Dunst erfüllt war.

Sternengrazie wartete noch einige Minuten, bis sie sicher war, daß sie fort waren, und setzte dann ihren Aufstieg fort.

Nach zwei neuerlichen Treppenfluchten brachte der Narrenturm Sternengrazie zu einem weiteren von blauem Dunst erfüllten Tunnel.

Sie traten auf eine Ebene hinaus, über die ein eisiger Nordwind peitschte. Der Wind blies ihnen Schnee entgegen, der ihnen an Gesicht und Wimpern festklebte, oder zu Boden fiel und in einer der zahllosen Spalten und Risse verschwand, die die flache, leblose Erde durchzogen.

»Wo sind wir?« keuchte Bannfeder und legte die Arme und Flügel um sich, in dem kümmerlichen Versuch, sich gegen Wind und Schnee zu schützen.

Drachenstern sah sich um, er fühlte sich ebenso unbehaglich wie Bannfeder. »Irgendwo in den nördlichen Ebenen von Avonstal, glaube ich. Seht Ihr? Das dort müssen die südlichen Westberge sein. Oder vielleicht sogar noch westlicher, in der Nähe des Andeismeers ... Ich bin mir nicht sicher.«

In Wahrheit war Bannfeder ihr genauer Standort ziemlich gleichgültig, und er wünschte sich, er hätte nicht danach gefragt. »Wie wollt Ihr uns auf die Blumenwiese bringen?«

Drachenstern wandte sich Bannfeder zu. »Oh, ich werde uns nicht dorthin bringen. Ich denke, Ihr solltet das tun.«

»Ich? Wie soll ich das anstellen?«

»Geht in Euch, Bannfeder. Ihr seid schon einmal auf der Wiese gewesen. Ihr seid durch das Tor getreten. Dieses Mal müßt Ihr es selbst öffnen.«

Bannfeder schlang die Arme noch fester um sich und fragte sich, ob er in vier oder fünf Atemzügen erfrieren würde. »Warum habt Ihr mir das nicht gesagt, als wir noch in der Zuflucht waren? Dann hätte ich schon einmal darüber nachdenken können. Ich hätte die Lösung finden können, bevor wir hierherkamen ...«

»Bannfeder. Tut es einfach!«

Bannfeder wollte einen Fluch ausstoßen, als ihm einfiel, daß er dazu den Mund öffnen und sich noch mehr der eiskalten Luft aussetzen mußte. Er begnügte sich deshalb mit einem finsteren Blick in Drachensterns Richtung und konzentrierte sich auf seine Aufgabe.

Es war das erste Mal, seit Drachenstern ihn verwandelt hatte, daß es ihm gut genug ging, sich mit seinen neu erwachten acharitischen Kräften eingehender zu befassen.

Um nicht zu sagen, sie zu gebrauchen, um damit auf die Blumenwiese zu gelangen.

»Denkt nach«, flüsterte Drachenstern gegen den heulenden Wind an. »Denkt nach ... was ist Euch von der Wiese am stärksten in Erinnerung geblieben?«

Bannfeder runzelte die Stirn. Blumen. Er erinnerte sich an Blumen. Dann lächelte er, denn er erinnerte sich daran, daß ihm die Sonne auf den Rücken geschienen und wie friedlich die Wiese dagelegen hatte. Wie schön wäre es, dort zu sein.

Im selben Augenblick wurde er vom Duft zahlloser Blumen überwältigt, die auf der Wiese wuchsen – sie waren angelangt.

Drachenstern legte den Kopf in den Nacken und lachte.

Sternengrazie grinste. Sie stand am Ende des Tunnels mit dem blauen Dunst, sicher im Inneren des Narrenturms. Jenseits des Tunnels tat sich ein Abgrund auf, und hinter dem Abgrund schlängelte sich eine Straße über eine Ebene, die über und über mit blühenden Büschen bedeckt war. In der Ferne erhob sich eine Kette von blauvioletten Bergen um die Öffnung eines Tals herum. Mit ihren scharfen Augen konnte Sternengrazie die Umrisse von Ikariern erkennen, die über der Talöffnung ihre Kreise zogen.

Sie hatte die verborgenen Seelen gefunden.

Einen Augenblick lang wurde ihr Grinsen breiter, dann kehrte sie in den Narrenturm zurück.

»Seht nur«, sagte Drachenstern, und aus dem endlosen Himmel über ihnen glitten Bannfeders Krieger herab.

Die Luftarmada, und doch war sie es auch wieder nicht.

Daß diese Krieger Ikarier waren, war leicht zu erkennen, denn ihre menschlichen Körper besaßen Flügel und die fein geschnittenen Gesichtszüge der Ikarier.

Doch sie hatten sich verändert. Jeder der Krieger hatte eine andere Flügelfarbe – einer hatte violette Schwingen, ein anderer bronzefarbene, wieder ein anderer goldene, in allen Schattierungen des Regenbogens – und edelsteinfarbene Augen, die zur jeweiligen Flügelfarbe paßten.

Ihre Körper waren jedoch am erstaunlichsten. Sie waren durchscheinend, beinahe vollkommen durchsichtig. Sie schimmerten silbrig, und während sie hinabglitten, verschwammen die Umrisse ihrer Körper in dem schillernden Glanz ihrer Flügel und Augen miteinander.

Bannfeder hatte noch niemals etwas so Schönes und zugleich so Tödliches gesehen. Die Augen der Krieger leuchteten voller Entschlossenheit, Zorn und Kampfeslust.

»Eure Luftarmada«, sagte Drachenstern, ebenfalls von Ehrfurcht ergriffen. »Meine Vorhut.«

»Was sollen wir für Euch tun?« fragte Bannfeder. Er konnte seine Augen nicht von dem Farbenspiel lösen.

»Ich möchte, daß Ihr für mich kämpft«, sagte Drachenstern leise, und die Krieger stießen einen einzigen gewaltigen Schrei aus.

Qeteb beugte sich über den Sattel seines Reittiers und lachte. »So leicht ist das gewesen?«

Sternengrazie neigte den Kopf.

»Der Turm wird uns direkt zu der versammelten Menge führen?«

Sternengrazie winkte ab. »Beinahe auf der Stelle.«

»Das ist sicher eine Falle«, murmelte Scheol. »Es kann nicht so einfach sein!«

»Der Turm hat ein schlichtes Gemüt«, sagte Sternengrazie. »Er tut, was man ihm sagt.«

Qeteb setzte sich und dachte nach. Es schien zu einfach, aber er war sich nicht sicher, wo die Schwierigkeiten liegen würden: wenn sie den Narrenturm benutzten, oder wenn sie versuchten, zu den Seelen zu gelangen, die jenseits des Abgrunds auf sie warteten.

»Da ist noch etwas«, sagte Sternengrazie, und Qeteb schreckte aus seinen Gedanken auf.

»Ja?«

Sternengrazie berichtete von den beiden Männern, die sie im Inneren des Turms kurz gesehen hatte.

Qeteb starrte sie an, dann grinste er. »Wir haben sie«, flüsterte er, und sein Flüstern drang bis in jede Ecke des Landes vor. »Nicht in dieser Stunde, noch an diesem Tag, aber irgendwann haben wir sie.«

Er lachte und bedeutete seinen dämonischen Gefährten, ihm durch die Tür in den Narrenturm zu folgen. Als sie eintraten, wandte sich Qeteb um und schlug mit der Faust nach Sternenfreude.

»Ihr bleibt hier, Dirne«, sagte er. »Und solltet Ihr nicht hier sein, wenn ich zurückkehre, werde ich Euch jagen und Euch in der Einöde nackt an einen Pfahl binden, damit sich Hunde und Eber mit Euch paaren können.«

»Bleibt hier«, sagte Drachenstern, »bis ich Euch brauche.«

Bannfeder hob eine schwarze Augenbraue.

»Etwas stimmt nicht mit dem Narrenturm«, fuhr Drachenstern fort, »und ich möchte Euch nicht in Gefahr bringen. Ihr werdet hier auf der Blumenwiese sicher sein – mehr als sicher.«

»Wann werdet Ihr mich rufen?«

Drachenstern zuckte mit den Schultern. »Wenn die Zeit gekommen ist, mein Freund. Was könnte ich Euch sonst sagen?«

»Seid vorsichtig«, sagte Bannfeder, und Drachenstern nickte, ließ seinen Blick über die Reihe silbriger Körper gleiten und schenkte Bannfeder ein flüchtiges Lächeln.

Dann drehte er sich um, zeichnete das leuchtende Tor in die Luft und betrat durch dieses wieder den Narrenturm.

Bannfeder betrachtete den Ort, an dem er eben noch gewesen war, und runzelte nachdenklich die Stirn. Drachenstern war doch sicher in der Lage, auf dieselbe Weise in die Einöde zurückzukehren, wie er auf die Wiese gelangt war? Er mußte sich nur die Umgebung vorstellen, die Eindrücke und Gerüche. Natürlich könnte er dann jederzeit wieder hierher zurückkehren, wenn es notwendig war.

In der Zwischenzeit konnte seine Armee glitzernder Krieger endlich wieder das sein, wozu sie in ihrem früheren Leben ausgebildet worden war: eine Luftarmada.

»Laßt mich Euch den Weg bereiten, Sternensohn«, flüsterte Bannfeder.

Drachenstern wußte noch im selben Augenblick, als er den Narrenturm betrat, daß etwas Ernsthaftes passiert war.

Als er zuvor mit Bannfeder durch den Turm gestiegen war, hatte er geahnt, daß etwas nicht stimmte, aber es war nichts gewesen im Vergleich zu dem, was er jetzt spürte.

Und er wußte genau, was es war, denn er hatte es schon einmal gespürt.

Qeteb war im Narrenturm.

Drachenstern war zugleich von Schrecken und Gelassenheit erfüllt. Schrecken, der von Qeteb ausging und das Wesen des Dämons darstellte. Drachenstern wußte, daß er ihm nicht gewachsen war – jedenfalls nicht bei einer direkten Begegnung. Er mußte noch mehr nachdenken, er brauchte das Wissen aus Katies magischem Liederbuch und weitaus mehr Erfahrung, bevor er Qeteb gegenübertreten konnte.

Im Augenblick war Qeteb in seiner Boshaftigkeit ihm weit überlegen.

Und Drachenstern spürte Gelassenheit, weil er beinahe erleichtert war, zu wissen, daß die Dämonen den Narrenturm benutzen konnten. Nun, da er es wußte, konnten sie ihn nicht mehr hier in die Falle locken.

Es sei denn, sie fingen ihn jetzt auf der Stelle ein.

Drachenstern wußte, daß er unverzüglich in die Zuflucht zurückkehren sollte, aber er trat dennoch näher an die Balustrade heran und warf einen Blick hinunter.

Tief unter ihm bewegte sich etwas Dunkles aufwärts. Während er zusah, blieb der Anführer der Gruppe stehen und hob den Kopf mit dem schwarzen Helm.

Sternensohn!

Drachenstern spürte die Macht einer furchterregenden Bösartigkeit – Haß, Neid, Verzweiflung, Pestilenz – auf ihn zufließen.

»Narrenturm« fauchte er ohne nachzudenken, »laß diese Macht ein anderes Ziel finden!«

Hoch im Norden explodierte eine Gruppe von Eisbergen, als der Narrenturm die Macht dorthin umlenkte.

Klug gemacht, Sternensohn, flüsterte Qeteb in seine Richtung. *Aber wie jämmerlich, daß Ihr den Narrenturm dafür gebraucht habt. Seid Ihr so schwach?*

Drachenstern trat von der Balustrade zurück.

Seid Ihr so schwach, Sternensohn?

Er drückte sich eng an eine Wand und lauschte den höhnischen Worten, die in dem Turm aufstiegen.

Seid Ihr so schwach, daß Euch andere beschützen müssen, Sternensohn?

Drachenstern zog sein Schwert –

Jämmerlicher kleiner Sternensohn. Ein Schwall von Gelächter und Heulen hallte die Treppe hinauf.

Jämmerlicher kleiner Sternensohn.

– und zeichnete das Lichttor in die Luft. Die Erleichterung, die ihn durchströmte, als er hindurchtrat, war ihm zutiefst zuwider.

Drachenstern kam neben dem blaugefiederten Pfeil an, den er zuvor neben dem Abgrund in den Boden gerammt hatte, und lockerte seine verkrampften Schultern – er spürte Erleichterung und ein Gefühl, das Selbstverachtung sein mochte. War er feige gewesen?

Er steckte sein Schwert in die Scheide und versuchte, seine Gedanken abzuschütteln.

Er mußte in die Zuflucht zurückkehren, nachdenken über –

»Sternensohn! Wie schön, Euch so bald schon wiederzusehen!« Ein spöttisches Lachen folgte den Worten.

Drachenstern wirbelte herum und blickte über den Abgrund hinweg. Sechs schwarze Kreaturen – ihre sich ständig wandelnden, fließenden Gestalten waren grausig anzusehen – standen auf der anderen Seite. Hinter ihnen erstreckte sich einer der von blauem Dunst erfüllten Tunnel des Narrenturms.

Auf den Rücken der Kreaturen saßen die Dämonen und die Frau, die Drachenstern für die wiedergeborene Niah hielt.

Qeteb – denn nur er konnte es sein – hatte sein Reittier ein Stück vorwärtsgetrieben. Er war ein scheußliches Ungetüm, von Kopf bis Fuß in eine schwarze Eisenrüstung eingehüllt, selbst seine Flügel.

Und er war riesig, mindestens doppelt so groß wie der größte Mensch und ebenso breit.

»Warum kommt Ihr nicht herüber, Qeteb?« rief Drachenstern. »Ich bin hier. Kommt zu mir, wenn Ihr könnt.«

Qetebs Lachen hallte über den Abgrund. »Ihr wißt ebensogut wie ich, daß ich die Zauber, die diese – wie nennt Ihr es? – ach ja, diese Zuflucht beschützen, nicht durchbrechen kann.«

Drachenstern spürte, wie ihn eine Welle der Erleichterung durchflutete.

»Aber freut Euch nicht zu früh«, fuhr Qeteb fort, »denn ich sehe, daß ich nur einen Schlüssel benötige, und ich habe alle Zeit der Welt, um ihn zu finden. Wartet auf mich, Drachenstern, und ich werde zu Euch kommen.«

Er lachte erneut, und dieses Mal klang er ehrlich belustigt, und nicht nur boshaft. Drachenstern riß sich von dem Anblick von Qetebs Gestalt los und betrachtete Niah.

Wieder spürte er deutlich etwas Gefährliches, das von ihr ausging. Von allen Dämonen auf der anderen Seite des Abgrunds, Qeteb eingeschlossen, mochte sie einmal seine mächtigste Feindin werden.

Doch dann bewegte sich eine der schwarzen Kreaturen und schnaubte, und der Bann war gebrochen. Drachenstern musterte Qeteb noch einmal, drehte sich dann um und ging so langsam und gelassen wie möglich auf die Zuflucht zu.

»Und?« fragte Scheol.

»Er ist noch schwach«, sagte Qeteb, »und wir dürfen ihm keine Zeit lassen, um mächtiger zu werden.«

»Aber wie können wir die Zuflucht bezwingen?« fragte Barzula.

Qeteb ließ den Blick über die Zauber gleiten, welche die Zuflucht beschützten.

»Die Zauber sind gewirkt worden und können auch wieder gelöst werden«, sagte er. »Ich muß lediglich den Schlüssel finden.«

Weder die Dämonen noch Drachenstern hatten bemerkt, daß sie beobachtet wurden.

Isfrael stand in einem kleinen Wäldchen nahe dem Eingang zur Zuflucht. Seine Augen und Ohren waren so scharf wie die aller Awaren, und er hatte das ganze Gespräch mit angehört.

Nachdenklich sah er zu, wie die Dämonen ihre schwarzen Reittiere wendeten und in den Narrenturm zurückkehrten.

Isfrael wußte, daß sie böse waren, und er verabscheute sie mehr als alles andere in seinem Leben, aber er war auch von dem brennenden Ehrgeiz erfüllt, wieder seinen rechtmäßigen Platz als Anführer der Awaren einzunehmen.

Die Dämonen waren scheußlich – mehr als das –, aber vielleicht konnten sie ihm dennoch von Nutzen sein.

Sie konnten ihm helfen, an einen Ort zu gelangen, nach dem es Isfrael über alle Maßen verlangte: zum Heiligen Hain. Im Heiligen Hain konnte Isfrael seinen Rang zurückerlangen. Faraday wäre bedeutungslos, wenn Isfrael über den Heiligen Hain herrschte.

Dann würden die Awaren zu ihm zurückkehren.

Aber wenn er wollte, daß ihm die Dämonen halfen, mußte er herausfinden, was er ihnen anbieten konnte. Etwas, das wichtig genug war, damit Isfrael die Gefahren meistern konnte, die ein Handel mit den Dämonen in sich barg.

Aber was? Was wollten die Dämonen?

Seelen. Sie wollten Seelen. Daraus schöpften sie ihre Macht.

Was also würde den Dämonen mehr Seelen verschaffen? Die Zuflucht. Die Dämonen brauchten den Schlüssel zur Zuflucht.

Er mußte ihn nur als erster finden.

Isfrael drehte sich um und betrat nachdenklich die Zuflucht. Die Dämonen konnten ihm von Nutzen sein – aber es würde überaus gefährlich werden. Und war er bereit, das Leben aller Geschöpfe in der Zuflucht zu gefährden?

Ja! Ja! Aber nur, wenn er die Awaren in Sicherheit bringen konnte, bevor die Dämonen alle anderen in diesem hübschen Gefängnis auffraßen.

Isfrael verlangsamte seine Schritte, während er sich ausmalte, wie er die Awaren für immer in den Heiligen Hain führte: keine Äxte, keine verfluchte ikarische Überheblichkeit und keine Faraday, die ihm seine Macht streitig machte.

11

Sternenfreude

Sternenfreude dürstete viel zu sehr nach Rache, um sich von Qetebs Drohung einschüchtern zu lassen.

Sie sah zu, wie Qeteb in den Turm trat und die Tür sich hinter ihm schloß, dann wandte sie sich um und blickte über die trostlose Einöde nach Osten.

Eine kalte, herzlose und seelenlose Wüste. Ein eisiger Wind blies Staubwolken, in denen rote Blitze und Flammen zuckten, über die zerfurchte Oberfläche der Erde. Keine Pflanze hatte überlebt, mit Ausnahme einiger vereinzelter übelriechender kränklicher Büsche und Getreidehalme. Geschöpfe – sowohl tierischen als auch menschlichen Ursprungs – krochen über die Erde, flüsterten und heulten, schlugen Krallen in ihr eigenes Fleisch und das anderer Wesen, paarten sich mit Felsen und fraßen Dreck.

Aber die trostlose Landschaft in Sternenfreudes Vorstellung war weitaus schrecklicher als der Alptraum, der sich vor ihr ausbreitete.

Sie stand da und blickte in die Ferne. Selbst die wahnsinnigen Geschöpfe, die hin und wieder an ihren Knöcheln zu nagen versuchten, konnten sie nicht aus ihren Grübeleien reißen.

Sternenfreude war allein. Dieser Gedanke beherrschte all ihre Sinne.

Sie war ganz allein. Die Dämonen hatten sie verlassen. Die Falkenkinder hatten sie verlassen.

Wenn sie Qeteb glauben konnte, hatte selbst ihr Sohn sie verlassen.

Nein! Nein! So etwas durfte sie nicht denken!

Sternenfreude erschauerte und stöhnte auf.

Die Dämonen hatten ihr ihren Sohn genommen, und es gab niemanden mehr, der ihr helfen konnte.

Wie viele Jahre lang war sie auf der Suche gewesen? Wie oft hatte sie den Lügen der Dämonen geglaubt, als sie ihr versprachen, ihr Genugtuung für ihren Tod und den ihres Sohnes zu verschaffen? Wieviel Kraft, Hilfe und guten Rat hatte sie den Dämonen gegeben, in der Meinung, daß sie ihr helfen würden? Daß sie an sie glaubten? Daß sie sie liebten?

»Und nun haben sie mich betrogen«, flüsterte sie.

Hatten sie während der ganzen Zeit hinter ihrem Rücken über sie gelacht?

Sternenfreude schrie zornig auf, und ihr Körper zuckte wild.

»Sie haben mir meinen Sohn genommen!« heulte sie laut. »Sie haben mir meinen Sohn genommen!«

Sie sank zu Boden, wälzte sich im Staub und stöhnte vor Elend. Sie war so allein; niemand würde ihr helfen, niemand das Ausmaß des Verrats begreifen, der an ihr begangen worden war, die Tiefe der mütterliche Trauer, die sie verspürte. Niemand würde ihr helfen, ihren Sohn aus Qetebs eisernem Griff zu befreien.

Sternenfreude zweifelte nicht daran, daß ihr Sohn tief in Qetebs Inneren noch immer am Leben war.

Sie mußte ihn nur retten … irgendwie.

Aber es gab niemanden, der ihr helfen konnte! Niemanden, der sie verstehen würde –

Plötzlich hielt Sternenfreude inne, die Augen von Hoffnung erfüllt. Ihr Mund öffnete sich vor Verwunderung, daß sie nicht schon früher auf diesen Gedanken gekommen war.

Oh doch, es gab tatsächlich jemanden, der sie verstehen konnte! Jemand, der ihr helfen würde!

Sternenfreude kicherte, ihr ganzes Wesen wurde plötzlich von einer irrsinnigen Freude der Hoffnung erfüllt, und sie sprang auf.

Wolfstern!

Die Tausende von Jahren, in denen sie danach gestrebt hatte, sich an ihm zu rächen, waren vergessen.

Der Haß, den sie für ihn empfunden hatte, war von ihr gewichen.

Und ebenso der Gedanke, daß Wolfstern höchstwahrscheinlich nichts mit ihr zu tun haben wollte.

Statt dessen klammerte sich Sternenfreudes Geist an Erinnerungen, die von ihrem Wahnsinn verklärt wurden.

Wolfstern, Jahre älter als sie, wie er mit ihr gespielt hatte, als sie noch ein Kind gewesen war.

Wolfstern, hoffnungslos in sie verliebt – obwohl er es niemals zugeben wollte, der süße Narr –, wie er sie das Fliegen gelehrt hatte, als ihr Flügel wuchsen.

Wolfstern, unfähig, sein Verlangen länger im Zaum zu halten, wie er sie verführt hatte, als sie gerade erst elf Jahre gewesen war.

Sternenfreude zitterte und lachte leise. Er hatte seine Liebe zu ihr nie verleugnen können!

Er war so mächtig gewesen, so gebieterisch, und Sternenfreude wußte, daß das ganze ikarische Volk sie beneidet hatte, als sie ihn heiratete.

Welch ein Glück Wolfstern gehabt hatte! Sternenfreude wußte, daß sie die vollkommene Gemahlin für ihn gewesen war, ihre Schönheit und Macht hatten Wolfsterns Anziehungskraft und Fähigkeiten hervorragend ergänzt.

Und wie sie ihm geholfen hatte! Wolfsterns Verlangen nach dem Thron hatte Sternenfreudes Gier nach Macht in nichts nachgestanden. Sie war es gewesen, die vorgeschlagen hatte, Wolfsterns Vater Sternenritter zu ermorden.

Sie hatte den Pfeil abgeschossen, der Sternenritter vom Himmel geholt hatte.

Und Wolfstern hatte sie geliebt, weil sie ihm geholfen hatte, auf den Thron zu gelangen.

Er hatte sie angebetet!

Sternenfreude war sich sicher, daß Wolfstern sie insgeheim immer noch anbetete, auch wenn er sie nach außen hin verspotten und verachten mochte.

Nein, Wolfstern liebte sie immer noch, und er würde ihr helfen, ihren Sohn zu retten.

War es nicht schließlich auch sein Sohn, der ihm genommen worden war?

Und hatte er seinen Sohn nicht geliebt, und sie dafür, daß sie ihn empfangen hatte?

Auf Sternenfreudes Gesicht erschien ein Ausdruck, der Liebe gleichkam, während sie weiterhin gedankenverloren auf die karge Landschaft starrte. Wie sehr war sie doch im Unrecht gewesen, sich an Wolfstern rächen zu wollen. Sie hatte ihn immer geliebt, das war ihr nun klar, und es würde nicht schwierig sein, Wolfstern davon zu überzeugen, daß auch er sie noch immer liebte.

»Wir sind ein Sonnenfliegerpaar, Ihr und ich«, flüsterte sie, eine Hand auf der zerschlissenen blauen Robe über ihrer Brust. »Ein Herz und eine Seele. Nichts kann uns voneinander trennen. Nichts.«

Und auf diese wirren Gedanken baute Sternenfreude ihre ganze Hoffnung auf.

»Ich muß Qeteb entkommen«, sagte Sternenfreude, wie es ihr schien Stunden später. »Und Wolfstern finden. Wie glücklich wird er sein, mich wiederzusehen!«

Sie ließ ihren Blick über das Land schweifen, auf der Suche nach Antworten für ihre Fragen. Wohin konnte sie gehen? Wo würde sie vor Qeteb sicher sein?

»Ich kenne die Höhlen und Spalten dieses Landes besser als jeder Dämon«, flüsterte sie und nickte kurz. Ja, sie wußte ein Versteck. Einen Ort, der genau richtig wäre. Ein Ort, der nach ihr rief.

Aber es würde eine Weile dauern, dorthin zu gelangen … es sei denn …

Sie wandte den Kopf und betrachtete nachdenklich den Narrenturm.

12

Der Schlüssel zur Zuflucht

Faraday und Gwendylyr wanderten durch einen Garten voller Apfelbäume und Baumwollsträucher, die mit zarten rosa und blauen Blüten übersät waren. Aschure und zwei der Sternengötter, Pors und Silton, hatten sich ihnen angeschlossen. Sie unterhielten sich über Drachenstern und darüber, was in der Kristallkuppel geschehen war, doch der Mann, der sie beobachtete, schenkte ihrem Gespräch kaum Beachtung.

Isfraels Gedanken waren mit anderen Dingen beschäftigt. Er beobachtete die Spaziergänger eine Zeitlang unbemerkt, dann verschwand er geräuschlos im Dickicht der blütenschweren Baumwollsträucher.

Ihre Schönheit und ihr Duft ließen ihn kalt.

Isfrael hatte keinerlei Bedenken bei dem, was er zu tun gedachte. Er hielt es weniger für Verrat oder Täuschung als vielmehr für eine Unvermeidlichkeit. Früher oder später würde die Zuflucht durch die Macht der Dämonen zerbrechen, und wenn Isfrael diesen Vorgang ein wenig beschleunigte, spielte das letztlich gar keine Rolle.

Es zählte nur, daß er seine Stellung als Anführer der Awaren wiedererlangte, Faraday ein für allemal verdrängte und die Awaren rettete.

Isfrael wollte den Wald und seinen Rang als Magierkönig zurückgewinnen, und er wollte die Awaren für immer vor den Äxten und der Überheblichkeit der anderen beiden menschlichen Völker in Sicherheit bringen. Es gab nur noch einen Ort, an dem ihm das gelingen konnte.

Im Heiligen Hain.

Dort lebte die Mutter, dort wuchsen die Bäume noch, kräftig und voller Magie, dort herrschten die Gehörnten.

Dort konnte Isfrael seinen Rang wiedererlangen.

Und vielleicht … vielleicht war Schras Seele dorthin geeilt, als sie gestorben war.

»Hallo«, sagte eine sanfte Stimme hinter ihm. »Ich komme auch oft hierher, um nachzudenken. Es ist ein Ort voller Schönheit und Zufriedenheit, nicht wahr?«

Isfrael wirbelte herum und konnte nur mühsam ein verärgertes Knurren unterdrücken.

Leah stand vor ihm, ihr vorgewölbter Bauch ließ das unbefleckte Weiß ihres Leinenkleides lächerlich wirken, und ihr braunes Haar fiel ihr über Schultern und Rücken, als gäbe sie vor, eine Zaubererpriesterin zu sein. Ihre Augen – das einzige an ihr, das Vernunft ausstrahlte – verrieten ihre Beklommenheit.

Sie wartete anscheinend auf eine Antwort, also blickte Isfrael sich um. Sie standen auf einer kleinen Lichtung, nahe einem Wasserfall und einem Bergsee, und überall auf der Wiese wuchsen Wildblumen.

»Es ist wunderschön«, sagte er und zwang sich zu einem Lächeln.

Leah fand zu ihrer Unbefangenheit zurück und wies auf einen kleinen Haufen glatter Steine am Ufer des Sees. »Wollt Ihr Euch nicht eine Weile zu mir setzen? Ich hatte bisher noch keine Gelegenheit, mit Euch zu sprechen.«

Weil Ihr eine Bewohnerin der Ebene seid und ich Euch in meinem Wald nicht willkommen geheißen habe, dachte Isfrael, aber er setzte sich dennoch.

Leah begann über Nebensächlichkeiten zu plaudern, und Isfrael gab einsilbige Antworten, wann immer sie von ihm eine Erwiderung zu erwarten schien. Bei den Gehörnten, sie schien sich in diesem zuckersüßen Abbild der wirklichen, lebendigen Welt tatsächlich wohl zu fühlen!

Isfrael wäre am liebsten aufgestanden und gegangen – diese Frau war mehr als lästig –, aber ein Teil von ihm fragte sich, ob sie nicht vielleicht Kenntnis von etwas besaß, das ihm dienlich sein könnte.

War sie nicht eine enge Vertraute Drachensterns? Wußte sie nicht vielleicht Dinge, die vor allen anderen verborgen gehalten wurden?

Als ihm dieser Gedanke kam, schenkte Isfrael Leah mehr Aufmerksamkeit. Er begann, freundlichere Antworten zu geben, sogar selbst etwas zu dem Gespräch beizutragen und die Frau mit Geschichten aus seinem Leben im Bardenmeer zu erfreuen.

Und seine Bemühungen waren von Erfolg gekrönt. Nach einer Weile wurde Isfrael bewußt, daß etwas mit Leah geschehen war. Sie war nicht mehr einfach nur eine »Bewohnerin der Ebene«, sie war weit mehr. Die Art, wie sie sich bewegte und lächelte und der Blick in ihren Augen ließen erkennen, daß sich unter ihrem freundlichen Äußeren eine geheimnisvolle Macht verbarg.

Leah war ebenso mächtig, wenn nicht gar noch mächtiger, als die awarischen Zaubererpriester es gewesen waren!

Aber wie konnte das sein? Die Achariten besaßen doch eigentlich keinerlei Zauberkräfte.

Sehr langsam und so vorsichtig wie möglich begann Isfrael der Unterhaltung eine neue Richtung zu geben. Er umgab sich mit einer Aura der Harmlosigkeit – sind die Hörner auf meiner Stirn nicht allerliebst? Und der Schurz aus Zweigen, der meine Lenden bedeckt: ist das nicht das Unschuldigste, Reizendste, was du jemals gesehen hast? Und mein Unbehagen gegenüber meiner Mutter Faraday: willst du mich nicht umarmen und mich trösten? – und hatte damit Erfolg, denn Leah legte alle anfängliche Vorsicht ab und lachte und vertraute sich ihm an.

Ja, sie besaß jetzt Zauberkräfte. Drachenstern hatte sie in ihr geweckt; jeder Acharite trug diese Kräfte von Geburt an in sich.

»Wie meint Ihr das?« fragte Isfrael und runzelte verwirrt die Stirn.

»Nun«, sagte Leah und erzählte ihm von der ersten Zauberin, Urbeth –

»Urbeth!« sagte Isfrael, ernsthaft bestürzt. »Urbeth?«

»Ja! Ist das nicht erstaunlich? Nun …« Leah erzählte ihm von Urbeths drei Söhnen. Einer von ihnen hatte das ikarische Volk begründet.

»Sie wurden von einem Sperling gezeugt, Isfrael!« sagte Leah lachend. »Könnt Ihr Euch vorstellen, welche Beleidigung das für die stolzen Ikarier darstellt?«

Ein anderer Sohn hatte das Volk der Charoniten begründet.

»Und der dritte?«

»Urbeth hat ihren ältesten Sohn aus dem Haus verstoßen, weil er sich seiner Magie und den eigenen Kräften verweigert hatte. Dieser Sohn stammte von dem Mann, den sie am meisten geliebt hatte. Isfrael, Ihr erratet nie, wer es war!«

Isfrael fragte sich, ob er diesen quälenden Vorgang abkürzen könnte, wenn er sie bei der Kehle packte und die Worte aus ihr herauszwang.

Aber er lächelte nur freundlich und setzte einen hochinteressierten Gesichtsausdruck auf. »Ich habe nicht die geringste Ahnung. Sagt es mir.«

»Noah ist es gewesen!«

»Noah?«

Also erzählte Leah Isfrael von dem Feind und seinem Kampf gegen die Dämonen vor vielen tausend Jahren. Nachdem er Qeteb eingefangen und in seine Bestandteile zerlegt hatte, hatte er diese in einer Flotte von Raumschiffen durch das Universum geschickt. Als die vier Schiffe auf Tencendor abstürzten und dabei die vier heiligen Seen schufen, überlebte nur einer der Feinde: Noah.

»Und er hat Urbeth getroffen und mit ihr ihren ältesten Sohn gezeugt. Aber dieser Sohn verweigerte sich seinen magischen Kräften. Und das acharitische Volk, dessen Urvater er wurde, unterdrückte nicht nur die eigene Magie, sondern verfolgte auch erbarmungslos alle, die über Zauberkräfte verfügten.«

Isfraels Gesicht blieb ausdruckslos, obwohl er innerlich vor Wut kochte. Die Achariten mit ihren Äxten hatten über tausend Jahre lang sein Volk gejagt und abgeschlachtet.

»Alle Achariten können sich also dieser Kräfte bedienen?«

Und als er das sagte, wurde Isfrael bewußt, wie wichtig dieses Wissen für ihn sein konnte. Die Zuflucht war vom Feind geschaffen worden, oder zumindest von dem, was von seiner Macht in diesem Land übrig geblieben war ... und die Magie der Achariten war die Magie des Feindes. Beim Heiligen Hain ... war es das, wonach er gesucht hatte?

Während er noch darüber nachdachte, gab ihm Leah den letzten entscheidenden Hinweis.

»Nein. Die Achariten können sich ihrer Kräfte nur bedienen, wenn sie durch den Tod gegangen sind.«

»Wie meint Ihr das?«

»Wir alle haben unsere Kräfte so gründlich unterdrückt, daß nur der Tod sie freisetzen kann. Faraday, Gwendylyr, Goldmann, ich und selbst Bannfeder, der altes acharitisches Blut in sich trägt, können sich der Kräfte nur deshalb bedienen, weil wir alle gestorben sind und wieder ins Leben zurückgerufen wurden.«

Isfrael nickte und äußerte noch ein paar höfliche Worte, doch es war ihm durchaus recht, als Leah schließlich seufzte und sagte, sie müsse in ihr Gemach zurückkehren und sich ausruhen. »Und nach Zared sehen, der dort schrecklich Trübsal bläst.« Leah lächelte entschuldigend. »Er ist ein Mann der Tat, nicht des Wartens.«

Isfrael nickte, und die Frau ging.

War das das Wissen, das er eintauschen konnte, um zum Heiligen Hain zu gelangen? Beinahe ... beinahe ... aber wie konnte es den Dämonen von Nutzen sein?

Und dann erinnerte sich Isfrael an das seelenlose Geschöpf, das die Dämonen bei sich gehabt hatten, und lachte triumphierend.

Er besaß den Schlüssel!

Nun mußte er nur noch aus der Zuflucht hinausgelangen.

13

Geheime Abkommen

Manchmal gelingt es den verrücktesten Menschen, den Eindruck von eiskalter Vernunft zu erwecken, und so war es mit Sternenfreude. Sie hatte ein Ziel vor Augen – so widersinnig es auch erscheinen mochte –, und das verlieh ihr den Anschein von geistiger Klarheit.

Nachdenklich musterte sie den Narrenturm. Dann traf sie eine Entscheidung und ging zuversichtlich auf seinen Eingang zu. Seine Türme mit den weißen Mauern stachen noch immer von der verwüsteten Landschaft ab.

»Ich bete zu den Sternen, daß mir noch genug Zeit bleibt«, murmelte sie und wandte den Kopf nach einem tieffliegenden, dem Wahnsinn verfallenen Reiher. Sie lächelte ihm zu. Man konnte nie wissen, welches der verrückten Tiere in direkter Verbindung mit den Dämonen stand, und Sternenfreude wußte, daß sie vorsichtig sein mußte.

Hatten sich nicht beinahe alle in dieser verwüsteten Welt gegen sie verschworen?

Eine Hand packte ihr Fußgelenk, und Sternenfreude kreischte auf und versuchte, sich loszureißen.

Die Hand packte fester zu, und Sternenfreude wurde einen Augenblick lang von wildem Entsetzen überwältigt.

Nur einen Moment lang, bis sie bemerkte, wer sie da festhielt.

»Wolfstern«, rief sie und konnte ihr Glück kaum fassen. Das war ein Zeichen der Sterne selbst!

Wolfstern entging der freudige Ausdruck auf Sternenfreudes Gesicht vollkommen. Seine Finger umklammerten ihr Fußgelenk noch fester. »Ich spüre, wie Euer Blut durch Eure Venen pulsiert«, flüsterte er. »Habe ich Euch überrascht?«

Sie befreite sich aus seinem Griff – sie würde sich niemals wieder in jemandes Gewalt begeben, nicht einmal in die Wolfsterns – und trat zurück. Ihr Gemahl sah furchtbar aus; sein Körper war mit Blutergüssen, Abschürfungen und nässenden Wunden bedeckt. Geronnenes Blut war über seine Brust und seinen Bauch verschmiert und befleckte sein Gesicht und seine Hände. Sternenfreude dachte, daß er zumindest versuchen könnte, es abzuwischen.

Als habe er ihre Gedanken gelesen, wischte sich Wolfstern gedankenverloren über die Brust und entfernte ein wenig von dem Blut.

Es machte keinen Unterschied.

»Warum seid Ihr immer noch hier?« fragte Sternenfreude. »Ich dachte, Ihr wärt längst geflohen.«

Aber sie wußte, warum er immer noch hier war, nicht wahr? Das Schicksal hatte gewollt, daß er sie fand. Ihre Hand zuckte, sie wollte sie Wolfstern entgegenstrecken und ließ sie dann wieder sinken.

»Wer?« zischte Wolfstern und versuchte vergeblich, den Saum ihres zerschlissenen Kleides zu fassen zu bekommen.

»Wie bitte?« Er erkannte sie doch sicherlich!

»Wer verfügt immer noch über Zauberkräfte in diesem von den Sternen verlassenen Land?« fragte Wolfstern. »Weshalb gibt es immer noch Magie?«

Sternenfreude biß sich auf die Unterlippe und fragte sich, ob Wolfstern im Laufe dessen, was er hatte durchmachen müssen, den Verstand verloren hatte.

»Sagt es mir!« schrie Wolfstern, packte ihr Fußgelenk und brachte sie zu Fall.

Sie stürzte auf ihn drauf, doch statt Wut spürte sie nur Verwirrung und rammte ihm die Faust in den Magen.

Wolfstern schrie auf und ließ sie los, krümmte sich zusammen und schluchzte vor Schmerz.

»Ihr seid ein Narr!« sagte Sternenfreude, als sie endlich begriff, wovon Wolfstern sprach. Sie kam wieder auf die Beine hoch und wich auf sicheren Abstand zu ihm zurück. »Ihr habt Caelum geholfen, nicht wahr? Ihr habt geglaubt, er sei der derjenige, der Qeteb besiegen könnte? Ha! Er war nicht der Sternensohn.«

»Was?« sagte Wolfstern, rollte sich herum und starrte sie an. »Wer ist es dann?«

Sie grinste und genoß das Gefühl, daß Wolfstern sie brauchte. »Glaubt Ihr etwa, ich werde Euch das sagen? Ich …«

»Wer?«

Von weit her im Norden war ein Heulen zu vernehmen, und Sternenfreude blickte ängstlich zum Narrenturm hinüber. »Die Dämonen werden bald zurückkehren«, sagte sie. »Bis dahin sollten wir von hier verschwunden sein.«

Wolfstern lachte rauh. »Habt Ihr Euch mit ihnen überworfen, meine Liebste? Haben sie Euch nicht gegeben, wonach es Euch verlangt hat? Haben …«

Ärgerlich schlug Sternenfreude alle Vorsicht in den Wind, trat näher an Wolfstern heran, beugte sich vor und packte ihn bei den Haaren. Sie schüttelte seinen Kopf.

»Schweigt! Wollt Ihr weiterleben? Wollt Ihr die Dämonen aufhalten?«

»Meint Ihr damit etwa«, flüsterte Wolfstern, »daß Ihr die Dämonen vernichten wollt?«

Sie starrte ihn ausdruckslos an. »Sie haben mich betrogen«, sagte sie.

»Bei den Sternen«, sagte er. »Was für eine Überraschung!«

Sternenfreude verzog den Mund, doch sie überging seine spöttische Bemerkung. »Wenn Ihr mit mir kommt«, sagte sie, »werde ich Euch erzählen, wer der Sternensohn ist, der über die Magie verfügt, die noch in diesem Land verblieben ist, und wo er sich befindet.«

Und im Gegenzug, dachte sie, werdet Ihr mich lieben und mir helfen. Sternenfreudes Gesichtszüge wurden weich bei dem Gedanken, und beinahe lächelte sie.

Wolfstern hob lediglich eine Augenbraue. Das Weib war völlig verrückt!

»Ihr Narr«, sagte Sternenfreude. »Wollt Ihr hier liegenbleiben, bis die Dämonen zurückkehren und Euch mit ihren Kreaturen zertrampeln? Wollt Ihr hier liegen, bis der Nordwind Euer ausgetrocknetes Fleisch des letzten Tropfens Flüssigkeit beraubt hat? Wollt Ihr hier liegen, bis …«

»Anscheinend«, erwiderte er, »muß ich zumindest solange hier liegenbleiben, bis Ihr Euch jedes Fluches entledigt habt, den Ihr Euch in den letzten tausend Jahren für mich aufgespart habt.«

Sie ließ seinen Kopf auf die kalte harte Erde fallen. »Ihr seid dümmer als jeder Narr, Wolfstern.« Dann holte sie tief Luft, beugte sich vor und packte ihn erneut bei den Haaren. »Betet zu den Sternen, daß mir die Dämonen das kleine Stückchen Macht, das sie mir gnädigerweise überlassen haben, noch nicht wieder genommen haben.«

Damit begann sie, Wolfstern ohne viel Federlesen in Richtung des Narrenturms zu zerren. Wolfstern heulte den ganzen Weg über vor Wut, Schmerz und Verzweiflung.

Im Inneren des Narrenturms blieb Sternenfreude stehen und blickte sich sorgfältig um. Dann legte sie den Kopf auf die Seite und lauschte.

Nichts.

Sie hielt Wolfstern noch immer bei den Haaren gepackt. Langsam löste er sich aus der zusammengerollten Körperhaltung, die er eingenommen hatte, während sie ihn in den Turm geschleppt hatte.

Was zum Teufel hatte sie vor?

Sternenfreude schenkte Wolfsterns kaum hörbarem Stöhnen und Gemurmel keine Beachtung, sondern richtete ihre Aufmerksamkeit auf die Stille im Turm über ihr. Konnte sie es wagen?

Was blieb ihr schon anderes übrig? Nichts! Und Wolfstern noch weniger.

»Narrenturm«, sagte sie. »Wir möchten gern in den Norden der Eisdachalpen.« Damit setzte Sternenfreude einen Fuß auf die erste Treppenstufe und begann, hinaufzusteigen.

Wolfstern schrie, während sie ihn hinter sich herzerrte und er zuerst mit den Rippen und dann mit der Hüfte gegen die Kante der ersten Stufe stieß.

Nach ein paar Stufen beschleunigte Sternenfreude ihre Schritte und riß ungeduldig an Wolfsterns Kopf, um ihn zum Schweigen zu bringen.

Qeteb tobte vor Zorn, als er aus dem Narrenturm heraustrat und feststellte, daß Sternenfreude verschwunden war. Nicht weil er sich vor ihr fürchtete oder sie gar brauchte, sondern weil sie sich ihm widersetzt hatte.

Sie hatte ihm getrotzt, und das konnte er ihr nicht durchgehen lassen.

»Spürt sie auf!« zischte er den anderen Dämonen zu, und sie streckten ihre Sinne über das ganze Land aus.

Doch sie fanden nichts.

Dann rasten Qetebs weitreichender Blick und seine Macht über das Land hinweg. Wo? Wo nur, wo?

Aber wo immer sie auch sein mochte, Sternenfreude hatte es geschafft, sich ihm zu entziehen.

Wie aber war ihr das gelungen? Sie besaß keinerlei Zauberkräfte, die sich ihm entgegenstellen könnten!

Wo war sie?

Wütend schickte Qeteb Feuerstürme über Tencendor hinweg. Sie rasten von den Trübbergen bis zum Nordra, von den Minarettbergen bis zu den Klippen der Weitwallbucht. Eiszapfen hagelten vom Himmel und spießten die Wesen auf, die sich vor den Feuerkugeln in Sicherheit bringen wollten. Lava spritzte in großen Fontänen aus den Erdspalten, die ganz Tencendor durchzogen.

Doch auch das brachte Sternenfreude nicht zum Vorschein und nichts wies auf sie hin.

Qeteb stieg von seinem Reittier, ging zu Barzula und riß ihn zu Boden.

Wütend trat er dem Dämon mit dem gepanzerten Fuß in den Bauch. »Wo ist sie?«

»Ich weiß es nicht, Großer Vater!« schrie Barzula.

»Wo ist sie?« brüllte Qeteb, rammte Scheol die Faust in die Kehle und schickte sie ebenfalls zu Boden.

»Ich weiß es nicht, Großer Vater!«

»Warum habt Ihr sie nicht getötet?« bellte Qeteb.

Alle vier Dämonen knieten vor ihm, die Stirn in den Schmutz der Erde gedrückt.

»Wir dachten, Ihr wolltet Euch noch mit ihr vergnügen«, flüsterte Scheol schließlich.

Qeteb schwieg und betrachtete die Dämonen.

»Steht auf«, sagte er, wandte sich ab und blickte in Richtung Norden. Sternenfreude war sehr weit weg geflüchtet, und das bedeutete vermutlich, in den Norden. Aber ihr war nicht nur die Flucht gelungen, sie konnte sich außerdem vor seiner Macht verbergen, und das gefiel Qeteb ganz und gar nicht.

Dazu sollte sie eigentlich nicht in der Lage sein … und wenn sie herausgefunden hatte, wie sie das tun konnte, bedeutete das, daß es immer noch Geheimnisse in diesem Land gab, die Qeteb nicht kannte.

Geheimnisse, die wahrscheinlich mit der Macht des Feindes zusammenhingen.

»Das darf nicht sein«, flüsterte der Dämon der Mittagsstunde vor sich hin. »Habe ich dieses Land nicht vollkommen verwüstet?«

Doch im selben Augenblick wurde Qeteb klar, daß seine Herrschaft nicht vollkommen war. Die Macht des Feindes wohnte noch immer in dem Land – die Zuflucht war das beste Beispiel dafür –, und ehe der Sternensohn nicht tot war, konnte Qeteb es nicht vollständig zerstören.

Er blickte himmelwärts und wedelte mit der Hand. »Meine Schöne«, sagte er, »ich möchte mit Euch sprechen.«

Sternengrazie kam vom Himmel herabgesegelt.

»Ich möchte, daß Ihr Euch auf die Jagd begebt«, sagte Qeteb.

Der Narrenturm brachte Sternenfreude und Wolfstern in eine Welt, die sich von jener unterschied, die das Labyrinth und den Narrenturm umgab, und ihr doch sehr ähnlich war.

Sternenfreude sah sich lächelnd um. Einen Augenblick lang vergaß sie, daß Wolfstern geschunden und halb bewußtlos zu ihren Füßen lag.

Die Reise über die scharfkantigen Treppenstufen des Narrenturms hatte ihre Spuren an ihm hinterlassen.

Sternenfreude schenkte ihm jedoch keine Beachtung und nahm statt dessen mit allen Sinnen ihre Umgebung in sich auf. Die Eisdachalpen waren schon immer kalt und unwirtlich gewesen, von den eisigen Winden, die über den nördlichen Iskruel-Ozean und durch die dunklen Felsspalten wehten, kahlgefegt. Doch bevor Qeteb das Land verwüstet hatte, hatten die Berge irgendwie lebendig gewirkt ... fast so, als glühte unter ihrer kalten, harten Oberfläche Wärme, als mußte man nur einen Weg durch die Felsspalten finden, um zu ihr zu gelangen.

Einst hatten sich die Ikarier in diesem Gebirge niedergelassen. Der Krallenturm war der höchste Berg von allen gewesen, und die Ikarier hatten Stollen und Höhlen in ihn gegraben, um darin ihre Wohnstätten zu errichten und nach ihrer Vertreibung aus den südlichen Landen darin zu leben.

Als sie und Wolfstern ihre mordlüsternen Pläne geschmiedet hatten, die schließlich zur Zerstörung ihres Volkes geführt hatten, war der Krallenturm ein Ort des Rückzugs und der schwermütigen Schönheit gewesen. Schon damals war der Berg vollkommen unterhöhlt gewesen ... und Sternenfreude hatte ihre Jugend mehr in den Gemächern im Inneren des Berges verbracht als in den südlichen Minarettbergen. Ihre Mutter Dunkelstern hatte die Aussicht und den Geruch der Meereswinde auf den Gipfeln bevorzugt.

Sternenfreude kannte viele Geheimnisse des Krallenturms, und obwohl sie wußte, daß der Berg eingestürzt war, als Qeteb seine Welle der Zerstörung über das Land geschickt hatte, hoffte sie jetzt, daß das magische Geheimnis, dessen sie bedurfte, um sich vor den Dämonen zu verbergen, unversehrt geblieben war.

Und das war es tatsächlich.

Die Keller und Untergeschosse des Krallenturms – Sternenfreude ahnte nicht, daß Axis und Aschure den Berg in Sternenfinger umgetauft hatten – waren von machtvoller Magie erfüllt. Sternenfreude kannte keine Einzelheiten, aber sie wußte, daß die Untergeschosse des Krallenturms von Wällen geschützt wurden, welche die Macht aller Feinde abprallen ließen.

Wenn die Magie noch vorhanden war, würde sie sie vor der Macht der Dämonen beschützen – so hoffte Sternenfreude jedenfalls. Die Dämonen suchten sicherlich nach ihr, doch sie würden sich nicht selbst auf den Weg machen. Sie waren besessen von der Jagd nach dem Sternensohn, und deshalb würde Qeteb die Falkenkinder aussenden, um Sternenfreude zu suchen. Und das kam Sternenfreudes verrücktem und doch vernünftigem Plan sehr entgegen.

Sie traten aus dem von blauem Dunst erfüllten Tunnel des Narrenturms und fanden sich am nördlichen Fuß des Krallenturms wieder. Von dem Berg war nur das untere Drittel stehengeblieben: die oberen Bereiche lagen als große, schwarze, gezackte Felsbrocken über die umliegenden Gipfel und Täler verstreut. Sternenfreude ließ den Blick über ihre Umgebung schweifen. Der Boden war mit kleineren Steinen und glatten Eisflächen bedeckt und von Rissen und Spalten durchzogen, aber durchaus begehbar. Hier hatte sich einmal ein großer Gletscher befunden, doch als Qeteb das Land verwüstet hatte, war er in Milliarden Eissplitter zerborsten, die sich über die gesamten Alpen verteilt hatten.

Nun lagen die einst verborgenen Stollen, die in die Untergeschosse des Berges hinabführten, offen da.

Sternenfreude grinste und zerrte Wolfstern zum Eingang eines Tunnels, der in östlicher Richtung lag.

Nach drei Schritten gelang es Wolfstern endlich unter großen Mühen, sich aus ihrem Griff zu befreien.

»Kaltherziges Weibsstück!« schrie er, während sein Atem in der Luft gefror. »Was habt Ihr vor?«

»Ich versuche, Euer Leben zu retten«, sagte sie, beugte sich vor und packte ihn erneut. »Ihr werdet mir schon bald dafür danken.«

Wolfstern lachte rauh und bitter. »Und zweifellos wollt Ihr auch Tencendor von den Dämonen befreien.«

»Es gibt wichtigere Dinge, die wir retten müssen, als dieses verdammte Land.« Hört Ihr nicht, wie unser Sohn um Hilfe ruft? Hört Ihr ihn denn nicht, Wolfstern?

»Ihr seid schon immer eine Verräterin gewesen, Sternenfreude. Doch das ist das einzige, was Ihr nicht verraten könnt.«

Sie richtete sich auf und starrte ihn an. Ihr Gesicht war undurchdringlich. »Wir haben uns einmal geliebt.«

»Das war eine Lüge. Wir haben uns niemals geliebt. Wir haben uns nur gegenseitig benutzt.«

Sie weigerte sich, seine Worte anzuhören. »Wir können uns wieder lieben.«

»Habt Ihr den Verstand verloren?« Wolfstern rollte sich ein wenig herum, lachte über den unbeabsichtigten Scherz und erhob sich mühsam.

»Gut«, sagte Sternenfreude. »Ihr könnt also laufen. Dann muß ich Euch nicht mehr hinter mir herschleppen.«

»Ich kann Euch auch davonlaufen, verräterische Hure«, flüsterte Wolfstern und machte einen plötzlichen Satz auf den Rand einer Felsspalte zu.

»Nein!« schrie Sternenfreude und stürzte sich auf ihn, aber es war zu spät.

»Ihr werdet nie wieder Eure Klauen in meine Seele schlagen«, sagte Wolfstern und trat über den Rand.

Sternenfreude sank auf die Knie und breitete die Flügel aus. Sie konnte ihn doch sicher noch herausziehen!

Aber die Spalte war zu schmal. Wolfstern war in einen Erdriß gestürzt, der kaum zwei Armlängen maß, und während er breit genug war, um Wolfstern zu verschlingen, bot er Sternenfreude nicht genug Raum zum Fliegen, um ihn zu retten.

Die Spalte erstreckte sich in unbekannte Tiefen, schwarzer Fels, der von Eis überzogen war, und bis auf einen Blutfleck auf einem Stein in einiger Entfernung war von Wolfstern nichts mehr zu sehen.

Sternenfreude blickte hinab und lachte; ihr Gelächter hallte von den Wänden der Felsspalte wider. »Ihr mögt glauben, Ihr könnt mir entkommen oder Euren Tod vortäuschen, Wolfstern«, rief sie, »aber Ihr bemüht Euch vergeblich. Wir sind füreinander bestimmt!«

Dann hob sie den Kopf und blickte himmelwärts. Das Lachen erstarb auf ihrem Gesicht, sie stand vorsichtig auf, rutschte leicht auf dem Eis aus, und wandte sich dem Stolleneingang zu. Wolfstern war ihr zwar für den Augenblick entkommen, aber Sternenfreude wußte, daß sich ihre Wege erneut kreuzen würden.

Waren sie nicht dazu bestimmt, ihr Schicksal miteinander zu teilen?

Sternenfreude zögerte noch einen Moment, eilte dann in einen der Stollen und hoffte, daß sie einen Umhang finden würde, der aus der Zeit übriggeblieben war, als die Ikarier hier gelebt hatten.

Die Falkenkinder segelten in einer großen schwarzen Wolke auf den Luftströmungen, die über der zentralen Ebene der Einöde aufstiegen. Sie waren auf die Jagd geschickt worden und genossen alles in vollen Zügen.

Außer … außer den Gedanken an das Ziel der Jagd. Wie Sternenfreude hatten sich auch die Falkenkinder in den Dienst der Hüter der Zeit gestellt, im Austausch für Macht und die Rückkehr in die Welt, aus der sie vertrieben worden waren.

Wie Sternenfreude einst wurden auch die Falkenkinder von einem einzigen Wunsch getrieben: Rache an Wolfstern zu nehmen. Wenn ihnen die Hüter der Zeit – die Dämonen – Macht verliehen, dann war ihnen das nur recht. Die Falkenkinder waren dankbar dafür und gehorchten den Befehlen der Dämonen.

Solange diese Befehle nicht ihre Rachepläne gefährdeten und solange sie nicht einen der ihren jagen mußten.

Und die Falkenkinder betrachteten Sternenfreude immer noch als eine der ihren. Denn sie hatten noch nicht von ihrem Gesinnungswandel erfahren oder von dem Wahnsinn, der von ihrem Geist Besitz ergriffen hatte.

Dennoch fügten sie sich Qetebs Befehlen und stiegen zum Himmel auf, wo sie sich in alle Richtungen zerstreuten. Sie würden Sternenfreude finden, aber sie verfolgten dabei auch ihre eigenen Ziele.

Sternenfreude schritt durch die Gänge tief im Inneren des Krallenturms. Einige Abschnitte waren eingestürzt, als der Berggipfel zerborsten war, und das Geröll zwang Sternenfreude immer wieder, zu klettern oder Umwege durch andere Korridore zu nehmen.

Das war nicht der Krallenturm, wie sie ihn in Erinnerung hatte.

Damals hatten die Ikarier den Turm vorwiegend als Sommerwohnort und Vergnügungsstätte genutzt. Der Palast war demzufolge den unterschiedlichsten Lustbarkeiten gewidmet gewesen: Nester für Schäferstündchen, seidenweiche Schlafplätze, hoch aufragende Säle für Gesang und Flugtänze. Selbst die Mauern waren von Musik und Gelächter durchdrungen gewesen.

Nun war alles grau und still. Sternenfreude wußte, daß das vor allem vom Verstummen des Sternentanzes herrührte – die Ikarier hatten den Berg beinahe ausschließlich mit Hilfe der Magie des Sternentanzes belebt –, aber sie stellte fest, daß der Krallenturm in den vergangenen Jahren auch für prosaischere Zwecke genutzt worden war.

Sie durchquerte Gemächer, die eher karg als luxuriös ausgestattet waren – und welcher Ikarier hatte je an Kargheit Gefallen gefunden? Sie betrat einige der Säle in den Untergeschossen, die mit Stapeln von Büchern und Pergamenten angefüllt waren statt mit seidenen Bannern und Musikinstrumenten. Sie stieß auf Schlafgemächer, in denen Betten standen, die nur für einen statt für zwei Ikarier Platz boten.

Sternenfreude blieb in der Tür zu einem Gemach stehen und schauderte. Es sah ganz so aus … als sei der Berg als Ort der Gelehrsamkeit und des Studiums statt der Vergnügungen gebraucht worden.

»Hier hat Qetebs Zerstörungswut sogar einmal Gutes bewirkt«, murmelte sie, während sie weiter den Korridor hinunterging. »Gelehrsamkeit! Was ist nur über die Ikarier gekommen?«

Trotz der bedrückenden Atmosphäre von Nüchternheit und Askese fand Sternenfreude schließlich in einem Gemach nur zwei Stockwerke über dem Keller, wonach sie gesucht hatte: eine Truhe voller Seidenkleider. Sie seufzte vor Freude, als sie ein scharlachrotes Kleid hervorholte, das mit Goldfäden gesäumt war, zog hastig ihr zerschlissenes, blutbeflecktes blaues Gewand aus und legte das rote an.

Sternenfreude fragte sich, woher der Schmutz auf ihrem blauen Gewand stammte und wieso sie es eigentlich nur so lange hatte tragen können.

An einer Seite des Gemachs befand sich ein Spiegel, und Sternenfreude betrachtete sich zufrieden, strich den Stoff auf ihrem Körper glatt, drehte sich voller Bewunderung nach rechts und links.

Wie viele Vogelmänner hatten diesen Körper begehrt? Wolfstern natürlich, aber Sternenfreude wußte, daß auch einige andere Ikarier sich nach ihr verzehrt hatten. Hatte sie sich jemals ihren Gelüsten hingegeben? Sternenfreude runzelte die Stirn. Nein. Nein, das hatte sie nicht … oder? Sie war Wolfstern immer treu geblieben.

Deshalb würde das Schicksal sie auch wieder zusammenführen.

Sternenfreude lachte, versunken in ihre Schönheit und das Gefühl des edlen Stoffes auf ihrer Haut. Wolfstern würde ihr nicht widerstehen können!

Nachdem sie sich noch eine Weile selbst bewundert hatte, setzte Sternenfreude ihren Weg fort. So tief unten waren die Gänge und Treppen unversehrt, und sie hatte keine Schwierigkeiten, in den Keller zu gelangen.

Der Keller war feucht und kalt, aber Sternenfreude konnte die Macht spüren, die sich an diesem Ort aufhielt. Es war nur noch ein Rest von Magie, als seien die Zauber verblaßt, nachdem das, was sie beschützt hatten, verschwunden war, aber er reichte aus.

Sternenfreude wußte, daß Qeteb und die anderen Dämonen sie hier unten nicht finden würden.

»Es ist kein Palast, der meiner würdig wäre«, stellte sie fest, doch sie ließ sich in der Mitte des Gemachs auf dem Boden nieder, kreuzte die Beine und faltete die Flügel auf dem Rücken.

Sie hatte das Gesicht in Richtung Tür gewandt und wartete.

Und während sie wartete, versank sie erneut in Erinnerungen und lachte leise, als sie daran denken mußte, wie Wolfstern und sie sich zum ersten Mal geliebt hatten.

Viele Stunden vergingen, und Sternenfreude gab ihrer Müdigkeit nach. Sie wußte nicht, wie lange sie vor sich hingedöst hatte, doch als sie wieder zu Bewußtsein gekommen war, spürte sie, daß sie nicht mehr allein war.

Sternenfreude hob den Kopf und blickte gebannt auf die Tür.

Eine junge Ikarierin stand dort. Sie hatte weiße Flügel und helle, durchscheinende Haut, doch das schwarze Kleid, das sie trug, beraubte sie all ihrer Schönheit. Sie hatte feines, goldenes Haar, das ihr in Locken in die Stirn fiel, violette Augen und einen vollen, sinnlichen Mund, aber ein Ausdruck der Trauer entstellte ihre Züge, der zu ihrer bedrückenden Kleidung paßte.

»Seid gegrüßt, Sternengrazie«, sagte Sternenfreude. »Ich habe Euch bereits erwartet.«

Sternengrazie nickte, sagte jedoch nichts, während sie auf Sternenfreude zuging.

Sie hatte einen merkwürdigen Gang, als würde sie statt auf Füßen auf Krallen laufen.

Sternenfreude legte den Kopf schief und betrachtete Sternengrazie. Es war ein gutes Zeichen, daß Sternengrazie sich ihr so zeigte: die Falkenkinder waren in der Lage, ihre ursprüngliche Gestalt anzunehmen, doch im allgemeinen taten sie es nicht.

Rache verlangte nach einer weitaus düstereren Miene.

Doch Sternengrazie hatte zumindest teilweise wieder ihre alte Gestalt angenommen, auch wenn Sternenfreude sehen konnte, daß ihre Füße noch immer mit Krallen bewehrt waren und das Material ihres Kleides sich bald von Stoff in Federn, bald wieder zurück verwandelte. Und daß Sternengrazie sich ihr so zeigte, konnte nur eines bedeuten: sie war bereit, mit ihr zu sprechen und Sternenfreudes Bedingungen anzunehmen.

»Qeteb hat Euch ausgesandt, um mich zu suchen?« sagte Sternenfreude.

»Ja.« Sternengrazies Stimme klang heiser, beinahe wie ein Flüstern.

»Wie habt Ihr mich gefunden?«

»Ich bin einst ebenfalls durch diese Gänge gestreift. Erinnert Ihr Euch?«

Sternenfreude nickte. Sternengrazie war ihre Nichte, die Tochter von Wolkenbruch, Wolfsterns jüngerem Bruder. Sie hatte ebenfalls viele Jahre im Krallenturm verbracht, und als eine Sonnenflieger, die dem Krallenfürsten nahestand, kannte sie dieses Untergeschoß.

»Ich wußte, daß dies der einzige Ort ist, an dem Ihr Euch verbergen könnt«, fuhr Sternengrazie fort.

»Und dennoch habt Ihr mich nicht an Qeteb verraten«, sagte Sternenfreude. Sie wollte lächeln – sie wußte, daß sie die Falkenkinder nun in ihrer Hand hatte! –, aber es wäre unklug gewesen, ihren Triumph zu früh zu zeigen, also verzog sie keine Miene.

Sternengrazie war auf Armeslänge an Sternenfreude herangetreten und streckte die Hand aus – Sternenfreude bemerkte, daß auch ihre Hand die Gestalt einer Klaue hatte –, um Sternenfreude aufzuhelfen.

»Ich wollte hören, was Ihr zu sagen habt«, sagte Sternengrazie, und Sternenfreude nickte.

Sie glättete ihr Kleid und sagte: »Ich bin enttäuscht von Qeteb und den anderen Dämonen.«

»Hüter der Zeit«, berichtigte sie Sternengrazie.

»Nein«, sagte Sternenfreude mit fester Stimme. »Nicht Hüter der Zeit. Dämonen.« Sie zuckte mit den Schultern. »Obwohl mich derlei Spitzfindigkeiten wenig interessieren. Dämonen oder Hüter der Zeit – sie haben uns geholfen, als uns niemand beistehen wollte und haben uns Hoffnung und neuen Mut gegeben.«

»Ihr habt recht.«

»Sie haben gesagt, daß sie uns nach Tencendor zurückbringen würden, damit wir uns an Wolfstern rächen könnten.«

»Richtig.«

»Aber haben sie es auch getan?«

Sternengrazie schwieg und sah Sternenfreude nachdenklich an.

»Wir sind wieder nach Tencendor zurückgekehrt, das ist wahr – aber seht doch, was sie dem Land angetan haben!«

»Ich glaube nicht, daß die Verwüstung Tencendors etwas an unserer Rache …«

»Und lassen sie uns etwa unseren Willen?« fuhr Sternenfreude fort und legte soviel Gefühl und Überzeugung wie möglich in ihre Stimme. »Warum hetzen sie uns nicht endlich auf Wolfstern? Bei den Sternen, das ist das einzige Ziel unseres Daseins!«

Sternengrazie verlagerte ihr Gewicht von einem Bein auf das andere und blinzelte. Sie legte den Kopf schief und dachte nach.

»Das war das einzige, was uns unseren schrecklichen Tod hat überstehen und Tausende von Jahre durch den Weltraum schweben lassen!« Sternenfreude packte Sternengrazie an ihrem Kleid und schüttelte sie leicht. »Ohne die Erfüllung unserer Rache sind wir nichts!«

Sternengrazie nickte schließlich. »Was sollen wir tun?«

»Werdet Ihr Qeteb sagen, daß Ihr mich nicht finden konntet?«

»Was?« Sternengrazie drehte den Kopf und musterte Sternenfreude wie ein lästiges Insekt. »Warum?«

»Damit ich Wolfstern suchen kann. Wer sonst könnte das tun? Wenn ich ihn gefunden habe, können wir Rache an ihm nehmen!«

Sternenfreude fiel es nicht leicht, Sternengrazie zu belügen, aber sie mußte es tun. Sie durfte den Falkenkindern nicht erzählen, daß Wolfstern und sie füreinander bestimmt waren! Sternenfreude hatte nicht vor, Wolfstern an die Falkenkinder auszuliefern, damit diese ihn auf grausame Weise töten konnten, aber im Augenblick konnten ihr die scharfen Augen der Falkenkinder dienlich sein.

Über ihrer wiederentflammten Liebe zu Wolfstern vergaß Sternenfreude sogar die Rettung ihres Sohnes. Ach! Sie waren einmal so ein prachtvolles Paar gewesen, und sie würden es wieder sein!

Sternengrazie reagierte argwöhnisch auf die Gefühle, die sich in Sternenfreudes Gesicht spiegelten, und Sternenfreude versuchte sich mit Mühe daran zu erinnern, daß sie eigentlich die Falkenkinder davon überzeugen wollte, Rache an Wolfstern zu nehmen.

Sie setzte eine möglichst unschuldige Miene auf ... keine leichte Aufgabe.

»Ihr wollt nach Wolfstern suchen?« fragte Sternengrazie. »Er befindet sich doch sicher im Labyrinth.«

»Nein!« erwiderte Sternenfreude, ihre Stimme klang erschreckend schrill. »Ich habe nachgesehen! Wirklich! Er ist verschwunden.«

Sie beugte sich vor und senkte die Stimme zu einem verschwörerischen Flüstern. »Die Dämonen haben ihn entkommen lassen. Obwohl sie ihn doch schon in ihrer Gewalt hatten! Seht Ihr, was ich meine? Warum haben sie ihn uns damals nicht gleich überlassen? Wir können nicht darauf vertrauen, daß die Dämonen Wolfstern für uns suchen. Ich muß es tun.«

Sternengrazie dachte nach, ihr Gesicht war undurchdringlich.

»Habe ich nicht Tausende von Jahren lang gemeinsam mit Euch nach Rache gedürstet? Bei den Göttern, Sternengrazie, ich wünsche mir seinen Tod ebenso sehr wie Ihr!«

»Ihr wollt also, daß ich die Dämonen belüge.«

»Ja. Was sind wir ihnen denn schuldig? Nichts. Sie haben uns benutzt, aus unserer Kraft geschöpft. Jetzt sind wir auf uns selbst gestellt. Ihr und ich und die anderen Kinder. Ganz auf uns selbst.«

»Mir gefällt es nicht, Qeteb belügen zu müssen.«

Sternenfreude konnte die Unsicherheit in Sternengrazies Stimme hören.

»Meine Liebe«, sagte sie sanft und legte die Arme um das Mädchen, »werdet Ihr mich schützen? Ich brauche Zeit, um ihn zu finden, damit wir uns alle an ihm rächen können. Werdet Ihr mir das gewähren?«

»Und wenn Ihr ihn gefunden habt?« Sternengrazie löste sich aus ihrer Umarmung, aber zögerlich, was Sternenfreude nicht entging. »Meine Gefährten und ich möchten nicht um unsere Rache betrogen werden.«

»Wenn ich ihn finde, werde ich Euch rufen. Sternengrazie, werdet Ihr Qeteb sagen, daß Ihr mich nicht finden konntet?«

Sternengrazie schwieg einen Moment, dann nickte sie zustimmend. »Findet ihn und enttäuscht uns nicht.«

Sternenfreude nickte ebenfalls. »Ich werde Euch nicht enttäuschen, Sternengrazie, und auch nicht die anderen, die Wolfstern ermordet hat.«

Dann lächelte sie, beugte sich vor und küßte Sternengrazie auf die Wange.

Das Falkenkind zuckte verwundert zurück. Eine Umarmung war eine Sache, aber ein Kuß?

»Wißt Ihr denn nicht mehr, wie es ist, geliebt zu werden, Sternengrazie?«

»Ich erinnere mich, daß mich die Liebe nicht vor einem schrecklichen Tod bewahrt hat.«

Damit verschwand Sternengrazie, und Sternenfreude hatte ihr Ziel erreicht. Sie setzte sich wieder, drapierte den Stoff des Kleides auf solche Weise um sich, daß ihre Figur am besten zur Geltung kam, und dachte nach. Die Falkenkinder würden ihr von nun an gehorchen und sie nicht nur vor Qeteb beschützen, sondern auch mit Hunderten von Augen nach Wolfstern suchen.

Sternenfreude runzelte leicht die Stirn und biß sich auf die Lippen. Wer könnte ihr sonst noch helfen, sie wieder mit Wolfstern zu vereinen? Ah! Drachenstern! Wolfstern würde sicher früher oder später einen Weg in Drachensterns Lager finden, und Sternenfreude mußte Drachensterns Vertrauen erringen, wenn sie Wolfstern zurückhaben wollte.

Wie sollte sie also Drachensterns Vertrauen und Hilfe gewinnen? Sternenfreude strich sich gedankenverloren über ihren Busen. Ihr Körper hatte schon einmal Drachensterns Verlangen geweckt und würde es zweifellos wieder … nein! Sie mußte Wolfstern treu bleiben. Sie sollte es deshalb lieber mit Arglist statt mit Verführung versuchen.

Sternenfreude kicherte. Sie hatte einen hervorragenden Einfall! Nicht nur würde es Drachenstern gefallen, Tencendor aus dem Griff der Dämonen zu befreien, und sie würde zugleich Wolfstern zurückgewinnen; die Dämonen wären dadurch möglicherweise so sehr abgelenkt, daß Wolfstern und sie ihren Sohn retten konnten.

Sie seufzte glücklich und so verträumt wie ein dreizehnjähriges Mädchen, das zum ersten Mal verliebt ist.

14

NEID

Drachenstern saß in einem großen runden Saal mit steinernen Mauern. Wände und Boden bestanden aus sandfarbenem Stein, der mit Gold durchsetzt war. Rosa und saphirblaue Fenster erstreckten sich in schwindelerregende Höhen, und auf ihren Säuleneinfassungen ruhte eine Balkendecke aus vergoldetem Holz. Drachenstern hatte nach einem ruhigen Ort gesucht, und die Zuflucht hatte ihn hierhergeführt.

Wie die meisten Dinge in der Zuflucht erfüllte auch die friedliche Schönheit des Saals Drachenstern mit einem leicht unguten Gefühl. Ihn beunruhigte nicht nur das Aussehen der Zuflucht – es erinnerte ihn zu sehr an die Welten, durch die ihn die Dämonen gezerrt hatten –, sondern auch die tiefe Unzufriedenheit, von der die Völker in der Zuflucht heimgesucht wurden. Bei den Sternen! Wenn sie hier schon gelangweilt und zerstritten durch die auferzwungene Tatenlosigkeit waren, wie würden sie erst mit der ewigen Friedfertigkeit der Blumenwiese zurechtkommen? Ach! Drachenstern riß sich gewaltsam von seinen Sorgen los. Zweifellos stammte seine Unruhe daher, daß er Qeteb nicht nur im Narrenturm, sondern vor den Toren der Zuflucht selbst gesehen hatte.

Und Niahs Anblick hatte seinen Teil dazu beigetragen.

»Was hat es nur mit Euch auf sich, Niah«, flüsterte Drachenstern.

Er seufzte und senkte den Blick. Er saß mit gekreuzten Beinen auf dem Boden, das magische Liederbuch auf dem Schoß. Die blaugefiederte Echse lag zusammengerollt hinter seinem Rükken, und Drachenstern lehnte sich gemütlich an sie an.

Hin und wieder ließ die Echse ein Schnarchen hören, und ein Lichtstrahl schoß aus einer ihrer Krallen hervor.

Drachenstern schenkte ihr jedoch keine Beachtung. Er sehnte sich so sehr danach, die Zuflucht zu verlassen und den Dämonen gegenüberzutreten, aber er wußte – wie er es seinen Zauberinnen und Zauberern erklärt hatte –, daß er noch mehr Erfahrung und eine gründliche Kenntnis des magischen Liederbuches benötigte, ehe er etwas gegen die Dämonen ausrichten konnte.

Er schlug den Lederband auf und blätterte langsam in dem Buch. Es enthielt Lieder, Musik und Tänze, welche die Zauber darstellten, die sie brauchten, um die Dämonen zu besiegen. Sie würden die Bösartigkeit der Dämonen auf sie zurückspiegeln und sie vernichten.

»Wir werden sie auf ewig vom Angesicht dieses Landes und des Universums tilgen«, flüsterte Drachenstern.

Er mußte daran denken, was Axis ihm gesagt hatte. Caelum hatte einen dieser Tänze auf dem Sternenfinger ausprobiert, aber sein Haß und seine Bösartigkeit hätten ihn beinahe vollkommen überwältigt.

Drachensterns Finger glitten über eine Notenlinie: Er nahm das Gefühl wahr, das dieses spezielle Lied zum Ausdruck brachte – Neid. Er befeuchtete mit der Zunge die Oberlippe, betrachtete Aufbau und Melodie des Liedes, wandelte es dann im Geiste rasch in Zahlen und schließlich in Symbole um.

Ihm war übel vor Furcht. Sollte er es versuchen? Sehen, was geschah … Würde er das Lied besser beherrschen können als Caelum?

Hinter seinem Rücken regte sich die Echse und setzte sich auf.

»Nun, meine Schöne«, sagte Drachenstern. »Was soll ich deiner Meinung nach tun?«

Die Echse gähnte und streckte eine ihrer Vorderklauen.

»Also gut«, sagte Drachenstern. »Wir versuchen es.«

Was hatte er schon für eine Wahl?

Er stand auf und legte das Buch auf den Boden. Ebenso wie die Echse es gerade getan hatte, streckte Drachenstern eine Hand aus und zeichnete ein Symbol in die Luft.

Die Echse zog das Symbol mit Licht nach.

Und Neid erfüllte den Saal.

Ein verhutzelter alter Mann stand vor Drachenstern und der Echse. Er war krumm und hatte einen Buckel, seine Glieder waren gedrungen und seine Hände von Arthritis verkrümmt.

Er war nackt, und seine Haut war bleich und glänzte vor Schweiß.

Beulen und Schwielen überzogen sein Gesicht, seine Augen waren schmale Schlitze, die alles wahrnahmen und im Gedächtnis behielten, um später in der nüchternen Stille seiner Erinnerung darüber zu befinden.

Er lächelte und entblößte dabei schiefe gelbe Zähne, und Drachensterns Geist wurde von furchtbaren Gedanken heimgesucht.

Caelum hatte alles besessen. Vierzig Jahre lang hatte er Liebe und Achtung genossen, vierzig Jahre lang hatte er über die Völker Tencendors geherrscht. Er war auf schreckliche Weise ums Leben gekommen – na und? Nun weilte er auf der Blumenwiese und wurde zweifellos von allen, die dort lebten, angebetet.

Und Drago, was mußte der arme Drago tun? Er mußte die Dämonen vernichten, während sich Caelum vergnügte. Caelum hatte nur wenige Minuten des Schmerzes erleiden müssen, während Drago bereits vierzig Jahre lang gelitten und noch mehr Leid vor sich hatte.

Drachenstern wurde von einem solch glühenden Neid durchströmt, daß er ein Knurren ausstieß. Er spürte, wie sich sein Rücken krümmte und seine Hände sich in Klauen verwandelten. Caelum war nichts als ein verwöhntes Balg, dem alles auf einem Silbertablett gereicht wurde, während er – er! – die Drecksarbeit machen mußte.

Die verwachsene Gestalt des Neides sprang vor ihm herum, klatschte in die Hände und grölte vor Freude. »Warum geht Ihr nicht auf die Blumenwiese und vernichtet ihn endgültig«, flüsterte er. »Ihr seid dazu fähig, wißt Ihr. Ihr besitzt die Macht dazu.«

Die Echse knurrte und wich einige Schritte zurück.

Drachenstern wirbelte herum und hob die Hand, um nach dem Geschöpf zu schlagen – *hatte diese Echse jemals etwas ge-*

tan, außer sich herumschleppen zu lassen? Sie hatte Jahrhunderte als körperloser Geist im Heiligen Hain und im Bardenmeer verbracht und sich Drachenstern dann einfach angeschlossen, ohne auch nur das geringste dafür getan zu haben – und hielt inne, bevor seine Hand zu einem vernichtenden Schlag niedersausen konnte.

Was geschah hier mit ihm?

Drachenstern kämpfte darum, Herr über den Neid zu werden und über die anderen Gefühle, die der Neid gebiert – Haß und Grausamkeit und eine süße, schreckliche Selbstgerechtigkeit – aber er konnte es nicht ... er konnte nicht ...

Der alte Mann sprang im Kreis um ihn herum und klatschte in die Hände. »Genießt es!« schrie er. »Gebt Euch ihm hin! Was kümmert Euch das Wohl anderer? Genießt es! Es ist der einfachste Weg!«

Und Drachenstern konnte spüren, wie einfach es wäre. Er mußte sich nur zurücklehnen, sich vom Neid überwältigen lassen, und alles würde gut werden, alles würde gut werden, er könnte sich endlich gehen lassen und in den Gefühlen sonnen, die er so lange Jahre gehegt hatte, als er voller Verbitterung und Haß bei der Familie der Sonnenflieger auf Sigholt gelebt hatte.

Eine kleine Hand ergriff die seine, und Drachenstern zuckte zusammen. Es war Katie, ihre Augen waren von Furcht erfüllt, und ihr Mund zitterte.

Drachenstern sah, daß sie schreckliche Angst hatte.

Der Neid heulte vor Wut.

»Die Katzen!« flüsterte Katie. »Die Katzen!«

Die Katzen? Drachenstern starrte sie an. Warum half sie ihm ... wollte sie ihm überhaupt helfen? Faraday liebte dieses kleine Mädchen auf eine Weise, wie sie ihn nie geliebt hatte, das verstand Drachenstern jetzt. Faraday schenkte diesem schwachen kleinen Mädchen all die Liebe und Aufmerksamkeit, die sie ihm nie gegeben hatte.

Drachenstern knurrte noch einmal und riß seine Hand aus Katies Griff.

Der Neid lachte.

Und etwas Kleines, Pelziges drückte sich an Drachensterns Beine.

Er senkte den Blick. Es war eine weiße Katze mit rostroten Streifen, deren Körper vor Schnurren zitterte.

Drachenstern hob die Hand, um nach dem Vieh zu schlagen –

– und erinnerte sich. Er erinnerte sich daran, daß ihm die Katzen ihre bedingungslose Liebe geschenkt hatten, als er von allen anderen auf Sigholt gemieden wurde. Er erinnerte sich, daß sie sogar ihr Futter hatten stehenlassen, um ihn zu trösten. Seine Gesellschaft hatte ihnen genügt und seine Freundschaft ihnen gefallen.

Sie hatten nichts von ihm verlangt.

Sie hatten ihn nicht um seine Stärke beneidet oder um seine Fähigkeit zu sprechen oder um seinen Namen.

Sie hatten ihn einfach nur gemocht.

Drachenstern blickte den Neid an. »Ihr tut mir leid«, sagte er, und der Neid heulte auf.

»Ich will Euch meine Freundschaft anbieten«, sagte Drachenstern und streckte eine Hand aus, die Handfläche nach oben gerichtet.

Der Neid starrte ihn an, winselte und war plötzlich verschwunden.

Drachenstern schauderte, beugte sich vor und stützte sich mit den Händen auf den Oberschenkeln ab, um das Gleichgewicht wiederzuerlangen.

Die Echse war quer durch den Raum getrippelt und kauerte nun auf dem Boden, die Klauen unter dem Körper verborgen. Sie wollte mit den Zaubersprüchen aus dem Buch nichts mehr zu tun haben.

Die Katze hatte sich hinter der Echse zusammengerollt und beobachtete Drachenstern.

»Ich kann das Buch nicht benutzen«, flüsterte Drachenstern schließlich.

»Ihr müßt es benutzen«, sagte Katie, »oder alle, die sich vor Euch geopfert haben oder sich künftig opfern werden, werden umsonst gestorben sein.«

Drachenstern richtete sich auf und musterte das Mädchen. »Das Buch enthält nichts als Abscheulichkeiten.«

Katie erwiderte seinen Blick.

»Verflucht! Was ist sein Geheimnis? Wie kann ich es benutzen?«

Sie blickte ihn nur weiter schweigend an.

»Du hast das meiste zu verlieren – also verrate mir sein Geheimnis!«

»Das kann ich nicht«, sagte Katie mit trauriger Stimme. »Ihr müßt es selbst herausfinden.«

Drachenstern kämpfte gegen den überwältigenden Drang an, das Buch quer durch den Raum zu schleudern. Dann zwang er sich zur Ruhe, atmete tief durch und streckte Katie schließlich die Hand hin.

»Es tut mir leid.«

Sie lächelte und ergriff die Hand. »Eine Lektion solltet Ihr bereits gelernt haben«, sagte sie. »Wie lautet sie?«

Drachenstern knirschte mit den Zähnen und beschloß dann, darüber nachzudenken. »Ich wurde vom Neid überwältigt«, sagte er schließlich. »Ich konnte ihn nicht beherrschen.«

»Und was hat den Bann gebrochen, mit dem Euch der Neid belegt hatte?«

»Die Katze«, flüsterte Drachenstern. »Bedingungslose Zuneigung.«

Katie nickte und küßte seine Hand.

Faraday fand die beiden auf einer mit Kissen gepolsterten Fensterbank sitzend. Die Aussicht vom Fenster war atemberaubend: Gärte und Teiche erstreckten sich weithin bis zu den hochaufragenden blauen Felswänden, die die Zuflucht einfaßten.

»Es ist wunderschön«, sagte Faraday und setzte sich neben Katie.

Drachenstern wandte den Blick vom Fenster ab und lächelte ihr über den Kopf des Mädchens hinweg zu. Es ist kitschig, wollte er sagen, aber er konnte bei ihrem Anblick seine Gefühle nicht in Worte fassen, also nickte er nur.

»Was habt ihr beiden gemacht?« fragte Faraday, die Drachensterns Anspannung spürte.

Drachenstern seufzte und wies auf das magische Liederbuch, das am anderen Ende der Bank lag. »Ich habe damit herumgespielt.«

»Und fandest du darin etwas, das sich zu wissen lohnt?«

»Ja«, sagte Katie, und Drachenstern warf ihr einen leicht verwunderten Blick zu.

»Ich finde darin viele Dinge«, sagte Drachenstern, »und keines davon ist angenehm.«

Faradays Blick glitt verwirrt zwischen Drachenstern und Katie hin und her. Sie legte die Arme um Katie und zog sie in einer beschützenden Geste an sich.

»Kannst du – können wir – mit Hilfe des Buches gegen die Dämonen kämpfen?« fragte Faraday.

Drachenstern schien sich sehr unbehaglich zu fühlen. »Das Buch enthält den Haß und das Grauen der Dämonen«, sagte er. »Ich weiß, daß ich diese Lieder benutzen muß ... um sie auf die Dämonen zurückzuspiegeln und sie zu zerstören ...«

Faraday spürte, wie Katie in ihren Armen zitterte, und blickte besorgt auf sie hinab.

»... aber es ist so widerwärtig ... so ...«

»Was immer nötig ist, um die Dämonen zu vernichten, es wird nicht angenehm sein«, sagte Faraday.

Drachenstern hob den Kopf und blickte ihr in die Augen. »Ich habe große Angst«, sagte er, »daß ich mich selbst in einen Dämon verwandeln könnte, wenn ich dieses Buch benutze. Ich glaube nicht, daß ich mich beherrschen könnte.«

15

Die Geheimnisse des Buches

Drachenstern klemmte sich das Buch unter den Arm und musterte nachdenklich die Echse.

»Du bleibst hier«, sagte er. »Ich werde dich später holen.«

Die Echse ließ den Kopf sinken, ihr grünroter Kamm sackte traurig in sich zusammen, und sie wandte sich ab.

Faradays Mund zuckte. »Zum Glück kann sie nicht sprechen.«

»Das muß sie auch nicht.«

»Wirst du die Hunde und das Pferd mitnehmen?«

Drachenstern zögerte.

»Drachenstern, bitte, nimm sie mit.«

Er nickte.

»Und sei vorsichtig im Narrenturm.«

»Ich werde überaus vorsichtig sein. Ich werde mich nur seiner Magie bedienen, um auf die Blumenwiese zu gelangen. Den Turm selbst werde ich nicht betreten.«

Faraday starrte ihn an – seine Worte mochten noch so mutig gemeint sein; selbst wenn es ihnen gelänge, nur die Magie des Narrenturms zu benutzen, um von einem Ort zum anderen zu gelangen, wäre Drachenstern in dem Augenblick, wenn er durch das Tor trat, genauso verwundbar wie sie alle.

Denn wenn sie unvorsichtig waren oder Pech hatten oder vom Schicksal verflucht waren, konnte Qeteb sie in diesem Augenblick erwischen. Sie konnten nur hoffen, daß er nicht ununterbrochen im Treppenhaus des Narrenturms unterwegs war.

»Nicht er selbst«, sagte Drachenstern leise, »aber er könnte einen seiner Dämonen als Wache aufgestellt haben. Faraday … ich werde vorsichtig sein.«

Sie beugte sich vor und umarmte ihn. Sie sehnte sich nach der Zeit, in der ihr Kampf gegen die Dämonen endlich vorbei sein würde und sie und er Gelegenheit fänden, sich ganz ihrer Liebe hinzugeben. »Ich hoffe, Caelum kann dir helfen.«

»Und wenn nicht, gibt es noch jemand anderen, an den ich mich wenden kann«, sagte Drachenstern, doch er war verschwunden, bevor Faraday fragen konnte, wer dieser »andere« war.

Sie seufzte und machte es sich mit Katie auf der Fensterbank bequem. »Ich bin so froh, daß du hier in Sicherheit bist«, sagte sie und strich dem Mädchen über den Kopf. »Ich könnte es nicht ertragen, dich erneut in Gefahr zu wissen.«

Katie lächelte und wandte sich ab.

Bannfeder war von wilder Freude erfüllt, als er mit seiner Luftarmada am Himmel über der Blumenwiese Kreise zog.

Sie waren großartig.

Der Tod hatte sie verändert, er hatte ihnen zu größerer Entschlossenheit und Kampfeslust verholfen.

Bannfeder flog mitten unter ihnen, beinahe verloren in diesem Wirbel aus edelsteinfarbenen Flügeln und Augen und den geisterhaften Schatten und Formen ihrer silbrig glänzenden Körper. Die Soldaten der Luftarmada hatten nichts von ihren Fähigkeiten und ihrer strengen Disziplin eingebüßt.

Sie wollten jagen, zurückschlagen, angreifen.

Und warum auch nicht? dachte Bannfeder. Bleibt hier, hatte Drachenstern gesagt, bis ich Euch brauche, aber Bannfeder hatte das Warten satt. Wann würde Drachenstern endlich zurückkehren? Sie mußten die Einöde vom Einfluß der Dämonen befreien, und es nutzte nichts, wenn Bannfeder und seine farbenfrohe Armada hier am Himmel herumsegelten.

Er landete auf der Blumenwiese, senkte seine Flügel, ließ sie genüßlich über die Mohnblumen und Lilien streifen und blickte zu dem Farbenwirbel empor.

»Folgt mir«, flüsterte er und schloß die Augen. Er dachte an die kalten Strömungen der nördlichen Eisbärenküste, den eisigen Wind, der durch seine Federn strich, das Rufen der Seemöwe, das Brüllen des Eisbärs …

… und schon waren sie dort, die Luftarmada kreiste über ihm und stieß einen vielstimmigen Schrei aus.

Bannfeder lächelte und erhob sich in die Lüfte.

Drachenstern gelangte ohne Zwischenfall und überaus erleichtert auf die Blumenwiese. Selbst Belaguez, auf dem er ritt, schien froh zu sein, die weiche Blumenwiese unter seinen Hufen zu spüren. Die Alaunt bellten vor Freude, sprangen zwischen den Blumen umher und schnappten nach Schmetterlingen.

Wann immer sich ihre Schnauzen schlossen, flatterten die Schmetterlinge auf und erhoben sich eine Handbreit über die Köpfe der Hunde, und Drachenstern lächelte.

Er trieb Belaguez an; zum ersten Mal seit Stunden war er wieder gelöster und nahm die Schönheit, die ihn umgab, in sich auf. Der Duft, die sich sacht wiegenden Blüten …

… das Donnern und Tosen der Brandung in der Ferne.

Drachenstern brachte Belaguez einen Augenblick lang zum Stehen. Undeutlich konnte er einen salzigen Geruch durch den Duft der Blumen hindurch ausmachen. Er suchte mit den Augen den Horizont ab und hielt an einem Punkt inne, der dunstiger war als der Rest. Die Küste.

Drachenstern trieb Belaguez zur Eile an.

Er fand Caelum am Rande einer Klippe sitzend, die einige hundert Schritte zu den von Gischt umspülten Felsen hin abfiel. Flußstern saß bei ihm und hatte den Arm um ihn gelegt. Sie hatten die Köpfe zusammengesteckt und redeten leise miteinander.

»Caelum? Flußstern?« Drachenstern schwang ein Bein über Belaguez' Widerrist und stieg ab. Der Sternenhengst schnaubte und entfernte sich einige Schritte, um zwischen den Blumen zu grasen.

Caelum und Flußstern wandten sich um und lächelten Drachenstern zu.

Drachenstern starrte sie an, ergriffen von ihrer Schönheit und dem Frieden, den sie ausstrahlten.

Keiner von beiden war zu Lebzeiten sonderlich friedfertig gewesen.

Caelums Lächeln wurde breiter, als hätte er Drachensterns Gedanken erraten. »Willkommen, Bruder«, sagte er. »Willst du dich zu uns setzen?«

Flußstern sagte nichts, doch sie stand mit einer anmutigen Bewegung auf und ergriff Drachensterns Hand. Sie zog ihn sanft zu sich heran, damit er sich zu ihr und Caelum setzte, aber er schreckte regelrecht zurück.

Zu Lebzeiten hatte Flußstern ihn verabscheut, ihn verlacht und jede Gelegenheit genutzt, um ihm das Leben schwer zu machen.

Wer war diese einfühlsame, warmherzige Frau, die jetzt vor ihm stand?

Flußstern berührte sanft Drachensterns Wange.

»Zu Lebzeiten«, sagte sie, »bin ich gehässig, neidisch und boshaft gewesen. Aber als ich durch das Tor auf die Blumenwiese gelangte, habe ich einen Zustand der ... der ...«

Sie runzelte leicht die Stirn, als käme sie nicht auf das richtige Wort, mit dem sich ihr Wandel beschreiben ließe.

»Wir haben einen Zustand der Zufriedenheit erreicht«, sagte Caelum. »Zufriedenheit nicht nur mit unserer Umgebung, sondern auch mit uns selbst.«

Drachenstern nickte zustimmend, als ihm bewußt wurde, wie sehr sich sein Bruder und seine Schwester verändert hatten. Sie waren im Frieden mit sich selbst, weil sie zufrieden waren – ein Geisteszustand eher denn ein Gefühl.

Und plötzlich war auch er zufrieden, als sei ihm ein enormes Gewicht von den Schultern genommen worden. Drachenstern hatte sich Sorgen darüber gemacht, daß die meisten Menschen gelangweilt und verärgert waren angesichts der Friedlichkeit in der Zuflucht, und sich gefragt, wie sie wohl mit dem ewigen Frieden zurechtkommen würden, der auf der Blumenwiese herrschte.

Nun begriff er. Jeder, der auf die Blumenwiese gelangte, machte eine geistige Wandlung durch.

Und wurde zufrieden.

Caelum nickte, als er bemerkte, daß Drachenstern ihn verstanden hatte. »Es gibt nur wenige, die nicht diesen Wandel durchlaufen«, sagte er. »Jene, die wissen, daß sie nach Tencendor zurückkehren müssen, weil dort noch eine Aufgabe auf sie wartet, bleiben von der Zufriedenheit der Wiese unberührt.«

»Die Luftarmada«, sagte Drachenstern. »Ihr Rachedurst bleibt bestehen.«

»Ja«, sagte Caelum. »Aber komm, setz dich doch. Wir sind so froh, dich wiederzusehen.«

Drachenstern lächelte und ließ sich neben Caelum nieder. Flußstern ließ seine Hand los, trat einen Schritt zurück und verabschiedete sich, damit die beiden in Ruhe miteinander sprechen konnten.

»Es gibt Blumen, die ich noch nicht gesehen habe«, sagte sie, und ihr Lächeln war so süß und sanft, daß Drachenstern der Atem stockte, »und Wege, die ich noch erforschen will. Ich werde dich wiedersehen, Drachenstern, wenn wir erst einmal alle in Frieden auf der Wiese leben.«

Sie beugte sich kurz vor, küßte Drachenstern auf die Wange und verschwand zwischen wogenden Lilien.

Lange Zeit sprachen Caelum und Drachenstern kein Wort, sondern erfreuten sich einfach nur der Gegenwart des anderen und des Duftes der Blumen. Hinter ihnen ließen sich die Alaunt in kleinen Grüppchen nieder, streckten sich in der Sonne aus oder putzten sich gegenseitig mit ihren langen Zungen.

»Du hast das magische Liederbuch«, sagte Caelum schließlich und musterte den Band unter Drachensterns Arm.

Drachenstern ließ den Blick die Klippe hinunterwandern und kämpfte gegen ein Schwindelgefühl an. Er vermißte so viel von seinem ikarischen Erbe: die Fähigkeit zu fliegen, zu tanzen, zu singen und, im Augenblick, das Vermögen, dem Sog der Tiefe zu widerstehen.

»Ja«, sagte er. »Ich habe das magische Liederbuch. Caelum ...«

»Ich habe es ausprobiert, weißt du.«

»Ich weiß. Axis hat es mir erzählt.«

Caelum wandte den Blick von dem wogenden Ozean ab und

sah seinen Bruder an. »Du hast mit unserem Vater gesprochen?«

»Ja.«

»Und?«

»Und wir sind nun Freunde, nicht mehr Vater und Sohn.«

Caelum nickte und schaute wieder auf das Meer hinaus. »Ich wünschte, ich hätte ihm ein Freund sein können.«

Etwas in Caelums Stimme ließ Drachenstern Tränen in die Augen treten. Nur wenige Stunden zuvor hatte er heftigen, abscheulichen Neid Caelum gegenüber empfunden, und hier saß Caelum und äußerte nicht Neid, sondern Bedauern über etwas, das Drachenstern vergönnt war und ihm nicht.

»Hat Vater dir erzählt, was geschehen ist, als ich eines der Lieder ausprobiert habe?«

»Du hast ein Falkenkind getötet, aber du bist so sehr von Haß und Zorn überwältigt worden, daß du beinahe …«

»Daß ich mich beinahe selbst in einen Dämon verwandelt hätte.«

Drachenstern rieselte unwillkürlich ein eisiger Schauer über den Rücken. Bei den Göttern, was mochte dieses Buch alles enthalten!?

»Und als du vor Qeteb getanzt hast?« fragte er.

Caelum lachte tief und verächtlich. »Ich hätte ihm mehr Schaden zugefügt, wenn ich ihm eine Blume überbracht hätte.«

Etwas Verschwommenes regte sich am Rande von Drachensterns Bewußtsein, aber er bekam den Gedanken nicht zu fassen.

»Und was ist geschehen, als du im Labyrinth auf Qeteb getroffen bist?« fragte er so leise, daß seine Stimme über dem Tosen der Brandung kaum zu vernehmen war.

Caelum zögerte lange mit der Antwort. »Ich habe ihn zum Lachen gebracht«, sagte er schließlich. »Ich habe die ganze Welt zum Lachen gebracht.«

Drachenstern legte seinen Arm um Caelums Schulter. So saßen die beiden Brüder lange Zeit da, nur Zuneigung, der Duft der Blumen und das Donnern des Ozeans waren um sie.

Bannfeder hatte die Luftarmada aus einem bestimmten Grund an die Nordküste geführt: Hier würde der Einfluß der Dämonen am schwächsten sein. Denn auch wenn ihnen die dämonischen Stunden nichts anhaben konnten, wollte Bannfeder die Luftarmada nicht unnötig in Gefahr bringen. An der Eisenbärenküste würde sich nur eine kleine Anzahl von wahnsinnigen Tieren aufhalten. Bannfeder wollte lediglich eine kleine Gruppe Tiere finden, an der die Luftarmada sich die Krallen wetzen konnte. Und danach eine größere Gruppe, und eines Tages wollte Bannfeder die Luftarmada auf den geballten Wahnsinn loslassen, der das Labyrinth erfüllte.

Zunächst einmal wollten sie mit den Bergen selbst anfangen.

»Siehst du?« sagte Caelum, während er in dem Buch blätterte. »In diesem Lied geht es um Furcht und in diesem hier um Verzweiflung.«

Drachenstern betrachtete das Lied der Verzweiflung und verwandelte es im Geist in Symbole. »In diesem Buch steckt alles Böse, was die Dämonen jemals über die Welt gebracht haben«, sagte er. »Und ich muß mich von all diesen ›Gefühlen‹ durchdringen lassen, damit ich sie auf die Dämonen zurückspiegeln kann.«

»Tatsächlich?« fragte Caelum verwirrt. Erneut hatte Drachenstern das Gefühl, daß sich irgend etwas von großer Bedeutung am Rand seines Geistes regte, aber noch nicht zu packen war.

»Ich nehme an, das mußt du wohl«, fuhr Caelum fort, »denn du bist der wahre Sternensohn und verfügst über acharitische Magie, ohne die dieses Buch nutzlos wäre.«

Drachenstern klappte das Buch zu und legte es zur Seite. »Caelum, was ist geschehen, als Qeteb dich einholte?«

Caelum runzelte kurz die Stirn, dann glätteten sich seine Züge wieder. »Ich kann mich nicht erinnern«, sagte er und lachte erleichtert. »Ich kann mich nur erinnern, daß der Tanz des Todes so entsetzlich fehlschlug, daß sich die Dämonen über mich lustig machten. Dann erinnere ich mich, daß ich durch das Labyrinth geflohen bin und auf einmal etwas geschehen ist ... ich ... ich bin gestolpert und wurde von Verzweiflung gepackt bei dem Gedanken, daß Flußstern sich so gefühlt haben mußte, als ich sie umgebracht habe. Ich habe sie um Vergebung gebeten, und plötzlich war ich auf der Blumenwiese und Qeteb war verschwunden.«

»Ach«, sagte Drachenstern.

Sie saßen noch eine Zeitlang schweigend da, dann blickte Drachenstern auf. »Wo ist Bannfeder? Er sollte eigentlich hier irgendwo mit der Luftarmada sein.«

»Ich glaube, er hat die Geduld verloren«, sagte Caelum, »und meint nun, Tencendor ganz allein retten zu können.«

»Was?«

»Er ist mit der Luftarmada in die Einöde zurückgekehrt«, sagte Caelum. »Zufriedenheit ist ihnen noch nicht vergönnt.«

»Bei den Göttern!« Drachenstern fragte sich, was er tun sollte: Bannfeder aus einer Situation zu retten, die er möglicherweise allein meistern konnte, oder jemanden aufzusuchen, der ihm mehr über das Geheimnis des Buches erzählen konnte?

Schließlich stand er auf, pfiff nach Belaguez, steckte das magische Liederbuch ein und schwang sich auf den Rücken des Hengstes. Er sollte sich wohl lieber als erstes um Bannfeder kümmern.

Die Alaunt sprangen auf und liefen um die Beine des Pferdes herum.

»Komm heil zurück«, sagte Caelum wehmütig, und Drachenstern nickte und zeichnete mit seinem Schwert das Lichttor in die Luft.

Bannfeder zog über den Ruinen des Sternenfingers seine Kreise, während die geisterhafte Erscheinung seiner Armada sich um ihn herum in den Luftströmungen tummelte. Er war in Erinnerungen an seine Kindheit versunken, die er in und um den Berg herum verbracht hatte. Nun war er zerborsten und zerstört und würde dem Volk der Ikarier nie wieder eine Zufluchtsstätte sein können.

Nichts in Tencendor würde das jemals wieder sein.

»Anführer.«

Eine sanfte Stimme über seinem rechten Flügel riß Bannfeder aus seinen Gedanken.

»Was gibt es?«

Die Stimme schwieg, und Bannfeder bereute seinen scharfen Tonfall. »Es tut mir leid. Was möchtet Ihr mir sagen, Glanzfeder?«

Glanzfeder – oder das Wesen, das einmal Glanzfeder gewesen war – wies auf eine Schlucht unter ihnen.

»Ich glaube, dort unten versucht jemand, unsere Aufmerksamkeit zu erregen.«

Bannfeder blickte hinab und konnte einen überraschten Ausruf nicht unterdrücken.

Wolfstern dachte schon, daß sie ihn niemals bemerken würden. Verflucht! Hatten die Sterne sie geblendet?

Was waren das überhaupt für Geschöpfe? Sie besaßen die Gestalt von Ikariern, aber ihre Körper waren verschwommen, als wären sie durchsichtig.

Und ihre Flügel ... Wolfstern wußte, daß die Zauberer einst alles dafür getan hätten, um die Zaubersprüche in Erfahrung zu bringen, die den Flügeln eine solch leuchtende Farbe verliehen.

Wolfstern winkte mit dem Arm und versuchte, sie zur Eile anzutreiben. Bei den Sternen, aber jede Bewegung war eine Qual für ihn! Er war nur etwa zwanzig oder dreißig Schritt in die Tiefe gestürzt – während er immer wieder gegen Felswände prallte – ehe er schließlich auf einem Felsvorsprung landete, der unter einem Überhang verschwand. Als Sternenfreudes irres Lachen in der Spalte ertönte, hatte er sich schon ihren Blicken entziehen können.

Und von dort war Wolfstern unter Schmerzen Stück für Stück zum Grund der Felsspalte hinabgestiegen und hatte sich über ihren mit Steinen übersäten Grund geschleppt, bis er in das kümmerliche Sonnenlicht dieser nördlichen Einöde hinausgekrochen war.

Dort war er liegengeblieben und hatte über Sternenfreudes

Worte nachgedacht: Caelum war nicht der Sternensohn? Das ergab durchaus Sinn. Der Narr hatte Qeteb nichts entgegenzusetzen gehabt. Wolfsterns Mund verzog sich zu einem schmalen Lächeln. Der wahre Sternensohn verbarg sich immer noch irgendwo, und er besaß die Macht der Magie. Und Wolfstern wußte, daß es niemanden gab, den er nicht umgarnen und schließlich seinem Willen unterwerfen konnte. Er würde seine Macht zurückerlangen, aber zuerst mußte er herausfinden, wer der wahre Sternensohn war.

»Wer?« flüsterte er. »Wer ist es?« Sternenfreude, dieses Miststück, hatte ihn abgelenkt, bevor er eine Antwort aus ihr herausholen konnte …

Er blickte wieder zu dem sanften Rauschen der Flügel hinauf. Eine Gruppe der den Ikariern ähnlichen Geschöpfe befand sich nun nur noch etwa fünfzig Schritt über ihm und näherte sich jetzt mit großer Geschwindigkeit.

Unter ihnen befand sich ein eher gewöhnlicher ikarischer Vogelmann – zumindest schien sein Körper aus Fleisch und Blut zu bestehen, auch wenn er seltsam gekleidet war, mit einer weißen Leinentunika und Sandalen.

»Nun«, sagte Wolfstern, als die Gruppe um ihn herum gelandet war, »Ihr scheint nicht von den Dämonen besessen zu sein, auch wenn die meisten von Euch ein wenig blaß aussehen. Was ist geschehen? Hat der Verlust des Sternentanzes Eure Körper ihrer Festigkeit beraubt?«

»Der Verlust des Lebens«, sagte eines der Geschöpfe, dem hellen Klang der Stimme nach zu urteilen eine Frau, »hat uns unseres gewohnten Leibes beraubt.«

»Wer seid Ihr?« rief Wolfstern und fragte sich, ob er wohl den Rest seines Lebens diese eine Frage stellen würde: *Wer?*

»Und wer seid *Ihr*?« sagte der einzige Ikarier unter ihnen, der noch einen fleischlichen Körper besaß.

Wolfstern drehte ein wenig seinen Kopf, damit er dem Vogelmann ins Gesicht sehen konnte. »Ich bin Wolfstern Sonnenflieger, und ich wünsche den Sternensohn zu sprechen.«

Der Vogelmann lachte, richtete den Blick auf einen Punkt hinter Wolfstern und sagte: »Ich glaube, er kommt selbst, um Euch zu begrüßen, Abtrünniger.«

Wolfstern rollte sich stöhnend herum und folgte seinem Blick.

Ein Mann auf einem weißen Pferd war aus einer Schlucht hervorgekommen, von Mähne und Schweif des Pferdes regneten Sterne hernieder.

»Bei den Göttern«, flüsterte Wolfstern schließlich, als er das Gesicht des Mannes erkannte.

»Es freut mich, Euch wiederzusehen, Wolfstern«, sagte Drachenstern und lächelte. »Ich hätte wissen sollen, daß es Euch gelingen würde, den Dämonen zu entkommen.«

Wolfstern hatte Mühe, eine gleichmütige Miene aufzusetzen, als der Mann von seinem Pferd stieg und auf ihn zukam. Drago? Der Sternensohn? Und, bei den Göttern, welch eine Macht er ausstrahlte!

»Und ich hätte wissen müssen«, erwiderte Wolfstern leise, »daß Ihr einen Weg finden würdet, um Euren Ehrgeiz zu stillen, Drago.«

»Drachenstern«, berichtigte ihn der Mann, ging neben Wolfstern in die Hocke und strich mit der Hand sanft über den Körper des Zauberers. »Ihr seid verletzt. Schwer verletzt.«

»Ich habe mich hierher durchschlagen müssen«, sagte Wolfstern, »während andere sich mit hübschen Kleidern herausgeputzt haben.« Er warf Bannfeder und den anderen Mitgliedern der Luftarmada, die sich um ihn versammelt hatten, einen raschen Blick zu.

Drachenstern preßte die Lippen zusammen, aber er überging Wolfsterns spöttische Bemerkung. »Wessen Blut ist das?«

»Caelums.«

Drachenstern lehnte sich überrascht zurück. »Caelums? Ihr seid dort gewesen, als Qeteb ...«

»Ihn getötet hat? Ja. Der Narr ist dem Dämon direkt ins Schwert gelaufen. Habt Ihr ihn verzaubert und mit Dummheit geschlagen, Drago? Oder war es einfach ein Fehler ... Caelum hat eine Menge Fehler begangen.«

Drachenstern packte Wolfstern bei den Haaren, und der Vogelmann zuckte vor Schmerz zusammen. Wollte ihn jeder bei den Haaren quer durch Tencendor schleifen?

»Caelum ist einen Heldentod gestorben!« sagte Drachenstern.

»Wie könnt Ihr da so sicher sein?« fauchte Wolfstern. »Habt Ihr etwa zugesehen?«

»Was ist also geschehen?«

Wolfstern beschloß, nicht zu antworten.

Drachenstern schüttelte den Kopf des Zauberers. »Was ist geschehen?«

Wolfstern knurrte und packte Drachensterns Hand.

Drachensterns Griff blieb fest, und Wolfstern gelang es nicht, sich loszureißen.

»Was ist geschehen?« Drachenstern riß so stark an Wolfsterns Kopf, daß die Umstehenden die Knochen im Genick des Vogelmanns knacken hörten.

»Caelum kam in den Teil des Labyrinths gelaufen, in dem ich lag«, preßte Wolfstern hervor, seine Stimme von Haß und Groll erfüllt, »als wäre er auf einem Spaziergang. Er hatte ein dümmliches, leeres Lächeln im Gesicht.«

Er wandelte bereits auf der Blumenwiese, dachte Drachenstern, und das Lächeln auf seinem Gesicht war sicher strahlend, und nicht dümmlich. »Und dann?«

»Dann kam Qeteb auf seinem schwarzen Untier von hinten an Caelum herangeritten, und Caelum hat sich umgedreht.«

»Und?«

»Und Qeteb hat Caelum mit dem Schwert aufgespießt – bei den Göttern! Der Junge hat die Klinge mit den Händen gepackt, als sie sich in ihn hineinbohrte!«

Drachenstern starrte Wolfstern an. Da war noch mehr … etwas, das Wolfstern nicht absichtlich verschwieg, das er jedoch für zu unwichtig hielt, um es ihm zu erzählen.

»Und was noch?« fragte Drachenstern drängend.

Wolfstern seufzte und rollte dramatisch mit den Augen. »Caelum hat etwas zu dem Dämon gesagt, das ihn wahnsinnig gemacht hat.«

»Was?«

»Er hat gesagt: ›Ach, wie sehr ich dich liebe.‹«

Drachenstern sah Wolfstern noch immer an, aber seine Augen blickten in weite Ferne. Caelum muß auf der Blumenwiese gestanden und Flußstern gesehen haben. Er hatte zu ihr gesprochen, nicht zu Qeteb.

Aber seine Worte hatten den Dämon ... »wahnsinnig« gemacht?

Drachenstern richtete den Blick wieder auf Wolfstern. »Verzeiht mir für das, was ich Euch gleich antun werde«, sagte er. »Ich glaube, Ihr habt das auch schon vielen Seelen angetan.«

Drachenstern holte die Erinnerung an Caelums Tod aus Wolfsterns Unterbewußtsein ins Licht seines Bewußtseins zurück.

Caelum drehte sich um, lächelte und streckte die Hand aus. »Ach, wie sehr ich dich liebe.«

Und Qeteb wurde wahnsinnig vor ... wovor? Haß?

Oder ... Furcht?

»Tausende Jahre lang seid Ihr umhergestreift und habt nichts als Schaden angerichtet«, sagte Drachenstern. »Nun habt Ihr Eurem Land tatsächlich einmal einen Dienst erwiesen. Kommt, steht auf.«

Drachenstern erhob sich, und Wolfstern spürte, wie er schon wieder an den Haaren hochgezerrt wurde.

Er brüllte vor Schmerz und Wut und versuchte sich zu befreien, aber Drachensterns Griff lockerte sich nicht.

Drachenstern wandte sich an Bannfeder. Er war ungehalten darüber, daß der Vogelmann die Blumenwiese verlassen hatte, aber im Moment mußte sein Ärger warten. »Die Dämonen sind nicht in Sicht, und dieser Ort ist erst einmal sicher. Paßt auf Belaguez und die Alaunt auf. Ich glaube, ich weiß einen Ort für Wolfstern ... wenn er denn den Schock ertragen kann.«

Und damit zog Drachenstern sein Lilienschwert aus der Scheide, zeichnete das Lichtquadrat in die Luft und machte sich durch den Narrenturm auf den Weg in die Zuflucht, während er Wolfstern mit sich nahm.

16

Fischer

Drachenstern schritt rasch durch den Narrenturm – die Götter allein wußten, wie gefährlich es hier sein mochte – und zerrte Wolfstern wieder hinter sich her. Dieser murmelte irgend etwas Unverständliches über Sternenfreude, den Turm und seine Haare, aber Drachenstern schenkte ihm keine Beachtung.

Sein Geist war voller verworrener Gedanken und Bilder, die sich allesamt um Caelums lächelndes, liebevolles Gesicht und das Geheimnis des magischen Liederbuches drehten, das er immer noch bei sich trug, auch wenn er schon eine Weile lang nicht mehr daran gedacht hatte.

Plötzlich stürzten sie durch das Lichttor auf die Zuflucht zu, und Drachenstern fragte sich einen Moment lang, wie ihm das überhaupt gelungen war.

»Wo sind wir?« keuchte Wolfstern und rieb sich den Kopf, als Drachenstern ihn endlich losließ.

»An einem Ort, von dem Ihr wohl nie geglaubt hattet, daß Ihr ihn finden würdet«, sagte Drachenstern. »Einem sicheren Ort. Die Zuflucht.«

»Wie bitte?«

Drachenstern antwortete nicht. Eine ikarische Vogelfrau zog am Himmel über ihnen ihre Kreise, und Drachenstern bedeutete ihr, zu ihnen herabzukommen.

»Das ist Wolfstern Sonnenflieger«, sagte er, und die Vogelfrau erbleichte. »Er ist verletzt. Könnt Ihr ihn an einen Ort bringen, wo seine Wunden geheilt werden? Aber nehmt Euch in acht! Vertraut ihm nicht.«

Sie schüttelte heftig den Kopf.

»Ich möchte außerdem, daß sich Axis und Aschure um ihn kümmern«, sagte Drachenstern.

Die Vogelfrau nickte ruhig und erhob sich wieder in die Lüfte. Drachenstern wartete ungeduldig – er überging Wolfsterns spöttische Bemerkungen und antwortete auch nicht auf seine Fragen –, bis er Axis und eine Gruppe von vier oder fünf Männern mit einer Trage näherkommen sah. Er nickte der Gruppe zu, schenkte seinem Vater ein Lächeln und kehrte dann unverzüglich in den Narrenturm zurück.

Drachenstern mußte mit jemandem sprechen.

Jemand, der bestätigen konnte, was Drachenstern über den wahren Zweck des magischen Liederbuches herausgefunden hatte.

Die Brücke in Sigholt trauerte. Ihre Schwester war verschwunden – eine notwendige Vorsichtsmaßnahme – und die Brücke vermißte sie.

Sie war überaus dankbar, als sie Drachensterns Füße auf ihrem Rücken spürte.

»Sternensohn! Ihr seid heimgekehrt!«

»Nur kurz, Brücke. Es freut mich, daß es dich noch gibt.«

»Ich kann den Dämonen noch eine Weile standhalten, Sternensohn.«

Er nickte und blickte sich um. Sigholt stand noch, aber es wirkte glanzlos, als sei das Leben aus ihm gewichen.

»Keiner von uns wird mehr lange durchhalten«, sagte die Brücke traurig.

Drachenstern richtete seine Aufmerksamkeit wieder auf die Brücke. »Keiner von euch? Was ist mit dem Narrenturm?«

»Er wird ebenfalls sterben«, sagte die Brücke. »Das Erbe des Feindes ist an Euch übergegangen, Sternensohn, und keiner von uns hat mehr eine Bedeutung.«

Der Narrenturm würde sterben? Aber was folgte daraus? Er wäre entweder in der Zuflucht oder der Einöde gefangen.

Und beides wäre verhängnisvoll, für ihn, für seine Zauberinnen und Zauberer und letztlich auch für Tencendor.

»Fühlst du dich stark genug für eine letzte Bitte, Brücke?«

»Bittet Ihr um ein Gespräch?« fragte sie hoffnungsvoll.

Drachenstern lächelte, aber es war ein trauriges Lächeln. »Ja ... aber nicht mit dir, Brücke. Ich möchte gern mit der Falle sprechen, die du in deinem Innersten birgst.«

»Die Anstrengung wird mich umbringen«, sagte die Brücke, und Drachenstern spürte, wie ihm die Tränen in die Augen stiegen.

»Ich weiß«, sagte er.

Die Brücke zögerte. »Ich werde es für Euch tun. Sternensohn?«

»Ja?«

»Siegt für uns.«

»Das werde ich«, flüsterte er. »Brücke ... Brücke, du mußt wissen, daß sehr viele dich gern hatten.«

Die Brücke antwortete nicht, aber er konnte spüren, wie sie vor Rührung erbebte, dann trat er auf die Straße zurück, die zum Felsschlund führte.

»Lebt wohl«, sagte die Brücke ... und verwandelte sich.

Nicht in ihre spinnenähnliche Gestalt, sondern in einen Torbogen aus bleichen, unverputzten Steinblöcken.

Lebwohl, Brücke ...

Der Torbogen erhob sich über dem Burggraben zwischen der Straße und Sigholt, nur wenige Schritt von Drachenstern entfernt.

Ein Mann trat unter dem Bogen hervor.

Er hatte weißes Haar und war ausgemergelt, sein ganzer Körper zitterte beim Laufen. Sein Gesicht war von Falten zerfurcht, seine Augen blaß und müde.

»Wer seid Ihr?« fragte er und blieb einen Schritt vor Drachenstern stehen.

»Mein Name ist Drachenstern Sonnenflieger«, sagte er, »und ich bin das Ergebnis Eurer Fehler.«

Der alte Mann lachte meckernd. »Drachenstern? Was ist denn das für ein Name?«

Er blickte sich um. »Wo sind wir? Wieder an der Erdoberfläche?«

Drachenstern fragte sich, ob der alte Mann glaubte, er befände sich auf seiner Heimatwelt. »Wie lautet Euer Name?«

»Ich? Oh, mein Name ist Fischer. Wo bin ich?«

Drachenstern starrte ihn an. Er hatte mit der Brücke darüber gesprochen, wie dieser Mann – sehr viel jünger als heute – aufgetaucht war und Rox und die anderen Dämonen verspottet hatte. Damals war der Mann voll Selbstbewußtsein und tiefem Wissen gewesen. Und nun?

Aber jener Mann war nur ein Trugbild der Falle gewesen. Jetzt hatte die Brücke ihm das Original geschickt. Kein Wunder, daß die Anstrengung sie umgebracht hatte.

»Ihr befindet Euch in einem Land namens Tencendor«, sagte Drachenstern, »wo die Schiffe von Eurer Welt vor Zehntausenden von Jahren abgestürzt sind.«

Fischer blickte ihn argwöhnisch an. »Die Dämonen sind uns also gefolgt?«

»Schaut Euch um.«

»Ja«, sagte Fischer und verzog das Gesicht. »Ja, sie sind uns gefolgt. Habt Ihr mich gerufen, um mir Vorwürfe zu machen?«

»Nein. Ich will Euch eine Frage stellen.«

»Ach! Mir wäre es lieber, Ihr würdet mir Vorwürfe machen! Ich habe die ewigen Fragen satt ... was sollen wir tun? Wann sollen wir es tun? Und wie? Wie? Wir haben vierzig Jahre lang Fragen stellen müssen, ehe wir auch nur eine Antwort gefunden haben, und dennoch haben wir das Problem nur aufgeschoben, wir haben es nicht gelöst. Welches ist Eure Frage?«

»Ihr habt den Haß des Dämons auf ihn zurückgespiegelt und ihn auf diese Weise eingefangen.«

»Ja. Ist das Eure Frage?«

»Nein. Ihr habt ihn eingefangen, in einzelne Teile zerlegt, aber Ihr konntet ihn nicht töten. Warum nicht?«

Fischer musterte den Mann vor sich eingehend. Er war recht gutaussehend und hatte ein seltsam einnehmendes Wesen, aber Fischer war sich nicht sicher, ob er stark genug wäre, die vor ihm liegende Aufgabe zu bewältigen. Wenn er ihm einfach nur die Antwort gab, würde er niemals genug Kraft entwickeln. Wenn er es allerdings selbst herausfand, mochte es für ihn zumindest eine Hoffnung geben.

»Ich kann Euch diese Frage nicht beantworten«, sagte Fischer, »aber ich will Euch einen Hinweis geben. Das Böse kann nicht zerstört werden, es schwärt weiter.«

»Warum könnt Ihr mir die Frage nicht beantworten?«

»Ich kann Euch nicht lehren, was richtig oder falsch ist. In diesem Kampf müssen die Antworten aus Eurem Geist kommen. Ihr müßt selbst herausfinden, wie Ihr gegen die Dämonen vorgehen könnt.« Fischer blickte ihn gelassen an. »Ihr müßt aus Euren Fehlern lernen.«

Drachenstern sah ihn aufmerksam an, und die Spannung fiel von ihm ab. »Ich danke Euch, Fischer.«

Fischer grinste und nickte. »War mir eine Freude, mein Junge. Bringt es für uns zu Ende, ich bitte Euch. Unsere Welt ist zerstört worden. Ich hoffe, die Eure wird wiedergeboren werden.«

Drachenstern wollte etwas erwidern, zuckte jedoch überrascht zusammen, als ein Stein aus dem Torbogen herausbrach und hinter Fischer zu Boden fiel.

Fischer erschrak ebenfalls und eilte unter den Torbogen zurück, als ein weiterer Stein und dann noch einer zu Boden stürzte.

»Bringt es dieses Mal zu einem Ende«, flüsterte er, und dann brach der gesamte Bogen in sich zusammen. Das letzte, was Drachenstern von Fischer sah, war der erhobene Arm des Mannes, mit dem er sich vor den herunterfallenden Steinen zu schützen suchte.

Ein Rumpeln ertönte, und der Torbogen stürzte in den Burggraben hinab.

Bringt es für uns zu Ende.

Drachenstern stand noch lange da und starrte in den Burggraben hinab, auf den Geröllhaufen, den er undeutlich in seinen Tiefen erkennen konnte.

Dann zog er das Liederbuch hervor und blätterte langsam darin.

Das magische Liederbuch verriet ihm nicht, wie er die Dämonen vernichten konnte. Es war lediglich eine Aufzeichnung der Fehler, die der Feind einst begangen hatte.

Das magische Liederbuch teilte ihm mit, was er nicht tun sollte.

Drachenstern zögerte und warf das Liederbuch mit einer raschen Bewegung in den Burggraben.

Es leuchtete kurz auf, während es hinabfiel, seine Seiten flatterten und raschelten im Wind, dann war es verschwunden.

Drachenstern lächelte traurig. Ihm blieb nicht mehr viel Zeit, und er mußte noch weitaus stärker werden, ehe er all sein Wissen zur Anwendung bringen konnte.

17

Flucht aus der Zuflucht

Isfrael konnte es kaum erwarten, mit den Dämonen seinen Handel abzuschließen. Dann würde er die Awaren in den Heiligen Hain führen und die Achariten und Ikarier ihrem Schicksal überlassen.

Es gab nur ein kleines Problem. Er mußte erst einmal aus der Zuflucht hinausgelangen.

Drachenstern war dazu in der Lage, mit Hilfe der acharitischen Magie des Feindes, aber Isfrael vermochte es nicht. Dieser Ort war aus den Zaubern des Feindes geschaffen worden, und nur diejenigen, die auch acharitischer Herkunft waren – und ihre Kräfte freigesetzt hatten –, konnten sich ihrer bedienen. Isfrael hatte von seinen Eltern, Axis und Faraday, genügend acharitisches Blut geerbt, aber er war nicht durch den Tod gegangen, was nötig war, um sich seine Kräfte zunutze machen zu können. Und Isfrael hatte nicht vor, für seinen Ehrgeiz zu sterben.

Nein, es mußte auch einen anderen Weg geben, hinauszugelangen.

Er saß unter einem großen Walknochenbaum im Herzen des Waldes, den die Zuflucht geschaffen hatte, damit sich die Awaren heimisch fühlten. Isfrael waren die Bemühungen der Zuflucht herzlich gleichgültig. Der gesamte Wald schien eine Fälschung zu sein: Er sang nicht und war von keinerlei Macht und Magie durchdrungen.

Und die Awaren beobachteten ihn aus den Augenwinkeln … bei den Gehörnten – beinahe, als würden sie ihn bewachen, anstatt auf seine Befehle zu warten!

Obwohl das Volk der Awaren Isfrael in seiner Mitte duldete,

mieden ihn die Zaubererpriester gänzlich, und das ärgerte Isfrael besonders. Er wußte, daß die Zaubererpriester mit Faraday sprachen, auch wenn sie es stets im Geheimen taten.

Die Zaubererpriester – womöglich alle Awaren – haben Geheimnisse vor mir, dachte Isfrael. Die wilden blonden Locken auf seiner Stirn standen zornig ab, und seine Hörner funkelten, als wären sie bei dem Gedanken noch spitzer geworden.

Seine Finger krallten sich in die weiche Erde, auf der er kauerte.

Wie konnte er nur hier hinausgelangen?

Isfrael erinnerte sich, daß Drachenstern ein Lichttor in die Luft gezeichnet hatte, um die Zuflucht zu verlassen – durch den Narrenturm, nahm Isfrael an –, und er brannte darauf, selbst über ein solches Tor zu verfügen.

Er lachte beinahe über sich selbst. Drachenstern würde ihm wohl kaum sein Tor überlassen! Und Isfrael würde es sicher nicht gelingen, es ihm zu entreißen: Vermutlich würde Drachenstern seine Echse – ein weiteres Geschöpf des Bardenmeers, das ihn verraten hatte – oder einen seiner Hunde auf ihn hetzen.

Es mußte noch einen anderen Weg geben.

Und Isfrael erstarrte, als ihm die Erinnerung zu Hilfe kam.

Faraday hatte das Tor dazu benutzt, um die Awaren aus dem Wald in die Zuflucht zu bringen!

War es dasselbe Tor gewesen oder ein anderes?

Isfrael stockte vor Aufregung der Atem. Drachenstern und seine sogenannten Zauberer und Zauberinnen hatten nur wenige Tage Zeit gehabt, um die Völker Tencendors in die Zuflucht zu führen. Wenn er Faraday ein Tor gegeben hatte, besaßen dann auch die anderen eines?

Wahrscheinlich ... wahrscheinlich ...

Und von den anderen war Leah am vertrauensseligsten ... und am verwundbarsten.

Isfrael lächelte.

Zared lachte über etwas, das Theodor gesagt hatte, aber sein Lachen klang grimmig. Hier saß er nun mit Theodor und Herme in dem marmornen Palast in der Zuflucht, trank die besten Weine und aß die köstlichsten Früchte, und über ihnen lag Tencendor in Schutt und Asche.

Und Leah und Gwendylyr mußten dort hinaus und gegen die Dämonen kämpfen, um das Land zurückzuerobern.

Zared gefiel der Gedanke nicht und Theodor ebensowenig. Herme sprach kaum ein Wort, er fühlte sich schuldig und erleichtert zugleich, daß seine Gemahlin den Dämonen nicht entgegentreten mußte.

Die drei Männer saßen mit Leah und Gwendylyr in einem Gemach, das auf einen Balkon hinausging. Der Duft von Wildblumen und Gräsern wehte herein.

Alles war friedlich, aber Zared verlangte es danach, etwas zu unternehmen. Er und Theodor hatten sich eine Beschäftigung gesucht, hatten den Achariten dabei geholfen, sich niederzulassen, neue Räte gegründet, den Menschen Aufgaben zur Erledigung gegeben, aber es war nur eine vorgetäuschte Geschäftigkeit.

Zared brannte darauf, auf ein Pferd zu steigen und eine Armee anzuführen ... oder zumindest eine dauerhafte Heimat für sein Volk aufbauen zu können. Er verabscheute es, an diesem schönen, aber langweiligen Ort festzusitzen.

Gwendylyr beugte sich vor, warf ihre Spielstöckchen auf das Ghemt-Brett und klatschte vor Freude in die Hände. Sie war dabei, zu gewinnen, und das gefiel ihr sehr.

Herme kicherte und griff nach dem Weinglas, während Theodor Zared anblickte, verzweifelt mit den Augen rollte und seine Felder auf dem Brett seiner Gemahlin überließ. »Damit, meine Liebe, hast du das gesamte Brett für dich!«

Gwendylyr lächelte und sammelte die Spielstöckchen ein. »Noch ein Spiel?«

»Nein!« riefen die anderen im Chor und wehrten lebhaft mit den Händen ab.

»Ich vertraue Euren magischen Fähigkeiten nicht«, sagte Herme mit einem Lächeln.

»Vielleicht können wir heute abend noch ein Spiel machen«,

sagte Leah. »Ich glaube, wir brauchen Zeit, um unser Vorgehen gegen Euch planen zu können, Gwendylyr.«

»Wie Ihr wünscht.« Gwendylyr lächelte immer noch, als sie Stöckchen und Brett abräumte. »Es wird Eure Niederlage nur hinauszögern.«

»Bei den Göttern!« sagte Zared. »Ist sie Euch in Eurem Haus schon immer so auf der Nase herumgetanzt, Theodor?«

»Ja. Es wurde so schlimm, daß ich lieber die Verwaltungsberichte gelesen habe, als Zeit mit Gwendylyr zu verbringen.«

Aber Theodors Tonfall war scherzhaft und seine Augen leuchteten innig. Keiner der anderen zweifelte an seiner Liebe zu seiner Gemahlin.

Leah seufzte und erhob sich. »Ich muß mich ein wenig hinlegen – ich muß zugeben, dieses aussichtslose Ringen mit Gwendylyr hat mich erschöpft. Entschuldigt mich.«

Zared stand ebenfalls auf. »Ich werde dich begleiten, Leah.«

Sie lächelte und legte ihm eine Hand auf die Brust. »Nein. Ich werde eine Weile ruhen, und dann können wir in den Gärten spazierengehen. Ich werde dir zeigen, wie ich auf die höchsten Bäume klettere, um die saftigsten Früchte zu finden.«

Zared öffnete den Mund, um zu widersprechen, dann bemerkte er, daß sie ihn aufzog. Er lächelte sanft und liebevoll und küßte ihr die Hand. »Schlaf gut, meine Liebste.«

Herme erhob sich ebenfalls, sein Gesicht wirkte erschöpft und müde. Er bot Leah an, sie zu ihrem Gemach zu begleiten.

Sie lächelte und nahm seinen Arm.

Nachdem sie gegangen waren, wandte sich Zared an die anderen, und die Sorge stand ihm ins Gesicht geschrieben. »Wie soll sie in der Einöde gegen einen Dämon kämpfen«, sagte er verzweifelt. »Wie nur?«

Leah schlief und träumte.

Sie schlenderte über die Blumenwiese, so zufrieden und froh, daß sie selbst in ihrem Traum halb träumte.

Sie hatte die Hand auf den Bauch gelegt und sprach mit ihrem ungeborenen Kind – nicht mit Worten, sondern in Gedanken und Gefühlen. Sie liebte ihr Kind, und ihr Kind liebte sie, und auch wenn beide die Geburt kaum erwarten konnten, waren sie doch nicht ungeduldig.

Das Kind ruhte zusammengerollt in der Sicherheit von Leahs Leib, und beide waren es zufrieden.

Leah ging weiter und sog den Duft der Lilien tief ein.

Das ungeborene Kind schrie.

Leah schreckte aus ihren Gedanken hoch, wachte jedoch nicht aus ihrem Traum auf. Mit aufgerissenen Augen blickte sie sich um und stolperte beinahe bei dem Versuch, die Gefahr zu erkennen.

Sie hatte die Hände auf ihren Bauch gelegt, doch das schützte sie nicht gegen ein Messer, einen Speer oder eine mit Nägeln gespickte Keule.

Das Kind schrie erneut, und Leah verlor die Nerven.

Was stimmte hier denn nicht?

Sie drehte sich erneut um die eigene Achse … und sah es.

Etwa dreißig Schritt von ihr entfernt stand ein großer schwarzer Stier. Seine Augen glühten rot, aus seinem Maul stiegen schwefelartige Dämpfe auf, und sein Gesicht war von Haß verzerrt.

Gebt es mir, brüllte er in ihren Gedanken, *oder ich werde Euch Euer Kind aus dem Leib reißen.*

Eines seiner Vorderbeine scharrte auf dem Boden, und seine Hinterbeine spannten sich wie zum Sprung an.

Leah schrie, drehte sich um und fing an zu laufen.

Sie spürte, wie die Hufe des Stiers hinter ihr über den Boden donnerten, und hörte das abscheuliche Keuchen seines Atems.

Etwas Hartes und Bösartiges bohrte sich in ihr Kreuz und ließ sie zu Boden stürzen.

Leahs Hände krallten sich in die kahle Erde – die Blumen waren verschwunden! – und sie versuchte, aufzustehen, wegzulaufen …

Ein Horn bohrte sich unter ihren Brustkorb und warf sie herum, das verschwitzte, scheußliche Antlitz des Stiers befand sich direkt über ihr.

Speichel tropfte aus seinem Maul und floß in den Ausschnitt ihres Gewandes.

Gebt es mir, gebt es mir!

»Was?« schrie Leah. »Was?«

Der Stier hob einen seiner gewaltigen, gespreizten Vorderhufe an – er hatte die Größe eines Tellers! – und setzte ihn auf ihren Bauch.

Gebt es mir!

»Was? Was? Ich gebe dir alles, oh ihr Götter, nein, tu es nicht, bitte, tu es nicht, nein, nein, bitte nicht ...«

Der Stier legte sein gesamtes Gewicht auf den Huf, und Leah konnte spüren, wie das Kind in ihr schrie und zu entkommen versuchte ... das Gewicht des Hufes ließ seinen Schädel zerbersten, oh Gott, der Schmerz, der Schmerz, der Schmerz ...

Leah schreckte aus dem Schlaf hoch, immer noch schreiend –

– und stellte fest, daß sie sich nicht bewegen konnte. Ein Mann – sie konnte ihn riechen – hatte mit eisernem Griff ihre Kehle gepackt, und die andere lag auf ihrem Bauch, seine Finger krallten sich in ihren Leib, oh ihr Götter, nein, nein, nein ...

»Gebt es mir«, krächzte seine Stimme, und Leah öffnete endlich die Augen und starrte in Isfraels Gesicht.

Leah war so entsetzt, daß sie kaum atmen konnte, geschweige denn nachdenken. Sie versuchte, sich aus seinem Griff zu befreien, aber er war stark, unendlich stark, und als sie anfing, zu zappeln, bohrten sich seine Finger schmerzhaft in ihren Bauch. Sie spürte, wie sich ihr Kind bewegte, und geriet vollkommen in Panik. Sie schrie und schrie und ...

Er hob die Hand von ihrem Bauch und schlug ihr so hart ins Gesicht, daß es einen Augenblick lang schwarz um sie wurde.

»Gebt es mir«, brüllte er. »Gebt es mir!«

»Was denn?« brachte sie schließlich hervor. Er hatte die Hand wieder auf ihren Bauch gelegt und lehnte sich nun mit seinem gesamten Gewicht darauf.

»Das Tor!«

»Das Tor?« Sie schrie erneut, als sich seine Finger noch tiefer in ihr Fleisch bohrten.

»Das Lichttor! Wo ist es?«

Das Lichttor? Einen Moment lang begriff Leah überhaupt nicht, was er meinte, dann erinnerte sie sich.

Das Lichttor, das Drachenstern allen seinen Zauberern und Zauberinnen gegeben hatte, bis auf Bannfeder, der zu krank dafür gewesen war. Sie hatte es zu einem Würfel zusammengefaltet. Wo hatte sie es hingetan? Leah war zu allem bereit, wenn er nur endlich sie und ihr Kind in Ruhe ließ.

»In der Tasche meines Umhangs, widerlicher Bastard«, zischte sie, und im selben Augenblick war der Druck von ihrer Kehle und ihrem Bauch verschwunden, und sie rollte sich von ihm fort und rutschte auf den Boden.

Sie konnte hören, wie Isfrael auf der anderen Seite des Bettes herumtastete ... dann nichts mehr.

»Ist es das?« hörte Leah ihn sagen und richtete sich auf den Knien auf.

Er hielt einen Lichtwürfel in der Hand.

»Ja. Man kann ihn entfalten.«

Isfrael fummelte daran herum, fand schließlich eine der Lichtlinien und entfaltete das Tor zur Größe einer kleinen Schachtel.

Er grinste wild und bösartig. Dann, mit einer abrupten Bewegung, faltete er das Tor zu seiner ganzen Größe auf und trat hindurch.

Leah nahm all ihre Kraft zusammen, warf sich über das Bett und griff nach dem Tor. Sie keuchte vor Entsetzen, in dem verzweifelten Versuch, das Tor zu fassen zu bekommen, bevor Isfrael dies gelang. Bei den Göttern! Leah konnte ihn auf der anderen Seite des Tors stehen sehen. Er drehte sich um und brüllte, als er sie sah, ging auf sie zu, streckte die Hand nach ihr aus! – sie riß das Tor nieder und faltete es wieder zu einem Würfel zusammen. Ihre Hände zitterten so sehr, daß sie ihr kaum gehorchten.

Anstatt das zusammengefaltete Tor wieder in ihre Tasche zu stecken oder in eine der Truhen zu legen, tat Leah es geschwind unter die Matratze und setzte sich darauf. Ihre Hände umklammerten die Bettkante so fest, daß ihre Knöchel weiß hervortraten.

Sie öffnete den Mund, holte so tief Luft, wie ihre Lungen zu fassen vermochten, und schrie: »*Zared! Zared! Zared!*«

Das Weibsstück hatte das Tor verschlossen!

Isfrael versuchte, seinen Zorn zu beherrschen. Das Tor wäre bei seinen Verhandlungen mit den Dämonen von unschätzbarem Wert gewesen. Als er sich schließlich wieder beruhigt hatte, begann er das Innere des Narrenturms zu mustern.

Ihm kam ein wundersamer Gedanke. Der Narrenturm konnte ihn in den Heiligen Hain bringen! Er mußte sich gar nicht mit den Dämonen einlassen!

Isfrael dachte nach. Wenn ihn der Narrenturm dorthin brachte, bedeutete das, daß er nicht zurückkehren konnte, um die Awaren zu holen. Sie würden in der Zuflucht sterben, wenn die Dämonen schließlich ihre Schutzzauber durchbrachen – was ihnen zweifellos gelänge, sobald ihnen bewußt wurde, was für einen Schatz sie mit Niah in den Händen hielten.

War er jedoch erst einmal im Heiligen Hain, konnten ihm vielleicht die Gehörnten oder die Mutter helfen, die Awaren aus der Zuflucht zu retten.

Vielleicht hatten es die Awaren auch verdient, vom Zorn der Dämonen verbrannt zu werden, schließlich hatten sie ihn um Faradays willen verlassen.

»Ich werde tun, was ich kann«, sagte Isfrael zum Narrenturm, »aber ich werde weder mich noch den Heiligen Hain in Gefahr bringen.«

Nachdem er diesen Vorsatz gefaßt hatte, machte sich Isfrael bereit, den Heiligen Hain zu betreten. Er war bei den Sonnenfliegern aufgewachsen und kannte das Geheimnis des Narrenturms.

»Bring mich zum Heiligen Hain«, sagte er und stieg die nächstgelegene Treppe hinauf.

Der Ort, zu dem der Narrenturm Isfrael führte, war nicht ganz der, den er erwartet hatte. Zwar stand er in einem von blauem Dunst erfüllten Tunnel, aber an dessen Ende befand sich eine Ansammlung kalter Sterne, nicht der Heilige Hain.

»Dieses Miststück!« fauchte er und schrie eine Reihe scheußlicher Flüche in das gleichgültige Universum hinaus.

Die Mutter hatte sämtliche Zugänge zum Heiligen Hain verschlossen – nur sie konnte das getan haben!

»Dieses dumme, gedankenlose Miststück!«

Isfrael stürmte durch den blauen Dunst des Tunnels zurück, bis er sich wieder im Narrenturm befand. Er mußte nun wohl oder übel doch einen Handel mit den Dämonen abschließen.

Nun gut. Er konnte es jederzeit mit ihnen aufnehmen.

»Bring mich zu Qeteb«, sagte er und stieg die Treppe hinauf.

18

Die Freuden der Jagd

»Bannfeder«, sagte Drachenstern, als er wieder am Fuß der Eisdachalpen angelangt war, »ich muß in die Zuflucht zurückkehren ...«

Er erzählte Bannfeder von dem bevorstehenden Tod des Narrenturms.

»Wenn das geschieht, weiß ich nicht, wie wir schnell genug von der Zuflucht in die Einöde gelangen sollen.«

»Und was werdet Ihr tun, wenn Ihr in der Zuflucht seid?«

Drachenstern ließ einen Moment lang seinen Blick über die Landschaft schweifen, bevor er antwortete. Was würde er tun?

»Ich bin hin und hergerissen, Bannfeder«, sagte er schließlich. »Ich weiß nicht, ob ich Euch und die Luftarmada in die Zuflucht mitnehmen oder hier lassen soll.«

Bannfeder schüttelte den Kopf. »Die Luftarmada kann die Zuflucht nicht ohne weiteres betreten. Sie ... sie ...«

»Sie sind alle zu weit über den Tod hinausgelangt, um ...«, Drachenstern zögerte, »um ihre Enge ertragen zu können.«

»Ihr müßt die anderen Zauberer und Zauberinnen hinausführen«, sagte Bannfeder. »In die Einöde.«

»Ja.« Drachenstern seufzte. »Ich weiß. Es nützt uns nichts, wenn wir alle in der Zuflucht bleiben, aber der Gedanke, sie vorzeitig den Dämonen auszusetzen ... Bannfeder, ich muß zurückgehen und sie holen, aber es gibt etwas, das Ihr vorher noch wissen solltet.«

»Ja?«

»Das magische Liederbuch enthielt keine Lösungen, mein

Freund, sondern nur eine traurige Liste von Fehlern. Im Liederbuch stand, was wir nicht tun sollten.«

»Was bleibt uns dann?«

»Alles, was die Dämonen nicht ertragen«, sagte Drachenstern leise.

Bannfeder wollte etwas sagen und trat ungeduldig von einem Fuß auf den anderen, aber Drachenstern legte ihm um Geduld bittend seine Hand auf die Schulter.

»Hört mich an. Ich werde in die Zuflucht gehen und mit den Frauen und Goldmann zurückkehren. Bannfeder, werdet Ihr während meiner Abwesenheit mit der Befreiung Tencendors beginnen? Der ganze Norden steht unter dem Einfluß der Dämonen, und Tencendor muß erst davon gereinigt werden, ehe es wiedergeboren werden kann.«

»Und wenn ich auf einen der Dämonen treffe?«

Drachenstern zögerte mit der Antwort, den Blick in die Ferne gerichtet.

Er erinnerte sich daran, was Wolfstern ihm über Caelums Tod erzählt hatte, und an Fischers Worte. Sie hatten die Bösartigkeit auf die Dämonen zurückgespiegelt, aber sie hatten sie nicht vernichten können: Es war ihnen lediglich gelungen, das Böse zu unterdrücken, doch es schwärte weiter.

Das Böse kann nicht zerstört werden – und sicherlich nicht, indem man das Böse mit seinen eigenen Waffen schlägt.

Ein Liebeswort hatte Qeteb aus der Fassung gebracht.

Drachensterns Züge wurden sanft, und er lächelte.

»Bannfeder«, sagte er, »ich will Euch verraten, was ich heute erfahren habe.«

Bannfeder kreiste mit der Luftarmada über den Eisdachalpen. Drachenstern war mit Pferd und Hunden in die Zuflucht zurückgekehrt. Nachdem ihm der Sternensohn von seinen Erkenntnissen berichtet hatte, hoffte Bannfeder beinahe, er würde tatsächlich auf einen der Dämonen stoßen. Entweder waren Drachensterns Annahmen richtig, dann könnte Bannfeder den Dämonen einen ordentlichen Schrecken einjagen, oder sie waren falsch, und in diesem Fall war es wohl besser, wenn Bannfeder scheiterte und nicht Drachenstern. Bannfeder bemerkte, wie Scheol in seinen Geist vordrang – es war Nachmittag und die Verzweiflung herrschte über das Land – und er lächelte …

Er wußte sehr gut, daß Scheol ihm zwar nichts anhaben, ihn aber dennoch spüren konnte, so wie alle der fast zweitausend Mitglieder der Luftarmada.

Bannfeders Lächeln wurde immer gelöster, während er durch die Luft segelte, und dann gab er seinen Befehl.

Scheol zischte und kauerte sich auf allen Vieren neben das Feuer, das sie mit den anderen Dämonen teilte.

Qeteb sah sie neugierig an, und seine Hand, in der er eine halb verbrannte, halb rohe Rinderkeule hielt, erstarrte. »Was ist?«

»Sie sind wieder da!«

»Wer?« Qeteb warf die angenagte Keule fort und stand auf.

Scheols Gestalt verwandelte sich in die einer mißgebildeten Katze, dann in ein Schwein und nahm schließlich wieder menschliche Formen an. Sie erhob sich und strich verächtlich ihr Kleid glatt.

»Jene, die uns widerstehen können.«

Qeteb knurrte. »Wie viele?«

»Viele.«

»Wo?«

»Im Norden.«

Qeteb dachte nach und lächelte dann hinter seiner eisernen Maske. »Dann geht dorthin«, sagte er. Scheol gluckste vor Freude und verwandelte sich in eine geflügelte Schlange. Sie erhob sich in die Lüfte und verschwand in den staubigen Winden.

Bannfeder kreiste mit seiner Armada am Himmel über den nördlichen Ausläufern der Eisdachalpen. Seine scharfen Augen suchten die Landschaft unter ihm ab, doch dort war nichts zu sehen außer steil aufragenden schwarzen Klippen, die von Eis und Schneewehen bedeckt waren.

Anscheinend gab es hier nichts Lebendiges mehr.

Vielleicht im Süden? Nein, er sollte lieber zuerst die östlichen Regionen absuchen, bevor er sich nach Süden wandte. Also führte Bannfeder seine Armada in tödlich funkelnder Stille über die flachen Ebenen zwischen den Eisdachalpen und der Küste des Witwenmachermeers, ein Gebiet, das vor der Verwüstung des Landes einmal den Übergang zur unerforschten nördlichen Tundra von Awarinheim gebildet hatte.

»Die dämonischen Horden sind noch nicht so weit in den Norden vorgedrungen«, sagte Bannfeder schließlich zu dem geisterhaften Ikarier, der neben ihm flog. »Wir sollten vielleicht …«

Er hielt überrascht inne. Hinter ihm hatte sich ein undeutliches Gemurmel erhoben. Eine Gruppe von Geschöpfen bewegte sich in südliche Richtung auf die Einöde zu, aber sie waren nicht das, was Bannfeder und die Luftarmada zu finden erwartet hatten.

»Bei den Sternen«, flüsterte Bannfeder. »Skrälinge!«

»Skrälinge!« sagte Bannfeder noch einmal, unfähig, zu glauben, was seine Augen sahen.

Skrälinge?

Hatte Aschure nicht sämtliche Skrälinge vernichtet?

Aber nein, das hatte sie nicht. Nur diejenigen, die sich in Tencendor selbst befanden. Die unerforschten Tundren des hohen Nordens waren schon immer eine Brutstätte für diese Geschöpfe gewesen, und Bannfeder nahm an, daß sie nun, nach dem Verschwinden der Wälder, weiter nach Süden vorrückten.

Schrecklich neugierig und ständig hungrig, wie sie nun einmal waren …

Die grauen Geister bewegten sich langsam durch den Schnee, vielleicht ein Dutzend von ihnen, und waren so sehr damit beschäftigt, vorwärtszukommen, daß sie die Luftarmada noch nicht bemerkt hatten.

Bannfeder gab einer seiner Staffeln ein Zeichen, ihm zu folgen, und glitt langsam abwärts, auf einem Kurs, der ihn in den Rücken der Skrälinge bringen würde.

Als er tiefer hinabgeschwebt war, mußte Bannfeder einen

Ausruf unterdrücken. Ein kleines Kaninchen hoppelte vor den Skrälingen durch den Schnee; ihm fehlte ein Ohr und sein Fell wirkte, als sei es von Eiter verschmiert.

Eines von Qetebs Geschöpfen!

Die Skrälinge haben sich mit den Dämonen verbündet! Dieser Gedanke überraschte Bannfeder nicht weiter, denn auf ihrer ewigen Jagd nach Beute hatten die Skrälinge schon immer nach einem Anführer gesucht.

Nun, diese Gruppe würde es nicht bis zum Labyrinth schaffen.

Bannfeder gab ein weiteres Zeichen, und die Staffel hinter ihm nahm silberne Bögen von ihren Rücken und legte Pfeile auf, deren Federn dieselbe Farbe besaßen wie die Flügel der Schützen.

Bannfeder hob die Hand und ließ sie dann fallen wie ein Beil, und die Pfeile zischten durch die Luft.

Die meisten von ihnen erreichten ihr Ziel, auch wenn sie den Geistern wenig anhaben konnten. Die Pfeile flogen geradewegs durch ihre grauen, durchlässigen Körper hindurch, und der einzige Geist, der zu Boden ging, hatte sich zuvor auf das Sirren der Pfeile hin umgedreht und war ins Auge getroffen worden.

»Zielt auf ihre Augen!« schrie Bannfeder und verfluchte sich dafür, daß er diese wichtigste Regel im Kampf gegen die Skrälinge vergessen hatte. »Zielt auf ihre Augen!«

Aber das war jetzt schwierig, denn die Skrälinge hatten sich über Schnee und Eis verteilt und verschmolzen so vollkommen mit ihrer Umgebung, daß die Ikarier sie kaum erkennen konnten.

Das Kaninchen hatte sich umgedreht, knurrte und schnappte nach den Mitgliedern der Luftarmada, die über seinem Kopf ihre Kreise zogen, und ein Ikarier schoß ihm einen Pfeil in die Seite.

Das Kaninchen stürzte zu Boden und stieß einen hohen Schrei aus.

Die Staffel hatte sich inzwischen zerstreut, um sich die Skrälinge einzeln vorzunehmen, und Bannfeder schwebte über dem Schlachtfeld, rief seinen Soldaten Ratschläge und Ermutigungen zu, hielt sich jedoch vom Kampf selbst fern. Die Ikarier brauchten keine Hilfe bei dem, was sie taten: Vergeltung üben und die Einöde vom Einfluß der Dämonen befreien.

Hoch über ihnen, kaum mehr als Flecken am Himmel, schwebte der Rest der Luftarmada und wartete voller Verlangen darauf, endlich auch ihre Pfeile abschießen zu können.

Ein weiterer Skräling fiel, dann noch einer und schließlich drei in kurzer Folge hintereinander.

Bannfeder gestattete sich ein zufriedenes Lächeln. Es mochten nur Skrälinge sein und keine dämonischen Horden, aber es war ein Anfang ...

Etwas Furchterregendes tauchte plötzlich südlich von Bannfeder am Himmel auf.

Er konnte es nicht gleich sehen, sondern bemerkte zunächst nur eine Veränderung, die mit dem Kaninchen vor sich ging, das im blutbefleckten Schnee lag.

Es schrie immer noch – aber nun nicht mehr vor Schmerz, sondern siegesgewiß.

Bannfeder betrachtete das Tier, dann erst erregte ein Schatten am Himmel seine Aufmerksamkeit.

Er blickte auf, und ihm stockte der Atem.

Eine riesige Schlange flog auf sie zu. Sie besaß Flügel, zwei kümmerliche gefiederte Ansätze am Hinterkopf, aber sie bewegte sich eher durch die schlängelnde Bewegung ihres Körpers vorwärts als mit Hilfe ihrer Stummelflügel.

Die Schlange grinste.

Bannfeder erkannte Scheol sofort. Verzweiflung strahlte in Wellen von ihr aus, doch unter der Verzweiflung verbarg sich noch eine weitaus unheilvollere Macht. Bannfeder wußte, daß es nicht leicht sein würde, mit ihr fertig zu werden.

Er atmete tief durch, um sich zu beruhigen, dann bedeutete er der Staffel, sich wieder dem Rest der Luftarmada anzuschließen.

Er blickte noch einen Augenblick in Scheols Richtung und flog dann hinter ihnen her.

Scheols Grinsen wurde breiter. Die hübschen fliegenden Wesen, zweifellos Spielzeuge des Sternensohns, fürchteten sich.

Sie verdoppelte ihre Anstrengungen, um zu ihnen zu gelangen.

Die durchsichtigen, edelsteinfarbenen Geschöpfe sammelten sich über dem ersten Gipfel der Eisdachalpen, eine wogende Wolke silbriger Farben, aber Scheol beachtete sie nicht weiter, sondern konzentrierte sich auf ihren Anführer, einen Mann mit dunklem Gesicht und Flügeln, der eine alberne weiße Tunika trug und einen wesentlich festeren Körper besaß als seine Armada.

»Seid gegrüßt, Narr«, sagte Scheol liebenswürdig, als sie herangeflogen kam. »Ihr müßt einer der Gefährten des Sternensohns sein.«

Sie war nun sehr nahe, und ihre Gestalt verschwamm und verwandelte sich in eine Mischung aus einer Libelle und einer Fee.

Sie war unbeschreiblich schön und ebenso gefährlich.

Bannfeder spürte, wie Flammen über seine Flügel strichen.

Einen Augenblick lang wurde er von Furcht überwältigt, dann gewann er seinen Gleichmut wieder. Er wußte, was er tun mußte. Er stellte sich vor, wie er sich in den Iskruel-Ozean stürzte, bis das eisige Wasser über seinem Kopf zusammenschlug …

Die Flammen erloschen und Bannfeder segelte weiter durch die Luft.

»Sehr gut«, sagte die libellenförmige Fee. »Ich bin beeindruckt. Vielleicht sollte ich Euch einfach einfangen, damit Qeteb sich mit Euch vergnügen kann.«

Bannfeder fielen die Federn aus.

Dieses Mal fiel es ihm schwerer, seine Furcht zu beherrschen. Er schlug hektisch mit den federlosen Flügeln, aber sie konnten ihn nicht am Himmel halten. Bannfeder versuchte, sich vorzustellen, wie ihm neue Federn wuchsen, aber er konnte das Bild nicht festhalten, und er stürzte dem Erdboden entgegen.

Bannfeder schloß die Augen und machte sich auf den Aufschlag gefaßt. Der Erdboden konnte ihm nichts anhaben, er fürchtete ihn nicht. Er konnte auch ohne seine Flügel leben, das hatte er bereits bewiesen …

Ein Chor von Stimmen ertönte, und Scheols Magie wurde schwächer, während sie abgelenkt war.

Plötzlich spürte Bannfeder, wie er wieder dahinsegelte, seine Flügel waren unversehrt, und er lächelte. »Scheol!« schrie er. »Gefällt Euch diese Melodie?«

Er begann selbst zu singen. Das Lied war kein Zauber, und es war weder von Magie erfüllt, noch hatte es eine Bedeutung. Seine magische Kraft lag in den Gefühlen, die es in Sängern wie Zuhörern hervorrief.

Es war ein Lied, das alle Ikarier sangen, wenn sie ein besonders frohes Ereignis feierten – die Hochzeit eines geliebten Freundes oder die Geburt eines Kindes nach einer schweren Niederkunft.

Es wurde »Flug in die Freiheit« genannt.

Federn fliegen,
Den Himmel hinan,
Der Flug in die Freiheit
Ist niemals vorbei.

Sonne brennt,
Das Geschwader hebt ab,
Flügel gespannt,
Die Seele schwebt.

Ein Kind empfangen,
Hände vereint,
das Lachen von Freunden,
der Liebe Sieg.

Federn fliegen,
Den Himmel hinan,
Der Flug in die Freiheit
Ist niemals vorbei.

Scheol riß die Augen auf. »Ihr glaubt, das könnte mir etwas anhaben?«

Bannfeders Lächeln wurde breiter, er gab dem Chor ein Zeichen, und dieser erhob sich in die Luftströmungen über den schwarzen Gipfeln.

Ihr Gesang nahm weniger an Lautstärke denn an Kraft zu.

Viele der Ikarier weinten ob der Stärke ihres Gefühls – ihrer Freude.

Scheol zischte und wich ein wenig zurück. »Damit könnt Ihr mir nicht schaden!«

»Nein?« flüsterte Bannfeder. »Wirklich nicht? Was geschähe, Scheol, wenn ich Euch dazu brächte, eine Strophe zu singen? Hmm? Möchtet Ihr es versuchen? Nur zu. Ihr habt doch sicher genug gehört, um die Worte auswendig zu können. Kommt, singt mit mir ... Federn fliegen, den Himmel hinan ...«

Bannfeder flog mit ausgestreckter Hand auf sie zu. »Kommt ... der Flug in die Freiheit ist niemals vorbei.«

Scheol knurrte und wich vor ihm zurück. »Glaubt Ihr, dieses armselige Lied könnte mich vernichten?«

Nein, das vielleicht nicht, dachte Bannfeder, aber es ist ein Schritt in die richtige Richtung. Er war mit einem Mal voller Hoffnung, und er wußte nun ganz sicher, daß Drachenstern einen Weg finden würde, um die Dämonen zu besiegen.

»Schert Euch davon, Scheol«, fauchte Bannfeder. »Ihr seid in diesem Land nicht willkommen.«

Scheol starrte ihn an und wußte nicht, was sie tun sollte. Sie fragte sich, ob das, was hier geschah, nur ein Vorgeschmack auf zukünftige Herausforderungen war, und was sie dagegen unternehmen konnte. Dann berührte Qeteb ihren Geist.

Kommt zurück! Kommt schnell zurück! Wir haben einen Besucher.

»Narr!« schrie Scheol Bannfeder zum Abschied zu, verwandelte sich wieder in die geflügelte Schlange und flog zurück nach Süden.

19

Der Apfel

Der Narrenturm brachte Isfrael in das Versteck der Dämonen. Er erlebte eine Überraschung. Irgendwie hatte Isfrael etwas wahrhaft Schreckenerregendes erwartet: siedendheiße Flammen und beißenden Rauch, der von den Schreien der Gequälten und dem Gestank der Verdammten erfüllt war. Eine Kammer voller Steine und Felsspalten und blutverkrusteter Nägel, die gebetene wie ungebetene Besucher gleichermaßen willkommen hießen.

Statt dessen hatten sich die Dämonen einen durchaus angenehmen Empfangssaal eingerichtet. Apfelbäume standen im Kreis, die zwar ein wenig kümmerlich waren, aber dennoch reiche Frucht trugen, und darin ein weiterer Kreis Baumstümpfe, auf denen sich jeweils ein mit Quasten verziertes violettes oder dunkelrotes Kissen befand. Darüber erstreckte sich ein Himmel, der nur hier und da von grauen Wolken durchzogen war.

Das einzige wirklich Abstoßende war der zerfetzte und halb aufgefressene Kadaver eines Hundes, der auf dem Boden lag, und natürlich die Dämonen selbst.

Ein jeder von ihnen stand hinter einem der Apfelbäume. Ein stummer, wachsamer Halbkreis. Vier von ihnen waren in bunte Umhänge von verschiedenen Farbschattierungen gekleidet, ihre Gesichter waren ausdruckslos und ihre Augen glühten wie das Feuer funkelnder Edelsteine.

Qeteb trug noch immer seine mattschwarze Rüstung und zog seine gepanzerten Flügel auf dem Boden hinter sich her, in Nachahmung der ikarischen Begrüßungsgeste.

Wenn er, so wie jetzt, einen Schritt vortrat, zogen sie tiefe Furchen in die Erde.

»Und wer seid Ihr …?« wollte er wissen. Er blieb unter einem der Apfelbäume stehen. Als Qeteb sich bewegte, sah Isfrael, daß sich hinter ihm die Gestalt des Niah-Wesens befand. Sie war ordentlich hingesetzt worden, ihre Beine gestreckt, die Arme an der Seite, ihr gedankenleerer, kalter Blick starr geradeaus gerichtet.

Isfrael schritt auf die Dämonen zu, bis er vor dem inneren Kreis aus Baumstümpfen stand. Qeteb befand sich direkt vor ihm.

»Mein Name ist Isfrael«, sagte er, »und ich bin der Magierkönig der Awaren, der Herrscher über die Wälder.«

Der weibliche Dämon grinste, doch Qeteb gebot ihr mit einer knappen Geste Einhalt.

»Bestenfalls noch Herrscher über Asche«, sagte Qeteb und trat einen Schritt vor, »und der Magierkönig eines Haufens Gefangener.« Seine Stimme nahm einen scharfen Tonfall an. »Was tut Ihr hier?«

»Ich bin gekommen, um Euch die Zuflucht und all ihre Seelen anzubieten«, sagte Isfrael. Er beruhigte sich ein wenig. Das würde einfacher werden als gedacht.

»Aha«, sagte Qeteb, »ein Verräter.«

»Und wieso«, sagte Scheol, »sollten wir einem Verräter glauben?« Sie hatte sich herangeschlichen, und stand nun zur Linken Qetebs.

»Ich weiß, daß uns eine neue Welt erwartet«, sagte Isfrael, »und ich will mir lediglich einen Platz darin sichern.«

Qeteb lachte, aber es war Barzula, der Dämon des Sturms, der das Wort ergriff. »Darauf läuft es also hinaus, was? Ihr wollt etwas von uns, und um das zu erhalten, seid Ihr bereit, uns die Zuflucht auszuliefern.«

»Ich will Euch den Sieg ermöglichen«, sagte Isfrael leise.

»Wir brauchen Eure Hilfe nicht!« sagte Qeteb, doch die Dämonen teilten einander einen einzigen Gedanken mit.

War Drachenstern stärker geworden, seit sie ihn das letzte Mal gesehen hatten? Scheols Bericht über Bannfeders Tapferkeit war mehr als beunruhigend gewesen, und daß er keines der

Lieder des Feindes gebraucht hatte … war beinahe schon furchterregend.

Er hatte keine Fehler gemacht, und den Dämonen gefiel das ganz und gar nicht.

»Ihr könnt jede Unterstützung gebrauchen«, sagte Isfrael. »Nur Narren lehnen Hilfe ab. Ich bin bereit, Euch den sicheren Sieg zu bringen.«

»Wir brauchen Eure Hilfe nicht …«

»Ihr seid ein Narr!« schrie Isfrael und schritt durch den Kreis aus Baumstümpfen, bis er direkt vor Qeteb stand. »Ihr seid schon einmal in Gefangenschaft geraten, warum soll das nicht wieder geschehen? Warum sollte es nicht sogar noch schlimmer kommen?« Er tippte mit dem Finger gegen Qetebs Brustplatte. »Was, wenn dieses Land nicht Eure Spielwiese, sondern Euer Grab wird, Qeteb?«

Qeteb zischte. »Ich habe in der Gefangenschaft meine Erfahrungen gemacht und bin dadurch stärker geworden!«

»Und wenn der Feind ebenfalls stärker geworden ist?« gab Isfrael zurück, seine Stimme war ruhig, sein Blick fest. »Was dann?«

Die Dämonen schwiegen. Barzula, Raspu und Modt hatten sich ebenfalls genähert und standen nun neben Scheol. *Was, wenn der Feind wirklich stärker geworden war?*

»Was wollt Ihr?« fragte Qeteb.

»Den Heiligen Hain«, sagte Isfrael. »Und er darf nicht angetastet werden.«

»Den Heiligen Hain?« sagte Scheol. »Was ist das?«

»Der Heilige Hain birgt die heiligsten Lichtungen und Wälder des awarischen Volkes …«

»Wir haben ihn nicht zerstört?« fragte Qeteb, und in seiner Stimme lagen Zorn und Verwirrung.

Isfrael wagte ein leicht verächtliches Schnauben. »Ihr kennt keines der Geheimnisse dieses Landes, Qeteb. Es gibt viele verborgene Orte, die Ihr Euch nicht einmal erträumen könnt.«

Hinter seinem Visier lächelte Qeteb. Er konnte auf diesem Schwachkopf spielen wie auf einer Laute. Es gab also noch andere Orte, die sie erforschen und nach Nahrung absuchen konnten? Und Ihr, mit Eurem törichten Wagemut, dachte er, werdet uns dorthin führen, ob Ihr nun wollt oder nicht.

Aber er gab weiterhin vor, zornig und verwirrt zu sein, und ballte die Fäuste, um seiner Vorstellung mehr Überzeugungskraft zu verleihen.

»Orte?« brüllte er.

Du gepanzerter Tölpel, dachte Isfrael, die Mattheit deiner Rüstung hat auf dein Hirn abgefärbt. »Ich will den Heiligen Hain«, sagte er. »Ich will, daß Ihr ihn in Frieden laßt. Alles andere könnt Ihr haben.«

»Dieser Hain muß Euch viel bedeuten«, sagte Scheol hinterlistig.

»Er enthält alles, was dem awarischen Volk heilig und wertvoll ist«, sagte Isfrael. »Die Gehörnten, die Mutter …«

Scheol hob fragend die Augenbraue, und Isfrael war dumm genug, in die Falle zu gehen.

»Die Mutter ist die Verkörperung der Natur«, sagte Isfrael, und den Dämonen lief augenblicklich das Wasser im Mund zusammen, »und die Gehörnten sind die mächtigsten unserer Zaubererpriester, die über die Jahrhunderte die Gestalt des Hirsches angenommen haben, unseres heiligsten Tieres.«

Das klingt nach einer guten Mahlzeit, dachte Qeteb an seine dämonischen Gefährten gewandt. *Ich habe die Kakerlaken und Schafe satt.*

Denkt nur an die Macht, die wir aus einem solchen Mahl gewinnen können! flüsterte Scheol im Geiste ihren Gefährten zu.

»Ihr wollt also den Heiligen Hain«, sagte Qeteb. »Und was werdet Ihr uns dafür geben?«

»Die Geheimnisse des Feindes«, sagte Isfrael und sah mit Genugtuung, wie die Gesichter der Dämonen vor Verwunderung erstarrten. »Wußtet Ihr, daß Ihr eine Waffe besitzt«, er wies auf die Gestalt Niahs, die hinter den Bäumen lag, »die so mächtig ist, daß Ihr den Sternensohn damit vernichten könntet?«

»Sie?« sagte Qeteb, und dieses Mal mußte er seine Verwirrung nicht vortäuschen. »Sie?«

»Versprecht mir«, sagte Isfrael, »versprecht mir, daß Ihr mir den Heiligen Hain überlaßt.«

»Natürlich«, sagte Qeteb. »Natürlich. Ihr sollt ihn haben. Und wir werden ihn nicht antasten. Versprochen.«

»Ich brauche eine Sicherheit«, sagte Isfrael. »Einen Beweis für Euren guten Willen.«

Qeteb lachte leise und drohend. »Ihr werdet ihn bekommen.« Er lehnte sich zurück, schob Scheol und Raspu beiseite und pflückte von einem der Bäume einen Apfel.

»Nehmt diesen Apfel und eßt ihn«, sagte Qeteb, »und Ihr werdet wissen, daß ich es ehrlich meine.«

Isfrael betrachtete die Frucht. »Einen Apfel?«

»Aber ja. Eßt von ihm und Ihr werdet an Weisheit gewinnen. Ihr werdet wissen, ob ich lüge oder nicht.«

»Und der Heilige Hain wird Euch gehören«, flüsterte Modt.

»Für immer«, wisperte Scheol.

»Auf immer und ewig«, wiederholte Barzula.

Isfrael nahm den Apfel und wog ihn in der Hand. Er fühlte sich warm an, schwer und einladend.

Er sah sich über die Pfade des Heiligen Hains wandeln, sicher, zufrieden … mächtig.

Er wußte nicht, daß von dem Augenblick an, da er den Apfel annahm, die Dämonen in das Innere seines Geistes vordringen konnten.

Sie konnten zwar keine Einzelheiten erkennen, doch sie stellten fest, daß er tatsächlich ein machtvolles Geheimnis besaß, das das Niah-Wesen betraf, und daß es in seinem Geist noch andere Geheimnisse gab … andere Vergnügungen …

Isfrael war noch immer in seinem Tagtraum gefangen. *Die Mutter schritt an seiner Seite, keine Göttin, sondern eine Gefährtin. Sie fragte ihn um Rat und lauschte dankbar seinen Worten.*

Qeteb erhaschte eine Ahnung dessen, was Isfrael sich am sehnlichsten wünschte, und der Tagtraum des Magierkönigs veränderte sich …

Schra ging neben ihm her. Sie hatte sich nach ihrem Tod ver-

wandelt, so wie alle Zaubererpriesterinnen, und erwartete ihn jetzt im Heiligen Hain. Sie wartete auf ihn …

Isfrael hob die Hand und biß in den Apfel –

Die Dämonen schrien in stummer Siegesgewißheit.

– und die Erkenntnis, daß die Dämonen tatsächlich die Wahrheit sprachen, durchflutete ihn. Sie würden ihm helfen, in den Heiligen Hain zu gelangen, und ihn dort in Frieden lassen, und das alles für einen Fetzen Wissen, den sie früher oder später auch selbst herausgefunden hätten.

Frieden und Macht zum niedrigst möglichen Preis. Isfrael konnte sein Glück kaum fassen.

Qeteb grinste voller bösartiger Freude hinter seiner Maske. Der Apfel erfüllte stets seinen Zweck.

»Ich will Euch alles über das Niah-Wesen erzählen«, flüsterte Isfrael. »Sie ist ein Schatz, wie Ihr ihn Euch nur schwer vorstellen könnt. Es hat mit den Achariten und dem Tod zu tun …«

Und Isfrael erzählte, die Worte sprudelten nur so aus ihm hervor. Alle Achariten trugen den Keim der Magie des Feindes in sich. Doch nur jene, die den Tod überwunden hatten, konnten sich ihrer bedienen. Wenn Niah sprechen und denken könnte, wäre sie eine Waffe, die die Mauern der Zuflucht niederreißen und womöglich den Sternensohn selbst besiegen könnte.

»Ist dieses Wissen den Heiligen Hain wert gewesen?« fragte Isfrael schließlich.

»Oh, selbstverständlich«, sagte Qeteb und seine Stimme zitterte siegesgewiß.

Der Sternensohn gehörte ihm!

»Ich kann nicht selbst in den Hain gelangen«, sagte Isfrael, der es nun, da er seinen Teil der Abmachung erfüllt hatte, kaum erwarten konnte, seinen Lohn zu erhalten. »Ich brauche Eure Kräfte, um die Schutzmauern zu durchbrechen, die die Mutter um ihn errichtet hat.«

»Aber wie sollen wir …«, begann Qeteb.

»Ich brauche nur Eure Kräfte«, sagte Isfrael. »Ihr seid doch sicherlich mächtiger als die Mutter? Erzeugt einen kleinen Riß in den Mauern für mich, und ich werde hindurchschlüpfen. Dann kann ich den Spalt von der anderen Seite wieder schließen.«

Qeteb wechselte einen Blick mit seinen Gefährten, und sie erinnerten sich an die seltsame Schale, die eines der Falkenkinder gefunden hatte. Sie war von mächtiger Magie erfüllt, und Sternenfreude – verflucht möge sie sein! – hatte gesagt, daß es awarische Magie sei.

In unausgesprochenem Einverständnis mit den anderen Dämonen hob Qeteb die Hand und griff in den Himmel über sich.

Ein rundlicher Gegenstand kam herabgestürzt, und Qeteb fing ihn mit der Hand auf.

»Was könnt Ihr mir über diese Schale sagen?« fragte er Isfrael.

Isfraels Gesicht leuchtete vor Aufregung. »Das ist die Schale meiner Mutter!«

»Und wozu ist sie nütze?« fragte Qeteb geduldig.

»Sie diente verschiedenen Zwecken – unter anderem konnte meine Mutter damit in den Heiligen Hain gelangen.«

»Wißt Ihr, wie man sie benutzt?«

Isfrael starrte die Schale an und richtete dann den Blick auf Qetebs Maske. »Ja. Ich kann mich ihrer bedienen, aber ich brauche Eure Macht gemeinsam mit der der Schale. Und ... noch eine Sache.«

Ich hoffe, Euer Fleisch ist süß genug, um all den Ärger wert zu sein, den Ihr mir bereitet, dachte Qeteb, doch seine Stimme klang liebenswürdig: »Ja?«

»Ich werde die Schale mitnehmen«, sagte Isfrael. Und dann werde ich auf alle Zeiten sicher sein! dachte er.

»Aber natürlich«, sagte Qeteb. »Mir käme es niemals in den Sinn, sie für mich zu behalten.«

Und selbst sein Visier schien beruhigend zu lächeln.

Isfrael atmete erleichtert auf. »Mein Volk ist in der Zuflucht ...«, setzte er an.

»Nein«, sagte Qeteb. »Nein, das ist nicht Teil unserer Abmachung gewesen.«

»Aber ...«

»Nein!«

Isfrael gab nach. Schließlich hatten die Awaren sich von ihm abgewandt. Und selbst dann noch hatte er versucht, sie zu retten. Er hatte sein Bestes getan. Das hatte er wirklich. Nun sollte er seine Aufmerksamkeit darauf richten, zu retten, was zu retten war.

»Also gut«, sagte er und griff nach der Schale.

Isfrael wußte nicht genau, auf welche Weise Faraday die Schale benutzt hatte, um in den Heiligen Hain zu gelangen, doch er war der Magierkönig der Awaren und mit all den geheimen Künsten seines Volkes wohlvertraut. Er wußte, was die Schale darstellte: ein Verbindungstor, mit dessen Hilfe man den Heiligen Hain betreten konnte, wenn es keine andere Möglichkeit mehr gab, oder – wie in Faradays Fall – wenn man nicht die Macht oder das Wissen besaß, um die geheimen Wege zu gehen.

Die Mutter hatte nicht mehr an die Schale gedacht, als sie die Pforten geschlossen hatte. Sie hatte vergessen, daß es eine Hintertür gab.

Und nun befand sie sich in den Händen der Dämonen, dachte Isfrael. Dieses dumme Weibsstück brauchte seine Hilfe. Wenn er nicht gekommen wäre, hätten sich die Dämonen womöglich Zutritt zum Heiligen Hain verschafft! Die Mutter hatte Glück gehabt, daß er sie gerettet hatte – sie und alle anderen, die noch im Heiligen Hain lebten.

Isfrael stellte die Schale auf den Boden vor sich. »Ich brauche Wasser.«

Im selben Augenblick stand Scheol neben ihm und reichte ihm beflissen einen Zinnbecher voll klarem, süßem Wasser.

Er goß das Wasser in die Schale, und während es darin herumwirbelte, nahm es einen tiefgrünen Farbton an.

Isfrael krampfte sich vor Aufregung das Herz zusammen, und er bemühte sich, ruhig zu bleiben. Er öffnete die rechte Hand und zögerte.

Qeteb streckte ebenfalls eine Hand aus, während er sich zugleich tief in Isfraels Geist befand, und spreizte einen Finger ab.

Isfrael betrachtete die gepanzerte Hand, ergriff sie –

Sie war eiskalt, als sei sie Jahrhunderte lang in einem der großen Eisberge begraben gewesen, die auf dem Iskruel-Ozean schwammen.

– und ritzte sich an einem der scharfkantigen Verbindungsglieder des stählernen Handschuhs den Daumen auf.

Blut quoll hervor, und Isfrael ließ Qetebs Hand los.

Er hatte die eisige Kälte der Hand nicht bemerkt und auch nicht die Kälte, die sich langsam tief im Inneren seines Geistes ausbreitete.

Eine Fährte, die sich die Dämonen später nach Belieben zunutze machen konnten.

Isfrael stand über der Schale, murmelte Gebete und Beschwörungen der Mutter und ließ einen Blutstropfen in das Wasser fallen.

Das Blut breitete sich auf der Oberfläche des smaragdgrünen Wassers aus.

Isfrael beugte sich vor, hob die Schale hoch und richtete sich auf. Er schloß die Augen, legte den Kopf leicht in den Nacken und machte sich bereit, den Heiligen Hain zu betreten.

»Jetzt!« flüsterte er. »Gebraucht Eure Kräfte, um mich in den Hain zu bringen!«

Die Dämonen taten, wie geheißen. Sie kicherten und johlten, geiferten und hechelten und richteten all ihre Macht auf den Mann mit der Schale, der vor ihnen stand.

Schließlich hatten sie es ihm versprochen.

Isfrael schrie und wurde von dem smaragdgrünen Licht verschlungen. Er fand sich in einem Lichtwirbel wieder und wurde von Furcht überwältigt, bis er begriff, daß er mit solcher Geschwindigkeit auf den Heiligen Hain zuraste, daß er die Schutzmauern durchdrang, die die Mutter errichtet hatte.

Der Schmerz war grauenvoll.

Aber er spürte, wie er die Mauern überwand.

Isfrael klammerte sich an der Schale fest, richtete seine ganze Aufmerksamkeit auf den Anblick des Hains vor ihm … und spürte plötzlich festen Waldboden unter den Füßen, roch den würzigen Duft – und dann verwandelte sich das smaragdgrüne Licht in Tausende von Bäumen.

Er befand sich im Heiligen Hain. Endlich.

Isfrael richtete sich triumphierend auf. Er hatte es geschafft! Er war in Sicherheit! Er wandte sich um und sah einen Gehörnten mit silbernem Fell auf sich zukommen. Der Hirschkopf des Gehörnten zitterte, und in seine dunklen feuchten Augen trat Zorn.

Zorn … und Furcht.

»Was habt Ihr getan?« zischte der Silberpelz. »Was habt Ihr nur getan?«

Und er schlug Isfrael die Schale aus den Händen. »Was habt Ihr da Abscheuliches in den Heiligen Hain gebracht?«

Qeteb stand inmitten des Apfelgartens, Faradays Schale in Händen.

»Ich hoffe, ihm gefällt die Imitation, die ich ihm mitgegeben habe«, sagte er, und die Dämonen brüllten vor Lachen.

20

Qeteb's Traumwelt

Was Drachenstern bei seiner Rückkehr in der Zuflucht vorfand, entsetzte ihn. Leah lag mit blauen Flecken übersät und weinend im Bett, Zenit an einer Seite und Zared an der anderen, während Sternenströmer, Axis, Aschure, Goldmann und Gwendylyr verstört und ratlos miteinander flüsterten.

Faraday stand am Fenster, scheinbar gelassen, aber ganz im Inneren äußerst aufgebracht. Katie klammerte sich an ihre Röcke.

»Was ist geschehen?« fragte Drachenstern und betrat das Gemach. Er hatte schon im selben Augenblick, als er die Zuflucht betreten hatte, gewußt, daß etwas nicht stimmte. Die Luft roch ein wenig verdorben, wie nach verfaulten Äpfeln, die vergessen vor sich hinmoderten.

Leah richtete sich auf, ohne auf Zenits und Zareds Proteste zu achten. »Isfrael hat mich gezwungen, ihm das Tor zu geben, das Ihr einem jeden von uns überlassen habt«, sagte sie. »Er ist durch das Tor in den Narrenturm getreten.«

Drachenstern näherte sich Leahs Bett, und Zenit erhob sich, um ihm Platz zu machen. Sie trat zurück und stellte sich neben Sternenströmer.

»Er hat Euch verletzt«, sagte Drachenstern.

Leah versuchte, zu lächeln, aber es gelang ihr mehr schlecht als recht. »Mir geht es gut«, sagte sie. »Nur ein wenig angeschlagen an Leib und Seele.«

Drachenstern sah zu Faraday hinüber und tauschte einen besorgten Blick mit ihr, dann legte er sanft seine Hand auf Leahs Bauch.

»Faraday sagt, das Kind sei wohlauf«, sagte Leah.

»Ja«, erwiderte Drachenstern und lächelte Leah an. »Eurem Kind geht es gut.« Zumindest körperlich, aber es war ängstlich und erschrocken und so unsicher, daß sich Drachenstern fragte, ob es wohl versuchen würde, sich aus dem Leib seiner Mutter zu befreien. Wenn es jetzt geboren würde, würde es nicht überleben.

»Ich habe das Tor gerettet«, sagte Leah, ihre Stimme von Tränen erstickt. »Ich habe ihn daran gehindert, es mitzunehmen ...«

»Psst«, flüsterte Drachenstern, hob die Hand und streichelte Leahs Wange. »Psst. Ihr tragt keine Schuld an dem, was geschehen ist. Faraday«, er blickte auf, »was glaubst du, wohin Isfrael gegangen ist? Was kann sein Ziel sein? Will er uns wohl ... oder übel?«

Faraday holte tief Luft, und ihre Schultern bebten. Katie schmiegte sich noch enger an sie. »Ich glaube, daß er Übles im Sinn hat.«

Drachenstern hielt weiterhin seinen Blick fest auf sie gerichtet.

»Er haßt mich«, fuhr Faraday fort, und ihre Stimme klang ein wenig ruhiger, »aus vielerlei Gründen, aber wohl vor allem deshalb, weil er glaubt, daß ich ihm seinen Rang als Magierkönig streitig mache. Ich nehme an, er hat es darauf abgesehen, Rang und Macht zurückzugewinnen.«

»Und wie soll das geschehen?«

Faraday zuckte hilflos mit den Schultern. »Ich weiß es nicht. Wir haben schon darüber gesprochen, bevor du kamst. Keiner von uns weiß es.«

»Wohin kann er mit Hilfe des Narrenturms gelangt sein?«

Axis trat vor und schenkte Leah ein beruhigendes Lächeln, ehe er seinen Sohn ansah. »Wir dachten, er könnte in den Heiligen Hain gegangen sein, aber Faraday sagte, daß die Mutter alle Zugänge zum Hain bereits verschlossen hatte, lange bevor Qeteb endgültig wiederauferstanden war.«

»Und der Narrenturm wäre nicht stark genug, um ihre Schutzmauern zu durchbrechen«, fügte Aschure hinzu. Sie schob ihren

Arm unter den Axis', und beide tauschten ein kleines Lächeln aus.

Sie lieben einander so sehr, dachte Drachenstern, daß nicht genug Gefühl für andere bleibt. Aber der Gedanke erfüllte ihn nicht mit Groll, statt dessen fragte er sich, ob ihm und Faraday jemals genug Zeit und Frieden vergönnt wären, um einander so innig zu lieben. Wieviel Zeit hatten sie in den letzten Tagen miteinander verbracht, seit er wieder in der Zuflucht war? Einige wenige Stunden hier und da, nicht mehr.

»Könnte er irgendwo hingegangen sein, wo er vor den Dämonen in Sicherheit wäre?« fragte Drachenstern. Seiner Stimme war Niedergeschlagenheit anzuhören.

Schweigen.

»Wir wüßten keinen solchen Ort«, sagte Faraday schließlich. Ihre Stimme klang zittrig.

Er ist zu den Dämonen gegangen! Derselbe Gedanke durchzuckte ihrer aller Köpfe.

»Bei den Göttern!« flüsterte Drachenstern und rieb sich die Stirn. »Warum nur? Warum hat er das getan?«

»Unser Sohn«, sagte Axis und blickte Faraday an, »unser Sohn hat uns verraten.«

Drachenstern mühte sich, ein bitteres Lachen zu unterdrücken. Ihr werdet stets von Euren Söhnen verraten, nicht wahr, Axis? Aber es gelang ihm, den Gedanken abzuschütteln.

Verflucht! Er mußte nachdenken! Warum sollte Isfrael zu den Dämonen gehen?

»Und wie hatte er vor, zu überleben?« murmelte er.

Wieder herrschte Schweigen, und erneut ergriff Faraday das Wort: »Er wollte mit ihnen einen Handel abschließen«, sagte sie, »aber womit und wozu weiß ich nicht.«

Drachenstern sah ihr in die Augen. »Wir werden es herausfinden müssen«, sagte er.

Es war schwierig und überaus gefährlich, aber Drachenstern blieb keine Wahl. Er mußte wissen, was Isfrael vorhatte.

Oder, was er bereits getan hatte. Die Sterne allein wußten, ob sie Isfrael noch aufhalten konnten oder ob bereits zuviel Schaden angerichtet war.

Drachenstern, Faraday, Gwendylyr, Goldmann, Axis und Aschure – sie alle waren hier versammelt. Axis und Aschure konnten ihm nicht mit magischen Kräften dienen, aber Drachenstern wollte sie trotzdem bei sich haben, nicht allein wegen ihrer Weisheit und Erfahrung, sondern weil ihm ihre Anwesenheit Trost spendete.

Und dieser Trost erfüllte Drachenstern mit unendlicher Freude.

Sie saßen in einem kleinen Kreis auf Stühlen beieinander, bis auf Faraday, die im Inneren des Kreises vor Drachenstern stand.

»Faraday«, sagte Drachenstern, »von uns allen hast du die engste Verbindung zu Isfrael.«

»Und sie ist leider nicht sonderlich eng«, sagte sie traurig.

Drachenstern lächelte ihr zu, Liebe und Zärtlichkeit lagen in seinem Blick. »Du hast ihn viele Monate lang in deinem Leib getragen und empfindest für ihn die Liebe einer Mutter. Es gibt eine Verbindung zwischen euch, und du bist mächtig.«

Sie nickte. Drachenstern hatte ihr erklärt, was sie tun mußten. Sie mußten Isfrael mit ihrem Verstand und ihrer Macht durch das Tor folgen. Sie mußten die Wege ausfindig machen, die ihnen verrieten, wohin er gegangen war und was er getan hatte.

Mit all ihren Sinnen.

Das ganze Unternehmen war ungeheuer gefährlich. Sie setzten sich einem Angriff der Dämonen aus, denn die Kräfte ihres Verstandes stellten eine direkte Verbindung zu ihren Körpern dar, die in diesem Gemach verbleiben sollten.

Faraday sah Drachenstern an, und dieser blickte wiederum zu Axis hinüber.

Axis nickte leicht, sein Gesicht war starr vor Anspannung und Furcht. Wenn die Dämonen unserem Geist in die Zuflucht folgen, hatte Drachenstern ihm gesagt, und sich unserer Körper bemächtigen, dann tötet uns. Es ist die einzige Hoffnung, die euch – und der Zuflucht – bleibt.

Axis hatte lange Jahre auf eine Gelegenheit gewartet, Drachenstern zu töten. Und nun? Nein, er glaubte nicht, daß er dazu fähig wäre. Nicht einmal, wenn ihn ein Dämon aus Drachensterns Augen anblickte.

Und Faraday! Wie könnte er Faraday umbringen!

Axis sah Aschure an, die seinen Blick ruhig erwiderte. Er holte tief Luft. »Wir sind bereit«, sagte er.

Drachenstern wandte sich Gwendylyr und Goldmann zu. Sie saßen rechts und links neben ihm, jeweils eine Hand auf seinen Schultern.

Sie nickten, ebenso angespannt wie Axis.

Drachenstern schloß die Augen, und Faraday, Gwendylyr und Goldmann taten es ihm gleich. Axis und Aschure waren die einzigen, die ihre Augen offenhielten und wachsam blieben.

Finde ihn, sagte Drachenstern in Gedanken zu Faraday, und sie begann ihre Suche.

Sie erinnerte sich daran, wie es gewesen war, als sich Isfrael noch in ihrem Leib befunden hatte, das Klopfen seines kleinen Herzens in ihrem Inneren, sein Körper, sein Geist, seine Seele. Sie konzentrierte sich so sehr, daß sie das Gefühl erneut verspürte, sein Gewicht in ihr, die Liebe, die sie während dieser Zeit füreinander empfunden hatten.

Und sie streckte ihre Sinne durch Raum und Zeit aus, auf der Suche nach Spuren, die ihr Sohn hinterlassen hatte.

In Leahs Gemach. Faraday wußte, daß er in Leahs Gemach gewesen war, also begann sie dort.

Wo waren Hinweise, die zu ihm führten? Wo?

Da! Ein Schatten glitt über ihren Geist, und Faraday richtete all ihre Sinne darauf. Sie war sich undeutlich bewußt, daß Drachenstern, Gwendylyr und Goldmann sie im Geiste begleiteten, aber sie waren ihr vertraut und sie vertraute ihnen, also schenkte sie ihnen keine besondere Beachtung.

Sie dachte nur an Isfrael.

Da war er und hielt Leah gepackt, sein Gesicht haßverzerrt. Das Tor in seinen Händen, er zog es auf und trat hindurch … Leah mühte sich verzweifelt, auf die Beine zu kommen und sich über das Bett zu werfen, damit sie das Tor schließen konnte, bevor Isfrael es mit sich nehmen konnte –

Rasch! sprach Drachenstern in Gedanken zu Faraday. *Rasch, wir müssen durch das Tor gelangen, bevor Leah es schließt!*

Eine Welle der Macht ging von den anderen drei aus, und Faraday spürte, wie sie gerade noch durch das Tor hindurchglitt, ehe Leah es … um sie schloß. Ja, Faraday war erleichtert. Die anderen waren bei ihr. Sie würden sie beschützen.

Axis und Aschure, die im Gemach zurückgeblieben waren, betrachteten die vier Gestalten. Ihre Körper waren immer noch da, aber sie saßen wie leblos auf ihren Stühlen.

»Sie sind durch das Tor getreten«, sagte Aschure leise. »Mögen die Sterne ihnen beistehen.«

Axis' Hand glitt zu dem Schwert an seiner Hüfte und dann wieder zurück zu Aschure.

Sie flohen gemeinsam mit Isfrael durch den Narrenturm – Bei den Göttern! sagte Drachenstern in Gedanken. *Diese Spur ist eiskalt!* Zuerst in die Sackgasse des von blauem Dunst erfüllten Tunnels, durch den Isfrael direkt in den Heiligen Hain gelangen wollte …

Der Heilige Hain! dachte Faraday. *Er will in den Heiligen Hain gelangen!*

… und dann in den Kreis aus Apfelbäumen.

Mit Isfraels Augen sahen sie den Kreis aus Baumstümpfen und Niah und spürten seine Freude über ihren Anblick.

Und dann sahen sie die Dämonen.

»Seid gegrüßt«, sagte Qeteb. »Ich freue mich, daß ihr hier vorbeischaut.«

Und die vier spürten, wie sich eiserne Finger um ihren Verstand schlossen.

Axis und Aschure sprangen auf, und Axis fluchte leise.

Die Körper von Drachenstern und den anderen drei waren völlig in sich zusammengesunken, sämtliche Muskelspannung und Farbe war aus ihnen gewichen.

Axis hätte sie für tot gehalten, hätte sich nicht ihre Brust weiter gehoben und gesenkt, langsam, zögernd, kaum wahrnehmbar.

»Was sollen wir tun?« fragte Aschure.

»Warten«, erwiderte Axis.

Seine Hand schloß sich um den Griff seines Schwertes.

Sie fanden sich in einem Anwesen mit einer Vielzahl von Gemächern wieder. Sie standen im zentralen Vorhof, von dem zahlreiche Türen und Gänge abgingen.

Drachenstern merkte, wie Gwendylyr von Furcht ergriffen wurde, und berührte sie an der Schulter.

Sie blickte ihn mit angsterfüllten Augen an. »Ich spüre Euch«, sagte sie.

Drachenstern nickte und versuchte zu begreifen, was geschehen war. Irgend etwas war schiefgegangen. Qeteb hatte sie in ein anderes Dasein oder eine andere Welt entführt. Befanden sich ihre Körper immer noch in dem Gemach bei Axis und Aschure? Er blickte an seinem Körper hinab und klatschte vorsichtig in die Hände.

Sie fühlten sich unwirklich an. Er sah zu Faraday hinüber und bemerkte, daß ihre Augen blicklos waren.

»Ich habe euch eine Gestalt verliehen, die euren Körpern ähnelt«, hallte eine Stimme um sie her, und die vier blickten sich um und drückten sich unwillkürlich enger aneinander.

»Es ist nur eine Erscheinung«, fuhr die Stimme fort, und Goldmann wies mit der Hand auf einen der Gänge.

In ihm befand sich ein alter, buckeliger Mann, der vollkommen in Schwarz gekleidet war. Lange Strähnen silbernen Haars hingen von seinem beinahe kahlen Kopf herab, und sein Gesicht wirkte ausgemergelt.

»Und dennoch«, flüsterte der Mann, »würde ich euch diesen Dolch ins Herz stechen …«, er hob die Hand, in der er ein funkelndes Messer mit einer gezackten Schneide hielt, »… würden eure wahren Körper bluten und sterben.«

Ehe einer der vier irgend etwas tun konnte, kam der verhutzelte alte Mann mit der Geschwindigkeit einer angreifenden

Spinne den Gang vorgelaufen, den Dolch hoch über den Kopf erhoben.

Gwendylyr und Faraday stockte vor Schreck der Atem, und Drachenstern stellte sich schützend vor sie. »Goldmann«, sagte er, »bringt die Frauen weg …«

Der alte Mann verschwand, und sie hörten nur noch ihr eigenes heftiges Keuchen.

»Wie sollen wir hier hinausgelangen?« fragte Goldmann schließlich. Er wandte sich zu Drachenstern um, und dieser war überrascht, wie schnell Goldmann seine Fassung wiedererlangt hatte.

»Wir werden einen Weg finden«, sagte Drachenstern.

»Wollt Ihr denn nicht wissen, was Isfrael hier getan hat?« fragte die Stimme des alten Mannes. Dieses Mal war sie über ihnen, und sie warfen die Köpfe in den Nacken.

Eine Galerie verlief entlang des dritten Stockwerks des Vorhofs, und der Mann hing mit einer Hand an dem Geländer über ihnen.

Er hielt noch immer drohend den Dolch in der Hand und schaukelte mit angezogenen Beinen hin und her, als überlegte er, auf wenn er sich als erstes stürzen sollte.

»Isfrael weiß, wer siegen wird«, sagte der Mann, »und er hat dementsprechend gehandelt. Ich muß sagen, mir gefällt dieser Mann. Besonders, nachdem er mir verraten hat, wie ich euch endgültig vernichten kann.«

Der Mann ließ das Geländer los und fiel herab.

Er stürzte direkt auf Gwendylyr zu.

Drachenstern packte sie beim Arm, aber Gwendylyr blieb stehen und blickte gelassen der schwarzen Gestalt entgegen, die auf sie zuraste.

Der Mann zischte und verschwand, einen Augenblick bevor er Gwendylyr erreicht hätte, und erst da trat Gwendylyr einen Schritt zurück.

Faraday ergriff ihre Hand und zog sie zu sich heran, aber sie wandte sich an Drachenstern. »Glaubst du, er sagt uns die Wahrheit?«

Seht her ... hallte eine Stimme in ihrem Geist wider, und die Luft vor ihnen kräuselte sich. Sie sahen Isfrael in dem Kreis aus Baumstümpfen stehen und mit Qeteb sprechen. Zwar konnten sie seine Worte nicht hören, aber sie sahen, wie er mit Nachdruck auf Niah deutete.

»Niah«, flüsterte Drachenstern. »Was ist mit ihr?«

Die Dämonen versammelten sich um Qeteb ... und dann holte dieser die Holzschale hervor.

Faraday stieß einen leisen Schrei aus, die Hand zum Mund erhoben, die Augen vor Schreck weit aufgerissen.

»Kann er mit Hilfe dieser Schale in den Heiligen Hain gelangen?« zischte Drachenstern ihr zu, und Faraday nickte.

»Zusammen mit den Kräften der anderen Dämonen, ja!«

Und die Erscheinung bestätigte ihre Worte, denn sie sahen, wie Isfrael die Schale mit Wasser füllte und verschwand.

Die Erscheinung verblaßte, doch zugleich hörten sie ein Poltern vor sich auf dem Boden, und dort lag die Schale.

Sie war mit getrocknetem Blut verschmiert.

Das Blut, das im Heiligen Hain fließen wird, flüsterte die Stimme in ihrem Geist.

Faraday ließ Gwendylyr los und griff nach der Schale, doch sie verschwand, bevor sie sie berühren konnte.

»Drachenstern, was sollen wir tun?« fragte sie, erhob sich und wandte sich um.

»Wir müssen hier hinausgelangen«, sagte er und ergriff die anderen bei den Händen. »Zurück in unsere ...«

Nein.

Über den Vorhof und die Türen lief ein Kräuseln, und sie verschwanden. Als sich auch die vier in Luft auflösten, rief Drachenstern: »Das ist ein Trugbild! Wir haben nichts zu befürchten!«

Ihr habt alles zu befürchten, Ihr Narr.

Sie spürten, wie sich die Hände der anderen auflösten, und jeder der vier stand allein in einem Gang.

Sie drehten sich um die eigene Achse und versuchten zu erkennen, aus welcher Richtung der leeren Korridore die Gefahr kommen würde.

Drachenstern blickte sich um und lächelte. Dieses Spiel konnte er auch spielen. Er schloß die Augen, konzentrierte sich, und im nächsten Augenblick erschienen zwei Hunde an seiner Seite.

Sicarius und Flinkpfote.

»Ich habe meine Gefährten verloren«, sagte Drachenstern. »Sucht nach ihnen.«

Die Hunde sogen schnüffelnd die Luft ein und liefen den Gang hinunter, gefolgt von Drachenstern mit seinem lilienförmigen Schwert in der Hand.

Er kämpfte gegen seine Besorgnis an. Warum hatte er den anderen noch nicht davon erzählt, was er aus dem magischen Liederbuch erfahren hatte?

Bisher war noch keine Zeit dazu gewesen und Drachenstern wußte, daß er seine Gefährten finden mußte, bevor die Dämonen sie töteten oder sich ihres Verstandes bemächtigten.

Faraday drehte sich um und sah sich zwei Dämonen gegenüber.

Zumindest nahm sie an, daß es Dämonen waren, obwohl sie die Gestalt eines Besens und einer Harke angenommen hatten.

Sie waren riesig, doppelt so groß wie normale Geräte. Ihre Stiele bestanden aus rauhem, splittrigem Holz, dreimal so dick wie Faradays Handgelenk. Die Harke besaß rasiermesserscharfe Krallen statt Zinken, und die Borsten des Besens bestanden aus Nägeln.

Am oberen Stielende befanden sich schlitzförmige Augen, und darunter ragten winzige, krallenbewehrte Hände hervor.

»Wir wollen Euch helfen, die Wiese zu jäten«, wisperte einer von ihnen mit süßer Stimme. »Wir wollen unser Bestes tun!«

Sie stürzten sich auf sie.

Faraday kämpfte ihre Furcht nieder und wich nicht zurück. Sie reagierte aus einer Eingebung heraus, wie schon damals in Karlon, als sie der Ratte begegnet war.

»Habt Ihr jemals den Duft der Wiese gerochen?« fragte sie liebenswürdig und warf den Dämonen all ihre Erinnerungen an den überwältigenden Geruch von Milliarden von Blumen entgegen.

Die Harke und der Besen schrien auf und zerfielen in nichts.

»Hexe!« sagte einer der beiden, ehe er und sein Gefährte verschwanden.

Faraday blinzelte, wandte den Kopf und sah Axis und Aschure, die sich in dem Gemach über sie beugten.

Sie drehte sich zu Drachenstern um und packte seine Hände fester.

»Komm zurück!« sagte sie. »Komm zurück!«

Drachenstern und seine Hunde fanden Gwendylyr, die tränenüberströmt über den starren Körpern ihrer Zwillingssöhne kauerte.

»Sie sind nicht, was sie zu sein scheinen«, sagte Drachenstern, und noch während er sprach, richteten sich die beiden Jungen auf und ihre Gesichter verwandelten sich in Hundeschnauzen.

Sicarius und Flinkpfote knurrten und spannten ihre Beinmuskeln an.

Drachenstern betrachtete die Jungen, mehr beunruhigt über die Fähigkeit der Dämonen, in ihren Geist zu blicken, als über die Erscheinungen selbst.

Woher wußten sie von Gwendylyrs Söhnen?

Die beiden dämonischen Hunde verzogen die Mäuler zu einem Grinsen, und ihre Körper zuckten und bebten, als lachten sie.

Dann beruhigten sie sich wieder und fletschten die Zähne. Sie knurrten Sicarius und Flinkpfote an, und die beiden Hunde schlichen sich näher an sie heran.

»Nein!« befahl Drachenstern, und die Alaunt blieben stehen. Flinkpfote richtete den Blick auf ihn, und im selben Augenblick griffen die beiden Dämonen an.

Gwendylyr schrie auf, und Drachenstern packte sie an der Schulter und riß sie von dem zuckenden, knurrenden wilden Pack vor ihr fort. Sie stolperte und wäre beinahe gestürzt, dann lehnte sie sich gegen eine Wand, schlang fest die Arme um sich und beobachtete mit bleichem Gesicht und weit aufgerissenen Augen den Kampf der Hunde.

Drachenstern näherte sich den vier Hunden und versuchte, Sicarius oder Flinkpfote am Kragen zu packen und zurückzuzerren. Bei den Göttern! Er hatte nicht vorgehabt, die beiden Alaunt einem direkten Kampf mit den Dämonen auszusetzen! Es mochte nur eine Erscheinung oder ein Trugbild sein, aber Drachenstern zweifelte nicht daran, daß Qeteb die Wahrheit gesprochen hatte, als er sagte, eine tödliche Wunde, die dem Trugbild zugefügt würde, hätte auch in Wirklichkeit tödliche Folgen.

Drachenstern erntete für seine Bemühungen lediglich einen heftigen Biß in die linke Hand.

In dem Gemach in der Zuflucht starrten Axis, Aschure und Faraday erschrocken auf die tiefe Wunde, die plötzlich und unerklärlicherweise auf Drachensterns Hand erschienen war. Faraday nahm ein Tuch von einem Tisch und wickelte es fest um Drachensterns schlaffe Hand, um den Blutfluß zu stillen.

»Was ist geschehen?« fragte Aschure und half Faraday dabei, den Verband zu befestigen.

»Ich weiß es nicht«, erwiderte Faraday, ihre Stimme klang gepreßt und niedergeschlagen.

Das Rudel hatte sich ineinander verbissen und war nur noch ein unentwirrbares Knäuel aus Zähnen und Klauen. Blut, Schweiß und Fellfetzen flogen umher, während die vier Geschöpfe sich umeinander wanden und zappelten und versuchten, die Kehlen ihrer Gegner zu packen.

Drachenstern stand zögernd daneben, unschlüssig, was er tun sollte. Er verfluchte sich für seine Dummheit, die Hunde in diesen Alptraum geholt zu haben …

Ein Schwall eiskalten Wassers tauchte aus dem Nichts auf, ergoß sich über die Hunde und durchnäßte Drachensterns Hemd und Hosen.

»Anscheinend hatte keiner von Euch schon einmal mit kämpfenden Hunden in den Straßen von Karlon zu tun«, sagte eine ruhige Stimme, und Goldmann stand neben ihnen, die Arme verschränkt und einen zufriedenen Ausdruck auf seinem Gesicht.

Drachenstern nickte ihm zu, erleichtert darüber, daß Goldmann wohlauf war und daß er die Geistesgegenwart – und Magie – besessen hatte, um zu tun, was zu tun war.

Die Hunde hatten voneinander abgelassen, Sicarius und Flinkpfote standen direkt vor Drachenstern, die beiden Dämonen einige Schritt entfernt. Ein jeder von ihnen war verwundet: Sicarius hatte einige tiefe Kratzer an seinen Flanken davongetragen, eines von Flinkpfotes Ohren war beinahe vollständig abgerissen, und sie hinkte.

Die beiden Dämonen hatten ebenfalls einige Kratzer abbekommen und heilten ihre Wunden, indem sie einfach wieder ihre menschliche Gestalt mit den farbigen Umhängen und den selbstgefälligen Gesichtern annahmen.

Es waren Scheol und Modt.

Goldmann trat zu Gwendylyr. Drachenstern betrachtete die beiden Alaunt. Sie atmeten schwer und litten offensichtlich Schmerzen.

»Ihr seid in unserem Traumpalast gefangen«, sagte Scheol in beiläufigem Tonfall. »Wie wollt Ihr wieder hier hinausgelangen, Drachenstern?«

Drachenstern erwiderte ruhig ihren Blick. »Indem ich Euch mit Liebe begegne«, sagte er.

Scheol zuckte zusammen und Modt trat unwillkürlich einen Schritt zurück, doch ehe jemand etwas sagen oder tun konnte, erschien der buckelige, verhutzelte alte Mann hinter den beiden Dämonen und lachte meckernd.

Er hielt immer noch das Messer in der Hand, aber er lachte so sehr, daß es nutzlos an seiner Seite hing.

»Liebe! Liebe!« rief der alte Mann. »Ihr wollt mir mit Liebe begegnen, Drachenstern? Auf diese Weise wollt Ihr mich besiegen? Indem Ihr mich läutert? Ihr dummer Narr!« Der Mann hob den Arm und hieb mit dem Messer durch die Luft.

Goldmann, Gwendylyr und die beiden Hunde verschwanden.

»Es wird Zeit, daß wir uns einmal in Ruhe unterhalten, Feind«, sagte Qeteb und nahm seine wahre Gestalt an. »Es gibt einiges, was ich Euch erklären sollte.«

Goldmann und Gwendylyr keuchten und zuckten und schlugen die Augen auf.

»Was ist geschehen?« rief Faraday und ergriff Goldmanns Hände.

»Qeteb hat Drachenstern in seiner Gewalt«, sagte Goldmann und sah Axis an.

Axis erwiderte seinen Blick und sah dann zu der immer noch schlaffen und bewußtlosen Gestalt seines Sohnes hinüber.

21

Die Kampfregeln

»Erkennt Ihr diesen Ort wieder?« fragte Qeteb und wies mit der Hand in die Runde. »Ich dachte, Ihr würdet Euch hier heimisch fühlen.«

Im Moment jedoch konnte Drachenstern den Blick nicht von Qeteb abwenden. Der Dämon hatte eine Gestalt angenommen, die der Drachensterns ähnelte, nur daß er mehr Muskeln besaß, sein Gesicht weniger von Falten zerfurcht und sein Mund sinnlicher war.

Drachenstern fragte sich, warum Qeteb ihm dieses Gesicht zeigte. Möglicherweise wollte er ihn an die enge Blutsverwandtschaft erinnern, die zwischen dem Körper, in dem der Dämon hauste – Wolfsterns Sohn –, und Drachenstern bestand, der Wolfsterns Enkelsohn war.

Qeteb war vornehm gekleidet, in graue und elfenbeinfarbene Stoffe, sein Haar war gebürstet und seine Hände unschuldig vor der Brust gefaltet.

Er trug keine Waffe.

Qeteb wartete, während sein hübsches Gesicht einen Ausdruck unendlicher Geduld zeigte, und Drachenstern blickte sich um.

Sie standen in der Küche von Sigholt. Auf den Tischen lag Küchengerät – Schüsseln, Eßwaren und allerlei Messer und Löffel – und das Feuer der Kochherde verbreitete ein gemütliches Leuchten.

Vier Katzen lagen vor den Herden zusammengerollt: Sie waren allesamt kahl und Hörner wuchsen ihnen aus den Köpfen.

Qeteb grinste. »Möchtet Ihr für mich kochen?«

Drachenstern ging um den Tisch herum und strich mit dem Finger leicht über seine Oberfläche. »Ihr wißt sehr viel über mich«, sagte er.

»Ich habe in den letzten Jahrtausenden genug Zeit zum Nachdenken gehabt«, sagte Qeteb und klatschte laut in die Hände.

Augenblicklich verschwand das Küchengerät. Ein Festmahl erschien vor Drachenstern – gebratenes Fleisch, Pasteten, Berge von dampfendem, dick mit Butter übergossenem Gemüse. Auf dem Tisch stand schweres Silbergeschirr und geschliffenes Kristall, rubinroter Wein leuchtete in den Karaffen und langstieligen Gläsern.

Der Tisch war für zwei gedeckt.

Qeteb hob eines der Gläser und nippte daran. »Ach, ja. Hervorragend. Trocken und doch vollmundig. Mögt Ihr einen Schluck?«

Drachenstern gab keine Antwort, sondern bewegte sich so, daß der Tisch stets zwischen ihm und Qeteb blieb.

Qeteb lächelte liebenswürdig. »Setzt Euch doch. Wie angenehm, daß Ihr und Eure ... äh, wie nennt Ihr sie? Eure ›Zauberer‹ und ›Zauberinnen‹ mich gerade jetzt hier besucht. Verzeiht mir den Luxus dieses Palastes. Ich habe mich zu einer kleinen Spielerei hinreißen lassen.«

Drachenstern antwortete nicht.

»Nun setzt Euch doch«, sagte Qeteb voll Fürsorge. »Wir haben beide einige anstrengende Tage hinter uns – eine reichhaltige Mahlzeit und ein wenig Geplauder werden uns sicher guttun.«

Drachenstern rührte sich nicht.

Qeteb zog geräuschvoll einen Stuhl zurück und setzte sich, ergriff eine schneeweiße Serviette und legte sie sich umständlich auf den Schoß. »Bitte ... setzt Euch.«

Drachenstern rührte sich noch immer nicht.

»Setzt Euch!« sagte Qeteb, und in seine Stimme war eine gewisse Schärfe getreten. Drachenstern spürte, wie er angehoben und in den Stuhl gegenüber von Qeteb gesetzt wurde.

Eine Serviette entfaltete sich anmutig und legte sich auf Drachensterns Schoß.

In dem Versuch, sein Schicksal wieder selbst in die Hand zu nehmen – wenn ihm das denn jemals gelungen war, seit Qeteb ihn in dieses Trugbild eingesperrt hatte – nahm Drachenstern ein Weinglas und nippte daran.

Der Wein war, wie Qeteb gesagt hatte, sehr gut.

»Was wollt Ihr?« fragte Drachenstern.

»Nun ja«, sagte Qeteb und häufte sich Speisen auf seinen Teller, »ich hielt es für eine gute Idee, wenn wir uns einmal ein wenig unterhalten. Wißt Ihr ...« Qeteb hielt inne, während seine Hand zwischen einem Teller voll gebratener Taubenschenkel und einem mit gegrillten Schwanenzungen zögerte. Schließlich entschied er sich für die Schwanenzungen. »... ich bin der Meinung, daß Ihr und ich möglicherweise sogar die gleichen Absichten verfolgen.«

»Die gleichen Absichten?« Drachenstern begnügte sich damit, ein wenig Käse und Obst auf seinen Teller zu legen.

»Ja. Oh, diese Zungen sind köstlich. Ihr solltet davon probieren!«

Drachenstern überging die Einladung und fragte sich, wie um alles in der Welt Qeteb auf die Idee gekommen war, diese Rolle zu spielen, und was er sich davon versprach.

»Gefällt es Euch denn nicht?« fragte Qeteb und setzte einen Ausdruck grenzenlosen Erstaunens auf. »Findet Ihr es nicht angenehm?«

Zum ersten Mal mußte Drachenstern wirklich lachen. »Hört auf, mit mir zu spielen.«

Qeteb grinste, offenbar ebenfalls belustigt.

»Ihr und ich«, sagte er und wedelte mit einem Stück gebratenem Schwein, »wir haben vieles gemeinsam. Enterbt, verraten, auf niederträchtige Weise ins Universum hinausgestoßen ...«

»Das habe ich alles schon einmal gehört«, sagte Drachenstern.

»Ach, von meinen lieben Reisegefährten, die ...«

»Euren dämonischen Gefährten.«

»... sich des öfteren höchst unglücklich ausdrücken. Und ihre

Manieren! Sie sind mitunter fürchterlich, da werdet Ihr mir sicher zustimmen!«

Die vier Katzen am Herd saßen zusammengekrümmt da und starrten trübselig vor sich hin.

Wie schade, dachte Drachenstern, daß das Ganze eine solche Täuschung ist.

Qeteb grinste mit vollem Mund, und Drachenstern richtete sich auf. Der Dämon konnte offenbar nach Belieben seine Gedanken lesen ... und er? Drachenstern sandte seine Macht aus und drang in Qetebs Geist ein.

Er sah lediglich ein grasbewachsenes Flußufer zur Mittagszeit, Weidenbäume, deren Zweige sanft auf und ab wippten, junge Männer und Frauen, die träge in Hängematten lagen, ihre hellen Leinenkleider zurechtzupften und an Tassen mit gesüßtem Tee nippten.

»Es hat Euch nicht viel genützt, oder?« flüsterte Qeteb, und einen Moment lang sah Drachenstern die Bösartigkeit und den Haß, die unter der vornehmen Oberfläche brodelten.

Dann war der Augenblick vorbei, und Qeteb verwandelte sich wieder in den Inbegriff von Liebenswürdigkeit und Fürsorge.

»Wie ich bereits sagte«, fuhr Qeteb fort und trank einen Schluck Wein, »Ihr und ich haben möglicherweise ein gemeinsames Anliegen. Laßt mich kurz unsere Lage zusammenfassen. Nein, bitte unterbrecht mich nicht. Also, Ihr habt festgestellt, daß Ihr das Ergebnis von Hunderttausenden von Jahren der Einflußnahme einer Macht seid, die wir den Sternentanz nennen können. Der Sternentanz – oder die Macht, die dahintersteht – und ich liegen seit einiger Zeit ... nun, sagen wir einmal, im Streit miteinander. Seit Anbeginn der Zeiten, um genau zu sein. Und Ihr befindet Euch zwischen den Fronten eines Kampfes, den Ihr nicht begonnen habt und der Euch nichts angeht. Ihr seid eigentlich für diesen Zweck geboren worden ... doch was, wenn Euch Eure Bestimmung nicht gefällt? Wenn Ihr nun einfach mit den Schultern zuckt und sagt: ›Das geht mich nichts an.‹ Und Euch abwendet?«

»Ihr habt das Land zerstört, das ich liebe ...«

»Und das Euch dennoch zurückgewiesen hat. Schließlich habt Ihr nur Eure Pflicht getan, als Ihr Caelum den Titel des Sternensohns abgenommen habt.«

Das Bild seiner Eltern und mehrerer Einwohner Sigholts, die im Burghof um den jungen Drago herumstanden, erschien vor Drachensterns geistigem Auge. Sie lachten verächtlich und schrien ihn haßerfüllt an, deuteten mit dem Finger auf ihn, ihre Körper starr vor Ablehnung, ihre Gesichter unnachgiebig.

»Das ist lange her«, sagte Drachenstern ruhig.

»Tatsächlich?« flüsterte Qeteb und ein anderes Bild erschien in Drachensterns Geist.

Faraday, die sich mit liebevollem Blick Axis zuwandte. »Ich habe Drachenstern nur benutzt, um dich eifersüchtig zu machen«, flüsterte sie. »Du bist der einzige Mann, den ich je begehrt habe.«

»Mit dir an meiner Seite kann ich meinen Platz als Sternenmann zurückgewinnen«, erwiderte Axis. »Tencendor wird wieder mir gehören.«

»Wir können uns Drachenstern vom Hals schaffen«, flüsterte Faraday und zog Axis' Gesicht zu sich heran.

»Das war ein eher jämmerlicher Täuschungsversuch«, sagte Drachenstern. Qeteb zuckte mit den Achseln, und das Bild verschwand.

»Ich lasse Euch die Wahl, mein liebreizender Freund«, sagte Qeteb. »Laßt mich in Frieden, überlaßt Tencendor mir und den meinen. Genießt Euer Leben an einem anderen Ort. Es hat keinen Sinn, einen Kampf weiterzuführen, der Euch nichts angeht ...«

»Daß Ihr Tencendor zerstört und seine Einwohner ermordet habt, geht mich durchaus etwas an«, erwiderte Drachenstern, aber Qeteb fuhr fort, ohne auf seinen Einwand zu achten.

»... und den Ihr unmöglich gewinnen könnt.«

Drachenstern lächelte, und Qeteb hielt einen Moment inne, bevor er weitersprach. »Nehmt Euer Volk ...«

»Was von ihm übrig ist.«

Qetebs Blick verhärtete sich, und die Adern an seiner Stirn

traten hervor. »... und zieht mit ihm nach Süden. Koroleas, glaube ich, heißt das Land. Dort werdet Ihr sicher sein.«

Drachenstern schüttelte den Kopf. »Niemand wird vor Euch sicher sein, Qeteb. Ihr werdet jeden Rest Liebe, Schönheit und Geist aus Tencendor heraussaugen, und dann werdet Ihr die anderen Länder dieser Welt verschlingen, eines nach dem anderen. Wir werden nirgendwo in Sicherheit sein.«

»Ich mache Euch ein Angebot, mein lieber Freund. Lehnt es nicht vorschnell ab.«

»Warum macht Ihr Euch überhaupt die Mühe, Qeteb? Ihr könntet mich doch sicher auf der Stelle auffressen?«

Ein Ausdruck reiner Boshaftigkeit huschte über das Gesicht des Dämons. »Aber mein lieber Sternensohn! Habe ich denn nicht schon genug zu essen?«

Er wies mit der Hand auf den Tisch, doch Drachenstern wußte, wovon er tatsächlich sprach.

»Ich werde alles in diesem Land verschlingen«, zischte Qeteb und beugte sich vor. »Alles!«

»Mir scheint, Ihr habt Euch schon an diesem Land gütlich getan, Qeteb. Wonach gelüstet es Euch denn jetzt noch?«

»Nach dem Heiligen Hain.« Zufrieden betrachtete Qeteb den Ausdruck auf Drachensterns Gesicht. »Was meint Ihr, Drachenstern, würde die Mutter nicht eine gute Mahlzeit abgeben? Und wenn ich mit ihr fertig bin ... könnte ich noch eine kleine Nachspeise vertragen.«

Er hielt inne, und Drachenstern wartete, wohl wissend, was er sagen würde.

»Die Zuflucht und alles, was sie beherbergt.«

»Ihr könnt nicht hineingelangen.«

»Ganz im Gegenteil, mein liebreizender Freund«, sagte Qeteb, »das kann ich durchaus. Was glaubt Ihr, womit Isfrael sich seine Freiheit erkauft hat?«

Eine kurze Freiheit, dachte Drachenstern, wenn der Heilige Hain bald auf dem Speiseplan der Dämonen steht. »Die Schale«, sagte er. »Isfrael hat Euch die Schale gegeben.«

»Nein. Isfrael hat uns lediglich gezeigt, wozu die Schale dient, und auch das eher unabsichtlich. Er hat uns etwas anderes gegeben … etwas, mit dessen Hilfe ich die Zuflucht verschlingen und euch vernichten kann.«

Niah! dachte Drachenstern und versuchte verzweifelt, herauszufinden, was an ihr so gefährlich und furchteinflößend war …

»Nein«, sagte Drachenstern. »Ihr habt Angst vor mir. Deshalb wollt Ihr mit mir verhandeln und bietet mir und meinem Volk die Flucht nach Koroleas an.«

Qeteb lachte. »Ich … soll mich vor Euch fürchten? Nein! Ich habe lediglich zu meinem Vergnügen mit Euch gespielt! Ich werde Euch töten, Drachenstern. Zweifelt nicht daran.«

Belustigt nahm er noch einen Schluck Wein. »Scheol hat mir erzählt, was Bannfeder ihr angetan hat. Das arme Mädchen war ganz durcheinander. Weil sie selbst nicht gut singen kann, hat sie eine Abneigung gegen alle Musik.«

Drachenstern sagte nichts.

Qeteb leerte sein Glas und schenkte sich Wein nach. »Nehmt noch einen Schluck! Bitte! Nein? Nun, dann laßt mich fortfahren. Ihr glaubt also, Ihr besitzt den Schlüssel zu meiner Vernichtung, Drachenstern … nein, wartet! … Läuterung wäre wohl ein besseres Wort dafür, nicht wahr?«

Drachenstern bemühte sich, sein Gesicht und seinen Verstand bar jeden Ausdrucks zu lassen, aber seine Gedanken überschlugen sich viel zu sehr, als daß ihm das gelingen konnte.

»Ihr glaubt«, sagte Qeteb, »Ihr könnt mich mit Liebe verwirren, mit Freude verblüffen und mit Vergebung meiner Kräfte berauben. Nun«, er beugte sich vor, das Gesicht rot vor Zorn, »nichts davon kann mir etwas anhaben! Liebe, Freude oder Vergebung kümmern mich nicht. Sie haben schon vor Ewigkeiten jede Bedeutung für mich verloren!«

»Und doch hat Caelum Euch …«

»Caelum hat meinen Zorn geweckt, weil er nicht gegen mich kämpfen wollte. Das hat mich … wütend gemacht. Seine Liebeserklärung hat mich kaltgelassen.«

Eis breitete sich über dem Tisch aus, bedeckte Holz, Teller und

Gläser, und Drachenstern mußte die Hand von seinem Glas zurückziehen, damit sie nicht festfror.

»Scheol mögt Ihr damit einen Schrecken eingejagt haben«, fuhr Qeteb fort, und seine Stimme klang jetzt bösartig und scharf, »aber Eure ›Läuterung‹ kann mir niemals etwas anhaben!«

»Warum habt Ihr mich dann hierhergebracht?« fragte Drachenstern. »Warum?«

»Um Euch die Regeln dieses Schlagabtauschs zu erläutern. Der Sternentanz und ich ringen schon seit Anbeginn der Zeiten miteinander. Jetzt hat er Euch als seine letzte Waffe geschaffen. Euer Problem ist, Drachenstern, daß Ihr erst seit etwa vierzig Jahren lebt und noch einiges nachzuholen habt. Deshalb«, Qeteb beugte sich vor, »hört mir zu. Ihr glaubt, daß wir, Ihr und ich, in einem letzten Kampf aufeinandertreffen müssen. Habe ich recht?«

Drachenstern nickte bedächtig, den Blick auf Qetebs Gesicht gerichtet.

»Nun, darin täuscht Ihr Euch nicht. Ihr glaubt außerdem, daß vor unserem Aufeinandertreffen jeder Eurer Gefährten gegen einen der meinen antreten muß. Richtig?«

Drachenstern nickte erneut, noch zurückhaltender.

Qeteb schenkte ihm ein strahlendes Lächeln und lehnte sich zurück. »Mein lieber Freund, wieder habt Ihr vollkommen recht! Gut gemacht! Aber«, Qetebs Gesicht verfinsterte sich und nahm einen bösartigen, siegessicheren Ausdruck an, »obwohl Ihr die Regeln dieses Kampfes in ihren groben Umrissen kennt, sind Euch doch einige Kleinigkeiten entgangen. Wußtet Ihr beispielsweise, Ihr blauäugiges Sternenjünglein, daß der Kampf zwischen Euren und meinen Gefährten über den Ausgang der Auseinandersetzung zwischen uns beiden entscheiden wird?«

Drachenstern erstarrte. Er hoffte verzweifelt, daß Qeteb ihn anlog …

»Ihr spürt, daß es die Wahrheit ist, nicht wahr?« sagte Qeteb. »Oh, Ihr dummer Einfaltspinsel! Ihr wart Euch Eures Sieges so sicher, weil Ihr die Mächte der Rechtschaffenheit und Liebe vertretet! Falsch. Eure fünf Gefährten treffen auf meine fünf. Es kann kein Unentschieden geben. Wenn einer der Euren versagt, werdet Ihr geschwächt sein, ebenso wie ich, wenn einer der meinen verliert. Wenn zwei Eurer Gefährten versagen, werdet Ihr ernsthaft an Kraft verlieren und ebenso wird es mir ergehen. Sollten drei der Euren versagen, werdet Ihr verloren haben, denn dann hat sich das Gleichgewicht zu meinen Gunsten verschoben. Habt Ihr verstanden?«

Drachenstern starrte ihn an, unfähig, ein Wort herauszubringen.

Qeteb lächelte und verschränkte die Arme vor der Brust. »Mein armer Freund. Ihr seid ein wenig durcheinander. Nun, ich will großzügig sein. Schließlich hatten meine Gefährten und ich weitaus mehr Zeit, uns auf diesen Kampf vorzubereiten, als Eure hübschen Zauberer und Zauberinnen ... erwartet nicht gar eine von ihnen ein Kind? Das arme Mädchen! Ihr schlottern sicher schon die Knie! Ich möchte deshalb Euren Zauberern und Zauberinnen die Wahl der Waffen und des Ortes überlassen – Ihr und ich, wir sind natürlich weit mehr an die Regeln des Kampfes gebunden.«

Dunkelheit senkte sich herab, der Wind heulte, und von Ferne hallte das Jagdgeschrei vom Labyrinth herüber.

»Ihr habt Rox verloren«, sagte Drachenstern. »Leah muß nicht ...«

Qeteb knurrte. »Ihr sollt wissen, daß auch Leah kämpfen muß!«

Der Dämon beugte sich über den Tisch wie eine häßliche Spinne. »Ich habe genug von dieser Heuchelei, Drachenstern! Ich habe Euch hierhergebracht, um Euch ein für allemal klarzumachen, daß Ihr sterben werdet. Damit Ihr wißt, daß Ihr nicht gewinnen könnt. Und daß alles, was Euch lieb und teuer ist, auf ewig im tiefen Abgrund meines Magens verschwinden wird. Eure fünf Gefährten können unmöglich über die meinen siegen. Ich werde Euch durch das Labyrinth jagen, Sternensohn! Und der Ausgang dieses Kampfes steht jetzt schon fest!«

Die vier Katzen sprangen schreiend auf, und Drachenstern hob unwillkürlich die Arme. Im selben Augenblick spürte er, wie Qetebs dunkle, krallenbewehrte Finger sich in seinen Verstand bohrten.

Drachensterns Körper zuckte und richtete sich auf.

»Drachenstern?« sagte Faraday.

»Nein, Weib«, flüsterte Qeteb mit Drachensterns Stimme. »Nicht Euer Liebhaber, sondern jemand, der sich Euch bald zu eigen machen wird.«

Faraday und die anderen neben ihr zuckten vor Schreck zusammen.

»Drachenstern kann gegen mich nichts ausrichten«, fuhr Qeteb fort, und Drachensterns Züge verzogen sich zu einem Grinsen. »Er wird sterben, ihr werdet alle sterben, und alles, was euch etwas bedeutet, wird vernichtet werden.«

Axis Hand griff nach seinem Schwert, und als Qeteb seine Bewegung bemerkte, lachte er. »Ihr könnt diesen Körper töten und werdet mir dennoch nichts anhaben«, sagte er. »Nichts kann mir etwas anhaben.«

Drachensterns Hand zuckte hoch und berührte Faradays Gesicht.

Sie wich voller Entsetzen zurück.

»Ich kann nach Belieben in seinen Verstand eindringen«, sagte Qeteb. »Ich kann jederzeit in seinen Körper schlüpfen. Wessen Stimme wird es sein, die zu Euch spricht? Wessen Befehle? Wessen Hände, Faraday, die Euren Leib liebkosen?«

Der Dämon lachte, und Drachensterns Körper zuckte wild. »Ich gebe euch Drachenstern zurück«, sagte Qeteb, »denn er hat euch wichtige Dinge mitzuteilen.«

Drachensterns Körper zuckte ein letztes Mal, während Qeteb schallend lachte, und sank auf den Stuhl zurück.

22

Der heilige Hain

Isfrael starrte den Gehörnten mit dem silbernen Fell an. »Ich habe nichts Abscheuliches in den Hain gebracht!« sagte er. »Ich habe jedes Recht hier zu sein und …«

Der Silberpelz trat vor und schlug Isfrael so hart ins Gesicht, daß der Magierkönig stolperte und beinahe gestürzt wäre.

Isfrael knurrte und schlug nach dem Gehörnten, aber dieser war zu schnell für ihn und versetzte ihm einen Tritt in die Rippen.

Der Magierkönig ging zu Boden und rang keuchend nach Luft.

Der Gehörnte versetzte ihm noch einen Tritt. »Ihr habt den Dämonen die magische Schale gegeben!«

Isfrael drehte sich zur Seite und kam mühsam auf die Knie. »Sie besaßen die Schale bereits, gehörnte Mißgeburt! Faraday, Eure geliebte Baumfreundin, hat sie ihnen gegeben! Ich habe sie zurückgebracht! Wir sind in Sicherheit und …«

»Das«, sagte der Gehörnte und wies auf die Schale, die in einigen Schritten Entfernung am Boden lag, »ist eine Imitation. Eine Fälschung. Ein Trick!«

Isfrael blickte ihn an und sah dann zu der Schale hinüber. »Nein. Das kann nicht sein.«

Er richtete den Blick wieder auf den Gehörnten und bemerkte erst jetzt die Müdigkeit in seinen feuchten dunklen Augen, die herabhängenden Schultern, die schlaffen Muskeln. Der Gehörnte lag im Sterben.

Isfraels Augen verengten sich. »Was geschieht hier? Warum seid Ihr krank?« Er richtete sich auf und blickte sich um. Die

Bäume des Heiligen Hains waren von dem gleichen Übel befallen wie der Gehörnte: Ihre Blätter waren fleckig und welk, ihre Rinde blätterte in breiten Streifen ab, ihre Wurzeln ragten aus der Erde hervor, als wollten sie der Krankheit entfliehen, die sich darin verbarg.

»Die Schale ist eine Fälschung«, sagte der Gehörnte noch einmal und hob verzweifelt die Hände. »Was sollen wir nur tun?«

Zwei Frauen traten unter den Bäumen hervor. Eine von ihnen, die Mutter, stützte sich auf die Schultern der anderen.

Urs Schritt war kraftvoll und sicher und in ihrem alten Gesicht lagen Zorn und Entschlossenheit.

»Nun, mein Freund?« sagte die Mutter zu dem Gehörnten.

»Isfrael hat die Schutzmauern durchbrochen, die Ihr um den Heiligen Hain errichtet habt«, sagte der Gehörnte.

»Unmöglich«, sagte die Mutter. »Niemand besitzt genug Macht, um ...«

»Er hat die Dämonen um Hilfe gebeten«, sagte der Gehörnte. »Und er hat ihnen die Schale überlassen. Ich fürchte, sie kennen nun den geheimen Weg.«

Die Mutter verzog schmerzlich das Gesicht und preßte die Hand auf den Mund, um ein Stöhnen zu unterdrücken.

»Was bedeutet das?« fragte Ur.

»Das bedeutet«, erwiderte die Mutter leise, »daß die Dämonen in den Hain gelangen können. Sie verfügen über die nötige Macht und die Mittel dazu.«

»Dann werden wir eben kämpfen!« sagte Ur und hob die Faust.

Die Mutter lächelte verzweifelt. »Womit, meine Liebe? Alles hier – der Boden, das Wasser, die Luft, die Seele des Hains – ist vom Einfluß der Dämonen in Tencendor verdorben. Wir haben nichts mehr, mit dem wir kämpfen könnten. Gar nichts.«

»Ich habe meine Töpfe«, sagte Ur und hob die Faust noch ein wenig höher.

Isfrael lachte rauh und wandte sich ab. Narren! Er war in einer Gesellschaft von Narren gefangen!

Er hockte sich unter einen Baum und schenkte dabei den toten

Blättern, die beständig um ihn herum zu Boden fielen, keine Beachtung. Die Mutter und ihre unfähigen Gefährten sind sich also gewiß, daß der Hain zerstört wird? Isfrael geriet ins Grübeln … was besaß er sonst noch, womit er sich sein Leben erkaufen konnte?

23

Niahs Wiedergeburt

»Nun?« sagte Axis mit fester Stimme.

»Isfrael hat uns verraten«, erwiderte Drachenstern. »Er hat Qeteb irgendein Geheimnis anvertraut, mit dem er …«

»Das habe ich nicht gemeint.«

Drachenstern blickte hoch. Seine Eltern, Faraday, Gwendylyr und Goldmann standen um seinen Stuhl herum, ihre Gesichter waren undurchdringlich.

Nur in Faradays Miene war der Ansatz eines Gefühls zu erkennen: Ihre Augen waren von Schrecken erfüllt … dem Schrecken der Erinnerung.

»Was habe ich gesagt?« fragte Drachenstern. »Warum seht Ihr mich alle so an?«

»Wer seid Ihr?« fragte Goldmann. »Ihr seht wie Drachenstern aus und sprecht wie er, aber wer seid Ihr wirklich?«

Drachenstern runzelte die Stirn. »Was …«

»Qeteb hat durch dich gesprochen«, sagte Faraday leise. Ihre Hände waren ineinander verkrampft, zuckten und wanden sich, als seien sie ebenfalls von Dämonen besessen. »Er sagte … er sagte, er könne jederzeit von deinem Verstand Besitz ergreifen.«

Drachenstern schloß die Augen und ließ den Kopf nach hinten auf die Stuhllehne sinken. Bei den Göttern, was hatte er getan? Er hatte sich von seinem Selbstvertrauen blenden lassen! Seine Überheblichkeit hatte sie alle ins Verderben gestürzt!

Und Qeteb konnte sich jederzeit seiner bemächtigen?

»Das kann ich nicht glauben«, sagte Drachenstern, öffnete die Augen und blickte die anderen fünf an, die um ihn herumstanden.

»Er hat zu uns gesprochen«, sagte Faraday. »Drachenstern, das warst nicht du.«

Drachenstern schloß wieder die Augen. Er erinnerte sich, wie sich Qetebs Klauen in seinen Verstand gebohrt hatten, als er an der Tafel gesessen hatte, aber er konnte sich nicht entsinnen, daß er ... daß er ...

Drachenstern wurde mit einem Mal von einer solchen Abscheu erfüllt, daß er sich vorbeugen und würgen mußte.

Faraday wollte auf ihn zugehen, zögerte dann jedoch, und es war schließlich Aschure, die ihren Arm um Drachensterns Schultern legte.

»Wir befürchten«, sagte Aschure, »daß wir oder andere, die mit Euch sprechen oder Eure Befehle entgegennehmen, nicht bemerken, daß in Wirklichkeit Qeteb durch Euch spricht.«

»Wir werden uns immer fragen, ob du tatsächlich du selbst bist«, sagte Faraday.

Drachenstern wischte sich den Mund ab und blickte zu seinen Gefährten hoch. »Ihr könnt mir nicht mehr vertrauen?«

»Wie sollten wir das?« sagte Goldmann. »Seid Ihr es, der zu uns spricht, oder der hinterlistige Qeteb?«

Drachenstern starrte sie an und kam dann schwankend auf die Beine. »Ihr habt keine andere Wahl. Ihr müßt mir vertrauen.«

»Was meint Ihr damit?« fragte Axis. Er hatte das Schwert gezogen, doch er hielt die Klinge gesenkt.

»Wenn ihr mir nicht vertraut, hat Qeteb schon gesiegt. Aber wenn ihr seinen Worten keinen Glauben schenkt, habt ihr zumindest eine Aussicht darauf, euch zur Wehr setzen zu können. Entweder bin ich, was ich zu sein vorgebe, oder ich habe meinen Verstand und Leib an Qeteb verloren. Beides ist möglich.«

Es herrschte Schweigen.

»Außerdem«, fuhr Drachenstern mit fester Stimme fort, »wissen wir nicht sicher, ob sich Qeteb tatsächlich nach Belieben meines Geistes und meiner Stimme bemächtigen kann. Als er es gerade getan hat, war ich ihm in seiner Höhle ausgeliefert. Kann er dieses Kunststück wiederholen, wenn ich mich in meinem eigenen Revier befinde und im Vollbesitz meiner Kräfte bin? Verflucht, ihr habt keine andere Wahl. Ihr könnt nur hoffen und mir vertrauen! Wenn ihr mich jetzt im Stich laßt, unterzeichnet ihr das Todesurteil für Euch und dieses Land!«

Axis und Aschure tauschten einen Blick, und Faraday sah zu Boden. Nur Goldmann und Gwendylyr blickten Drachenstern weiter unverwandt an.

»Er hat recht«, sagte Goldmann unvermittelt. »Uns bleibt keine Wahl. Wir müssen Drachenstern vertrauen. Wenn wir es tun, können wir siegen oder verlieren, aber wenn wir es nicht tun, haben wir bereits verloren.«

Gwendylyr nickte. »Ganz meine Meinung.«

Sie dachte daran, wie Drachenstern ihr geholfen hatte, als sie in Qetebs Trugbild gefangen waren. Gwendylyr würde ihn jetzt nicht im Stich lassen.

Axis seufzte und steckte sein Schwert zurück in die Scheide. Er versuchte ein kleines Lächeln. »Unsere Chancen sind schlecht, Drachenstern. Sehr sogar. Aber Ihr habt recht. Uns bleibt keine andere Wahl.«

Aschure nickte und drückte Drachensterns Arm, sagte jedoch nichts.

Drachenstern sah zu Faraday hinüber.

Sie erwiderte seinen Blick und schenkte ihm ein falsches Lächeln.

Sie wirkte wie eine kristallene Statue, die jeden Augenblick zersplittern konnte.

»Natürlich vertraue ich dir, Drachenstern«, sagte sie, und indem sie dies sagte, wußte Drachenstern, daß er sie verloren hatte.

»Niah«, sagte Drachenstern. Nur ein Augenblick war vergangen seit Faradays Worten, doch in diesem Augenblick hatte sich eine Kluft zwischen ihnen aufgetan. »Es hat etwas mit Niah zu tun.«

»Isfrael hat Qeteb irgend etwas über Niah erzählt«, sagte Goldmann. Sie hatten sich alle wieder hingesetzt, aber die Stimmung zwischen ihnen war steif und unbehaglich. Wie lange wird es dauern, fragte sich Drachenstern, bis sich wieder Vertrauen zwischen uns entwickelt hat? Qeteb hat geschickt gehandelt … sehr geschickt.

»Und das, was er ihm erzählt hat«, fuhr Goldmann fort und runzelte nachdenklich die Stirn, »hat Qeteb so zuversichtlich gestimmt, daß er sich erlauben konnte, mit Drachenstern und uns zu spielen.«

»Zu spielen?« wiederholte Drachenstern und fragte sich, wann – und ob überhaupt – er seinen Zauberern und Zauberinnen von den Folgen erzählen sollte, die ihr Scheitern im Kampf gegen die Dämonen hätte. Nein, er mußte es ihnen sagen. Aber noch nicht … noch nicht.

»Irgend etwas an Niah«, sagte er und dachte an die Worte des Dämons zurück, »wird es Qeteb ermöglichen, die Zuflucht zu ›verschlingen‹ und uns alle zu vernichten. Aber was? Aschure, könnt Ihr uns helfen?«

Aschure zuckte mit den Achseln. »Niah hat sich sehr verändert seit der Zeit, als ich sie gekannt habe. Der Tod hat ihre Seele so stark entstellt, daß sie …«

»Oh, Ihr Götter!« Drachenstern sprang so abrupt auf, daß sein Stuhl umkippte. »Oh, Ihr Götter im Himmel!«

Alle schwiegen, erschrocken über das Grauen, das in Drachensterns Züge getreten war.

Drachenstern tastete nach dem Stuhl, richtete ihn wieder auf und ließ sich langsam darauf nieder. Er zitterte so stark, daß er die Armlehnen mit beiden Händen umklammern mußte, um sich aufrecht zu halten.

»Niah …«, er räusperte sich und begann noch einmal. »Niah ist eine wiedergeborene Acharitin. Sie kann sich der Magie des Feindes bedienen.«

Das Gemach war erfüllt von entsetztem Schweigen.

Dann ergriff Gwendylyr das Wort, und ihre Stimme klang überraschend ruhig. »Durch sie hat demnach auch Qeteb Zugang zur Magie des Feindes.«

Drachenstern nickte. »Er kann ihre Kräfte dazu benutzen, die

Schutzzauber und Mauern niederzureißen, die der Feind um die Zuflucht errichtet hat.«

Lange Zeit sagte niemand ein Wort.

»Heißt das, daß er gegen alles, was Ihr gegen ihn aufbringen könnt, gewappnet ist?« fragte Axis.

»Ich weiß es nicht«, flüsterte Drachenstern. »Ich weiß es noch nicht!«

Kein Wunder, daß Qeteb so siegesgewiß gewesen war! Konnten seine Zauberer und Zauberinnen überhaupt etwas gegen ihn ausrichten?

»Aber Niah besitzt keine Seele«, sagte Gwendylyr, in dem verzweifelten Versuch, etwas Hoffnung heraufzubeschwören. »Sie ist nur eine Puppe. Sie ist …«

»Sie ist ein Körper, der auf eine Seele wartet«, sagte Drachenstern. »Genau wie das Kind, das Sternenfreude stets bei sich hatte. Niah ist eine willenlose Hülle, der die Magie innewohnt, mit der Qeteb besiegt werden kann, und die der Dämon nun gegen uns wenden kann.« Drachenstern ließ seinen Blick über seine Gefährten gleiten und sah jedem von ihnen in die Augen. »Ich glaube, niemand von uns hat auch nur den geringsten Zweifel, mit wessen Seele Qeteb Niah ausstatten wird.«

»Rox«, flüsterte Faraday schließlich. »Er wird ihr Rox' Seele geben.«

»Wollt Ihr damit sagen«, fragte Aschure, »daß die Mauern der Zuflucht fallen werden?«

Drachenstern nickte, und sein Blick war voller Trauer und Selbstvorwürfe. Bei den Göttern, er hätte schon früher darauf kommen sollen! Er dankte den Sternen dafür, daß Axis ihn nicht getötet hatte, als Qeteb sich seiner Stimme bemächtigt hatte. Hätte Axis das getan, so verfügte Qeteb jetzt womöglich schon über die Magie des Sternensohns! Sie waren alle der Vernichtung sehr nahe gewesen!

»Und der Heilige Hain?« fragte Faraday und brachte Drachensterns Gedanken auf Niah zurück.

Drachenstern nickte erneut. »Er wird als erstes vernichtet

werden, meine Geliebte.« Er hielt inne, als Faraday zusammenzuckte, obwohl er nicht sagen konnte, ob es wegen des Gedankens an die Zerstörung des Hains oder wegen des Kosewortes geschah. »Den Hain wird Qeteb als erstes vernichten.«

»Warum?« fragte Aschure.

»Weil er sich die Magie der Mutter aneignen will, bevor er uns gegenübertritt«, sagte Drachenstern. »Er will sich an der Mutter gütlich tun!«

»Nein!« schrie Faraday und warf sich an Drachensterns Brust.

Ein heftiger Sturm hielt die Eisbärenküste in seinem kalten Griff. Seit Gorgraels Zeiten hatte das Land kein solches Unwetter mehr erlebt, und selbst dieser hatte nicht genug Macht besessen, um derartige Naturgewalten zu entfesseln. Dichter Schneeregen ging über dem Norden nieder und prasselte mit solcher Kraft auf Eis und Schnee, daß ganze Eisstücke wie Geschosse durch die Luft flogen.

Drachenstern packte seinen Umhang gerade noch rechtzeitig, ehe der Wind ihn fortreißen konnte, und hielt sich wegen des lauten Heulens von Wind und Eis die Ohren zu. Er stand im Windschatten einer Eiswand, doch selbst hier drohte der Sturm ihn emporzuschleudern und in die eisbedeckte Ewigkeit hineinzureißen.

Nichts in dieser Welt folgte noch den Gesetzen der Vernunft, gar nichts.

Nicht einmal er selbst, wenn er den ängstlichen Augen Faradays Glauben schenken wollte.

Drachenstern hatte das Gemach verlassen, um nach Sicarius und Flinkpfote zu sehen. Sie hatten sich in einer anderen Gegend der Zuflucht befunden, als er sie in Qetebs Trugbild gerufen hatte, und Drachenstern fand sie schließlich unter einem Buichefruchtbaum, wo sie von einem ikarischen Heiler versorgt wurden.

Sicarius hatte die weniger tiefen Wunden davongetragen und würde wahrscheinlich vollständig geheilt werden. Flinkpfote hatte ein Ohr verloren, und eines ihrer Beine war geschwollen, aber der Heiler hatte Drachenstern versichert, daß auch sie geheilt werden konnte, wenn sie auch ihre einstige Anmut nicht wiedergewinnen würde.

Danach hatte sich Drachenstern in die Unsicherheit des Narrenturms gewagt, um hierher zu gelangen. Doch warum? Drachenstern verzog sein steifgefrorenes Gesicht zu einem Grinsen, als er daran dachte. Warum wohl? Weil sich irgendwo an der Eisbärenküste eine Frau aufhielt, die ihnen möglicherweise helfen konnte.

Urbeth.

Seit Qetebs Wiedererweckung hatte Drachenstern nichts mehr von ihr gehört oder gesehen, aber er zweifelte nicht daran, daß sie die Verwüstung Tencendors überlebt hatte und nun gemeinsam mit ihren Töchtern darauf wartete, daß Drachenstern Qeteb besiegte und Tencendor befreite.

»Nun, meine Verehrteste«, murmelte Drachenstern mit eisigen Lippen, »Drachenstern wird gegen Qeteb nicht das geringste ausrichten können, wenn der Dämon sowohl über die Magie der Mutter als auch über die des Feindes verfügt!«

Er hob ein wenig den Kopf und starrte in das weiße Nichts. »Urbeth!« rief er. »Urbeth! Wo seid Ihr?«

Nur das Heulen des Windes und das Ächzen des Eises antworteten ihm.

»Urbeth, Ihr haariges Untier, antwortet mir!«

Nichts. Drachenstern kämpfte darum, auf den Beinen zu bleiben. Alles um ihn herum war mit einer Eisschicht überzogen: nicht nur der Erdboden, sondern auch seine Stiefel, sein Umhang, selbst seine Hände glitzerten vor Eis.

»Urbeth!« schrie er, und seine Stimme klang ein wenig dünner. »Urbeth!«

Nichts.

Drachenstern stöhnte, ging in die Hocke und versuchte, seinen Umhang noch fester um sich zu ziehen. Er konnte hier nicht bleiben ... er mußte fort ... Urbeth war verschwunden ...

Der Kopf sank ihm langsam auf die Brust. Er war so müde.

Vielleicht, wenn er nur für einen Moment die Augen schloß, sich nur ein klein wenig ausruhte, bevor er in die Zuflucht zurückkehrte. Eine Verschnaufpause würde ihm guttun.

Sein Kopf sank noch tiefer hinab.

»Urbeth«, flüsterte er und sackte nach vorn auf das Eis.

Drachenstern erwachte und nahm den entsetzlichen Geruch von verfaulendem Fisch wahr. Er schreckte hoch und stieß sich so heftig den Kopf an, daß er glaubte, ihm müsse der Schädel bersten.

Er öffnete die Augen.

Er befand sich in einer Eishöhle, deren Boden mit verwesenden Fischen übersät war.

Drachenstern würgte und versuchte, in die Hocke zu kommen. Er war mit Stücken von verfaultem Fisch bedeckt.

»Seht nur, was aus diesem Land geworden ist«, sagte eine Stimme hinter ihm, und Drachenstern drehte sich nach ihr um. Er rutschte zweimal auf den Fischen aus, ehe es ihm gelang.

Drei Frauen standen vor ihm. Sie waren groß und schlank, in blaßgraue Gewänder gekleidet und hatten die Arme vor der Brust verschränkt. Zwei von ihnen hatten rabenschwarzes Haar, das ihnen über Brust und Rücken fiel, während die mittlere Frau stahlgraues Haar hatte, das von silbernen Strähnen durchwirkt war.

»Urbeth«, sagte Drachenstern. »Ihr habt Euren Haushalt vernachlässigt.«

Sie knurrte, aber Drachenstern wich nicht zurück. »Ich brauche Eure Hilfe.«

Sie zog eine Augenbraue hoch. Keine der drei hatte sich gerührt oder auch nur die Arme von der Brust genommen.

»Qeteb wird mit Hilfe der Magie des Feindes siegen«, sagte er. »Die Zuflucht wird fallen.«

Zum ersten Mal zeichnete sich Schrecken auf Urbeths Gesicht ab.

»Schlimmer noch«, fuhr Drachenstern fort, »Qeteb kann in den Heiligen Hain gelangen. Wenn Ihr ein wenig Liebe oder zumindest Achtung für die Mutter übrig habt, Urbeth, dann helft ihr.«

Mit Händen, die immer noch vor Kälte zitterten, zog Drachenstern das Lilienschwert hervor und zeichnete das Lichttor in die Luft. Noch ehe Urbeth oder eine ihrer Töchter etwas sagen konnten, war er verschwunden.

24

ZENIT

Zenit sah noch einmal nach Leah, bevor sie selbst ins Bett ging. Ihre Freundin schlief fest. Ihre Haut war leicht gerötet, aber kühl, ihr Atem ruhig und tief. Zenit nickte Zared zu, der im Lichtschein einer Lampe still in einer Ecke saß, verließ dann das Gemach und seufzte, als sie die Tür hinter sich zuzog.

Zenit fühlte sich einsam und verloren – und zugleich schuldig, weil sie überhaupt so empfand. Ihr Bruder Drachenstern, ihre beste Freundin Leah und selbst ihre Eltern – die ihr noch nie nahegestanden und selten Interesse an ihr bekundet hatten – waren in Ereignisse von solcher Bedeutung verwickelt, daß von ihrem Ausgang ihrer aller Leben abhing. Es herrschte geschäftiges Treiben, Versammlungen wurden eilig einberufen, überall wurde neue Magie entdeckt und Verrat begangen ... doch das alles geschah hinter verschlossenen Türen. Zenit hatte damit nichts zu schaffen – sie mochte ebensogut gar nicht existieren, so wenig Einfluß hatte sie auf das gegenwärtige Geschehen.

Zenit war keine stolze Frau, es verlangte sie nicht nach Aufmerksamkeit. Sie mußte nicht an jedem Ränkespiel des Landes beteiligt sein. Doch immerhin war sie eine Sonnenflieger, eine Prinzessin des Hauses der Sterne, und sie war es nicht gewohnt, daß man sie einfach überging, als sei sie völlig bedeutungslos.

»Aber was habe ich schon erreicht?« fragte sie sich, während sie durch die Säle der Zuflucht auf ihr eigenes Gemach zuging. »Ich habe Drachenstern davor bewahrt, von Caelums Hand zu sterben und danach ... nichts mehr. Ich wurde gewaltsam verführt und ebenso gewaltsam aus meinem Körper vertrieben. Ich habe mich immer nur gefügt, nie selbst etwas getan.«

Zenit lächelte über ihre eigene Dummheit. Warum war sie so verstimmt darüber, daß sie von all den geheimen Versammlungen, die in dieser Nacht stattfinden mochten, ausgeschlossen war? Warum verlangte es sie danach, irgendeine gefährliche Rolle bei Qetebs Vernichtung zu spielen? In Wahrheit wollte sie doch nur ein ruhiges Leben führen, fernab von den Feinheiten der Staatskunst und der Zauberei – vielleicht mit einem Gemahl, der sie liebte und sich um sie kümmerte, und mit Kindern, die sie lieben konnte.

Zenit blieb erneut stehen und lehnte sich gegen die Mauer des Korridors.

Sie konnte all das haben, wenn sie es denn wollte, nicht wahr? Sternenströmer war stets in ihrer Nähe. Er stellte nie Forderungen, erwähnte nicht einmal die Tatsache, daß es sein größter Wunsch war, sie zur Frau zu nehmen, aber Zenit konnte beinahe seine Gedanken spüren: Sternenströmers Verlangen raubte ihr nachts den Schlaf.

Schuld, Schuld, Schuld – das war es, was sie nicht schlafen ließ. Es gab keinen Grund, warum sie sich Sternenströmer nicht hingeben sollte, außer ihren Hemmungen, ihrer Zimperlichkeit. Sie liebte ihn – Zenit hatte keine Schwierigkeiten, sich das einzugestehen, selbst vor Sternenströmer nicht – doch wann immer sie daran dachte, mit ihm das Lager zu teilen, drehte sich ihr vor Abscheu der Magen um.

Würde ihr Widerwille mit der Zeit nachlassen? Ihre Zimperlichkeit sich legen?

Aber wann würde das sein, und wäre Sternenströmer bereit, so lange auf sie zu warten?

Zenit hob das Kinn, straffte die Schultern und ging weiter. Warum fühlte sie sich immer so schuldig? Was stimmte nicht mit ihr, daß sie ...

Eine Vogelfrau, die den Korridor entlangeilte, riß Zenit aus ihren Gedanken. Sie wandte sich der Frau zu, dankbar für die Ablenkung und die Gelegenheit, über etwas anderes nachzudenken als über ihre Unzulänglichkeit.

Die Vogelfrau, eine ikarische Heilerin namens Sternenglanz,

trug einen Korb mit schmutzigen Tüchern. Der stechende Geruch von Ginnet – ein Kraut, das gegen Entzündungen verwendet wurde – stieg von den Tüchern auf.

»Ist jemand krank?« fragte Zenit und bedeutete Sternenglanz, stehen zu bleiben.

»Ja«, sagte Sternenglanz und musterte Zenit unruhig. Die Heilerin fuhr sich eilig mit der Zunge über die Lippen und wandte den Blick ab.

Zenits Augen wurden schmal. »Wer ist krank?« fragte sie. »Und wozu das Ginnet? Ist sie – er? – so schwer verwundet, daß seine Heilkraft benötigt wird?«

»Der Mann ist schwer verwundet«, sagte Sternenglanz. »Wunden, die … ihm die Dämonen zugefügt haben, glaube ich.«

Zenits Neugier war geweckt. Wer war so schwer verwundet? Und warum war Sternenglanz so verschlossen? Die Augen der Vogelfrau huschten nun so verzweifelt hin und her, daß es schien, als suche sie nach einem Fluchtweg.

Verflucht! dachte Zenit. Sind alle entschlossen, mich auch noch über die kleinste Einzelheit im Ungewissen zu lassen?

»Ich muß wirklich weiter«, sagte Sternenglanz. »Entschuldigt mich …«

Zenits Hand packte Sternenglanz am Arm. »Wo ist das Gemach des Kranken?«

»Oh, es ist zu weit entfernt, als daß es die Mühe lohnte …«

»Da bin ich anderer Meinung, Sternenglanz. Wo befindet sich das Gemach des Kranken? Ich kann mich dort nützlich machen.«

»Zenit«, sagte Sternenglanz und blickte ihr endlich in die Augen, »Ihr wollt ganz bestimmt nicht dorthin gehen.«

»Warum? Ist die Krankheit ansteckend? Und wenn ja, warum lauft Ihr dann mit einer Schüssel voller gebrauchter Verbandstücher durch die Korridore?«

»Zenit«, Sternenglanz beugte sich nah an sie heran, die Augen weit geöffnet und von einem Gefühl erfüllt, das Zenit nicht deuten konnte. »Zenit … Drachenstern hat Wolfstern in der Einöde gefunden. Er hat ihn hierhergebracht – schrecklich zugerichtet von den Dämonen. Ich … ich wollte es Euch nicht sagen.«

Zenit war so entsetzt, daß sie einen Augenblick lang nichts erwidern konnte. Wolfstern … hier? In der Zuflucht? Sie hatte nicht mehr an ihn gedacht, seit sie in die Zuflucht gekommen war. Irgendwie hatte sie angenommen, daß die Dämonen ihn getötet hatten und sie sich nie wieder über ihn Gedanken machen mußte. Doch nun …

»Wolfstern?« flüsterte sie.

»Ihr braucht keine Angst zu haben«, sagte Sternenglanz, stellte die Schüssel auf dem Boden ab und ergriff Zenits Hände. »Er wird streng bewacht. Er kann Euch nicht gefährlich werden.«

Bei den Göttern, dachte Zenit schwach, weiß etwa inzwischen jeder, daß Wolfstern mich mißbraucht hat? Wissen womöglich alle, daß Wolfstern hier ist, und denken, daß sie es der armen Zenit nicht sagen dürfen, weil sie sonst einen Zusammenbruch erleidet?

»Wo ist er?« fragte sie und blickte Sternenglanz in die Augen.

»Ich glaube nicht, daß ich …«

»Wo ist er?«

Sternenglanz zögerte und sagte dann: »Er wird in einem der unterirdischen Gemächer gefangengehalten, in dem Gebäude neben dem Apfel- und Pflaumengarten.«

Zenit nickte leicht; sie kannte das Gebäude. Sternenglanz befand sich anscheinend auf dem Weg zu einer Reihe von Kräuterkammern, die im zweiten Stock des Hauses lagen. Wäre Zenit Sternenglanz nicht zufällig begegnet und hätte sie sie nicht ausgefragt, hätte sie womöglich niemals etwas von Wolfsterns Anwesenheit erfahren.

»Ich danke Euch, Sternenglanz«, sagte sie nachdenklich und löste sich aus dem Griff der Frau.

»Er kann Euch nichts anhaben«, sagte Sternenglanz.

»Davon bin ich überzeugt«, sagte Zenit, machte auf dem Absatz kehrt und ging davon.

Lange Zeit saß sie in ihrem dunklen Gemach. Dachte nach. Erinnerte sich. Versuchte, einen Entschluß zu fassen.

Zenit war überrascht über ihre Reaktion auf die Nachricht, daß Wolfstern aufgegriffen und in die Zuflucht gebracht worden war. Sie hatte angenommen, sie würde Furcht empfinden oder Wut oder zumindest Abscheu.

Aber sie empfand nichts davon. Sie spürte nur den überwältigenden Wunsch, ihn zu sehen.

Warum nur? Vielleicht, um sich an seinem Unglück zu weiden. Ihm ins Gesicht zu spucken? Um endlich die Erinnerung an den abscheulichen Mißbrauch ihres Körpers vergessen zu können, als er Niah darin bestärkt hatte, Gewalt über sie zu erlangen?

Zenit wußte es nicht, und das bekümmerte sie am meisten. Sie hätte geglaubt, daß sie gänzlich von Zorn und Rachedurst erfüllt sein würde ... doch sie mußte immer nur daran denken, wie sie am Farnbruchsee einen kurzen Blick auf Wolfstern erhascht hatte. Sein Zustand hatte sie erschüttert – aber eigentlich hatte sie weder Zorn noch Abscheu empfunden.

»Nein, nein«, murmelte sie, ihre Hände verkrampften sich in ihrem Schoß, »ich war von Niahs Anblick abgelenkt. Wäre Niah nicht dort gewesen, dann hätte ich durchaus Wut und Abscheu empfunden.«

Zenit stand auf und ging auf und ab. Sie wünschte sich, sie könnte mit jemandem reden, aber ihr fiel niemand ein. Faraday, Gwendylyr und Leah waren mit ihren eigenen Problemen und ihren neuentdeckten Fähigkeiten beschäftigt, während sie sich Aschure nicht anvertrauen wollte, obwohl diese ihr in den letzten Tagen mit mehr Wärme und Herzlichkeit begegnet war als jemals zuvor. Nicht wenn es um Wolfstern ging. Aschure mochte sich zwar Wolfsterns Vergehen bewußt sein, aber er war dennoch ihr Vater, und sie hegte Gefühle für ihn, die tiefer gingen als die für ihre Tochter.

Außerdem konnte Zenit nicht vergessen, daß Aschure Niahs Seele darin bestärkt hatte, sich Zenits Körper zu bemächtigen.

Sternenströmer? Konnte sie sich an Sternenströmer wenden? Zenit stand vor der Tür, die in den Gang hinausführte. Sie vertraute ihm mehr als jedem anderen. Sie liebte ihn. Er würde sie verstehen.

Auch wenn es um Wolfstern ging?

»Warum empfinde ich so?« fragte sich Zenit. »Warum?« Sie fühlte sich, als hätte ein bösartiger Riese mit einem großen Holzlöffel in ihrem Inneren gerührt. Sie war von widerstreitenden Gefühlen erfüllt, und sie wußte nicht, was sie zu bedeuten hatten.

Sie wußte nicht, was sie tun oder wem sie sich anvertrauen sollte. War es nur Wolfsterns Anwesenheit oder auch das Gefühl der Einsamkeit und Nutzlosigkeit, das schon seit Wochen in ihr wuchs?

Zenit schloß die Augen, packte den Türgriff und traf einen Entschluß.

Sie mußte einfach mit jemandem reden.

Sie öffnete die Tür, trat in den Gang hinaus und verschwand in der Dunkelheit.

25

Das Böse unterwegs

»Ich bin mir nicht sicher, ob es weise war, den Sternensohn zu reizen«, sagte Scheol. »Oder ihm von dem Heiligen Hain zu erzählen. Und es war ganz sicher nicht nötig, ihm zu verraten, wie wichtig die einzelnen Kämpfe zwischen uns und seinen Zauberern und Zauberinnen sind!«

Scheol sprach mit Barzula und machte ein solch verdrießliches Gesicht, daß Modt und Raspu insgeheim glaubten, daß es mit ihr ein schlimmes Ende nehmen würde, sähe Qeteb sie so.

Aber dieser überraschte sie. Er hatte wieder die sympathische, gutaussehende Gestalt angenommen, in der er sich Drachenstern gezeigt hatte, ging nun auf der Lichtung auf und ab und warf dabei einen Apfel von einer Hand in die andere.

Qeteb war ausnehmend guter Laune. Unendliche Macht und grenzenlose Zerstörung schienen zum Greifen nahe, und das stimmte ihn ein wenig heiterer als sonst. Er biß in den Apfel.

»Drachenstern wäre schon bald selbst darauf gekommen, was dem Heiligen Hain bevorsteht«, sagte er mit vollem Mund. »Und daß er nun weiß, welche Bedeutung die einzelnen Kämpfe haben, macht ihn nicht mächtiger, sondern unsicherer. Manchmal schwächt Wissen und stärkt nicht etwa.«

Sein Blick glitt zu Niah hinüber, deren seelenloser Körper ihm immer noch geduldig zu Diensten war.

Qeteb verzog die Lippen zu einem Lächeln, spuckte den Rest des Apfels aus und warf das Kerngehäuse einem tollwütigen Wiesel zu, das in einem Erdhaufen hinter einem der Bäume wühlte.

Qeteb schnitt eine angewiderte Grimasse, als das Wiesel das Gehäuse mit dem Maul fing. Wenn er erst einmal über diese

Einöde herrschte, würde er etwas gegen den Gestank seiner Horde von wahnsinnigen Anhängern tun müssen.

Er beugte sich zu Niah herab und strich ihr über das Haar. Hure. Ihre Gestalt sagte ihm zwar nicht zu, aber sie war eine Frau und fruchtbar, und das war alles, worauf es Qeteb ankam. Seine Hand glitt zu ihrem Bauch hinab.

In ihrem Körper wuchs ein Kind heran, das schließlich Rox' Seele beherbergen würde. Wie schade, daß das Kind so lange brauchte, um heranzureifen. Zwar gab es einige Zauber, mit denen der Vorgang beschleunigt werden konnte, aber es würde dennoch mehrere Wochen dauern, bis Niahs Körper seinen Zweck erfüllt hatte und Qeteb sich ihrer ein für allemal entledigen konnte.

»Meine brave Gemahlin«, murmelte er und tätschelte ihre Wange. »Gutes Mädchen.«

Es mochte noch einige Wochen dauern, doch in der Zwischenzeit würde ihm Niah überaus nützlich sein.

Barzula erschien hinter ihm, und Qeteb blickte auf.

»Was werdet Ihr tun?« fragte Barzula. In seiner Stimme schwang unterdrückte Aufregung. Seine drei Gefährten und er hatten erwartet, daß sich Qeteb unverzüglich der Macht bedienen würde, die Niahs Körper innewohnte, und nun wurden sie langsam ungeduldig.

Sie sollten es Qeteb jedoch lieber nicht zu deutlich spüren lassen.

Qeteb erhob sich und strich seine feine graue Wolltunika glatt.

»Wir begeben uns in den Heiligen Hain und werden uns an ihm gütlich tun«, sagte er, und die anderen vier Dämonen heulten erwartungsfroh, ergriffen sich bei den Händen und tanzten im Kreis.

»Wir brauchen die Macht, die wir uns dort aneignen können«, fuhr Qeteb fort und hielt dann inne, den Blick auf einen fernen, unsichtbaren Punkt gerichtet, während er an all die Macht dachte, an der er und die seinen sich im Heiligen Hain laben würden.

Das Schweigen zog sich in die Länge.

Qeteb schüttelte seine Gedanken ab und sprach weiter: »Wir brauchen die Macht, um …«

»Die Zuflucht zu zerstören?« fragte Scheol, als ihre Gier die Oberhand über ihren Verstand zu gewinnen begann.

Qeteb brüllte auf, ließ seinen Arm vorschnellen und traf Scheols Wangenknochen.

Ein Knacken war zu hören, und Scheol stürzte zu Boden, doch sie rappelte sich gleich wieder auf – weder Qetebs Zorn noch ihr anschwellendes Gesicht konnten ihrer Gier Abbruch tun.

»Was dann?« flüsterte sie. Ihre Wange zuckte und nahm sofort wieder ihre normale Gestalt an.

Qeteb starrte sie an, dann sagte er: »Wir werden Rox' Seele in dem Wesen wiederbeleben, das im Leib dieser Frau heranwächst …«

»Aber das nützt uns nichts!« sagte Modt. Er trat vor, die knochigen Arme um sich geschlungen, als wollte er sich davor bewahren, sich jeden Augenblick selbst aufzufressen. »Er kann noch nicht geboren werden und …«

»Werdet ihr mich wohl ausreden lassen!« bellte Qeteb, und die anderen Dämonen fügten sich, senkten den Blick und scharrten mit den Füßen.

Das war jedoch nur eine Achtungsbezeugung. Angesichts der Macht, die sie erwartete, waren sie viel zu verschlagen, um sich Qeteb völlig unterzuordnen.

»Habt ihr nichts gelernt aus all den Welten, die wir verschlungen haben? All die Seelen, die wir in uns aufgenommen haben? Ach!«

Qeteb ging einige Schritte davon, schlenderte dann zurück, packte Niah bei den Haaren und riß sie hoch auf die Beine.

Auf ihrem Gesicht spiegelten sich weder Schmerz noch Demütigung.

Qeteb schüttelte sie so heftig, daß ihre Arme und Beine hin und herschlenkerten. »Sie besitzt keine Seele. Sie ist leer! Wenn Rox in dem Wesen wiedergeboren wird, das in ihr heranwächst, kann er aus ihrem Inneren heraus von ihrem Leib Besitz ergreifen. Er kann sich ihrer Macht bedienen!«

»Warum kann Rox dann nicht einfach in ihren Leib einkehren?« fragte Scheol. Warum mußten sie so lange warten, bis das Kind, das Qeteb gezeugt hatte, lebensfähig war?

Qeteb starrte Scheol an, und sein Gesicht wurde von Zorn erfüllt. Ursprünglich hatte er Rox einen neuen menschlichen Körper geben wollen – Niahs Leib war schließlich nicht mehr ganz taufrisch. Doch nun hatte er gute Gründe dafür, Rox nicht für immer den Körper dieser Frau zu überlassen. Wenn sie so stark von der Magie des Feindes durchdrungen war, dann wollte Qeteb keinem der anderen Dämonen diese Magie anvertrauen. Daß Rox für einige kurze Wochen oder Monate über diese Macht verfügte, beunruhigte Qeteb nicht weiter – er war sich sicher, daß er Rox so lange unter seiner Kontrolle behalten konnte. Aber Qeteb konnte und wollte nicht hinnehmen, daß Rox dauerhaft über die gewaltige Macht des Feindes verfügte.

Das konnte selbst für ihn eine Bedrohung darstellen.

Nein, es war besser, sich Niahs ein für allemal zu entledigen, wenn sie ihren Zweck erfüllt hatte.

Es gab noch einen weiteren Grund, warum Qeteb Rox nicht Niahs seelenlosen Körper überlassen wollte, ein Grund, den er sich nicht einmal selbst einzugestehen wagte, geschweige denn den anderen Dämonen: irgend etwas in dieser merkwürdigen Niah hinderte ihn daran.

Qeteb begriff es nicht. Eigentlich gab es keinen Grund, warum er Niahs Körper nicht mit Rox' Seele hätte erfüllen können, und dennoch konnte er es nicht tun. All seine vorsichtigen Nachforschungen waren ergebnislos geblieben. Wieso? Aber wieso nur?

Er knurrte und ballte die Fäuste, und die vier Dämonen wichen einen Schritt zurück.

»Ihr Körper ist scheußlich und verdorben«, sagte er, »und ich will, daß Rox Fleisch von meinem Fleisch wird.« Er klopfte sich auf den Schenkel. »Damit erweise ich ihm eine große Ehre.«

Die anderen vier musterten ihn und beschlossen dann, seinen Worten Glauben zu schenken.

»Wenn Rox erst einmal im Körper des Kindes wohnt und den

Leib der Frau in seiner Gewalt hat«, fuhr Qeteb mit freundlicher Stimme fort, als hätte die vorangegangene Unstimmigkeit gar nicht stattgefunden, »werden wir die Zuflucht zerstören. Wir werden alles verschlingen, was sich darin befindet …«

Die Dämonen heulten vor Begierde.

»… und dann wird sich ein jeder von euch einen von Drachensterns erbärmlichen Gehilfen vorknöpfen und sie niedermetzeln, während sie um Gnade betteln.«

»Und dann Drachenstern!« schrie Modt und breitete die Arme aus.

»Ja! Dann Drachenstern«, sagte Qeteb und hob die Arme himmelwärts. »Und wenn das hübsche Jüngelchen erst einmal vernichtet ist, können wir uns mit dem Rest dieser Welt befassen!«

»Und danach?« fragte Scheol, schlich sich an Qeteb heran und legte ihm einen Arm um die Hüfte.

»Danach ruhen wir uns eine Weile aus, meine Liebe«, sagte Qeteb und tätschelte ihr die Wange. »Bevor wir zur nächsten Welt aufbrechen.«

Jenseits des Apfelhains wimmelte die Einöde von dämonischen Geschöpfen. Hunderttausende von Wesen – Menschen, deren Nachkommen und einstmals wilde Tiere – irrten durch das verwüstete Land. Sie hatten sich in den letzten Wochen besinnungslos miteinander gepaart, und die Jungen, die sie nur wenige Tage nach der Zeugung auf die Welt gebracht hatten, wuchsen mit rasender Geschwindigkeit heran – und nahmen die groteskesten Gestalten an. Mensch und Tier hatten sich wahllos miteinander vereinigt, und die Früchte dieser Paarungen waren gräßlicher als die Mißgeburten der schlimmsten Alpträume und weitaus angriffslustiger als jeder ausgehungerte Wolfshund.

Die Einöde wimmelte von Geschöpfen, wie sie sich selbst ein Phantast nur schwer hätte ausmalen können.

Es würde ein Festmahl geben. Ihr Meister, Qeteb, hatte sie dazu gerufen.

Aber zuerst mußten sich Qeteb und seine Dämonen um den Heiligen Hain kümmern. Auch dort würde es ein Festmahl geben, aber die Dämonen hatten nicht vor, es mit irgend jemandem zu teilen. Die Magie der Mutter, der Gehörnten und all der anderen Zauberer, die der Hain bergen mochte, war zu machtvoll und zu herrlich, um sie mit den grobschlächtigen Geschöpfen zu teilen, denen der Geifer aus dem Maul rann.

Qeteb stand in der Mitte des Apfelhains und hielt plötzlich die Hand über den Kopf.

Er machte eine schnelle Bewegung, und die Holzschale kam wie auf Befehl vom Himmel herabgesegelt.

Sie gab leise Klagelaute von sich, während sie herabstürzte, als würde sie trauern.

Qeteb fing sie auf und preßte das Holz zwischen den Fingern zusammen, bis feine Risse darin erschienen.

»Vorsichtig!« murmelte Scheol und trat von einem Fuß auf den anderen.

Qeteb hob die Schale an, als wollte er Scheol damit schlagen, ließ sie jedoch wieder sinken. »Ich bin niemals vorsichtig gewesen, meine Liebe, nur siegreich!«

Scheol grinste. »Darf ich diejenige sein, die …«

»Wir müssen alle unser Blut geben«, sagte Qeteb, »wenn wir gemeinsam in den Hain gelangen wollen.«

Er stellte die Schale auf den Boden, und die fünf Dämonen versammelten sich darum. Auf ein Zeichen von Qeteb füllte sich die Schale bis zum Rand mit Wasser von der Farbe eines trüben Regentages.

»Verehrte Mutter«, sagte Qeteb in einem Tonfall, der beinahe liebenswürdig klang, »wir kommen, um Euch zu fressen!«

Er hob die Hand zum Mund und biß sich heftig in den Daumen.

Blut spritzte hervor, und Qeteb ließ es in die Schale tropfen.

Er blickte auf.

Die anderen vier hoben ebenfalls die Hand zum Mund, bissen hinein und ließen ihr Blut in das Gefäß fließen.

Blut lief an ihren Kleidern hinab und befleckte ihre Gesichter.

Das Wasser in der Schale wurde blutrot.

Qeteb lachte – und dann heulte er vor Freude. Er hielt abrupt inne, seine Brust hob und senkte sich und seine Augen leuchteten. »Es ist Zeit!« rief er und packte die Hände der beiden Dämonen, die neben ihm standen.

Sie faßten sich alle bei den Händen … und ihre Gestalten veränderten sich. Sie zerflossen wie Kerzenwachs, das sich zu nahe am Feuer befand, hoben die Füße und setzten sie auf den Rand der Schale.

Ein heftiger Wind fegte durch den Apfelhain, schüttelte die Bäume und warf mehrere der Baumstümpfe um, die den Dämonen als Stühle gedient hatten.

Es war Gelächter – das Gelächter einer Welt, die vollkommen den Verstand verloren hatte.

Die Dämonen verwandelten sich in eine schwarz-grüne Flüssigkeit, die in die Schale voll Wasser floß.

Das Gelächter erstarb, und ein anderer Hain, ein heiliger Ort, fiel dem Ansturm der Dämonen zum Opfer.

26

Eine dunkle, schmerzvolle Nacht

Sie wußte nicht genau, warum sie hierhergekommen war, aber sie vermutete, daß sie dem Ganzen ein Ende machen mußte. Wenn ihr das gelang, könnte sie vielleicht mit ihrem früheren Leben abschließen.

Und mit Sternenströmer ins Reine kommen.

»Eins nach dem anderen«, murmelte Zenit, während sie ihre Hand leicht ausschüttelte, um das unangenehme Zittern loszuwerden, und nach der Türklinke griff.

Die Tür gab jedoch nicht nach, und Zenit nahm das als ein Zeichen der Sterne, daß sie nicht eintreten sollte. Sie seufzte erleichtert, ließ die Klinke los und wandte sich um.

»Zenit, Herrin?« sagte eine höfliche Stimme hinter ihr.

Zenits Kehle war plötzlich wie ausgedörrt, und sie wandte den Kopf wieder der Tür zu.

Sie war jetzt offen, und ein Vogelmann, einer der Seewächter, stand darin.

»Herrin?« wiederholte er höflich und ehrerbietig.

»Ich, äh, wollte fragen, ob ich, äh ...«

»Ja?«

»Ich wollte fragen, ob ich Wolfstern kurz sehen könnte.«

Da. Die Worte waren heraus. Sie hatte ihr Anliegen vorgebracht, auch wenn ihr die Gründe dafür immer noch seltsam unklar waren.

»Ihr wollt Wolfstern sehen? Der göttliche Axis hat klare Anweisung erteilt, daß ...«

»Aber die betreffen doch sicherlich nicht mich?« sagte Zenit.

»Seine Tochter? Außerdem habe ich gehört, daß Wolfstern schwer krank ist, und ich dachte ...« Was sollte sie sagen? Jeder wußte, daß sie keine Heilerin war! »... daß ich eine Weile bei ihm sitzen könnte, vielleicht wenn er schläft, damit die Heiler sich ausruhen können.«

Der Wächter zögerte und warf einen Blick über die Schulter.

Dann sah er wieder Zenit an, nickte und öffnete die Tür. »Bitte, tretet ein, Herrin.«

Zenits Hände krallten sich in ihre Röcke, sie ging hinein und faltete vorsichtig ihre Flügel, damit sie nicht gegen den Türrahmen oder den Wachmann stießen.

Sie fand sich in einem kleinen Gemach wieder. Mehrere Stühle und Hocker standen im Raum verstreut, eine Truhe, ein Tisch und eine Holzkiste, die Fläschchen mit Salbe und Kräutertränken enthielt.

An der gegenüberliegenden Wand befand sich eine geschlossene Tür.

Flügelkamm Krummklaue saß auf einem der Hocker, mit dem Rücken gegen die Wand gelehnt, die Arme vor der Brust verschränkt, den Blick gelassen auf sie gerichtet.

»Was tut Ihr hier, Zenit? Ich hätte gedacht, Ihr wärt die letzte, die Wolfstern ihre Hilfe anbieten würde.«

Zenit schenkte ihm ein unaufrichtiges Lächeln. Sie breitete die Arme aus und spreizte die Finger. »Schaut! Keine Messer!«

Flügelkamm starrte sie weiter unverwandt an. Er ging nicht auf ihren Scherz ein.

Zenits vorgetäuschte Fröhlichkeit verschwand, und sie ließ die Arme sinken. »Flügelkamm ... ich bitte Euch, mich durchzulassen.«

»Warum?« Er hatte noch immer die Arme verschränkt, und seine Augen blickten noch prüfender als zuvor.

»Um dem Ganzen ein Ende zu bereiten«, sagte sie. »Ich muß es tun.«

Flügelkamm sah sie noch einen Augenblick lang an, dann nickte er und stand auf. Er trat vor und nahm Zenit kurz und herzlich in die Arme. »Ich verstehe. Im Augenblick schläft er, aber nicht tief. Ihr könnt ihn wecken oder nicht, ganz wie Ihr wünscht.«

»Ist noch jemand anderer in dem Gemach?« Zenit musterte nervös die Tür.

»Eine Heilerin. Soll ich sie bitten, zu gehen?«

Zenit befeuchtete die Lippen und nickte.

Flügelkamm blickte sie an. »Ich werde hier draußen sein, falls Ihr mich braucht.«

Zenit nickte erneut, unfähig zu sprechen, und in ihren Augen glänzten Tränen.

Flügelkamm öffnete die Tür und bedeutete der Heilerin, das Gemach zu verlassen.

Drinnen war es kühl und dunkel, und Zenit zuckte zusammen, als Flügelkamm die Tür hinter ihr schloß.

Hatte das Geräusch Wolfstern geweckt?

Nein …

Da war keine Bewegung – Wolfstern lag auf einem Bett, das an der gegenüberliegenden Wand stand, und atmete langsam und tief.

In dem Gemach roch es übel nach Krankheit.

Bei den Göttern, dachte Zenit, wie schlimm steht es um ihn?

Sie machte einen Schritt nach vorn, dann noch einen, als sich das Geräusch des Atmens nicht veränderte, und blickte sich um.

An der Wand zu ihrer Linken befand sich ein Kamin, in dem Kohlen glommen, das Feuer war heruntergebrannt.

An derselben Wand stand ein Tisch, der mit Schüsseln, Verbandszeug und mehreren Flaschen Seife und Salbe vollgestellt war.

Eine Blechlampe hing von einem Haken in der Decke und verbreitete ein schwaches Licht, das durch die Löcher fiel, die in ihre Seiten gestanzt waren.

Merkwürdige zitternde und verkrümmte Schatten jagten einander durch das Gemach.

Am Fuß des Bettes befand sich ein Hocker, ein zweiter stand an der sonst kahlen Wand zu Zenits Rechten.

Und dann war da noch das Bett selbst, mit schneeweißen Leinentüchern bezogen, bunte Steppdecken hingen über dem Gitter an seinem Fußende.

In dem Bett lag ein Mann.

Seine Haut leuchtete blaß in dem trüben Licht, und er war nackt, abgesehen von einem Verband und einem Handtuch, das über seine Hüften ausgebreitet war. Seine Flügel, die in einem fahlen Bronzeton schimmerten, hingen an beiden Seiten über die Bettkante bis zum Boden.

Ein Arm war starr ausgestreckt, der andere ruhte quer über dem Gesicht des Schläfers.

Wolfstern.

Zenit stand lange Zeit da und wagte nicht einmal, sich zu bewegen, aus Angst ihn zu wecken.

Sie wünschte sich verzweifelt, daß Flügelkamm ahnen würde, daß sie das Gemach wieder verlassen wollte, die Tür öffnete und sie herausholte, bevor Wolfstern aufwachte und bemerkte, daß sie hier war.

Aber das Gemach blieb friedlich und still, bis auf Wolfsterns Atem und Zenits pochendes Herz.

Die Kohlen knackten und Wolfstern regte sich.

Zenit hielt den Atem an, als Wolfstern den Arm vom Gesicht nahm. »Wer ist da?«

Zenit öffnete den Mund, doch sie brachte kein Wort heraus. Ihre Hand hatte sich in den Stoff des Gewands über ihrer Brust verkrampft, die andere war in den Falten ihres Rockes verborgen.

Wolfstern öffnete die Augen und blinzelte. »Niah?«

»Nein! Nein!«

Wolfstern drehte sich herum und richtete sich auf einem Ellbogen auf. Er stöhnte und senkte den Blick, als würde er mit Schmerzen kämpfen.

»Nein«, sagte er schließlich, seine Stimme klang tief und schmerzverzerrt. »Du bist nicht Niah, oder? Du bist Zenit.«

Sie antwortete nicht.

»Warum bist du hier?«

Noch immer schwieg sie.

Wolfstern hob den Blick und sah sie an. »Mädchen, wenn ich eines über dich weiß, dann, daß es dir nicht an Mut mangelt. Warum bist du gekommen?«

»Ich weiß es nicht.«

Sein Mund zuckte. »Willst du dich vielleicht an meinem Elend ergötzen?«

Sie schüttelte den Kopf.

»Nein? Dann weiß ich auch nicht. Du bist sicher nicht hier, um Höflichkeiten mit mir auszutauschen, oder?«

Wolfstern hielt inne und blickte ihr in die Augen. »Nicht du.«

Er rutschte ein wenig höher, und Zenit trat einen Schritt zurück.

»Ach, komm schon! In meinem Zustand kann ich dir wohl kaum gefährlich werden, Zenit. Setz dich auf den Hocker dort an der Wand, wenn du willst, aber setz dich einfach und hör mich an.«

Wolfstern hatte sich noch nie eine günstige Gelegenheit entgehen lassen, wenn sich ihm eine bot ... und ihm war klar geworden, noch im selben Augenblick, als er seine Besucherin erkannt hatte, daß Zenit eine dieser hervorragenden Gelegenheiten war. Hier war Drachensterns einzige noch lebende Schwester, und sie war offensichtlich aufgewühlt und verängstigt. Tief in seinem Inneren, in einem so dunklen Winkel seines Bewußtseins, daß sich nicht ein Hauch davon auf Wolfsterns Gesicht abzeichnete, war der Zauberer von einer hämischen Freude erfüllt. Er konnte Zenit benutzen – er konnte sie dazu benutzen, Drachenstern in seine Gewalt zu bekommen. Niah hatte sich als Fehlschlag erwiesen, aber mit Zenit würde er triumphieren. Sie würde ihm zu neuer Macht verhelfen.

Wolfstern war in Hochstimmung, doch kein Lächeln erschien auf seinem ausdruckslosen Gesicht und kein Ton kam ihm über die vor Schmerz zusammengepreßten Lippen. Seine Gedanken rasten, ersannen eine Falle, in die sie gehen würde.

Zenit starrte ihn an, sah dann zu dem Hocker hinüber, der an der Wand stand, und setzte sich schließlich doch auf den Hocker am Fußende des Bettes.

Wolfstern lächelte, ein sorgsam gewählter Gesichtsausdruck, in dem Überraschung, ein wenig Zufriedenheit und starke Schmerzen lagen. Er sank in seine Kissen zurück. »Hat dir jemand erzählt, was mir zugestoßen ist?«

»Nein.«

»Die Dämonen haben mich mißbraucht, Zenit. Jeder von ihnen hat sich mit mir vergnügt – wenn man es denn so nennen kann –, mehrmals.«

Zenit erstarrte. Die Enge in ihrer Brust erinnerte sie daran, daß sie aufgehört hatte, zu atmen, und sie holte tief Luft.

»Überrascht?« sagte er und ließ ein schwaches Lachen hören. »Ja, das bist du. Und zweifellos erfreut.«

»Da ich die Erfahrung selbst schon einmal machen mußte«, sagte sie und war erstaunt über ihre bereitwillige Antwort, »wünsche ich sie keinem anderen.«

»Ich glaubte, ich würde Niah beiliegen.«

»Sie war dort.«

»Aber du warst es auch?«

Sie nickte und brach dann – zu ihrem eigenen Entsetzen – in Tränen aus.

»Zenit ... Zenit ...« Wolfstern wand sich unbehaglich.

»Ich habe nur an Niah gedacht«, sagte er schließlich. »Ich glaubte, sie würde dich vernichten, und freute mich ihrer Stärke.«

Zenits Schluchzen wurde lauter.

»Aber ich habe mich geirrt. Du warst stark genug, um sie zu besiegen, und ich habe Stärke schon immer bewundert ...«

»Ach, schweigt!« Zenit schlug mit der Faust aufs Bett.

»Sag mir, warum du hier bist«, fuhr Wolfstern ruhig fort.

Zenit wandte den Kopf ab.

»Warum bist du zu mir zurückgekehrt, Zenit?«

Sie richtete wieder den Blick auf ihn. »Ich bin hierhergekommen, damit ich mich endlich von meinen inneren Dämonen befreien kann!«

»Und ist dir das gelungen?«

Sie schüttelte den Kopf.

Wolfstern streckte seine Hand aus. »Bitte, nimm meine Hand, Zenit.«

Sie schenkte ihm keine Beachtung.

»Bitte ... ich glaube, daß wir heute nacht beide einsam sind und daß jeder von uns etwas Trost gebrauchen kann.«

»Nicht von Euch!«

»Dennoch«, sagte er, »bin ich der einzige, der diese dunkle, schmerzvolle Nacht mit dir teilt. Nimm meine Hand.«

Und schließlich streckte Zenit ihre Hand aus und ergriff die seine.

Später, nachdem Zenit gegangen war, lag Wolfstern auf dem Bett und gestattete sich ein leises zufriedenes Lachen.

27

Eine neue Aufgabe

Drachenstern betrachtete seine Gefährten und fragte sich, wie er ihnen die schrecklichen Neuigkeiten mitteilen sollte. Sie hatten ihm vertraut, und er würde ihr Vertrauen nicht rechtfertigen können.

Nun mußte er ihnen sagen, daß ihr ganzer Kampf wahrscheinlich umsonst gewesen war. Die Zuflucht würde in die Hände der Dämonen fallen. Und wenn das geschah, würden sie alle sterben.

»Nun?« sagte Axis.

Er stand kampfeslustig vor seinem Sohn, die Hände in die Hüften gestemmt, in seine üblichen schwarzen Kleider gehüllt, mit Stiefeln und Schwert, bereit für die Schlacht.

Aschure stand gelassen an seiner Seite, aber Drachenstern kannte sie gut genug, um zu wissen, daß diese äußere Gelassenheit eine Maske war, die sie sich über die Jahre als Gegenmittel gegen Axis' aufbrausendes Gemüt zugelegt hatte. In ihrem Inneren war sie ebenso zornig, ängstlich und unsicher wie alle anderen der hier Versammelten.

Drachenstern blickte an seinen Eltern vorbei. Viele waren gekommen: die vier Zauberer und Zauberinnen, die sich noch in der Zuflucht befanden – Faraday, die sich mit so starken geistigen Schutzmauern umgeben hatte, daß sie wie ein Stück zerbrechliches koroleanisches Glas wirkte; Leah, die bleich und erschöpft aussah; Zared, Herme und Theodor, beinahe ebenso streitlustig wie Axis; Sternenströmer, der beunruhigt zu sein schien – Drachenstern fragte sich, ob das etwas damit zu tun hatte, daß sich Zenit nicht in ihrem Gemach befunden hatte und im Moment nicht auffindbar war; Freierfall und Abendlied, die ebenso hilflos aussahen, wie Drachenstern sich fühlte; mehrere der Zaubererpriester und Sa'Domai, der Häuptling der Rabenbunder. Sa'Domai schien bei weitem der ruhigste von ihnen zu sein, aber Drachenstern nahm an, daß ein Mann, der sein halbes Leben lang einstürzenden Eisbergen ausgewichen war und den Stürmen der Eisbärenküste getrotzt hatte, Dämonen aus dem Weltall als vergleichsweise geringe Bedrohung empfinden mußte.

»Ich habe keine guten Neuigkeiten«, sagte Drachenstern, der die Resignation in seiner Stimme nicht verbergen konnte. Er zuckte hilflos mit den Achseln. »Ich hoffe, Urbeth wird alles in ihrer Macht stehende tun, um der Mutter und dem Heiligen Hain beizustehen, aber ich kann mich nicht darauf verlassen, daß es ihr gelingen wird, die Dämonen aufzuhalten. Wenn die Dämonen sich die Macht des Heiligen Hains einverleiben, kann ich mir – im Augenblick jedenfalls – nicht vorstellen, wie wir ihnen noch Einhalt gebieten sollen.«

»Ihr seid der Sternensohn«, sagte Axis ausdruckslos. »Ihr habt diesen Titel seit Eurer Kindheit gefordert. Es ist Eure Aufgabe, zu wissen, was wir tun sollen!«

»Haben Euch denn während Eures Kampfes mit Bornheld gegen Gorgrael nicht ein einziges Mal Zweifel geplagt, Axis?« fragte Drachenstern. »Ihr habt dieses ganze Abenteuer siegreich und zuversichtlich gemeistert, ohne auch nur einmal fehlzugehen, ohne daß auch nur ein Mensch durch einen Irrtum Eurerseits sein Leben verloren hätte?«

Axis wandte den Blick ab.

»Das Packeis reißt und bildet sich neu«, sagte Sa'Domai. »Niemand weiß, wo sich der nächste Riß auftut, aber das Packeis bildet sich immer wieder neu.«

Drachenstern holte tief Luft, dankbar für Sa'Domais philosophischen Einwurf und zugleich verärgert über dessen Gelassenheit.

»Es besteht kein Zweifel mehr daran, daß die Zuflucht fallen wird«, sagte Drachenstern. »Wir müssen uns zumindest darauf vorbereiten.«

»Und wie«, sagte Freierfall, »sollen wir uns darauf vorbereiten?«

»Wenn Faraday, Goldmann, Leah, Gwendylyr oder ich hier festsitzen«, sagte Drachenstern, »können wir gar nichts ausrichten. Wir müssen in die Einöde zurückkehren …«

»Nein!« sagte Zared und schob sich an Axis vorbei nach vorn. »Ihr wollt Leah mit in die Einöde nehmen? Habt Ihr sie gesehen, Drachenstern? Habt Ihr gesehen, wie krank und erschöpft sie ist? Habt Ihr …«

»Wir haben keine andere Wahl, Zared!« sagte Drachenstern. »Nicht die geringste. Meine fünf Gefährten und ich müssen gegen die Dämonen kämpfen, und wir können es nicht von hier aus tun. Ich bezweifle, daß der Narrenturm noch lange begehbar ist. Wir müssen jetzt aufbrechen.«

Und ich muß meine Zauberer und Zauberinnen zu den Orten bringen, wo sie gegen die Dämonen kämpfen werden, dachte Drachenstern, und dort müssen sie die »Waffen« vorbereiten, deren Wahl uns Qeteb großzügigerweise überlassen hat. Wir müssen jetzt aufbrechen, damit sie genug Zeit zur Vorbereitung haben.

»Und wir anderen?« fragte Axis, als sich Zared zornig abwandte. »Was geschieht mit uns? Ihr und die Euren könnt vielleicht in der Einöde unter dem Einfluß der Dämonen überleben, aber wir können es nicht. Was passiert, wenn die Zuflucht nicht mehr ist? Wohin sollen wir gehen?«

Und die anderen Menschen und Tiere in der Zuflucht? Wohin sollten sie sich jetzt noch wenden? Wohin, wenn es keinen sicheren Ort mehr gab?

Drachenstern breitete hilflos die Hände aus. »Ich weiß es nicht, Axis. Ich weiß es einfach nicht …«

Axis trat vor und stieß Drachenstern den Finger in die Brust. »Wenn Ihr Euch jetzt aus dem Staub macht, dann übernehme ich die Herrschaft über die Zuflucht! Ich werde darum kämpfen, das zu bewahren, was von Tencendor noch übrig ist! Lauft ruhig durch die Einöde, Drachenstern, spielt den Helden, ich werde Tencendor retten!«

Es herrschte Stille, während Drachenstern seinem Vater in die Augen blickte. Dann …

»Ich danke Euch«, sagte er, »Ihr würdet mir damit eine große Last abnehmen.«

Axis starrte Drachenstern an, dann brach er in Gelächter aus: ehrliches, von Herzen kommendes Gelächter.

»Und ich danke Euch«, sagte er, »daß Ihr meinem Leben wieder einen Sinn gegeben habt.«

Drachenstern nickte, lächelte ebenfalls und sah zu Faraday hinüber. »Wenn wir aufbrechen«, sagte er, »müssen wir Katie hier zurücklassen.«

»Nein!« erwiderte Faraday mit tiefer, rauher Stimme. »Du hast selbst gesagt, daß die Zuflucht zerstört wird. Wenn wir sie hierlassen, wird sie sterben!«

»Euer Vertrauen ehrt mich«, sagte Axis, aber Faraday beachtete ihn nicht.

»Wir nehmen sie mit! Ich kann sie beschützen! Ich werde …«

»Nein«, sagte Drachenstern. Seine Stimme klang hart und ausdruckslos. »Sie muß hierbleiben.«

Faraday starrte Drachenstern beinahe haßerfüllt an. Seit sie Qeteb durch seinen Mund hatte sprechen hören und die Bösartigkeit des Dämons in seinen Augen gesehen hatte, konnte sie die Stimme nicht mehr vergessen, die sie gefragt hatte, ob sie wissen würde, wessen Hände ihren Leib liebkosten, wessen Stimme zu ihr Liebesworte sprach, wer sie des Nachts begehrte … Es hatte ausgereicht, um das noch frische Vertrauen zu erschüttern, das sie zu Drachenstern und sich selbst gefaßt hatte. Würde sie jemals wissen, wer es war? Drachenstern oder Qeteb? Wer war es, der jetzt zu ihr sagte: »Wir müssen in die Einöde gehen«? Drachenstern oder Qeteb?

Faradays Wunsch, Katie unter allen Umständen zu beschützen, war alles, was ihr noch geblieben war. Aus irgendeinem Grund wollte Faraday das Mädchen mitnehmen, obwohl sie nicht wußte, wer es war, der sie in die Einöde führte und was sie dort erwartete. Wenn Katie nur bei ihr war, würde sie schon einen Weg finden, sie zu beschützen. Das Traumbild, das ihr vor vielen Wochen erschienen war, von einem gepanzerten Mann – Qeteb –, der Katie mit einem Messer die Kehle durchschnitt, kehrte Nacht für Nacht zurück und quälte sie.

Faraday würde Katie vor allem beschützen, was sie bedrohte. Vor allem.

»Faraday«, sagte Aschure sanft und legte ihr bezwingend die Hand auf den Arm. »Ich werde auf Katie aufpassen, als wäre sie meine eigene Tochter.«

»Als wäre sie Eure Tochter?« zischte Faraday. »Ihr wart nie besonders gut in der Rolle der fürsorglichen Mutter, Aschure!«

»Faraday«, rief Drachenstern, »das reicht!« Er trat vor, ergriff Faradays Arm und zog sie von Aschure und den anderen fort.

»Meine Liebe«, sagte Drachenstern leise, während er ihre steife und widerspenstige Gestalt in eine Ecke des Gemachs zog, »wenn du mir nicht vertrauen kannst, dann können wir uns auch gleich Qeteb ausliefern.«

Sie schwieg.

»Ich habe dir beigelegen«, sagte Drachenstern nun sanfter. »Ich habe dich geliebt. Da hast du mir vertraut. Vertrau mir auch jetzt.«

Sie warf ihm einen harten Blick zu und versuchte, sich aus seinem Griff zu befreien.

Er packte sie, bevor sie davonlaufen konnte, und sprach leise und drängend auf sie ein, während sie ihren Blick von ihm abgewandt hielt.

»Hier drinnen« – er tippte ihr mit dem Finger auf die Brust – »wirst du wissen, ob es Drachenstern ist, der zu dir spricht, oder Qeteb. Du wirst es immer wissen!«

Faraday richtete unvermittelt die Augen auf ihn. Sie waren weit aufgerissen, schmerzerfüllt und so ängstlich, daß es Drachenstern die Brust zusammenzog.

»Mehr als alles in der Welt möchte ich dir vertrauen, Drachenstern. Aber die Vorstellung, mich dadurch einem weiteren dämonischen Liebhaber auszuliefern, jagt mir schreckliche Angst ein.«

Drachenstern brach es das Herz. »Bei den Göttern, ich liebe dich, Faraday«, flüsterte er und sein Mund berührte fast Faradays Ohr. »Ich werde dir niemals etwas zuleide tun. Ich werde dich niemals Qeteb ausliefern, um Tencendor zu retten. Bitte, im Namen der Sterne, bitte glaube mir.«

»Ich werde es versuchen«, sagte sie, und eine Träne lief ihr die Wange hinab. »Ich werde es versuchen, Drachenstern.«

Sie riß sich von ihm los, und dieses Mal hielt Drachenstern sie nicht zurück.

Er fragte sich, ob er sie jemals zurückgewinnen würde.

War denn alles verloren?

»Ich wünsche Euch Glück«, sagte Drachenstern und ergriff Axis' Hand und Arm, »bei Eurer selbstgewählten Aufgabe.«

»Und ich Euch bei Eurer«, sagte Axis.

Sie schwiegen, blickten einander in die Augen und fragten sich, ob sie sich zum letzten Mal sahen und ob überhaupt noch Hoffnung für Tencendor bestand.

Aschure trat vor und umarmte Drachenstern kurz und herzlich, wandte sich dann um und schloß die anderen vier, die ihn begleiten würden, nacheinander in die Arme.

Katie klammerte sich an Aschures Röcke, und Faraday umarmte das Mädchen so fest, daß es ihr fast weh tat. Aschure mußte sie aus Faradays Griff befreien.

»Gebt gut auf sie acht!« sagte Faraday zu Aschure, und diese strich Faraday über die Wange.

»Ich verspreche Euch, daß ich mein bestes tun werde, Faraday! Ist Euch das gut genug?«

Faraday zögerte und nickte dann. Ihre Augen füllten sich mit Tränen – wenn Aschure ihr Bestes tat, dann würde ihr das genügen. Doch obwohl Faraday wußte, daß sie Katie in guten Händen zurückließ, hätte sie lieber selbst auf sie aufgepaßt.

»Ich habe dich lieb«, flüsterte sie dem kleinen Mädchen ins Ohr.

»Schenkt Eure Liebe besser Drachenstern«, sagte Katie. »Er braucht sie ebensosehr wie ich.«

Faradays Lächeln verschwand, sie richtete sich auf und blickte sich um.

Sie standen am Eingang zu dem Tal, in dem die Zuflucht lag: Axis und Aschure, Zared und Theodor, Drachenstern und seine Gefährten. Hinter Drachenstern stand Belaguez, der es ebenso wie die Alaunt offenbar kaum erwarten konnte, in den Kampf zu ziehen, und die blaugefiederte Echse, die gereizt über die Federn an ihren Hinterbeinen strich. Ihre leuchtend rot-grüne Brust hob und senkte sich so schnell, daß die einzelnen Federn kaum zu erkennen waren.

Zared hielt Leah im Arm und Theodor Gwendylyr; sie waren wütend und verzweifelt, denn sie wußten, daß es wahrscheinlich das letzte Mal sein würde.

»Wir werden uns wiedersehen«, versuchte Gwendylyr Theodor zu besänftigen, »zumindest ganz sicher auf der Blumenwiese.«

»Und wenn die Dämonen auch dorthin gelangen?« sagte Theodor. »Wenn sie die Wiese zerstören? Wenn sie alles andere vernichtet haben, Gwendylyr, und über die Magie des Feindes verfügen, werden sie unweigerlich auch auf die Wiese gelangen.«

Gwendylyr klammerte sich an Theodor und verbarg ihr Gesicht an seiner Brust. Sie war voll Furcht, seine Worte könnten wahr werden.

Theodor blickte über ihren Kopf hinweg Zared in die Augen. Sie waren ebenso hart, zornig und verbittert wie die seinen.

Von allen Gefährten schien nur Goldmann gelassen zu sein – er beugte sich vor, fuhr mit der Hand durch das dichte Fell von Flinkpfotes Kopf und schnalzte dabei leise.

Die Hündin beruhigte sich bei seiner Berührung, dankbar für die Aufmerksamkeit.

»Was werdet Ihr tun?« fragte Axis Drachenstern.

Drachenstern zuckte mit den Achseln. »Was ich tun muß. Und Ihr?«

Axis lächelte. »Es muß hier noch einen anderen Ausgang geben. Ich kann nicht glauben, daß der Feind die Zuflucht ohne eine Hintertür gebaut hat.«

Eine Hintertür? Wohin würde sie führen? fragte sich Drachenstern, aber er sagte nichts. Er drückte noch einmal Axis' Hand und wandte sich dann um.

»Meine Gefährten ... es wird Zeit, daß wir aufbrechen.« Er hing sich den Wolfen über die Schulter, hob das Schwert und zeichnete das Lichttor in die Luft.

»Kommt«, sagte Drachenstern, »wir wollen uns noch ein letztes Mal in den Narrenturm wagen.«

28

ZERSTÖRUNG

Die Mutter saß auf der Bank vor Urs Häuschen und dachte über den Tod nach.

Der Gedanke an ihre vollkommene Auslöschung erschien ihr unwirklich, und sie konnte auch nicht fassen, daß sie tatsächlich unmittelbar bevorstand.

Die Mutter wußte, daß sie sterben würde, doch sie konnte sich einfach nicht damit abfinden. Sie verkörperte das Leben und die Gesundheit Tencendors, und obwohl das Land schon oft von Kriegen und Zerstörung heimgesucht worden war, hatte es noch niemals selbst Schaden genommen.

Doch nun war Tencendor kahl und verwüstet. Der Erdenbaum und die Wälder waren verschwunden, die Seen ausgetrocknet, alle Hoffnung und Liebe vernichtet und in ihr Gegenteil verkehrt worden.

Im Heiligen Hain befand sich alles, was noch übrig war, und die Mutter wußte, daß auch das bald verschwunden sein würde.

Sie konnte hören, wie die Dämonen durch die Lichtungen und Wälder des Heiligen Hains jagten.

Der Lärm war schrecklich. Bäume schrien und versuchten, sich mit ihren Wurzeln aus dem Boden zu reißen, um den Dämonen zu entkommen. Die Gehörnten brüllten und heulten …

… und wurden zur Beute, einer nach dem anderen, während die Dämonen sie bei lebendigem Leibe fraßen und sich ihre Macht einverleibten.

Die Mutter fuhr jedesmal zusammen, wenn ein weiterer von ihnen verschlungen wurde, denn sie spürte die Fänge der Dämonen, als würden sie sich in ihr eigenes Fleisch schlagen.

Ein Pfeifen und Schreien lag in der Luft: das Geräusch des nahenden Todes. Der Himmel wurde zerrissen, die Erde zerstört, und die Mutter hob die Hände vor ihr Gesicht und weinte.

Isfrael kauerte auf dem Boden, einen Arm schützend über den Kopf erhoben.

Er weinte und schrie zur selben Zeit, von Zorn und Furcht erfüllt.

Alles, was er jemals geliebt hatte, war vernichtet worden.

Der entseelte Leib eines Gehörnten lag nur fünf Schritte von ihm entfernt, und ein Dämon – Barzula wahrscheinlich – zerfetzte ihn mit Krallen und Fängen.

Unpassenderweise hatte sich der Dämon in einen Hirsch mit den Klauen und Zähnen eines Bären verwandelt ... oder vielleicht, dachte Isfrael, hatte er es auch absichtlich getan.

Der Heilige Hain wurde geopfert – Isfrael wußte nur nicht wofür. Seine eigene Dummheit? Nein! Er hatte lediglich getan, was er für richtig gehalten hatte, und es gab immer noch einen Ausweg.

»He, Ihr Stück Dreck«, sagte Isfrael und senkte den Arm, »ich muß mit Euch sprechen.«

Barzula hielt inne und hob den blutverschmierten Kopf. »Ich liebe den Dreck, Ihr Narr. Eure Beleidigung schmeichelt mir.«

Isfrael stand auf und hob an zu sprechen, aber er wurde von hinten am Nacken gepackt, und der Magierkönig schrie vor Schmerz auf.

Krallen glitten an seinem Rücken hinab und verfehlten nur knapp die Adern entlang seiner Wirbelsäule.

»Was habt Ihr uns zu sagen?« flüsterte jemand hinter ihm, und Isfrael wimmerte, denn er erkannte die Stimme Qetebs.

»Ich kann Euch noch so viel erzählen«, stammelte Isfrael. »Ich verfüge über großes Wissen ...«

»Wenn ich Euch verschlinge«, sagte Qeteb, packte Isfrael noch fester im Genick, bohrte die Krallen seiner anderen Hand in sein Kreuz und hob ihn so hoch in die Luft, daß Isfraels Beine ein ganzes Stück über dem Boden hingen, »verleibe ich mir auch

Euer Wissen und Eure Erinnerungen ein. Glaubt Ihr etwa, ich müßte mit Euch handeln?«

Seine Krallen bohrten sich noch tiefer in Isfraels Leib, und dieser spürte solche Schmerzen durch seinen Körper fließen, daß er sich den Tod herbeiwünschte.

»Ich halte die Bäume in meinen Händen«, sagte Qeteb, »und den Magierkönig der Wälder ...«

Isfrael schrie auf.

»... das Leben der Bäume ...«

Weit weg, im Keller ihres Häuschens, kicherte Ur leise vor sich hin. »Noch nicht, noch nicht«, flüsterte sie.

»... und die Hoffnung der Awaren«, schloß Qeteb. »Alles ... alles ...«, seine Klauen packten Isfrael noch fester, »in meiner Gewalt!«

Mit einem Knirschen brach Isfraels Rückgrat.

Stumm hing er in Qetebs Händen, sein Gesicht zuckte, seine Augen quollen hervor und ...

... plötzlich riß Qeteb die Augen auf und die Kinnlade klappte ihm herunter, denn als Isfrael starb, gingen tatsächlich die Erinnerungen und das Wissen des Magierkönigs in den Geist des Dämons über. Das meiste davon war unbedeutend und drehte sich nur um Macht und Ehrgeiz, und davon besaß Qeteb selbst schon mehr als genug, aber da war eine Sache, die den Dämon der Mittagsstunde in einen Freudentaumel versetzte, denn diese eine Sache würde ausreichen, um den Sternensohn zu vernichten, selbst wenn dessen Zauberer und Zauberinnen tatsächlich die anderen fünf Dämonen besiegten. Diese Sache war eine Erinnerung an etwas, das Qeteb zum endgültigen Sieg verhelfen würde.

Es betraf Faraday und ihre Rolle im letzten Kampf um die Herrschaft über Tencendor.

Faraday als Köder, als Opfer, das Gorgrael benutzt hatte, um Axis an der Vernichtung des Zerstörers zu hindern.

Es hatte nicht geklappt. Axis war zu zielstrebig, zu selbstsüchtig gewesen, um darauf einzugehen. Außerdem war er in Aschure verliebt gewesen, und deshalb hatte es ihm nichts ausgemacht, Faraday sterben zu lassen.

Aber Drachenstern war anders. Er war viel zu warmherzig und einfühlsam, um Faraday zu opfern. Er liebte Faraday über alles und würde eher sich selbst und Tencendor opfern, als sie einsam und verängstigt dem Tod zu überlassen.

Drachenstern war nicht wie sein Vater.

»Ich habe Euch!« Qetebs Brüllen hallte von den Sternen wider. »Ich habe Euch, Ihr Schwächling!«

Ich habe Euch endlich, Ihr sentimentaler Bastard!

Die Worte hallten durch den Narrenturm, den Drachenstern und seine Gefährten gerade betreten hatten.

Ich habe Euch ...

Drachensterns Kopf fuhr hoch, und er blieb mitten auf der Treppe stehen.

Ich habe Euch ...

»Beachtet es nicht weiter«, murmelte er, aber seine Stimme klang schwach und zittrig, und die anderen vier durchlief ein Schaudern.

Ich habe Euch ...

Drachenstern wies auf den von blauem Dunst erfüllten Tunnel, der am Ende der Treppe aufgetaucht war. »Hier ... wir sind angekommen ...«

Er rannte beinahe den Tunnel hinunter, um Qetebs spöttischem Gelächter zu entkommen.

Ich habe Euch ...

Qeteb schüttelte Isfraels leblosen Körper, warf ihn zu Boden und verwandelte sich in einen riesigen schwarzen Raben.

Er legte den Kopf schief, sein heller, glänzender Blick zuckte über die Lichtung, dann trat er mit einer Klaue vorsichtig auf Isfraels Leiche und hielt sie fest, während er den Schnabel senkte und ihn in den Magierkönig bohrte.

Mit jedem Fetzen Fleisch und mit jedem Knochensplitter, der seine Kehle hinunterglitt, verschlang Qeteb mehr und mehr von der Magie der Bäume und der Erde.

Als der Dämon die Leiche vollständig aufgefressen hatte,

schillerten seine Federn vor Macht, und er legte den Kopf in den Nacken und krächzte wild und mißtönend vor Freude.

Nun konnte ihn nichts mehr aufhalten.

Gar nichts.

Nicht einmal die Mutter.

Der Rabe schloß den Schnabel und dachte nach. Seine Augendeckel klappten ununterbrochen rasch auf und zu.

Die Mutter. Eine weitere Mahlzeit, die auf ihn wartete! Der Rabe rülpste, breitete die Flügel aus und erhob sich in die Luft. Er ließ einen Ruf ertönen, um die anderen vier Dämonen herbeizurufen.

Sie hoben die Schnauzen von den Leibern, an denen sie sich gerade gütlich taten, und blickten zu dem schwarzen Schatten hoch, der über ihnen am Himmel kreiste. Wie auf Kommando liefen sie los in Richtung Osten, wo eine letzte Mahlzeit auf sie wartete.

Urbeth knurrte und lief unruhig im Kreis durch den Schnee. Hinter ihr ächzten und krachten die Eisschollen an der Küste. Ihre beiden Töchter, ebenso ungeduldig, aber nicht so ruhelos wie sie, saßen ein wenig abseits, die Tatzen rot vom Blut der Robbe, die sie kurz zuvor gefressen hatten.

Alles, was von ihr übrig blieb, war ein abgenagtes Skelett.

Urbeth schenkte ihren Töchtern und ihrer Umgebung keine Beachtung. Sie war empört! Nichts stimmte mehr. Alles war durcheinander. Es war nicht ihre Aufgabe, die Mutter zu retten! Sie sollte nur im Schnee ausharren, Ratschläge geben und ihr enormes Wissen verbreiten und auf ihre Kinder und deren Nachkommen acht geben.

Hatte sie nicht schon genug für dieses verfluchte Land getan?

Urbeth wollte die restliche Zeit, die ihr noch blieb, damit verbringen, im südlichen Iskruel-Ozean von Eisscholle zu Eisscholle zu springen, ihre Zähne in die Rücken überraschter Robben zu schlagen und unterhaltsame Gespräche mit allen Geschöpfen zu führen, die sich ihr auf Hörweite näherten.

Statt dessen hatte sie während Gorgraels gewalttätiger Herrschaft die Rabenbunder versteckt, und seither hatte sie immer wieder einschreiten und ihre überaus begriffsstutzigen Kinder auf den richtigen Weg bringen müssen.

Und jetzt verlangte Drachenstern auch noch von ihr, die Mutter zu retten. Warum? Konnte die Mutter sich nicht selbst helfen?

»Wir sollten lieber aufbrechen«, sagte eine ihrer Töchter. »Der Himmel stürzt ein.«

Urbeth warf einen Blick nach oben, aber ihre Tochter hatte die Worte nur im übertragenen Sinne gemeint. Wenn die Mutter starb, wenn die Dämonen sich ihre Macht einverleibten, würde der Himmel tatsächlich einstürzen.

»Und die Eisdecke wird schmelzen«, bemerkte die andere Tochter, und da verlor Urbeth endgültig die Beherrschung.

»Warum kann die Mutter nicht auf sich selbst aufpassen?« brüllte sie. »Warum muß ich mich immer um alles kümmern?«

Ihre Töchter erhoben sich und streckten Rücken und Tatzen.

Die Mutter saß da und betrachtete den westlichen Wald. Es waren nur noch wenige Bäume davon übrig, und vor ihren Augen erzitterten viele von ihnen und stürzten um.

Etwas Dunkles bewegte sich zwischen ihnen hindurch.

Jedoch schlimmer noch war die Dunkelheit, die sich am Himmel über ihr ausbreitete – der Dämon der Mittagsstunde in der Gestalt eines Raben! Der Schatten seiner Flügel schien sich von einem Ende des Horizonts zum anderen zu spannen.

Es gab keine Sonne mehr, keine Schönheit, keine Hoffnung. Nichts als die näherrückende Verzweiflung, Trostlosigkeit und Zerstörung.

»Ich bin das einzige noch lebende Wesen in unserem Hain«, flüsterte die Mutter.

Und bald würde auch sie nicht mehr sein.

Die Mutter kämpfte gegen den überwältigenden Drang, fortzulaufen. Wohin sollte sie auch gehen? Hinter ihr waren nichts als wabernde Schatten und Dunkelheit. Der Heilige Hain war beinahe vollständig vernichtet worden, und das einzige, das noch übrig war, waren die Hütte und der Garten und das Stück Wald vor ihr.

Das alptraumhafte Geschöpf am Himmel kam langsam näher.

Die Mutter stand auf und strich mit zitternden Händen ihr Kleid glatt.

»Es tut mir leid«, flüsterte sie und dachte an Faraday und den nunmehr sinnlosen Schößling, der sich in ihrem regenbogenfarbenen Band befand. »Es tut mir leid.«

»Ihr seid die letzte, von der ich Niedergeschlagenheit erwartet hätte«, sagte eine dünne, aber scharfe Stimme hinter ihr, und die Mutter zuckte zusammen.

Ur war aus der Tür der Hütte getreten, einen großen Terrakottatopf mit Unterteller in den Händen. Der Unterteller bedeckte die Öffnung des Topfes und verbarg dessen Inhalt.

»Ich … ich dachte, Ihr wärt …«, sagte die Mutter.

»Aufgefressen worden?« sagte Ur. »Ich werde immer vergessen«, fügte sie grollend hinzu und ließ sich auf die Bank sinken, von der die Mutter gerade aufgestanden war.

Die Mutter blickte zwischen ihr und dem näherrückenden Sturm der Dämonen hin und her.

»Ich glaube, uns bleibt nicht mehr viel Zeit«, sagte sie.

Ur verzog den Mund zur Andeutung eines Lächelns und packte den Topf noch fester.

Ihre Hände hatten sich wie Krallen geschlossen.

Das Geschrei der Dämonen kam näher.

Urbeth sprang von Eisscholle zu Eisscholle, ihre beiden Töchter ein wenig hinter ihr. Selbst in diesem abgeschiedenen Teil der Welt, weit nördlich vom Lager der Dämonen, hatten Krankheit und Fäule ihre Spuren hinterlassen.

Viele der Eisschollen hatten einen traurigen grauen Farbton angenommen, leuchteten längst nicht mehr bläulich weiß, und waren mit Rissen und runden, matschigen Vertiefungen überzogen, die nachzugeben drohten, wenn die Eisbären versehentlich darauftraten.

Urbeth drehte den Kopf hin und her, während sie in großen

Sätzen weitersprang. Wie lange würde die Eisbärenküste noch sicher sein? Nicht mehr lange, wenn die Dämonen erst die Mutter verschlungen hatten.

Urbeth blieb abrupt stehen, ließ sich auf die Hinterbeine sinken und schlug wütend mit der Tatze nach dem Himmel und der gesamten Schöpfung.

»Ich habe genug!« brüllte sie. »Genug!«

Ihre Töchter grinsten, und Speichel rann ihnen in freudiger Erwartung der Jagd aus den Schnauzen.

Urbeth lief weiter über das Eis in Richtung Norden. Aber noch während sie versuchte, wieder in einen bestimmten Rhythmus zu fallen, nahm ihr scharfer Blick weit im Osten eine schattenhafte Bewegung wahr.

Ein Rudel Skrälinge bewegte sich in Richtung Süden, um sich dem allgemeinen Gemetzel anzuschließen.

Zum zweiten Mal blieb Urbeth stehen und setzte sich auf die Hinterbeine. Aber diesmal blieb sie still, die Augen auf die Skrälinge gerichtet. Dann glitt ihr Blick nach Nordosten und musterte die unerforschte Tundra, die sich dort unendlich weit erstreckte.

Die jämmerliche Brutstätte der Skrälinge, zweifellos, doch was mochte sie sonst noch bedeuten?

Einen Fluchtweg?

Drachenstern zitterte und wünschte sich, er hätte sich wärmere Kleidung angezogen als das einfache Leinenhemd und die Hose, deren Stoff ebenfalls recht dünn war. Er hatte seine Zauberer und Zauberinnen, den Sternenhengst, die Echse und das Rudel schnüffelnder und umherstreunender Alaunt zu dem einzigen Ort gebracht, den sie seiner Meinung nach als Ausgangspunkt benutzen konnten. Nördlich genug, um dem Einfluß der Dämonen weitgehend zu entkommen, und doch nahe genug, um von hier aus Stück für Stück die Einöde zurückzuerobern.

Sternenfinger.

Hier warteten auch Bannfeder und seine himmlische Luftarmada.

Irgendwo.

»Wo ist er?« fragte Faraday.

Faraday, Gwendylyr und Leah hatten sich in ihre scharlachroten Umhänge gehüllt und waren damit ausreichend gegen die Kälte gewappnet, während Goldmann genausosehr litt wie Drachenstern. Warum wissen Frauen immer, was vernünftig ist, während wir Männer es stets vergessen? fragte sich Drachenstern.

»Bannfeder?« fragte er. »Er muß hier irgendwo sein. Ich habe ihm aufgetragen, hier zu warten ...«

»Können wir vielleicht zuerst einen windgeschützten Ort aufsuchen?« fragte Goldmann freundlich, obwohl sein Gesicht blau angelaufen war und seine Arme zitterten, während er sie sich verzweifelt um die Brust schlug.

Drachenstern nickte. »Ja, natürlich.«

Sie standen auf den grauen Überresten eines Gletschers, nördlich des zerschmetterten Sternenfingers, und Drachenstern wies auf eine dunkle Öffnung inmitten des Gerölls am Fuße des Berges. »Das muß der Eingang zu den unterirdischen Kammern sein. Bannfeder wird sich sicher im Inneren aufhalten.«

Dort haben wir auch Katie gefunden, dachte Faraday, die ständig an das Mädchen denken mußte. Aber sie sagte nichts, sondern stützte Leah, während sie über die Steine auf den Eingang zustolperten.

Im Inneren des Berges wartete eine wohlbekannte Gestalt auf sie.

Qeteb stieß aus dem Himmel über dem Heiligen Hain herab, seine Federn und Augen leuchteten begierig.

Jetzt konnte ihn nichts mehr aufhalten.

Unter ihm saßen zwei Frauen auf einer Holzbank vor einer einfachen Hütte. Um sie herum breitete sich eine rauchende Wüste aus. Sämtliche Bäume waren vernichtet, alle Blumen zertreten, jede Hoffnung zerstört. Die Frauen waren die einzigen lebenden Geschöpfe in dem einstigen Hain, und Qeteb war zuversichtlich, daß sie nicht mehr lange zwischen ihm und der restlosen Vernichtung dieses Ortes stehen würden.

Er breitete die Flügel aus, um seinen Sturzflug zu verlangsamen, streckte die Rabenklauen, um zu landen. Seine vier dämonischen Gefährten am Erdboden wurden ebenfalls langsamer, und ihre Krallen bohrten sich in die mit Staub und Asche bedeckte Erde, während ihre Beine sie unaufhaltsam vorantrugen.

Alle vier hatten die Gestalt von Hundemenschen angenommen: ihre Unterkörper waren die von Hunden, ihre Oberkörper und Köpfe hingegen menschlich … bis auf zwei der Dämonen, die Schweineschnauzen besaßen.

In der Aufregung hatten sie nicht auf ihr Äußeres geachtet.

Eine der Frauen stand von der Bank auf und wischte nervös die Hände an ihrem Kleid ab. Sie wirkte krank, die Haut so grau und blaß wie die Landschaft um sie herum, die Augen trübe, die Muskeln vor Erschöpfung und Furcht zitternd.

Die andere Frau, uralt und zahnlos, blieb sitzen, ihre gebrechliche Gestalt war über einen Terrakottatopf gebeugt.

Was hatte sie damit vor? fragte sich Qeteb. Wollte sie den Topf nach ihnen werfen?

Er brach in ein spöttisches Gelächter aus, und Ur hob den Kopf und warf ihm einen haßerfüllten Blick zu.

Eine ihrer faltigen, altersfleckigen Hände strich wie zur Beruhigung über den Bauch des Gefäßes.

Urbeth und ihre Töchter durchmaßen mit weit ausgreifenden Schritten riesige Entfernungen. Sie sprangen von Eisscholle zu Eisscholle, aber das Grau des Eises schien hin und wieder Spuren von Asche zu enthalten, als liefen die Bären über verbrannte und verwüstete Erde.

Am Himmel über ihnen breitete sich stetig ein unwirkliches smaragdgrünes Licht aus.

Drachenstern blieb erschrocken stehen, als er die Gestalt erkannte, die im Inneren des Berges auf sie wartete.

»Meine Güte«, sagte Sternenfreude, lehnte sich an die Felswand und nutzte die Gelegenheit, um ihren Körper eindrucksvoll zur Schau zu stellen. »Du bist vielleicht stattlich geworden, seit ich dich das letzte Mal gesehen habe.«

»Was tust du hier?« fragte Drachenstern.

Sternenfreude lächelte. »Ich warte auf dich«, sagte sie. »Bannfeder hat mir gesagt, du würdest hierherkommen.«

Eine weitere Gestalt trat aus der Dunkelheit hinter ihr. Es war der Anführer der Luftarmada.

Argwöhnisch musterte Drachenstern das Gesicht des Vogelmanns. Bannfeder? Hatte er sich etwa mit Sternenfreude verbündet?

Sternenfreudes Lächeln wurde noch freundlicher, doch sie schwieg. Innerlich war sie von Zufriedenheit erfüllt, denn sie war sich sicher, daß ihr Vorhaben, Drachenstern von ihrer Vertrauenswürdigkeit zu überzeugen, gelingen würde. Er war so arglos, so leichtgläubig.

»Wir haben ganz unten in dieser Ruine eine Zufluchtsstätte gefunden«, sagte Bannfeder. »Und ich glaube, wir haben einen Freund gefunden. Viele Freunde.«

Drachenstern blickte Sternenfreude an. Er konnte nicht glauben, daß sie so einfach – und zu einem so willkommenen Zeitpunkt – die Seiten gewechselt hatte.

»Oh, du kannst mir vertrauen«, sagte sie leise. »Ich bin der Dämonen überdrüssig geworden, und ich muß zugeben, daß es mir auch ein klein wenig leid tut, ihnen bei ihrem Werk geholfen zu haben. Ich möchte ...«

»Mir fällt es schwer, das zu glauben«, sagte Drachenstern.

»Du hast ihnen ebenfalls geholfen«, sagte Sternenfreude, und ihr Gesicht war nun vollkommen ernst. Wie konnte sie besser sein Vertrauen gewinnen, als wenn sie vorgab, denselben Weg der Reue beschritten zu haben? So ein Narr! Die Schwachen glaubten stets gern, daß auch andere ihre Schwächen teilten.

Drachenstern starrte Sternenfreude an.

»Kommt mit hinunter und laßt uns dort weiterreden«, sagte Bannfeder und verschwand in der Dunkelheit.

Faraday ergriff Drachensterns Arm. »Das ist eine Falle«, flüsterte sie.

Sternenfreudes Blick glitt kurz zu Faraday und dann wieder zurück zu Drachensterns Gesicht.

»Ich kann euch im Kampf gegen die Dämonen helfen«, sagte sie.

Drachenstern musterte sie und versuchte herauszufinden, ob sie die Wahrheit sprach. Er konnte sich vorstellen, daß die Dämonen Sternenfreude zurückgelassen hatten, aber er konnte nicht glauben, daß sie sie einfach hatten gehen lassen.

Es entsprach nicht ihrer Art, jemanden einfach gehen zu lassen.

Er konnte sich sehr gut vorstellen, daß es eine Falle war. Die Dämonen mochten Sternenfreude dazu benutzen, ihn in einen Hinterhalt zu locken. Zweifellos würden sie nach der Zerstörung des Heiligen Hains hierherkommen, um ihn zu vernichten.

Sie war ein Köder ... aber ein so unglaubwürdiger Köder, daß Drachenstern beinahe zu der Ansicht neigte, daß es doch keine Falle war. Die Dämonen erwarteten doch nicht etwa, daß er darauf hereinfiel?

Neben ihm bewegte sich etwas. Sicarius hatte sich herangeschlichen und schnüffelte an Sternenfreudes Röcken.

Er streunte herum, verlor dann das Interesse, setzte sich und kratzte sich hinter dem rechten Ohr.

In diesem Augenblick kehrte Bannfeder aus der Dunkelheit des Ganges zurück. Er hatte mehrere Mitglieder der Luftarmada mitgebracht.

Eine der Kämpferinnen trat vor. »Sie ist ein kaltherziges Weib«, sagte die Vogelfrau, »aber sie hat uns etwas gegeben, das uns von ihrer Glaubwürdigkeit überzeugt hat.«

»Und das wäre?« fragte Drachenstern nach kurzem Zögern und erstarrte vor Schreck, als eine weitere Gestalt aus der Finsternis trat.

Es war eines der Falkenkinder. Sternengrazie.

»Sie hat uns die Falkenkinder gebracht«, sagte Bannfeder, »und uns den Weg zur Höhle der Dämonen geebnet.«

Qeteb verwandelte sich wieder in seine menschliche Gestalt – was schrecklich anzusehen war, denn sein Körper nahm während der Umwandlung die groteskesten Formen an.

Im Augenblick war er der schwarzen Rüstung überdrüssig.

Er machte einen Schritt auf die Mutter zu.

»Für all die Macht und Herrlichkeit, die Ihr verkörpern sollt, seht Ihr ziemlich jämmerlich aus«, stellte er fest.

Ihr erschöpfter, schicksalsergebener Gesichtsausdruck änderte sich nicht, doch ihre Hand krallte sich kurz in die Falten ihrer Röcke. »Ich bin das, was Ihr aus dem Land gemacht habt«, sagte sie. »Denn ich bin die lebende Verkörperung des Landes, und …«

»Ihr habt nicht mehr lange zu leben«, sagte einer der anderen Dämonen und trat näher heran. Seine Schweineschnauze schnüffelte am Boden, als wollte er die Röcke der Mutter einsaugen und sie gleich mit.

Die Mutter verzog den Mund zu einem zitternden Lächeln, das auch ein Ausdruck von Furcht sein mochte. »Ja. Ich fürchte, Ihr habt recht.«

»Wenn Ihr nicht mehr seid«, sagte Qeteb und trat einen Schritt vor, »wird das gesamte Land mir gehören.«

Seine Hände hingen zu beiden Seiten seines Körpers herab, doch die rechte veränderte ständig ihre Form und verwandelte sich dabei in eine riesige Faust, fünf- oder sechsmal größer als die eines Menschen.

Ihre Fingerspitzen bestanden aus Hammerköpfen.

»Allerdings regt sich noch immer ein gewisser Widerstand«, murmelte Ur. Ihre Finger umklammerten den Topf so fest, daß ihre Knöchel weiß hervortraten.

Qeteb legte den Kopf in den Nacken und brach in ein schallendes Gelächter aus. »Drachenstern womöglich? Und seine nutzlosen Helfershelfer? Eine Zuflucht voller verängstigter Dummköpfe? Es gibt keine Magie mehr, die ich nicht beherrsche oder in wenigen Tagen beherrschen werde. Keinen Ort mehr, an dem sie sich verstecken könnten. Und keine Seele, die nicht schon bald mir gehören wird!«

Seine Stimme war zu einem Brüllen angewachsen, er spuckte die Worte mit großer Verachtung und Überheblichkeit aus.

Ur wandte den Kopf ab, um ihr Gesicht vor den Dämonen zu verbergen.

Qetebs riesige rechte Hand schoß plötzlich vor und packte die Mutter an der Gurgel. »Dummes Weibsstück«, zischte er, und die Muskeln seines Armes spannten sich. »Eure Zeit ist abgelaufen.«

Und seine Faust schloß sich um ihren Hals.

Drachenstern führte seine Gefährten ins Innere des Sternenfingers, als Faraday unvermittelt stehen blieb, sich mit einer Hand an der Wand des Ganges abstützte und aufstöhnte.

Sie sank zu Boden, und ihr Stöhnen wurde noch furchterregender. Drachenstern schlang die Arme um sie.

»Faraday? Faraday, hörst du mich? Was ist mit dir?«

Sternenfreude sah neugierig zu. War es die Finsternis im Inneren des Berges? War sie eine Frau, die Licht brauchte, um ihre Zuversicht und Lebensfreude zu nähren?

Faraday schrie.

Die Mutter wand sich in Qetebs Griff, obwohl sie sich alle Mühe gab, stillzuhalten und den Tod hinzunehmen.

Sie hob die Hände und ließ sie dann kraftlos wieder sinken.

Ihre Augen waren fest auf Qetebs verzerrtes, rot angelaufenes Gesicht gerichtet, auch wenn ihr Blick von Furcht und Schrecken erfüllt war.

Ur beugte sich vor und packte den Rock der Mutter.

Qetebs Griff verstärkte sich, und die Augen der Mutter quollen im Todeskampf hervor.

Faradays Leib wurde von Krämpfen geschüttelt, und Drachenstern wußte nicht, was er tun sollte. Leah und Gwendylyr rangen verzweifelt die Hände. Die anderen standen hilflos im Kreis um die beiden am Boden Kauernden herum.

Drachenstern hob den Kopf und starrte Sternenfreude argwöhnisch an.

»Mich trifft keine Schuld«, sagte Sternenfreude und zuckte die Achseln. »Ich weiß nicht, was ihr fehlt.«

Nicht ihre Worte, sondern vielmehr die vollkommene Gleichgültigkeit in ihrer Stimme überzeugte Drachenstern am meisten davon, daß sie die Wahrheit sprach. Er warf Sternengrazie einen Blick zu – sie hob ebenfalls die Schultern – und sah dann wieder Faraday an.

Rote Striemen waren an ihrem Hals erschienen, und ihre Augen quollen vor Schmerz hervor.

»In meiner Hand«, sagte Qeteb und wandte sein Gesicht den anderen Dämonen zu, »halte ich das Leben dieses Landes. Ist es nicht erbärmlich anzusehen?«

Blut floß am Ausschnitt des Kleides der Mutter hinab und tropfte auf ihr Mieder.

»Jetzt kann uns nichts mehr aufhalten«, sagte Scheol. Sie hatte ihrer Schweineschnauze eine elegantere Form verliehen.

»Außer Blindheit«, sagte Ur und Qeteb knurrte.

»Kann denn Blindheit sie jetzt noch retten?« fragte er, und seine Faust packte noch fester zu.

Mit einem Knacken brach das Genick der Mutter.

Urs Gesicht verzerrte sich, ihre Hand krallte sich in das Kleid der Mutter, dann sackte sie beinahe leblos nach vorn und ließ los.

Ein Schrei hallte durch den Gang, und Drachenstern starrte Faraday an. Wie konnte sie so laut schreien, ohne den Mund zu öffnen?

Er hatte geglaubt, sie hätte sich wieder ein wenig beruhigt.

»Leah!« rief Gwendylyr, und Drachenstern blinzelte irritiert. Ihm wurde klar, daß es gar nicht Faraday gewesen war, die geschrien hatte.

Leah hatte sich abgewandt und wälzte sich nun auf dem Boden des Ganges, ebenso schmerzerfüllt wie Faraday, die Arme um den Leib geschlungen, und schrie, als hätte ihr letztes Stündchen geschlagen.

Sternenfreude wandte sich ab und verdrehte die Augen. Konnten sie nicht einmal ein paar Schritte den Gang hinuntergehen, ohne daß irgendeine Tragödie von epischen Ausmaßen geschah? Wen hatte Drachenstern da um sich gesammelt?

»Also wirklich«, murmelte sie.

Qetebs Faust öffnete sich, und die Leiche der Mutter fiel zu Boden.

Seine Hand nahm wieder ihre normale Größe an.

Ur blinzelte und blickte auf, als sei sie gerade aus einem Mittagsschläfchen erwacht und ein wenig verwirrt angesichts der Zerstörung und des Todes um sie herum.

Qeteb stand etwa zwei Schritte von ihr entfernt, ein charmantes Lächeln auf dem Gesicht.

Die Leiche der Mutter lag zwischen ihnen.

»Närrisches Hutzelweib«, sagte Qeteb in liebenswürdigem Tonfall zu Ur, »Zeit zu sterben.«

Er streckte seine Fäuste nach Ur aus, die wieder zu riesiger Größe anwuchsen.

Ur hob den Kopf, sog prüfend die Luft ein und stieß dann einen Schrei aus.

Urbeth und ihre Töchter liefen und sprangen durch die verwüstete Landschaft.

Sie lächelten, denn sie freuten sich auf die Jagd. Die Mutter war tot, und das war ärgerlich, aber die Jagd ging weiter, selbst wenn die Erde schrie und im Sterben lag.

Qeteb zuckte zusammen und zog kurz die Fäuste zurück, dann gewann er die Fassung wieder. Dieses dumme Weib – warum veranstaltete es ein solches Theater?

Er streckte erneut die Hände aus. Mit der Mutter hatte er leichtes Spiel gehabt. Diese Frau würde ihm noch weniger entgegenzusetzen haben …

Etwas Scharfes, Schweres und sehr Schmerzhaftes traf ihn mitten auf der Stirn.

Er taumelte blinzelnd rückwärts.

Ur lehnte sich auf der Bank zurück und legte den schweren Terrakottaunterteller wieder auf den Topf.

Keiner der Dämonen hatte bemerkt, daß sie im selben Augenblick, als sie Qeteb geschlagen hatte, mit der anderen Hand etwas in den Topf getan hatte.

»Tattrige alte Krähe!« brüllte Qeteb und verwandelte sich in einen riesigen, borstigen Eber.

Drohend hob er die Hauer, seine Schweinsaugen waren rot und wutentbrannt.

»Das ist nun wirklich kindisch«, sagte Ur mit erstaunlicher Gelassenheit angesichts ihrer Lage. »Könnt Ihr mir nicht wie ein Mann entgegentreten?«

Qeteb nahm wieder seine gepanzerte Gestalt an.

»Besser?« fragte er, und Ur lächelte.

»Viel besser«, und wie durch Zauberei hielt sie plötzlich einen langen Ast in der Hand, der vom Feuer der Dämonen verkohlt war, und schlug damit auf Qetebs behelmten Kopf ein, während sie mit der anderen Hand den Topf fest umklammert hielt.

Die anderen vier Dämonen rückten näher heran, blieben aber immer noch auf Abstand und hielten ungläubig die Augen auf Qeteb gerichtet.

Er sollte doch wohl in der Lage sein, mit dieser hinfälligen Frau fertigzuwerden! War er etwa so schwach?

Im Nu nahmen ehrgeizige Pläne in den Köpfen der Dämonen Gestalt an.

War Qeteb ... verwundbar?

Qeteb brüllte, hob die Arme und versuchte, den Ast zu pakken.

Aber Ur war in ihrem Element, tänzelte lachend und frohlokkend auf flinken Füßen um den Dämon herum, wedelte mit dem Ast durch die Luft, um Qetebs Händen zu entkommen, und ließ ihn immer wieder auf seinen gepanzerten Kopf niedersausen.

Qeteb verlor plötzlich die Geduld. Blitzschnell verwandelte er sich in ein winziges Wiesel, schlüpfte unter Urs Gewand und biß ihr in die Fußgelenke.

Ihr meckerndes Lachen verstummte, sie tanzte noch wilder als zuvor umher und hieb mit dem Ast zwischen ihre Beine, um das lästige flinke Tier zu erschlagen.

Plötzlich schrie sie auf und stürzte zu Boden, den Topf noch immer schützend umklammert, und ihre Röcke waren blutbefleckt.

Das Wiesel streckte seinen neugierigen Kopf unter ihrem Rocksaum hervor und kam herausgekrochen.

Qeteb nahm wieder seine gepanzerte Gestalt an und hob seinen eisenbeschlagenen Stiefel.

»Ich werde Euch zertreten«, knurrte er.

Und sein Fuß sauste herab.

»Die Mutter ist fort«, flüsterte Faraday, die Finger an der Kehle. »Tot.«

Drachenstern ließ den Kopf in die Hände sinken. Urbeth hatte ihr also nicht geholfen.

Leah lag nun wieder ruhig da. Sie war bei Bewußtsein, wenn auch sehr bleich und schwach. Goldmann und Gwendylyr kauerten besorgt an ihrer Seite.

Leahs Hände lagen noch immer schützend auf ihrem Bauch.

Bei den Göttern, dachte Drachenstern, während er seine Gefährten betrachtete. Wie um alles in der Welt sollen wir die Dämonen besiegen und Tencendor wieder zum Leben erwecken?

Eins nach dem anderen, dachte er. Einen Schritt nach dem anderen.

»Sternenfreude«, sagte er und stand auf. »Wenn du und Sterngrazie tatsächlich auf unserer Seite seid, könnt ihr vielleicht Faraday in eines der unterirdischen Gemächer geleiten.«

Sternenfreude zögerte, ihr Gesicht war undurchdringlich, dann bedeutete sie Sternengrazie, ihr zur Hand zu gehen, und beide beugten sich vor, um Faraday aufzuhelfen.

Sternengrazie hinkte ein wenig, weil ihre Füße sich ständig in Klauen und wieder zurück verwandelten.

Qetebs Fuß verfehlte sein Ziel. Im selben Moment, als er nach Urs Leib trat, kam von der Seite etwas Riesiges, Weißes angesprungen. Qeteb stürzte zu Boden und wälzte sich verzweifelt hin und her, um das Ding abzuschütteln, das ihn angegriffen hatte.

Seine dämonischen Gefährten mußten sich ebenfalls gegen zwei weiße Geschöpfe zur Wehr setzen, deren Ansturm sie fünfzehn oder achtzehn Schritt zurückgeworfen hatte.

Ur stand auf, und ihre Bewegungen waren wieder die einer gebrechlichen alten Frau. Sie stellte den Topf auf den Boden und klopfte sorgfältig ihr Gewand aus.

Die Geräusche des Kampfes, der um sie herum tobte, beachtete sie nicht weiter.

Als sie schließlich ihr Gewand und auch ihr Haar gerichtet hatte, hob sie den Topf auf, klemmte ihn sich unter den Arm und sagte: »Ich bin bereit.«

Die drei Eisbären traten den Rückzug an, ihre knurrenden Mäuler weiterhin den Dämonen entgegengereckt.

»Ein netter Trick«, sagte Qeteb, »der Euch jedoch nicht lange nutzen wird.«

Einer der Eisbären verwandelte sich in eine hochgewachsene, anmutige Frau, deren graues Haar mit Silberfäden durchzogen war.

»Die Magie ist noch nicht gänzlich ausgelöscht«, flüsterte sie, »und selbst inmitten des Todes, Qeteb, werdet Ihr Euch entsinnen, daß es die Möglichkeit einer Wiederauferstehung gibt.«

Der Dämon der Mittagsstunde verlor die Geduld. Er nahm all seine Macht zusammen und legte den Kopf in den Nacken. Mit einem Klicken öffnete sich sein Visier.

Schwarzer Rauch quoll daraus hervor und hüllte seinen Kopf ein.

»Ein sehr hübscher Trick«, flüsterte Urbeth, »aber ich fürchte, keiner von uns wird lange genug ausharren wollen, um zu erfahren, was er bewirkt.«

Sie breitete die Arme aus, und Ur und die beiden anderen Bären traten näher an sie heran.

»Ihr habt Euch Zeit gelassen, Schwester«, sagte Ur, und Urbeths Gesicht verfinsterte sich.

Über Qetebs Kopf nahm der schwarze Rauch die Gestalt eines Schlangenkopfes an.

»Jetzt ist nicht der Zeitpunkt, um über meine Fehler zu sprechen«, sagte Urbeth, während sie sich und die anderen drei in einen dichten Schneesturm hüllte.

Qeteb stieß mit der Schnelligkeit und Zielsicherheit einer Giftschlange herab, doch seine Zähne bissen ins Leere.

Die beiden Frauen und die Eisbären waren verschwunden.

29

Familienbande

Sternenströmer fand Zenit in einem der abgelegeneren Gänge der Palastanlage der Zuflucht und wunderte sich über ihren ausweichenden – beinahe schuldbewußten – Blick, als sie ihn erkannte und zögernd stehenblieb.

Dann erhellte ein herzliches, etwas gekünsteltes Lächeln ihr Gesicht.

Aber das Zögern war immer noch da. Sternenströmer konnte es in ihren schönen Augen sehen.

»Hallo Zenit«, sagte er und streckte die Hand aus, um ihr einige der Leinentücher abzunehmen, die sie trug. »Laßt mich Euch tragen helfen.«

»Aber ich dachte … Axis würde Euch brauchen.«

Sternenströmer lachte. »Axis? Mich brauchen? Niemals! Er hat eine Armee, die Seewache und Tausende von Vogelmännern und -frauen zu seiner Verfügung. Er braucht mich wirklich nicht.«

Seit Drachensterns Abreise hatte Axis keine Zeit verloren und umgehend mit der Suche nach einem Fluchtweg aus der Zuflucht begonnen. Die Brücke konnte doch wohl nicht der einzige Ausgang gewesen sein …

»Und habt Ihr schon etwas gefunden?«

»Zenit, die Suche hat erst vor wenigen Stunden begonnen. Und die Zuflucht …« Sternenströmer versank in Schweigen, während er neben Zenit herging. Die Zuflucht war riesig. Sie erstreckte sich anscheinend bis ins Unendliche. Sternenströmer hatte Berichte von Ikariern gehört, die so weit geflogen waren, wie sie konnten, und darin hieß es stets nur, daß sich das Land immer weiter ausdehnte. Es gab kein »Ende«, keine Begrenzungsmauer oder gar Hintertür, an der ein hilfreiches Schild mit der Aufschrift *Notausgang* angebracht war.

»Und die Zuflucht wahrt ihre Geheimnisse gut«, schloß Sternenströmer schließlich ein wenig lahm. »Genau wie Ihr. Wo seid Ihr gewesen? Niemand hat Euch in den letzten paar Tagen gesehen.«

Wo seid Ihr gewesen? Mit wem wart Ihr zusammen?

»Ich habe mir eine Beschäftigung gesucht«, sagte Zenit, ihr Tonfall klang so unglaubwürdig wie ihre Worte.

»Halt«, sagte Sternenströmer. Er ließ den Stapel Leinentücher einfach zu Boden fallen, nahm Zenit den ihren ab, warf ihn ebenfalls auf die Erde und ergriff ihre Hände.

Sie erstarrte, und ein ängstlicher Ausdruck trat in ihr Gesicht. »Ihr sagtet, Ihr würdet es nicht tun«, sagte sie.

»Was würde ich nicht tun? Euch lieben? Ich kann nicht anders. Zenit ... was geht hier vor?«

Sie wandte den Blick ab, ihre Augen suchten verzweifelt nach etwas, an das sie sich klammern konnten.

In dem kahlen Gang gab es jedoch nichts, und so wanderte Zenits Blick widerstrebend zu Sternenströmers Gesicht zurück.

»Bei wem seid Ihr gewesen?« fragte er leise. Der Griff seiner Hände verstärkte sich ein wenig.

Zenit schloß kurz die Augen, holte tief Luft und nahm dann allen Mut zusammen. »Bei Wolfstern.«

»Was? Wie?« Sternenströmer ließ ihre Hände los und taumelte vor Überraschung einen Schritt zurück. »Warum ausgerechnet bei Wolfstern?«

Zenits Augen füllten sich mit Tränen, und sie rang die Hände. »Sternenströmer, ich wollte dem Alptraum ein Ende machen. Ich mußte ihn sehen und mit meinen Gefühlen ins Reine kommen.«

»Und ist Euch das gelungen?« Aus Sternenströmers Gesicht war alle Farbe gewichen, aber seine Augen funkelten so zornig, daß Zenit gegen den Drang ankämpfen mußte, davonzulaufen.

»Ich habe ... festgestellt, daß ich gern in seiner Gesellschaft bin«, flüsterte sie.

Sternenströmer war so erschüttert, daß er kein Wort hervorbrachte. Ihr gefiel es, mit Wolfstern zusammenzusein, aber nicht mit ihm?

»Es hat mir gut getan, mit ihm über alles zu reden.«

»Und mit mir könnt Ihr nicht reden?« fragte Sternenströmer.

Zenit zuckte zusammen und wandte den Kopf ab.

»In meiner Gesellschaft fühlt Ihr Euch unwohl, aber mit dem Mann, der Euch mißbraucht und gedemütigt hat, könnt Ihr gemütlich plaudern?«

»Er hat sich geändert ...«

»Ach was! Wolfstern wird sich niemals ändern! Zenit, was könnt Ihr bei ihm finden, das ich Euch nicht auch geben kann?«

Ihre Augen füllten sich mit Tränen. »Er ist für mich nicht das, was Ihr für mich seid«, brachte sie schließlich hervor.

Sternenströmers Gesicht und Stimme waren hart. »Und was wäre das?«

»Mein Großvater.«

Nichts hätte Sternenströmer mehr erschüttern können. Verwirrt sah er sie an, unfähig die Tragweite dessen zu begreifen, was sie gerade gesagt hatte.

»Und habt Ihr sein Lager geteilt«, flüsterte er rauh, »wenn Euch das meine schon nicht zusagt?«

Sie starrte ihn an, dann hob sie die Hand und schlug ihn heftig ins Gesicht.

Dann sammelte sie schweigend die Leinentücher ein und marschierte mit hoch erhobenem Haupt den Gang entlang davon.

Sternenströmer blickte ihr nach; eine Welt brach für ihn zusammen.

In Wolfsterns Gemach war es kühl und dunkel, nur eine einzige Lampe brannte an der dem Eingang gegenüberliegenden Wand.

Ohne etwas zu sagen, legte Zenit die Leinentücher in die Truhe, wandte sich um und setzte sich auf den Hocker neben Wolfsterns Bett.

Er streckte die Hand aus, und Zenit ergriff sie ohne Zögern.

»Was ist los?« fragte er.

Da ließ Zenit ihren Tränen freien Lauf. Was machte sie hier eigentlich? Da stimmte doch etwas nicht. Sie wünschte sich nichts so sehr, als daß Sternenströmer ihre Hand hielt, daß sie sich an ihn lehnen, sich ausweinen konnte und er sie tröstete.

Sie wollte doch nur Sternenströmer, und dabei saß sie hier bei Wolfstern. Warum? Warum denn nur?

Weil sie sich seltsamerweise in Wolfsterns Gesellschaft so wohl fühlte, wie das bei Sternenströmer niemals der Fall war. Sternenströmer war ihr liebender, fürsorglicher Großvater.

Wolfstern hingegen war einfach nur ein Mann – einer, der verwirrende, widerstreitende Gefühle in ihr wachrief, das schon, aber eben nur irgendein Mann.

Obwohl eigentlich auch er ihr Großvater war, nahm Zenit ihn nicht als solchen wahr.

Er war einfach nur ein Mann. Aber immerhin ein Sonnenflieger. Ein Mann aus ihrer eigenen Familie, und daher ein Mann, dem sie vielleicht vertrauen konnte.

Sie zog die Hand zurück, und Wolfstern ließ sie los.

»Hat die Heilerin heute schon nach Euren Wunden geschaut?« fragte sie, obwohl sie die Antwort bereits wußte, weil sie den Wachmann vor der Tür danach gefragt hatte.

»Ja. Ich fühle mich … besser.«

Wolfstern sah tatsächlich besser aus. Ob nun durch das Wirken der Heiler, den zweifellos günstigen Einfluß der sauberen, unverdorbenen Luft in der Zuflucht oder einfach durch seine eigenen bemerkenswerten Heilungskräfte, Wolfstern befand sich auf dem Wege der Besserung. Er hatte eine gesunde Gesichtsfarbe, sein Atem ging ruhig, die Wunden verschorften und heilten sauber, und er konnte sich im Bett bewegen, ohne dabei Schmerzen zu erleiden.

Schon bald, dachte Zenit, wird er das Bett verlassen und hier herumlaufen können.

Bei dem Gedanken erstarrte sie.

»Ich werde dir niemals wieder etwas zuleide tun«, sagte Wolfstern und betrachtete sie aufmerksam.

Zenit verzog den Mund. »Und wenn ich mir selber etwas zuleide tue?« sagte sie.

Wolfstern richtete sich mühsam auf einem Ellenbogen auf. »Warum solltest du?« fragte er.

Zenit blickte ihn an. Sein Gesicht und sein Körper waren von den schwankenden Schatten halb verborgen, die die flackernde Lampe hervorrief, aber sie konnte das Leuchten seiner Augen sehen, die harten Kanten seines Gesichts, die Wölbung seiner Brust.

»Sternenströmer und ich«, sagte sie in beiläufigem Tonfall, »hatten eine kleine Meinungsverschiedenheit.«

»Ach?«

Zenit starrte Wolfstern argwöhnisch an, doch aus seiner Stimme war nicht der leiseste Hauch von Sarkasmus oder Triumph herauszuhören. In seinem Gesicht zeichnete sich lediglich die Anstrengung ab, die es ihn kostete, sich aufrecht zu halten, um sie anzusehen.

Zenit zuckte mit den Achseln und wandte den Blick ab. »Wir sind Sonnenflieger«, sagte sie, »und unser Blut bindet uns aneinander.«

Sie sah wieder Wolfstern an, doch sein Gesicht war undurchdringlich, und er schwieg.

»Aber ... aber so sehr ich Sternenströmer auch liebe – und das tue ich – und so sehr ich ihn mir zum Geliebten wünsche, so sehr widerstrebt dies mir.«

»Ja«, sagte Wolfstern, und seine Stimme war leise und nachdenklich. »Du bringst es nicht über dich, nicht wahr?«

Zenit schwieg.

»Du bist Aschures Tochter«, sagte Wolfstern, »und du könntest ebensowenig deinem Großvater beiliegen, wie du dein eigenes Kind ins Feuer werfen könntest.«

Dann brach er in Gelächter aus, offenbar ehrlich belustigt. »Ach! Ich habe ganz vergessen, daß du dazu durchaus in der Lage bist und es sogar schon einmal getan hast, nicht wahr? Oh nein, Zenit, geh nicht. Ich lache, aber über meine eigene Dummheit und meine gedankenlosen Worte. Bitte bleib. Ich bitte dich.«

Zenit sank wieder auf den Hocker zurück und gestattete Wolfstern, ihre Hand zu ergreifen.

Die seine war warm, trocken und sehr weich und beruhigend.

»Ich habe die falschen Worte benutzt«, sagte er, »aber was ich damit meinte, ist nur zu wahr. Sternenströmer ist dein geliebter Großvater, und so gern ich auch über ihn herziehe, er hat einige gute Seiten – die des warmherzigen, fürsorglichen Großvaters ist eine davon. Aber nun möchte er mit dir das Lager teilen. Arme Zenit. Deine acharitische Zurückhaltung muß sich gegen deine ikarischen Sehnsüchte zur Wehr setzen. Und ich«, seine Stimme senkte sich und seine Hand umfing sanft ihr Handgelenk, »bin ein kräftiger Ikarier ohne solche Zurückhaltung. Ein Mann, der dich mißbraucht und dir Unrecht getan hat, wohl wahr, aber einer, der angemessen bestraft wurde, seine Taten bedauert … und das Blut der Sonnenflieger in sich trägt.«

»Schweigt!«

Sein Griff verstärkte sich. »Haß dich selbst, Zenit. Nicht mich. Nicht dafür, daß ich die Wahrheit gesprochen habe.«

Wolfstern hielt inne, und als er weitersprach, klang seine Stimme hart. »Warum bist du hier? Warum bist du zu mir zurückgekehrt?«

30

EIN GESCHENK DES HIMMELS

Sternenströmer hatte recht: Axis verfügte über genügend Unterstützung, ohne noch jemanden um Hilfe bitten zu müssen. In der Zuflucht gab es viele, die ihm helfen wollten, und obwohl nur wenige tatsächlich begriffen, in welcher Gefahr die Zuflucht schwebte, waren es für Axis' Zwecke doch mehr als genug.

Da war die Seewache, die Däumchen drehte, weil Drachenstern sie im Augenblick nicht brauchte; Zared und die große Armee, die er befehligte; und Zehntausende anderer Ikarier. Obwohl Axis lediglich Freierfall, Abendlied und ihren persönlichen Beratern erzählt hatte, welche Gefahr der Zuflucht von den Dämonen drohte, verfügten sie über genügend Leute, um selbst den unendlichen Himmel der Zuflucht mit ihnen zu verdunkeln.

»Ein paar Hundert werden ausreichen«, hatte Axis lächelnd gesagt.

Jetzt standen er, Aschure, Zared und Freierfall auf einem der größeren Balkone im Zentrum der Palastanlage. Katie klammerte sich an Aschures Röcke, so wie sie sich früher an die Faradays geklammert hatte. Das Mädchen war in den letzten Stunden sehr still gewesen, und als Aschure sich deswegen Sorgen gemacht und sie gefragt hatte, was mit ihr sei, hatte sie nur den Kopf geschüttelt und geschwiegen.

Der Tod der Mutter hatte Katie das Ausmaß ihres eigenen Opfers bewußt gemacht.

Eine leichte, warme Brise wehte über den Balkon, zerrte an Umhängen und Hemdsärmeln und drückte Aschures Gewand an ihren Körper. Zared, der die Untätigkeit satt hatte, schritt ruhelos auf dem Balkon auf und ab und betrachtete ihn. Er war in einem wunderschönen, transparenten Türkis gefliest und besaß lachsfarbene Kristallsäulen, auf denen eine Balustrade aus dem gleichen Material ruhte.

»Solche Fliesen hätte ich nicht in Auftrag gegeben«, sagte Zared trocken.

»Vielleicht hatte der Feind einen etwas ungewöhnlicheren Geschmack, was Farben und Formen betrifft, als seine Nachkommen«, sagte Aschure und fuhr Katie mit einer Hand geistesabwesend übers Haar.

»Vielleicht«, sagte Freierfall, ging zu der Balustrade und blickte auf die Obstgärten und Felder hinaus, die sich unter ihnen ausbreiteten, bevor er sich zu den anderen umwandte, »bewahrt die Zuflucht auch nur all die Farben und Formen auf, die in der Welt über uns verlorengegangen sind. Kein Wunder, daß sie uns mitunter ein wenig zu bunt erscheint.«

Axis seufzte und kämpfte gegen den Drang an, unruhig auf und ab zu laufen. Wo blieben die Späher, die er schon vor Stunden ausgesandt hatte? Gab es denn gar nichts zu berichten?

»Vergebliche Mühe«, sagte er, kreuzte die Arme vor der Brust und klopfte ungeduldig mit dem Fuß auf den Boden, »wenn die Zuflucht dann doch über uns zusammenbricht.«

Axis' Blick huschte himmelwärts, als könnte er dort bereits Risse erkennen. Er erinnerte sich daran, wie die Schilde, die das Sternentor hatten schützen sollen, dem Ansturm der Dämonen nachgegeben hatten, und er glaubte, dasselbe würde schließlich auch mit dem Himmel der Zuflucht geschehen.

Isfrael sei verflucht, dachte er und verzog spöttisch den Mund. In den letzten vierzig Jahren hatte er die ganze Zeit über den falschen Sohn verflucht. Er hätte Drago in Liebe aufziehen sollen statt in Haß.

Aber hätte Liebe ihn zu dem Mann gemacht, der er jetzt war?

»Was ist eigentlich mit den anderen Sternengöttern?« fragte Zared.

Aschure warf Axis einen Blick zu und hob dann anmutig die Schultern. »Ich glaube, die Ereignisse der letzten Monate sind zuviel für sie gewesen.«

»Sie kommen damit nicht zurecht?« Zared hob ungläubig eine Augenbraue. »Was sind das denn für Götter?«

Axis lachte rauh. »Wir sind keine Götter mehr, Zared. Für Adamon, Xanon und die anderen war der Schock überwältigend. Seit Zehntausenden von Jahren haben sie sich nicht mehr mit dem Tod beschäftigt. Kein Wunder, daß es ihnen schwerfällt, sich daran zu gewöhnen. Für Aschure und mich«, er hob die Hand und streichelte seiner Gemahlin kurz über die Wange, »war der Schock weniger groß, wenn auch trotzdem schmerzhaft. Wir besaßen die Unsterblichkeit noch nicht lange, und ...«

»Wir konnten uns leichter wieder an die Beschränkungen eines sterblichen Körpers gewöhnen«, beendete Aschure den Satz für ihn. »Die anderen ehemaligen Götter bleiben unter sich und hassen sich für ihre Nutzlosigkeit.«

»Und nun«, sagte Zared und blickte Axis an, »hat Euer Dasein wieder einen Sinn. Bringt uns hier raus, Axis!« Zareds Stimme wurde lauter, und er trat drei oder vier Schritte auf Axis zu. »Bringt uns bitte bald hier raus! Leah ist irgendwo dort oben«, er wies hilflos auf den Himmel, »und ich muß zu ihr.«

»Ich werde tun, was ich kann, Zared«, sagte Axis ruhig, trat auf seinen Bruder zu und legte ihm beschwichtigend die Hand auf den Arm. »Aber wir können nichts tun, solange ...«

»Axis!« Freierfall deutete auf den Himmel.

Acht Männer und Frauen der Seewache kreisten hoch über ihren Köpfen und kamen langsam auf den Balkon herabgesegelt.

Flügelkamm war der erste, der landete. »Sternenmann«, sagte er und salutierte.

Axis' Herz machte bei der Anrede einen Sprung. Es war Jahre her, seit ihn jemand mit diesem Titel angesprochen hatte ... und in einem solch ehrerbietigen Tonfall ...

»Ja?« sagte er.

Flügelkamm zuckte hilflos die Achseln, und Axis spürte bittere Verzweiflung in sich aufsteigen. Sie hatten also nichts gefunden.

»Nichts«, sagte Flügelkamm.

»Gar nichts?« fragte Aschure.

Flügelkamm seufzte, als die anderen Mitglieder seiner Abteilung der Seewache um ihn herum landeten. »Wir sind so weit geflogen, wie wir konnten«, sagte er.

»Aber Ihr habt trotzdem nicht die gesamte Zuflucht abgesucht?« erkundigte sich Freierfall.

»Warum seid Ihr dann zurückgekehrt?« fragte Zared.

Flügelkamm warf ihm einen ärgerlichen Blick zu. Die Bodenbewohner glaubten stets, sie wüßten alles besser!

»Wir sind zurückgekehrt, weil wir soviel von der Zuflucht durchmessen haben, wie es uns nur je möglich sein wird«, sagte Flügelkamm an Axis gewandt. Der Mann besaß wenigstens Geduld!

Flügelkamm hielt inne, sammelte sich und versuchte dann die richtigen Worte zu finden, um das Unerklärliche zu erklären.

»Wenn es nur zwölf Menschen in der Zuflucht gäbe«, sagte er schließlich, und seine Stimme war sanft und nachdenklich, »würde die Zuflucht genügend Raum für zwölf Menschen schaffen. Wenn sich zwölf Millionen in der Zuflucht befänden, würde sie Platz für zwölf Millionen schaffen. Wir ... wir sind so weit geflogen, wie wir konnten ... aber wir werden niemals das Ende der Zuflucht erreichen können, Axis, weil ...«

»Weil die Zuflucht sich einfach immer weiter ausdehnt, je weiter Ihr fliegt«, sagte Zared. »Sie ist sehr hilfreich und wird größer, wenn mehr Raum gebraucht wird.«

Flügelkamm blinzelte und stellte fest, daß Zared wohl doch nicht völlig auf den Kopf gefallen war. »Ja. Je weiter wir flogen, desto weiter dehnte sich die Zuflucht aus. Die Landschaft verlängerte sich immer mehr in die Ferne. Ununterbrochen. Je schneller wir flogen, desto schneller entfaltete sich die Landschaft unter uns. Die Zuflucht hat kein Ende, keine Begrenzungsmauer. Sie ist einfach zu verflucht hilfreich und entgegenkommend!«

»Bei den Sternen«, sagte Axis schwach. Er wandte sich um und ging einige Schritte weit, um Ordnung in seine Gedanken zu bringen. Nun gut, es gab also keine Hintertür, aber es mußte doch irgend etwas geben, was sie tun konnten, etwas, nach dem sie suchen konnten ...

»Axis!« hörte er Aschure warnend rufen, und er wirbelte herum.

Alle waren auseinandergesprungen und hatten unter Stühlen oder der Balustrade des Balkons Schutz gesucht.

Axis hob den Kopf, und im nächsten Moment sprang auch er beiseite.

Etwas sehr Großes, Weißes fiel vom Himmel herab.

»Also wirklich«, sagte Urbeth und erhob sich von dem bunten gefliesten Boden des Balkons, »irgend jemand hier hat einen entsetzlichen Geschmack.«

Hinter ihr ließen sich zwei Eisbären auf den Hinterbeinen nieder, die Gesichter mißmutig verzogen, während sie sich mit ihren riesigen Krallen das unordentliche Fell kämmten.

Und hinter den Bären saß eine äußerst grimmige, uralte Frau, die einen Terrakottatopf umklammert hielt. Sie murmelte etwas vor sich hin, und nach dem, was Axis davon verstehen konnte, war es besser, daß sie es nicht laut aussprach.

Alte Frauen sollten eigentlich keine solchen wüsten Flüche kennen.

»Urbeth?« sagte Aschure leise und kam langsam auf die Beine. Katie stand ebenfalls auf, und zum ersten Mal seit Stunden wirkte sie erleichtert ... beinahe fröhlich. Sie starrte den Topf an, den die alte Frau hielt, löste sich ohne ein Wort von Aschure, ging zu Ur hinüber und setzte sich neben sie.

Katie streckte zögernd die Hand aus, berührte den Topf, und ein strahlendes Lächeln erschien auf ihrem Gesicht.

Ur blickte sie an, ihre Züge wurden weicher, und sie lächelte ebenfalls. »Was für ein hübsches Mädchen«, sagte sie. »Kann eine mürrische alte Dame hier irgendwo eine Tasse Tee bekommen?«

Zared, Freierfall und die Mitglieder der Seewache waren zur Palastmauer zurückgewichen und beobachteten argwöhnisch, was da vor sich ging. Ihre Hände ruhten auf ihren Waffen, aber da Axis und Aschure nicht weiter beunruhigt schienen, schritten sie nicht ein.

Außerdem hatte Zared das Gefühl, daß ihm die beiden Eisbären, die immer noch mißmutig ihr Fell kämmten, seltsam bekannt vorkamen. Irgendwie.

»Urbeth«, sagte Axis in einem Tonfall, der zu seiner Erleichterung fest und bestimmt klang. »Was geht hier vor? Wie seid Ihr hierhergelangt? Wer ist das?« fragte er und wies auf Ur.

»Nun«, sagte Urbeth höflich, »könnt Ihr mir zunächst einmal sagen, an welchem Ort wir uns befinden?«

Axis warf Aschure einen Blick zu. Sie nickte ihm zu und Axis wandte sich wieder an Urbeth. »Ihr seid in der Zuflucht.«

»Aha«, sagte Urbeth, ging einige Schritte auf und ab und blickte sich um. »Eine nutzlose Zuflucht. Warum seid Ihr immer noch hier? Genießt Ihr die Aussicht?«

»Wir suchen nach einem Ausgang«, sagte Axis. »Einer Hintertür vielleicht, denn der Haupteingang ist uns verwehrt. Aber …«

Urbeth seufzte schwer und setzte sich. »Bringt denn ohne meine Hilfe niemand etwas zuwege? Ach!«

Sie verdrehte die Augen.

»Könnt Ihr uns helfen?« fragte Aschure vorsichtig.

Urbeth schenkte ihr ein furchteinflößendes Grinsen. »Das kommt darauf an«, sagte sie.

»Worauf?« fragte Axis.

»Darauf, ob ihr erneut die Bekanntschaft der Skrälinge machen wollt«, sagte Urbeth.

31

Sternenfreudes erstaunlicher Wandel

»Redet«, sagte Drachenstern.

Sie hatten sich im tiefsten Inneren der Katakomben des Sternenfingers versammelt. Hier hatte Faraday einst das Kind gefunden, dessen Schreie sie im Schlaf verfolgten; hier hatten Caelum und Drachenstern Frieden geschlossen.

Jetzt war es in dem Gemach ein wenig beengter und weitaus ungemütlicher als damals.

Sternenfreude und Sternengrazie hatten sich in der Mitte des Raumes niedergelassen. Sternenfreude hatte ihr rotes Gewand wieder auf solche Weise um sich gelegt, daß ihr Körper am vorteilhaftesten zur Geltung kam. Sternengrazie hatte sich auf ihre Fersen niedergehockt, eine schöne und zugleich traurige Kindfrau, deren dunkles Kleid sich ständig von Stoff in Federn verwandelte und deren Hände unablässig zwischen Klauen und zarten, unschuldigen Fingern hin und her wechselten.

Da sie so lange das Antlitz eines Falken getragen hatte, fühlte sich Sternengrazie in ihrer ursprünglichen Gestalt inzwischen unwohl.

Um sie herum saßen Drachenstern, seine fünf Zauberer und Zauberinnen und zwei Staffeln der Luftarmada. Die durchscheinenden Körper der Angehörigen der Luftarmada, ihr leuchtendes Gefieder, dessen Glanz selbst die feuchte Luft nicht dämpfen konnte, bildeten einen silbrig funkelnden Hintergrund.

Die übrigen Kämpfer der Luftarmada befanden sich in den Gängen außerhalb des Gemachs.

»Worüber sollen wir reden?« fragte Sternenfreude und riß in gespielter Überraschung die Augen auf.

Drachenstern winkte ungeduldig und ging einige Schritte auf und ab. Faraday und Gwendylyr saßen etwas abseits und hatten Leah in die Mitte genommen. Leah wirkte immer noch erschöpft, aber ihr Gesicht war ruhig, und sie lächelte. Goldmann und Bannfeder standen hinter ihnen.

»Sternenfreude«, sagte Drachenstern, »du hast die Dämonen Tausende von Jahren begleitet. Ihre Rache war deine Rache. Sie waren deine Freunde.«

»Sie sind einmal auch deine Freunde gewesen.«

»Ich traue dir nicht, Sternenfreude.«

Sie lachte hell. »Und ich kann es dir nicht verdenken! Ich trage mit die Schuld an dem, was die Dämonen dir angetan haben.«

Drachensterns Blick wanderte zu Sternengrazie. Was tat sie hier nur?

»Sternengrazie und ich waren beide enttäuscht von den Dämonen«, fuhr Sternenfreude fort.

Sternengrazie verlagerte ihr Gewicht von einer Ferse auf die andere, sagte jedoch nichts.

»Sie haben uns Rache versprochen ...« – Sternenfreude zischte das Wort »Rache« – »... und was haben sie getan? Nichts! Sie hatten Wolfstern in ihrer Gewalt und haben ihn entkommen lassen. Sternengrazie, die anderen Falkenkinder und ich sind nur aus einem einzigen Grund nach Tencendor zurückgekehrt: um Wolfstern zu töten.«

Sternengrazie spuckte plötzlich aus und riß die Arme hoch, als wären es Schwingen.

Ihr schwarzes Kleid bauschte sich hinter ihr auf.

»Wir wollen ihn tot sehen!« sagte sie.

Gwendylyr wechselte einen Blick mit Faraday und hob angewidert die Augenbrauen. Faraday neigte ein wenig den Kopf und richtete den Blick wieder auf Drachenstern und Sternenfreude. Was hatte Drachenstern ihr über Sternenfreude erzählt? Nicht viel, soweit sie sich erinnerte.

Faradays Augen verengten sich.

»Sternengrazie will damit sagen«, fuhr Sternenfreude fort und stand geschmeidig auf, »daß uns die Dämonen zwar geholfen haben, nach Tencendor zurückzukehren, darüber hinaus haben sie jedoch wenig getan. Außer das Land zu zerstören.«

»Ihr müßt doch gewußt haben, daß sie das tun würden«, sagte Drachenstern.

Sternenfreude zuckte gleichgültig mit den Achseln. »Schon möglich.«

Sie ging langsam um Drachenstern herum und rückte mit jedem Schritt näher an ihn heran. Sie zupfte an ihrem scharlachrot-goldenen Gewand, damit es sich noch enger an die Rundungen ihres Körpers schmiegte. Ihre Augen waren unverwandt auf Drachensterns Gesicht gerichtet.

»Offenbar sind die Dämonen nun zu ihrem eigenen Feldzug aufgebrochen«, fuhr Sternenfreude fort, »und haben ihre Versprechen an uns vollkommen vergessen. Sternengrazie und ich sind ein wenig ungehalten und ungeduldig.«

Sie zog einen Schmollmund, legte den Kopf auf die Seite und schenkte Drachenstern ein Lächeln. »Wir haben die Dämonen satt«, sagte sie, »und würden uns gern unserem eigentlichen Ziel widmen. Wolfstern.«

Drachenstern musterte sie und richtete dann den Blick auf Sternengrazie. »Und was ist mit Euch? Und den anderen Falkenkindern?«

»Wir haben euch gejagt«, sagte Sternengrazie und lächelte. Im Gegensatz zu Sternenfreude war ihr Lächeln wild und bösartig. »Aber wir würden viel lieber Wolfstern jagen!«

»Deshalb«, sagte Sternenfreude, tat noch ein paar Schritte und machte dabei eine einladende Handbewegung, »möchten wir mit euch eine Übereinkunft treffen. Ihr helft uns, Wolfstern zu finden, und wir helfen euch im Kampf gegen die Dämonen. Wir alle können unser Ziel erreichen, wenn wir zusammenarbeiten.«

»Wie?« fragte Drachenstern. »Wie wollt ihr uns helfen?«

Sternengrazie lachte tief und rauh. »Indem wir den Dämonen nicht verraten, wo Ihr und Eure Gefährten sich aufhalten, Drachenstern Sonnenflieger. Qeteb wird den Falkenkindern befehlen, Euch aufzuspüren. Wir werden unsere Kreise ziehen, aber wir werden Euch leider nicht finden!«

»Können wir uns darauf einigen?« fragte Sternenfreude. »Ihr gebt uns Wolfstern, und wir helfen euch im Kampf gegen die Dämonen.«

Drachenstern betrachtete sie lange und nachdenklich und fragte sich, was sie ihm verschweigen mochte. Ihre Erklärungen klangen überzeugend ... auf den ersten Blick. Aber es steckte ganz sicher noch etwas anderes dahinter, das er im Moment nicht erkennen konnte, und das ließ ihn zögern.

Er wandte sich um und warf seinen fünf Zauberern und Zauberinnen einen Blick zu. *Nun?* fragte er sie. Bannfeder, der Sternenfreudes und Sternengrazies Vorschlag schon kannte, nickte. *Können wir es uns leisten, nein zu sagen? Wir können jede Hilfe gebrauchen.*

Gwendylyr und Faraday tauschten erneut Blicke. *Ich mag sie nicht,* sagte Gwendylyr in Drachensterns Geist, *aber heißt das, daß wir ihr nicht vertrauen können? Drachenstern, Ihr kennt die beiden am besten. Entscheidet Ihr.*

Drachensterns Mund verzog sich zu einem Lächeln – wer würde Sternenfreude und Sternengrazie jemals wirklich kennen? Ihre Gedanken und Gefühle waren das Ergebnis von dreitausend Jahre wütendem Haß, und ihre Beweggründe konnten nur von jemandem nachvollzogen werden, der ein ebensolches Schicksal hinter sich hatte.

Faraday? fragte er.

Sie zuckte mit den Schultern. *Es ist deine Entscheidung.*

Vielen Dank, erwiderte er ohne Bitterkeit. *Goldmann?*

Goldmann schenkte Sternenfreude und Sternengrazie ein Lächeln. Überraschenderweise erwiderte Sternengrazie sein Lächeln, während Sternenfreude erstaunt wirkte. *Ich stimme Bannfeder zu,* sagte er. *Uns bleibt keine Wahl. Außerdem sind sie ein Abenteuer, und ich für meinen Teil würde sie gern näher erforschen.*

Solange Ihr nicht das Lager mit ihnen teilt, sagte Drachenstern und grinste. *Sie würden Euch umbringen.*

Faraday warf ihm einen scharfen Blick zu, während Gwendylyr ihn mit offenem Mund anstarrte.

Drachenstern beachtete sie nicht weiter und ging vor Leah in die Hocke. *Nun?*

Auf ihrem Gesicht erschien ein sanftes, strahlendes Lächeln. *Ich glaube, sie sprechen die Wahrheit ... oder zumindest, soweit es uns betrifft. Wenn Ihr glaubt, daß Ihr Wolfstern opfern könnt, dann stimmt zu. Vertraut ihnen soweit, wie Ihr es vermögt, Drachenstern.*

Drachenstern blinzelte, mehr über Leahs innere Ruhe und Fröhlichkeit erstaunt als über ihre Worte – was war mit ihr geschehen, seit sie sich schreiend am Boden gewälzt hatte? Dann nickte er und erhob sich.

»Ich glaube, wir sind uns einig«, sagte Drachenstern zu den beiden Vogelfrauen.

»Wißt ihr denn, wo sich Wolfstern aufhält?« fragten beide erwartungsvoll, und Drachensterns Augen verengten sich.

In diesem Augenblick hatte er erkannt, daß Sternenfreude und Sternengrazie durchaus nicht dieselben Ziele verfolgten, auch wenn sie dies selbst vielleicht nicht wußten.

»Ja«, sagte er. »Wolfstern ist in der Zuflucht.«

Sie stärkten sich mit den Resten von gedörrten Früchten, die noch in den Untergeschossen des Sternenfingers gelagert waren, und dann wies Drachenstern seine Zauberer und Zauberinnen an, sich hinzulegen und auszuruhen.

»Morgen früh«, sagte er, »wird es losgehen.«

Faraday legte sich neben Leah und breitete ihren Umhang aus, und Drachenstern lächelte gequält. Wie es schien, herrschte zwischen ihm und Faraday wieder dieselbe Kühle wie einst auf ihrer Reise nach Gorken und Karlon.

Goldmann hatte für ihn in der Nähe des Feuers Platz geschaffen, das Bannfeder entzündet hatte, doch Drachenstern schüttelte den Kopf.

»Ich muß noch etwas erledigen«, sagte er und wandte sich ab.

Er blickte sich um. Sternengrazie war schon vor einer Stunde aufgebrochen, mit der Begründung, daß sie ihre Patrouille am Himmel fortsetzen mußte, bevor Qeteb und die anderen Dämonen zurückkehrten, aber Sternenfreude lag etwas abseits in einen dicken Wollumhang gewickelt auf dem Boden.

Drachenstern ging zu ihr hinüber und rüttelte sie sanft an der Schulter.

Sternenfreude öffnete ein Auge und warf ihm einen ärgerlichen Blick zu. »Ja?«

»Wir müssen miteinander reden«, sagte Drachenstern. »Sofort.«

»Dann rede doch«, murmelte sie und schloß das Auge wieder.

»Allein!« sagte Drachenstern und schüttelte sie noch stärker.

Sternenfreude öffnete beide Augen und schenkte ihm ein anzügliches Grinsen. »Ach! Ich dachte schon, du würdest mich niemals fragen!«

»Spiel keine Spielchen mit mir!« fauchte Drachenstern, packte sie fest am Arm und zerrte sie hoch.

»Du tust mir weh!« sagte Sternenfreude und versuchte, sich loszureißen.

Aber Drachenstern war zu stark. Er zog sie hoch und schob sie unsanft in Richtung Tür. »Draußen.«

»Nicht ganz draußen, hoffe ich«, murmelte Sternenfreude, aber Drachenstern schwieg und schubste sie ungeduldig vorwärts.

Als sie das Gemach verlassen hatten, öffnete Faraday die Augen und starrte mit sehr gemischten Gefühlen auf die nun leere Tür.

»Was immer meine Gefährten glauben«, sagte Drachenstern, als er Sternenfreude in einem abgelegenen Teil der Gänge, einige Abzweigungen von dem Gemach entfernt, stehen zu bleiben befahl, »ich muß zugeben, ich hege meine Zweifel an der Aufrichtigkeit deines Gesinnungswandels. Offen gestanden, finde ich ihn erstaunlich.«

Sternenfreudes Augen huschten über den Gang. Er war verlassen. Die Luftarmada befand sich entweder außerhalb des Berges, um den Himmel zu beobachten, oder durchsuchte den Berg nach allem, was Drachenstern nützlich sein könnte, und nach möglichen Fallen und Überraschungen, die Sternenfreude und Sternengrazie für sie hinterlassen haben könnten.

Sie seufzte dramatisch. »Du hast mein Geheimnis entdeckt.«

»Oh, bei den Sternen, Weib! Hör auf, dieses Theater zu spielen! Was willst du wirklich hier? Du hast vorhin gelogen, während Sternengrazie die Wahrheit gesagt hat. Was hat das zu bedeuten?«

Sternenfreude blickte trotzig nach unten und schwieg.

Drachenstern ließ ihr Zeit zum Nachdenken, obwohl er sich immer noch fragte, ob sie nicht eine Maske aufsetzte, von der sie glaubte, daß sie ihr nützlich wäre.

»Die Dämonen haben mich hinters Licht geführt«, sagte Sternenfreude schließlich ruhig, den Blick in die Ferne gerichtet, »und dann wurden sie meiner überdrüssig. Sie haben gesagt, daß sie mir meinen Sohn zurückgeben würden, aber sie haben seine ...« – ihre Stimme zitterte – »... äußere Hülle nur als Gefäß für Qetebs Wärme, Atem, Bewegung und Seele benutzt. Und nachdem sie mich solcherart hintergangen hatten, wurden sie meiner überdrüssig.«

Drachenstern zögerte und legte ihr dann tröstend die Hand auf die Schulter.

Sie beachtete ihn nicht. »Ich bin entkommen, aber nur knapp.«

»Und weiter?« fragte Drachenstern, als sie nicht weitersprach.

»Und ich habe über mich und Wolfstern nachgedacht«, sagte sie.

Sternenfreude rückte näher an Drachenstern heran.

»Als wir noch Mann und Frau waren, habe ich ihn über alles geliebt, aus ganzem Herzen«, sagte sie nach einer kleinen Weile.

»Und dennoch hast du Intrigen gegen ihn gesponnen.«

Sie lächelte, verloren in ihren verworrenen Erinnerungen. »Wir waren beide so ehrgeizig, Drachenstern. Wir konnten nicht anders. Wir wurden kalt und hart und berechnend, und dabei ist uns irgendwann unsere Liebe abhanden gekommen. Ich wollte ihn umbringen; statt dessen hat er mich getötet. Wolfstern war schon immer schnell.«

»Und nun?« fragte Drachenstern leise. »Was hast du nun vor?«

»Nun will ich ihn zurückhaben«, sagte Sternenfreude, »so wie auch er mich begehren muß.«

Erschüttert wich Drachenstern zurück. »Du willst was? Er soll dich begehren?«

»Ich will ihn zurückhaben!« Sternenfreude wandte sich an Drachenstern, und ihr Gesicht spiegelte Leidenschaft und Entschlossenheit. »So wie er auch mich begehren muß! Wen sonst könnte Wolfstern jemals lieben? Und wen könnte ich lieben? Wir haben beide Fehler gemacht, das ist wahr, aber ...«

Drachenstern lachte gequält. »Du bist verrückt, Sternenfreude. Verrückt! Wolfstern wird dich niemals ...«

»Doch! Doch! Er muß!«

»Warte ... hast du Sternengrazie davon erzählt?«

»Nein. Sie würde es nicht verstehen. Sie will ihn nur töten.«

»Und die anderen Falkenkinder? Haben sie alle dasselbe Ziel?«

Sternenfreude nickte.

»Laß mich sehen, ob ich dich richtig verstanden habe«, sagte Drachenstern. »Du hast beschlossen, daß du Wolfstern allen Widrigkeiten zum Trotz lieben willst ...«

»Und er mich!« sagte sie. »Wir sind füreinander bestimmt, und die letzten Jahrtausende haben wir uns wieder aufeinander zu bewegt!«

Bei den Göttern, dachte Drachenstern. Diese Frau ist vollkommen wahnsinnig!

»Laß mich ausreden«, sagte er. »Du hast beschlossen, Wolfstern zu finden, damit du dich ihm in die Arme werfen kannst, während du die Falkenkinder davon überzeugt hast, daß du weiterhin seinen Tod wünschst.«

»Sie hätten mich sonst nicht angehört«, sagte Sternenfreude.

»Wohl wahr«, sagte Drachenstern, »aber was geschieht, wenn

die Falkenkinder herausfinden, daß du sie hinters Licht führst? Oder wenn sie es nicht herausfinden, und ihr alle gemeinsam auf Wolfstern trefft? Du willst ihn lieben, die Falkenkinder wollen ihn töten. Das kann nicht gutgehen, Sternenfreude.«

»Überlaß das mir«, sagte sie. »Für dich genügt es zu wissen, daß die Falkenkinder und ich auf deiner Seite sind …«

»Solange, bis die Falkenkinder bemerken, daß du sie hintergehst«, sagte Drachenstern trocken.

»Und wer sollte ihnen das verraten, Drachenstern?« Sie seufzte. »Du mußt dir über mich, die Falkenkinder oder Wolfstern keine Gedanken machen. Hilf uns, ihn zu finden, und dann zieh deiner Wege. Du bekommst, was du willst, und ich das meine.«

Und die Falkenkinder? dachte Drachenstern. Was willst du denn tun, wenn ihr alle schließlich auf Wolfstern trefft?

Sie preßte sich an ihn und vergrub ihre Fäuste in den Falten seines Hemdes. Mit leuchtenden Augen blickte sie zu ihm auf. »Wolfstern und ich – gemeinsam sind wir unschlagbar! Wir können die Falkenkinder besiegen und dann … dann …«

Sternenfreude verfiel in Schweigen, ihr Mund stand offen und ihre Augen flossen über vor Gefühl.

Drachenstern starrte in ihr Gesicht, und mit plötzlichem Erschrecken wurde ihm bewußt, daß sie entweder vollkommen verrückt war oder bei absolut klarem Verstand.

Und Drachenstern wußte nicht, was von beidem ihm mehr Furcht einflößte.

»Sternenfreude«, sagte er schließlich. »Ich brauche irgendeinen Beweis dafür, daß ich dir trauen kann. Schließlich könntest du immer noch im Bund mit den Dämonen sein.«

»Was würde dich von meiner Aufrichtigkeit überzeugen? Das Geheimnis, wie du die Dämonen vernichten könntest?«

»Das wäre nicht übel.«

Sie seufzte. »Ich dachte, du wüßtet das bereits.«

»Dann hast du dich geirrt.«

Sie überlegte einen Augenblick, bevor sie weitersprach. »Wenn ich von den Dämonen etwas in Erfahrung gebracht habe – und

Qeteb ist wie die anderen Dämonen auch –, dann, daß sie einfallslos sind.«

»Einfallslos?«

Sternenfreude lächelte. »Sie sind langweilig. Durchschaubar. Sie sind wahrhaft böse, das schon – aber das ist auch schon alles. Vollkommen einfallslos. Drachenstern, wenn du sie besiegen willst, mußt du sie an ihre geistigen Grenzen bringen.«

»Ich habe keine Ahnung, was du damit meinst …«

Sie blickte ihm in die Augen. »Stell sie vor eine Entscheidung, Drachenstern, und sie werden sich in Wohlgefallen auflösen. Das glaube ich zumindest.«

Er schwieg und dachte nach. War das die Waffe, die seine Zauberer und Zauberinnen gegen die Dämonen verwenden konnten?

»Wenn du sie auf ihrem geradlinigen, schmalen Pfad zu einer Weggabelung lockst, Drachenstern, kannst du sie damit vielleicht genug verwirren, um sie auf den Pfad zu locken, der sie in ihr Verderben führt und dich nicht in deines.«

32

Die Wiedererweckung

Die Dämonen waren so zornig wie noch niemals zuvor in den letzten Jahrtausenden. Und der wütendste von allen war Qeteb selbst.

Er wurde von Zorn geradezu verzehrt.

Wut erfüllte seine ganze Seele.

Der Schrei nach Rache, Zerstörung, die Verwüstung und Vernichtung all dessen, was noch irgendwie überlebt hatte – bestimmten einzig seine Gedanken.

Und zwar sofort!

»Sie sind mir entkommen!« brüllte er über das Land.

Und wenn schon. Sie konnten doch nirgendwohin fliehen, wo er sie nicht finden würde.

Wenn sie in der Zuflucht waren? Dann würde er die Zuflucht verschlingen! Er würde sie zerfetzen! Sie verwüsten! Ihre Überreste in die leeren Weiten des Weltalls hinausspucken, wo sie bis in alle Ewigkeit dahintreiben würden!

Und wenn sie sich irgendwo in einer geheimen Höhle oder einem Kellerloch verbargen?

Dann würden seine Magie und seine Macht sie aufspüren! Die Verwüstung, die er in Tencendor angerichtet hatte, wäre nur ein Vorgeschmack dessen gewesen, was er mit ihnen machen würde!

Qeteb lächelte bösartig bei dem Gedanken daran, was er schließlich mit der Magie des Feindes entfesseln würde. Er würde die Magie des Feindes gegen sie wenden und lachen, während sie vor Qualen schrien.

Noch nie zuvor war Qeteb so mächtig gewesen – fast übermächtig. Er konnte spüren, wie die Macht, die er sich im Heiligen Hain einverleibt hatte, ihn durchströmte, ihn stärker machte, magischer ... gefährlicher.

Schon bald würde er über die Magie des Feindes verfügen.

Und als nächstes war die Zuflucht an der Reihe.

Qetebs Magen gurgelte vor Vorfreude. So viele Seelen, die auf ihn warteten. Die sich an der falschen Hoffnung der Zuflucht mästeten. Er lachte.

Und nach der Zuflucht der gesamte Planet.

Und danach, wußte Qeteb, konnte er nach Belieben das ganze Universum verwüsten. Der Sternentanz würde geschwächt und bald ganz vernichtet sein.

»Jetzt kann mich nichts mehr aufhalten«, flüsterte er, und sein Flüstern hallte durch die Wolken und die dünne Luft der oberen Atmosphäre und weit in das Universum hinaus.

Jetzt kann mich nichts mehr aufhalten!

Sie waren an den Ort zurückgekehrt, an dem Rox gestorben war. Sigholt. Scheol, Raspu, Modt und Barzula standen in einem Halbkreis vor dem Burggraben, über den einst die Brücke geführt hatte. Sie schwiegen, bündelten ihre Kräfte und schickten sie in die Richtung, die Qeteb ihnen wies.

Vor ihnen lag die leblose Niah, gleichgültig und willenlos. Ihre Arme ruhten an ihren Seiten, ihre Augen starrten blicklos in den mit dicken Wolken verhangenen Himmel.

Ihr Bauch war noch immer flach, doch darin zuckte und pulsierte bereits das heranwachsende Leben.

Auf dem Dach der Burg Sigholt wirbelte Qeteb mit weiten Sprüngen und wilden Schreien – eine schwarze Gestalt mit dürren Armen und Beinen und gebleckten Zähnen.

Qeteb rief Rox' Geist herbei.

Das Böse starb nie und konnte nicht zerstört werden. Es schwärte weiter vor sich hin, und erfüllte Rox' Geist, seit die Brücke seinen Körper zerstört hatte.

Verloren, einsam, wütend und rachsüchtig trieb er zwischen den Sternen dahin, wohin die Brücke ihn geschleudert hatte.

Nun rief sein Meister nach ihm, schrie nach ihm, und Rox' Geist folgte seiner Stimme.

Er stürzte durch das Universum, flog heulend an Galaxien vorbei, riß Planetensysteme auseinander, zerstörte Monde und Asteroiden.

Wie die Tollwut selbst gebärdete Qeteb sich auf dem Dach von Sigholt. Er schwenkte seine Arme und Beine mit solcher Heftigkeit, daß die Gelenke knirschten; seine Stimme kreischte und heulte; die Zähne in seinem Mund verwandelten sich in lange, rasiermesserscharfe Fänge, dann wieder in wacklige, verrottete Mahlzähne; seine Körperteile wuchsen zu gigantischer Größe an, explodierten und wurden noch im selben Augenblick zu einer grotesken Parodie von Körperteilen, die zuckten und sich bewegten, als hätten sie ein Eigenleben.

Die Oberfläche Tencendors erbebte und erzitterte. Schluchten öffneten sich und spieen Geröll und Erde in die Luft. Risse bildeten sich in den Ebenen, trafen aufeinander und verästelten sich, bis das Geräusch der aufreißenden Erde zu einem alptraumhaften Dröhnen angewachsen war.

Berge zitterten und bebten, Ozeane heulten, Höhlen schluchzten.

Qeteb lachte außer sich.

Tief im Inneren des Sternenfingers hielt sich Drachenstern die Ohren zu und schrie. Alle Schrecken, die Qeteb über das Land brachte, stürmten auf seine Seele ein.

»Drachenstern!« rief Leah und warf sich ihm an die Brust. »Drachenstern!« Sie ergriff eine seiner Hände und hielt sie fest umklammert. »Ihr dürft den Glauben nicht verlieren!«

Drachenstern riß die Augen auf und verstummte.

Rox brach durch den Himmel, so wie einst die Schiffe des Feindes.

Feuer regnete nieder, Eissplitter zerrissen die Luft.

Qeteb schrie siegesgewiß, alles an ihm zuckte und bebte.

Er war großmächtig und unschlagbar!

Blut strömte vom Himmel herab, und die anderen vier Dämonen legten die Köpfe in den Nacken und ließen es sich über die Gesichter fließen.

Sie waren unfaßbar glücklich.

Etwas Schwarzes und Schreckliches kam schließlich vom Himmel herabgeflogen.

Es war ein Wurm, der sich im Rhythmus mit Qeteb wand und krümmte, glatt und feucht, mit den Ölen und Säften der Wiedergeburt bedeckt.

Rox' heimkehrende Seele.

»Ja! Ja! Ja!« schrie Qeteb und wies mit dem Finger auf Niahs Körper. »Dorthin! In ihren Leib! Dorthin!«

Und der Wurm sah den Körper und freute sich.

Er kam langsam herabgeflogen und fiel plötzlich vor Niah auf den Boden, zuckte und wand sich und stieß dabei wilde wimmernde Laute aus, voller Verzweiflung ...

»Ja! Ja! Dort! Dort!«

Und der Wurm sah Niah und kroch auf sie zu. Als er sie erreicht hatte, verschwand er in ihrem Leib.

Qeteb brüllte vor Lachen. »Wartet nur ab, was Euch jetzt blüht, Drachenstern!«

In Niahs Bauch zuckte es.

Drachenstern schrie und würgte. Leah drückte seine Hand jetzt fest auf ihren Leib und sagte: »Bedient Euch meiner Magie, Drachenstern, bedient Euch der Blumen.«

Er wischte sich mit dem Handrücken den Mund ab, musterte sie und spürte, was in ihrem Leib pulsierte.

Leben. Das wiedergeborene Wunder.

Und Drachenstern bediente sich seiner Magie.

Niahs Körper bäumte sich auf, dann noch einmal und ein drittes Mal und lag schließlich still da. Eine ihrer Hände zuckte immer noch.

Qeteb sprang in die Luft und stürzte sich von Sigholts Turm hinab wie ein verrückter Akrobat, der selbst den Tod nicht fürchtete.

Seine schwarze Gestalt mit dem grinsenden Gesicht landete neben Niah, und er packte ihren Arm. »Wach auf! Wach endlich auf!«

Und Niah schlug die Augen auf.

Sie wandte Qeteb ihr wunderschönes Gesicht zu und schenkte ihm ein bösartiges Lächeln.

Niahs Körper wurde von Rox' Seele beherrscht, die in ihrem Leib ruhte.

»Ein herrliches Gefühl«, sagte Rox-Niah mit Rox' Stimme, die von dem langen Schweigen, der Angst und Einsamkeit des Todes rauh klang. Rox-Niah richtete sich auf einen Ellenbogen auf und wackelte versuchsweise mit der Zunge. »Zwei Körper, die mir gehorchen.«

»Den äußeren werden wir vernichten, wenn Ihr groß genug seid, um ihn verlassen zu können«, sagte Qeteb. Seine Gestalt zerfloß und verwandelte sich wieder in die des gutgekleideten Mannes. »Und wie fühlt Ihr Euch?«

Rox-Niah – Roxiah – setzte sich auf und runzelte nachdenklich die Stirn. »Seltsam. Merkwürdig ... als ob ...«

»Als ob Ihr über eine neue und seltsame Magie verfügt, vielleicht?« fragte Qeteb erwartungsvoll.

»Ja ... ja, das ist es. Es fühlt sich«, Roxiah verzog das Gesicht zu einem Ausdruck von Haß und Abscheu, »vertraut an.«

»Richtig, meine Liebe«, sagte Qeteb, »denn es ist die Magie des Feindes.«

Roxiah öffnete den Mund und brüllte, und alle Geschöpfe, die noch in Tencendor verblieben waren, zitterten und wimmerten.

Mit Ausnahme derer, die bei Drachenstern ausgeharrt hatten.

Drachenstern nahm die Hand von Leahs Bauch, ruhig und gelassen blickte er zur Decke des unterirdischen Gemachs empor, als könnte er durch sie hindurch den Himmel sehen.

»Warum kommt Ihr nicht her und holt uns, Qeteb?« sagte er und lächelte. »So Ihr uns denn finden könnt!«

Qeteb schrie und sprang auf die Füße. Roxiah stand ebenfalls auf, und die Dämonen, die nunmehr wieder vollzählig waren, führten einen Freudentanz auf.

Warum kommt Ihr nicht her und holt uns, Qeteb? So Ihr uns denn finden könnt!

»Ihr Narr! Narr!« kreischte Qeteb. »Ich habe noch etwas weit Besseres vor, bevor ich zu Euch komme und Euch verschlinge!«

Drachenstern lächelte und küßte Leah sanft auf die Stirn.

»Gut«, sagte er. »Unser Zusammentreffen wird durch das Warten nur um so süßer.«

33

Urbeths Plan

»Die Skrälinge?« fragte Axis. »Was meint Ihr mit ›die Skrälinge‹«?

Urbeth stand auf und mit einem Mal war sie keine Eisbärin mehr, sondern eine große Frau mit grauem Haar und silbernen Strähnen. Ein Sternenkreis funkelte an ihrer linken Hand.

»Zauberin« sagte Aschure und neigte ehrfürchtig den Kopf.

»Ach was«, sagte Urbeth, »jetzt ist keine Zeit für Höflichkeiten. Wir haben zu tun.« Sie trat an die Balustrade und ließ ihren Blick über die Landschaft schweifen. »Hübsch, aber leicht. Ich weiß nicht, was der Feind sich dabei gedacht hat.«

»Er hat es als ein Mittel ersonnen«, sagte Axis, »um uns eine Verschnaufpause zu verschaffen.«

»Das mag sein«, sagte Urbeth und wandte sich ihm wieder zu. »Aber was nun?«

»Nun …«

»Ha! Ihr habt nicht die geringste Ahnung, nicht wahr?«

Axis grinste und verschränkte die Arme auf der Brust. »Nein. Aber ich glaube, Ihr wißt, was zu tun ist.«

Urbeth winkte ab. »Inzwischen bin ich es ja schon gewohnt, daß ich euch stets zur Hilfe kommen muß, wenn Ihr euch mal wieder in eine hoffnungslose Lage gebracht habt. Also, erklärt mir, was geschehen ist. Ihr da!«

Sie deutete auf Zared. »Was birgt diese Zuflucht?«

Zared starrte Axis an und blickte dann wieder zu Urbeth. »Ähm …«

»Nun sprecht schon! Womöglich nagt sich Qeteb bereits in diesem Augenblick durch diesen falschen Himmel!«

»Die Zuflucht birgt sämtliche Völker Tencendors, die nach dem Angriff der Dämonen und vor Qetebs Wiedergeburt noch bei Verstand waren. Alle Völker und alle Tiere.«

Eine von Urbeths Töchtern, die nun ebenfalls menschliche Gestalt angenommen hatten, ging auf Zared zu. »Was meint Ihr mit ›alle Tiere‹?«

Zared hob die Hände und suchte nach Worten. »Alle, die Drachensterns Zauberer ...«

»Drachensterns Zauberer?« fragte Urbeth scharf.

»Man könnte sie wohl auch seine ›Gehilfen‹ nennen«, sagte Axis. »Sie verfügen über dieselben Kräfte wie er. Acharitische Magie – die Magie des Feindes.«

Urbeth lächelte. »Aha. Sehr gut.«

»Faraday und Leah«, warf Aschure ein, trat neben Axis und legte ihren Arm um seine Hüfte, »Bannfeder, der Anführer der Luftarmada, und Goldmann, der Gildenmeister von Karlon. Außerdem ist da noch Gwendylyr, die Herzogin von Aldeni.«

»Eine langweilige Runde!« sagte Urbeth. »Aber ich nehme an, Drachenstern wußte, was er tat. Ihr sagtet gerade, Zared: ›alle, die Drachensterns Zauberer ...?‹«

»Vor Qetebs endgültiger Wiedergeburt aus Tencendor herausholen konnten«, sagte Zared. »Rehe, Schafe, merkwürdige Geschöpfe aus dem Moor ...«

»Das die Zuflucht freundlicherweise für sie neu geschaffen hat«, murmelte Freierfall. Dieses ganze Gerede ging ihm auf die Nerven.

»Insekten, Vögel ... alles«, schloß Zared.

Urbeth wechselte einen Blick mit ihren beiden Töchtern. Was für ein Durcheinander! Und sie würden das Ganze wieder richten müssen.

Sie wandte sich an Axis. »Und Ihr suchtet ... was war es doch gleich? ... nach einer Hintertür?«

»Ja.«

»Und was, wenn ich fragen darf«, sagte Urbeth leise und trat so nah an Axis heran, daß ihr Gesicht nur eine Handbreit von seinem entfernt war, »hattet Ihr dann vor?«

Er erwiderte freimütig ihren Blick, obwohl es ihm nicht gerade leichtfiel.

»Ich weiß es nicht.«

Urbeth starrte ihn an und lachte leise. »Ihr wißt es nicht. Ihr wolltet diesen ganzen Zoo durch die Hintertür führen … und wohin? Zurück in das verwüstete Tencendor, Axis? Damit die Dämonen ihnen auf der Stelle den Verstand rauben? Was im Namen der Sterne wolltet Ihr tun?«

»Darüber hätte ich mir Gedanken gemacht, wenn es soweit gewesen wäre!« schrie Axis.

Urbeth zeigte keine Regung.

»Ich nehme an, Ihr habt einen besseren Vorschlag?« fragte Axis, immer noch feindselig.

»Natürlich«, sagte Urbeth und lächelte.

Axis ließ sich von ihrem Lächeln nicht beschwichtigen. »Und welchen?« fauchte er.

»Schaut«, sagte Urbeth, drehte sich zur Seite und fuhr mit der Hand durch die Luft.

Im selben Augenblick wuchsen aus den grellen türkisfarbenen Fliesen des Balkonbodens Hügelketten und Täler empor.

Alle außer Urbeth, ihren Töchtern und Ur hielten erstaunt den Atem an. Urbeth hatte eine Reliefkarte von Tencendor geschaffen.

Sie rückte ein wenig zur Seite, so daß sie auf einzelne Bereiche der Karte deuten konnte. »Qeteb hat dieses gesamte Gebiet verwüstet«, sagte sie und deutete mit einer weitausholenden Handbewegung auf das Landesinnere. »Koroleas ist noch sicher, obwohl es ebenfalls den Dämonen zum Opfer fallen wird, sollte Qeteb Drachenstern besiegen. Der Einfluß der Dämonen erstreckt sich ein Stück weit über die Küste auf das Andeis- und das Witwenmachermeer hinaus, vielleicht eine Wegstunde. Die koroleanische Fischerei ist dadurch schwer in Mitleidenschaft gezogen worden, und der Kaiser ist darüber äußerst ungehalten.«

Axis knurrte. Die diplomatischen Auswirkungen der Lage interessierten ihn wenig. »Was ist denn überhaupt noch frei vom Einfluß der Dämonen?«

Urbeth zögerte und warf ihren Töchtern einen Blick zu. »Die Eisschollen des Iskruel-Ozeans sind immer noch begehbar, obwohl sie zunehmend unsicherer werden.«

»Wenn Koroleas unversehrt ist«, sagte Axis, »können wir nicht dorthin gehen? Könnt Ihr uns hier herausholen, Urbeth? Und nach Koroleas bringen?«

Urbeth antwortete nicht sofort. »Koroleas ist ein möglicher Ort, wenn auch nicht besonders erstrebenswert. Dem Kaiser wird der plötzliche Zustrom von Gästen – zwei-, vier- oder achtbeinig – überhaupt nicht gefallen.«

»Er wird sich damit abfinden müssen ...«, begann Axis.

»Aber es gibt einen besseren Ort«, sagte Urbeth. »Hier«, ihr Finger rückte weiter. »Die Tundra im äußersten Nordosten Tencendors.«

»Was!« Axis explodierte. »Aber dort herrscht ewiger Winter! Wie sollen wir dort überleben? Und dieses Gebiet ist voller ...«, er verstummte, als ihm wieder einfiel, was Urbeth zuvor über die Skrälinge gesagt hatte.

»Skrälinge«, sagte Urbeth. »Ja. Es liegt außerdem sehr nahe an Tencendor, und der Weg nach Süden ist weitgehend frei, nun, da die Wälder verschwunden sind.«

Hinter ihr stöhnte Ur und umklammerte ihren Topf noch fester.

»Aber der größte Vorteil sind die Skrälinge«, schloß Urbeth.

»Warum?« fragte Axis.

»Weil ich glaube, daß wir mit ihnen ein Übereinkommen treffen können«, sagte Urbeth, und Ur lachte meckernd.

»Etwas, das nicht ganz nach ihrem Geschmack sein wird«, sagte sie, und Urbeth, ihre Töchter und sogar Katie, die neben Ur saß, lachten so schallend, als gehörten Dämonen und Geister längst der Vergangenheit an.

34

WOLFSTERNS GENESUNG

Urbeths Wahl war auf die Tundra gefallen, also würden sie wohl oder übel mit der Tundra vorlieb nehmen müssen, dachte Axis. Was die Skrälinge betraf, so hatten sich Urbeth und Ur – die Axis für mehr als nur ein wenig hinfällig hielt –, nicht weiter ausgelassen, da sie meinten, es sei leichter, ihnen alles zu zeigen, als es ihnen zu erklären.

Skrälinge. Bei den Sternen! Axis hatte geglaubt, sie hätten sich ihrer ein für allemal entledigt, als Aschure und die östlichen Wälder Gorgraels Skrälingarmee am Gorkenpaß vernichtet hatten. Aber sie hatten vergessen, daß die Skrälinge aus der nordöstlichen Eistundra stammten, und Axis nahm an, daß selbst nach dem Debakel am Gorkenpaß genug Skrälinge überlebt hatten, um sich vermehren zu können.

Jetzt hatten sie über vierzig Jahre Zeit gehabt, um wieder so viele zu werden wie vor Gorgraels Zeiten. Axis schauderte, als er sich an die Nester erinnerte, die er und Aschure unter den Ruinen von Hsingard gefunden hatten. Ein Pärchen Skrälinge konnte im Jahr Hunderte von Eiern legen. Zweifellos wimmelte es inzwischen in der nördlichen Tundra nur so von ihnen.

Und jetzt verfügten Axis und seine Gefährten nicht einmal über die Alaunt oder den Wolfen, von ihrer Magie ganz zu schweigen.

Was würde Axis nicht für eine einzige von Aschures Mondwildblumen geben, die aus dem nächtlichen Himmel herabgesegelt kamen!

Er schüttelte die Erinnerungen und das Bedauern ab. Es gab zuviel zu tun. Er konnte keine Zeit damit verschwenden, seinen Ängsten nachzuhängen, so begründet sie auch sein mochten.

Urbeth hatte gesagt, daß die Bewohner der Zuflucht nicht lange in der gefrorenen Tundra durchhalten mußten, bis eine dauerhafte Bleibe für sie errichtet worden war.

»Was für eine Bleibe?« hatte Axis gefragt, doch Urbeth – die wieder die Gestalt eines Bären angenommen hatte – hatte nur gegrinst und war davongetapst.

Und was bedeutete »nicht lange«?

Axis seufzte und wandte sich wieder seiner augenblicklichen Aufgabe zu.

Er befand sich mit Zared, Theodor, Herme, Flügelkamm und Gustus, Zareds Hauptmann, im großen Kellergewölbe der Zuflucht. Vor einer Stunde hatten sie noch nicht einmal gewußt, daß es ein solches Gewölbe gab, doch als Axis laut die Frage geäußert hatte, ob und welche Vorräte die Zuflucht wohl bergen mochte, waren ein Gang und eine Treppe erschienen, die in eine Reihe von massiven Steingewölben hinabführten.

Und diese Gewölbe waren voller Vorräte. Nahrungsmittel, Kleidung, Decken, Heilmittel. Alles war da … außer …

»Was äußerst nützlich wäre«, sagte Zared zu Axis, als sie sich an die langwierige Aufgabe einer Bestandsaufnahme machten, »sind einige hundert Karren, mit denen wir das Ganze befördern können.«

Und im selben Augenblick rief Eisenfeder, einer der Seewächter, aus etwa zwanzig Schritt Entfernung: »Sternenmann! Hier hinten befindet sich eine Vielzahl von Karren!«

Axis warf Zared und Theodor einen Blick zu, lächelte und fügte hinzu: »Es wäre schön, wenn sie Kufen hätten, damit sie sich leichter über Schnee und Eis ziehen lassen.«

»Und sie haben Kufen über den Rädern!« ertönte Eisenfeders Stimme.

»Brauchen wir sonst noch etwas?« fragte Axis ruhig. »Ich glaube nicht, daß uns die Zuflucht auch nur eine Steppdecke verweigern würde, wenn wir danach fragten.«

»Ich mache eine Liste«, sagte Theodor, »sobald mir Flügelkamm genau sagen kann, wie viele Menschen und Tiere sich in der Zuflucht befinden.«

»Vergeßt nicht das Futter für die Tausendfüßler«, sagte Zared grinsend. »Und für die Stare, Robben und Moorgeschöpfe.«

Theodor rollte mit den Augen und ging davon.

Zareds Lächeln verschwand. »Wieviel Zeit bleibt uns noch? Trotz der Hilfe der Zuflucht wird es sicher ein Alptraum werden, alles in die Wege zu leiten.«

Axis starrte in die Ferne. »Ich habe keine Ahnung, Zared. Es können zwei Stunden sein oder auch zwei Wochen.«

Beten wir, daß es letzteres ist, dachte Zared, denn in zwei Stunden könnten wir kaum mehr als einen Bruchteil der Völker und Tiere aus der Zuflucht in Sicherheit bringen.

Roxiah, die immer noch nackt war und sich daran nicht zu stören schien, stand vor Sigholt – die Beine gespreizt, die Arme ausgestreckt, den Kopf in den Nacken gelegt und die Augen geschlossen.

Im Inneren ihres Körpers erkundete das Kind Rox die Magie des Feindes, die Niahs Leib barg. Tausende Jahre – Zehntausende Jahre – lang hatte der Feind sie verachtet, mit ihnen gespielt, sie durch das halbe Universum gejagt, und nun gehörte die Magie des Feindes ihnen!

Oder mir allein, wenn ich es schlau genug anstelle, dachte das Kind Rox mit seinem noch kaum entwickelten Gehirn. Aber wie die meisten Ungeborenen war es geduldig und begnügte sich im Augenblick damit, dem Willen seines Meisters zu gehorchen.

Roxiah benutzte die Macht des Feindes, um Sigholt zu zerstören, Stein für Stein.

Tausende von Jahren war die Burg ein Bollwerk der Magie an einem magischen See gewesen. Sie hatte mit ihrer Gefährtin, der Brücke, gescherzt, hatte über die Fehler von Ikariern und Menschen, die in ihren Mauern gelebt hatten, den Kopf geschüttelt, die Empfängnis von Axis Sternenmann auf ihrem Dach mitangesehen – ach! Der Tag an dem Sternenströmer vom Himmel herabgekommen war und Rivkah verführt hatte! –, war

Zeuge von Caelums Geburt geworden und hatte sich – soweit es ihr möglich war – um die wachsende Brut der Sonnenflieger gekümmert.

Nun starb Sigholt.

Markerschütternd.

Die Burg schrie weniger im Todeskampf, als daß sie heulte. Ihr Heulen veränderte ständig die Tonlage; ein Klagelied, um ihr eigenes Ableben zu betrauern, und zugleich ein melancholisches Schlaflied, um dem im Sterben liegenden Tencendor Trost zu spenden.

Sigholts anhaltendes Heulen ärgerte die Dämonen maßlos.

Qeteb, Scheol, Raspu, Modt und Barzula schritten hinter Roxiah auf und ab, schrien der Burg Beschimpfungen zu und schüttelten wütend die Fäuste wider sie. Mit jedem Stein, der herabstürzte, wurden die Dämonen noch zorniger und ihre Flüche wüster, doch Sigholts Heulen hielt weiter an.

Warum konnte das verdammte Ding nicht einfach in sich zusammenstürzen!

Schließlich, nach stundenlangem Wehklagen, tat ihnen Sigholt den Gefallen. Die Burg widerstand Roxiahs Vernichtung so lange, bis sie irgendwann einfach aufgab: Sie war zu müde, sie hatte ein zu langes Leben hinter sich, und letztlich war es sinnlos, sich Roxiahs Kräften widersetzen zu wollen.

Außerdem wußte Sigholt, daß sie eine bessere Zukunft erwartete. Die Blumenwiese.

Sie beschloß also, einfach in sich zusammenzufallen.

Das Dröhnen des einstürzenden Mauerwerks hüllte die Dämonen ein, und einen Augenblick später erreichten sie auch der Staub und die fliegenden Splitter von Sigholts Selbstzerstörung.

Die Flüche der Dämonen verwandelten sich in ersticktes Husten, während sie so weit wie möglich von dem einstürzenden Gebäude fortliefen.

Hinter ihnen tat die Burg ihren letzten Atemzug.

Qeteb gelang es schließlich wieder, Luft zu holen und den schwarzen Staub loszuwerden, der durch die Kehle in seine

Lunge gelangt war, und sich die Gesteinssplitter aus der Haut zu ziehen.

»Der Narrenturm!« sagte er schließlich. »Der Narrenturm ist als nächstes an der Reihe! Wenn wir dem Sternensohn die Möglichkeit nehmen, sich über weite Strecken fortzubewegen – ihm, seinen nutzlosen Helfern und diesen ängstlichen Ameisen in der Zuflucht –, haben wir sie in unserer Gewalt!«

»Und nach dem Narrenturm?« fragte Scheol und wischte sich mit dem Handrücken die Nase.

Qeteb betrachtete sie angewidert. »Dann? Dann die Zuflucht. Wir werden morgen früh dort sein.«

Scheol lächelte.

Sternenströmer riß die Tür zu Wolfsterns Gemach auf – der Seewächter, der draußen einsam seinen Dienst verrichtete, hatte den wütenden Vogelmann nicht aufhalten können – und baute sich vor dem Zauberer auf.

Wolfstern war allein in seinem Krankengemach. Er saß auf der Bettkante und hielt sich vorsichtig die Brust, während er in ein schneeweißes Leinentuch hustete.

Er betrachtete das Tuch sorgfältig – es war kein Blut daran – und blickte dann auf.

»Sieh an, sieh an«, sagte er sanft. »Wenn das nicht Sternenströmer ist, der mir zu meiner Genesung gratulieren will …«

Weiter kam er nicht, denn Sternenströmer hatte mit fünf Schritten das Gemach durchmessen und schlug Wolfstern mit aller Kraft ins Gesicht.

Wolfstern fiel quer über das Bett, aber er machte keine Anstalten, sich wieder aufzurichten oder zurückzuschlagen.

»Fühlt Ihr Euch jetzt besser?« fragte er immer noch sanft, aber in spöttischem Ton. »Wenn Ihr wollt, kann ich Euch für eine Aufnahme in der Luftarmada empfehlen … solche Angriffslust sollte nicht ungenutzt bleiben.«

»Ihr Ungeheuer!« sagte Sternenströmer und trat einige Schritte zurück. Seine Fäuste waren geballt, doch er zwang sich zur Ruhe.

Wolfstern hob eine Augenbraue. »Was habe ich denn nun wieder getan?«

Obwohl Sternenströmer in dieses Gemach gekommen war, um Wolfstern dafür zur Rechenschaft zu ziehen, daß er Zenits wunder Seele weiteren Schaden zufügte, konnte er immer nur an die letzten dreitausend Jahre denken, in denen Wolfstern Intrigen gesponnen und geherrscht und wie beiläufig Zehntausende in den Tod geschickt hatte, während er jede seiner Sünden und Verfehlungen kühl als unabdingbar für das Erreichen seiner Ziele gerechtfertigt hatte.

»Was Ihr getan habt?« flüsterte Sternenströmer. »Was Ihr getan habt? Bei den Sternen! Reizt mich nicht!«

»Zenit weiß, was sie tut«, sagte Wolfstern, der nicht um den heißen Brei herumreden wollte.

»Zenit weiß, was sie tut?« begann Sternenströmer.

»Oh, bei den Göttern, Mann, hört auf, ständig meine Worte zu wiederholen!«

Sternenströmer trat einen Schritt vor. »Dann will ich Euch etwas fragen! Wart Ihr etwa derjenige, der bei ihrer Rettung geholfen hat, als Niah sie – mit Eurer Unterstützung! – vernichten wollte? Was ist mit meinen und Faradays Bemühungen, sie aus den Schattenlanden wieder zurückzuholen, damit sie ihren Körper zurückerobern konnte?«

»Ihr Narr müßt Euch in alles einmischen. Vielleicht wäre es besser gewesen, wenn Niah Erfolg gehabt hätte, dann befände sie sich jetzt nicht in der Gewalt der Dämonen!«

»Oh nein, glaubt nicht, Ihr könntet Euer eigenes Versagen rechtfertigen, indem Ihr mir oder Zenit die Schuld daran gebt …«

»Zenit habe ich nicht beschuldigt«, warf Wolfstern ruhig ein. Er stand langsam vom Bett auf und hielt sich dabei immer noch die Rippen.

»… wenn Ihr es wart, der den Schaden angerichtet hat. Ihr habt Niah den Dämonen ausgeliefert. Ihr …«

»Ach, schweigt! Bei den Sternen, was wolltet Ihr mir nun eigentlich sagen? Sprecht, und dann laßt mich in Frieden!«

»Laßt Eure blutbefleckten Hände von Zenit.«

Wolfstern schenkte ihm ein böses Lächeln. »Ich habe sie kaum mit einem ›blutbefleckten‹ Finger berührt, geschweige denn mit der ganzen Hand.«

»Laßt Zenit in Ruhe.«

»Warum? Glaubt Ihr, sie gehört Euch?«

»Laßt sie in Frieden.«

Wolfstern ging an Sternenströmer vorbei und schenkte sich aus einer Karaffe ein Glas Wein ein. »Mögt Ihr etwas Wein, Sternenströmer?«

»Laßt Zenit in Ruhe!«

»Zenit findet den Gedanken abstoßend, daß Ihr sie mit Euren blutleeren Händen berührt, und sie kann sich noch weniger vorstellen, mit Euch das Lager zu teilen. Ihr Narr! Überlaßt Zenit die Entscheidung, wen sie begehrt.«

»Sie liebt mich!«

Wolfstern verzog den Mund. »Aber sie kann Eure Berührung nicht ertragen. Eine ziemlich armselige Liebe, findet Ihr nicht?«

Sternenströmer starrte ihn an, wohl wissend, daß er bei diesem Wortwechsel den Kürzeren gezogen hatte, doch er mußte etwas von den Gefühlen loswerden, die in ihm tobten, und Wolfstern ein für allemal klarmachen, daß er Zenit in Frieden lassen sollte.

»Ihr habt sie mißbraucht und gedemütigt«, sagte er so ruhig und gelassen wie möglich. »Ihr habt Euch mit anderen verschworen, um ihren Geist zu töten, ihre Seele. Fühlt Ihr Euch nicht im geringsten schuldig?«

»Nein.«

Sternenströmer schloß die Augen. Er konnte nicht glauben, daß er Zenit verloren hatte.

»Habt Ihr ihr beigelegen?«

Wolfstern grinste. »Oh ja, aber das ist einige Monate her. Wißt Ihr das nicht mehr? Es war unter dem warmen Mond …«

»Ich meinte, in letzter Zeit! Seit Ihr Euch in der Zuflucht befindet!«

»Nein. Ich habe lediglich ihre Hand gehalten.« Wolfstern

streckte sich ein wenig und stand sehr aufrecht da, und das Licht der Lampe umspielte seinen Körper. »Aber ich denke, es wird Zeit, das zu ändern. Ich fühle mich schon viel besser.«

Sternenströmer starrte ihn an, dann wandte er sich um und verließ mit harten Schritten das Gemach.

Die Tür knallte hinter ihm ins Schloß.

Wolfsterns Grinsen wurde breiter, und er leerte sein Glas.

Personen- und Sachregister

Abendlied: Tochter Rivkahs und Sternenströmers, Axis' Schwester sowie Gemahlin von Freierfall Sonnenflieger.

Achar: Königreich, das sich über den Großteil des Kontinents erstreckt und das im Norden von den Eisdachalpen, im Osten vom Schattenland (Awarinheim) und vom Witwenmachermeer, im Süden vom Meer von Tyrre und dem Kaiserreich Koroleas und im Westen vom Andeismeer begrenzt wird. Heute ist es eine Provinz von Tencendor.

Achariten: Vormaliger Begriff für die Bürger Achars, die jetzt schlicht »Menschen« genannt werden. Caelum hat den Gebrauch des Wortes »Achariten« verboten.

Adamon: Die älteste der neun Sternengottheiten der Ikarier. Adamon ist der Gott des Himmels.

Alaunt: Sagenumwobenes Rudel von riesigen Jagdhunden, die einst Wolfstern Sonnenflieger gehörten und nun Aschure folgen. Sie gehören zu den Niederen der magischen Wesen.

Aldeni: Kleineres Herzogtum im Westen Achars, in dem vorwiegend Getreide angebaut wird. Es wird von Herzog Theodor für Prinz Askam verwaltet.

Alte Grabhügel: Die Begräbnisstätten der alten zauberischen ikarischen Krallenfürsten. Sie erheben sich im südlichen Arkness, über dem Eingang zum Sternentor.

ANDAKILSA: Nördlicher Grenzfluß, der das Herzogtum Ichtar von der Provinz Rabenbund trennt. Meistens ganzjährig eisfrei, ergießt er sich ins Andeismeer.

ARKEN: Hauptstadt von Arkness, eine freie Handelsstadt.

ARKNESS: Große Provinz im Osten Achars, in der hauptsächlich Schweinezucht betrieben wird.

ARSENAL, DAS: Lagerräume in den Raumschiffen unter den Magischen Seen, aus denen die Wächter die tödliche Macht zur Erschaffung des Regenbogenzepters geholt haben.

ARTOR DER PFLÜGER: Der einzig wahre Gott, wie es die inzwischen aufgelöste Bruderschaft vom Seneschall lehrte. Unter seinem Einfluß begannen die Achariten die Axtkriege und vertrieben die Ikarier und Awaren aus dem Land. Artor wurde von Aschure und ihren Jagdhunden getötet.

ASCHURE: Tochter von Wolfstern Sonnenflieger und Niah von Nor. Sie ist die Mondgöttin und mit Axis verheiratet. Ihre Kinder sind Caelum (er lebt nicht mehr), Drago, Flußstern (ebenfalls tot) und Zenit. Wie Axis hat auch Aschure ihre Zauberkraft verloren, als der Sternentanz verstummte, und ist nun wieder eine einfache Sterbliche.

ASKAM: Prinz des Westens, Sohn von Belial und Kassna. Er lebt nicht mehr.

AVONSTAL: Provinz im Westen Achars, in der hauptsächlich Gemüse, Obst und Blumen angebaut werden. Sie wird von Graf Herme für Prinz Askam verwaltet.

AWAREN: Eines der alten Völker von Tencendor, das in den Wäldern Awarinheims und des Bardenmeers lebt. Die Awaren werden auch Volk des Horns, Waldläufer oder Ebenenläufer genannt. Ihr Magierkönig ist Isfrael.

AWARINHEIM: Im Norden gelegene Waldheimat der Awaren, die von den Achariten früher Schattenland genannt wurde.

AXIS: Sohn der Herzogin Rivkah von Achar und des ikarischen Zauberers Sternenströmer Sonnenflieger. In früheren Jahren Axtherr der Axtschwinger, ist er nun zum Sternenmann der Prophezeiung geworden. Nach der Wiederherstellung des neuen Tencendors gründete er sein eigenes Haus, das Haus der Sterne. Als Sternengott des Gesangs durchstreifte er die Welt. Als die Hüter der Zeit über Tencendor kamen, hat Axis all seine zauberischen Fähigkeiten verloren und ist nun wieder ein einfacher Sterblicher.

AXTHERR: Früher der Anführer der Axtschwinger. Axis war der letzte Axtherr. Siehe auch »Axtschwinger«.

AXTKRIEGE: Die jahrzehntelang dauernden sehr grausamen und blutigen Kriege einige tausend Jahre vor der Zeit der Prophezeiung, in deren Verlauf die Achariten unter der Führerschaft des Seneschall und dessen Axtschwingern Awaren und Ikarier aus Tencendor vertrieben und sie hinter die Grenzberge zurückdrängten.

AXTSCHWINGER: Einst die Elitetruppe und der militärische Arm des Seneschall.

AZLE: Ein größerer Fluß, der die Provinzen Ichtar und Aldeni voneinander trennt und ins Andeismeer mündet.

BANNFEDER EISENHERZ: Oberster Geschwaderführer und Anführer der ikarischen Luftarmada. Einer der magischen Gefährten Drachensterns.

BARDENMEER: Diesen Namen gab Faraday dem neuen Wald, den sie in der Nähe von Awarinheim anlegte. Nach der Wiederauferstehung Qetebs zerstört.

Barzula: Hüter der Zeit. Barzula ist der Dämon des frühen Morgens und des Sturms.

Baumlied: Der Gesang der Bäume, der manchmal die Zukunft, manchmal jedoch auch den Tod anzeigt. Der Gesang der Bäume kann aber auch Liebe und Schutz gewähren.

Belial: Leutnant und Stellvertreter von Axis während des Kampfes gegen Gorgrael. Vater von Askam und Leah. Er lebt nicht mehr.

Beltide: Siehe Feste.

Bornheld: Ehemaliger Herzog von Ichtar und König von Achar. Sohn der Herzogin Rivkah und ihres Gemahls, des Herzogs Searlas. Halbruder von Axis und Gemahl von Faraday von Skarabost. Nachdem er seinen Onkel Priam ermordet hatte, bestieg er den Thron. Er lebt nicht mehr.

Bracken: Fluß, der in den Minarettbergen entspringt und die Grenze zwischen Skarabost und Arkness bildet, bis er in das Witwenmachermeer mündet.

Brücke: Die Brücke, die den Zugang zu Sigholt bewacht, ist zutiefst magischer Natur. Sie ruft jeden an, den sie nicht kennt, kann jedoch auch überlistet werden.

Bruderführer: Oberster Führer der Bruderschaft vom Seneschall. Als letzter Bruderführer hatte Jayme dieses Amt inne.

Buch von Feld und Furche: Die heilige Textsammlung des inzwischen aufgelösten Seneschall.

Burg der Schweigenden Frau: Diese Burg liegt inmitten des Waldes der Schweigenden Frau. Sie ist eine der magischen Burgen Tencendors.

BURGEN: Drei große magische Burgen von Achar; siehe unter Narrenturm, Sigholt und Burg der Schweigenden Frau.

CAELUM STERNENSOHN: Ältester Sohn von Axis und Aschure, geboren zu Jultide. Caelum ist ein altes Wort für »Sterne am Himmel«. Er lebt nicht mehr.

CHARONITEN: Ein wenig bekanntes Volk von Tencendor, das jetzt in der Unterwelt lebt.

DÄMONISCHE STUNDEN: Die Morgendämmerung wird von Modt beherrscht, dem Dämon des Hungers. Am frühen Morgen regiert Barzula, der Dämon des Sturms. Mittags ist die Zeit des größten Dämons von allen, Qeteb. Am Nachmittag herrscht Scheol, die Dämonin der Verzweiflung. Die Abenddämmerung wird von Raspu bestimmt, dem Dämon der Pest. In der Nacht verbreitet Rox Angst und Schrecken.

DORNFEDER WAHRLIED: Ehemaliger ikarischer Staffel- und Geschwaderführer. Dornfeder war lange Jahre Schüler des Fährmanns Orr. Keiner kennt die unterirdischen Wasserwege besser als er.

DRAGO: Siehe Drachenstern Sonnenflieger.

DRACHENSTERN SONNENFLIEGER: Zweiter Sohn von Axis und Aschure, Zwillingsbruder von Flußstern; kurz Drago genannt. Drachenstern ist auch der Name des Sohnes, den Sternenfreude Sonnenflieger unter dem Herzen trug, als sie von ihrem Gemahl Wolfstern durch das Sternentor gestoßen wurde. Nach Caelums Tod stieg Drachenstern zum Sternensohn auf.

EBENE VON TARE: Die weite Ebene, die sich zwischen Tare und dem Gralsee erstreckt.

DREIBRÜDER SEEN: Drei kleine Seen im südlichen Aldeni.

EISBÄRENKÜSTE: Mehrere hundert Wegstunden lange Küste, die sich vom Totholzwald im Nordwesten Rabenbunds bis zur Tundra oberhalb von Awarinheim erstreckt. Ein ebenso abgelegener wie eigenwillig schöner Landstrich.

EISDACHALPEN: Hochgebirge, das sich über fast den ganzen Norden Achars hinzieht.

EISDACH-ÖDNIS: Trostloser Landstrich im Norden Ichtars zwischen den Eisdachalpen und den Urqharthügeln.

EISWÜRMER: Riesige Würmer aus Eis und Schnee, die von Gorgrael im Kampf gegen Tencendor geschaffen und eingesetzt wurden.

ERDENBAUM: Uralter Baum und Heiligtum der Awaren und Ikarier. Er befand sich im Norden des Awarinheim, nahe der Eisdachalpen, wurde jedoch zerstört, als Qeteb die Einöde erschuf.

ERDENBAUMHAIN: Der Hain, der den Erdenbaum im nördlichen Awarinheim beherbergte, wo es an die Eisdachalpen angrenzt. Dort wurden von den Awaren — manchmal gemeinsam mit den Ikariern — Versammlungen abgehalten und religiöse Feste gefeiert.

ERINNERUNGSLIED: Ikarisches Zauberlied, mit dem verborgene Erinnerungen wieder ins Gedächtnis zurückgerufen werden.

ERSTE, DIE: Oberste Priesterin des Sternenordens, des Ordens der neun Priesterinnen auf dem Tempelberg. Die Erste, wie alle Priesterinnen des Ordens, gab ihren Namen mit ihrem Gelübde auf. Niah von Nor hatte einst dieses Amt inne.

ESKATOR: Ein Königreich weit im Osten, jenseits des Witwenmachermeers. Zwischen Eskator und Tencendor bestehen begrenzte diplomatische und Handelsbeziehungen. Schauplatz des

Romans *Beyond the Hanging Wall* (Übersetzung in Vorbereitung).

FÄHRMANN: Der Charonite, der die Fähre der Unterwelt steuerte. Sein Name war Orr. Er lebt nicht mehr.

FARADAY: Tochter des Grafen Isend von Skarabost und seiner Gemahlin Merlion. Einst Gemahlin Bornhelds und Königin von Achar. Faraday gehört nun zu den fünf magischen Gefährten Drachensterns. Sie ist die Mutter Isfraels, den sie während ihrer kurzen und tragischen Liebesbeziehung mit Axis empfing.

FARNBERGE: Früherer Name der Minarettberge, die Arkness von Skarabost trennen.

FARNBRUCHSEE: Großer See inmitten der Minarettberge. Die Awaren und Ikarier nennen ihn auch »Mutter«. Jetzt ein vertrockneter Garten.

FEDERFLUG PRACHTFLÜGEL: Geschwaderführer der Seewache von Sigholt.

FEIND, DER: So nennen die Hüter der Zeit das alte Volk, das Qeteb einst einfing, in seine Einzelteile zerlegte und mit ihnen ins Universum hinausflog. Der Feind ist während der Feuernacht auf Tencendor gestürzt.

FESTE DER AWAREN UND IKARIER:
- Jultide: Wintersonnenwende, in der letzten Woche des Schneemonds.
- Beltide: Frühlingserwachen, am ersten Tag des Blumenmonds.
- Feuernacht: Sommersonnenwende, in der letzten Woche des Rosenmonds.

FEUERNACHT: Siehe »Feste«.

FLÜGELKAMM KRUMMKLAUE: Hauptmann der Seewache.

FLULIA: Eine der neun Sternengottheiten der Ikarier. Sie ist die Göttin des Wassers.

FLURIA: Kleiner Fluß, der durch Aldeni fließt und in den Nordra mündet.

FLUSSSTERN SONNENFLIEGER: Drittes Kind von Axis und Aschure, Zwillingsschwester von Drago (Drachenstern). Sie wurde von ihrem Geliebten und Bruder Caelum ermordet.

FREIERFALL SONNENFLIEGER: Sohn von Hellefeder und Rabenhorst Sonnenflieger und Krallenfürst der Ikarier. Er ist der Gemahl von Abendlied Sonnenflieger. Sie haben keine Kinder.

FÜNF FAMILIEN, DIE ERSTEN: Die führenden Familien des neugeschaffenen Tencendor; abwechselnd vertreten von Prinz Askam des Westens, Prinz Zared des Nordens, Prinz Illgaine von Nor, Sa'Domai, Häuptling der Rabenbunder, und Freierfall Sonnenflieger, Krallenfürst der Ikarier.

GEHEIMER RAT: Ratgeber des Königs von Achar, meist die Herrscher der Hauptprovinzen Achars. Dieser Rat wurde ersetzt durch die Fünf, die Vertreter der Ersten Fünf Familien Tencendors.

GEHÖRNTE: Die Gottgleichsten und Heiligsten unter den Awaren, die im Heiligen Hain leben.

GENESUNGSLIED: Eines der am stärksten wirkenden Zauberlieder der Ikarier, das Leben im Sterben zurückholen kann – doch Tote kann es nicht wieder lebendig machen. Nur die allermächtigsten Zauberer beherrschen dieses Lied.

GESALBTER: Vom Labyrinth prophezeiter Retter.

GESCHWADER: Einheit der ikarischen Luftarmada, die zwölf Staffeln umfaßt.

GESCHWADERFÜHRER: Befehlshaber eines ikarischen Geschwaders.

GOLDMANN, JANNYMIRE: Gildenmeister von Karlon. Einer der mächtigsten Nichtadeligen Tencendors. Jetzt einer der fünf magischen Gefährten Drachensterns.

GORGRAEL: Der Zerstörer, Halbbruder von Axis, hat denselben Vater, Sternenströmer. Axis hat ihn vierzig Jahre vor den gegenwärtigen Ereignissen in einem gigantischen Ringen um die Herrschaft über Tencendor besiegt.

GORKEN: Bedeutende Festung am Gorkenpaß in Nordichtar.

GORKENPASS: Schmaler Paß zwischen den Eisdachalpen und dem Fluß Andakilsa und einzige Verbindung von Ichtar nach Rabenbund.

GRALSEE: Großes Gewässer am unteren Lauf des Nordra. An seinem Ufer liegen die Hauptstadt Karlon und der Narrenturm. An seinem Grund befand sich das Labyrinth, das an die Oberfläche gestiegen ist und den See zerstört hat.

GREIF: Sagenhaftes Flugungeheuer aus Tencendor, intelligent, boshaft und mutig. Gorgrael hatte die Greifen wiedererschaffen, um Axis zu besiegen; sie wurden jedoch alle von Aschure ausgelöscht.

GRENZBERGE: Gebirge, das sich im Osten Achars von den Eisdachalpen bis zum Witwenmachermeer erstreckt.

GRUFT DES MONDES: Eine Höhle auf dem Tempelberg, Treffpunkt der Sternengötter.

GUNDEALGAFURT: Breite, seichte Furt durch den Nordra südlich der Urqharthügel.

GWENDYLYR: Gemahlin des Herzogs Theodor von Aldeni und Mutter von Zwillingssöhnen. Jetzt eine der fünf magischen Gefährten Drachensterns.

HAGEN: Pflughüter des – inzwischen zerstörten – Dorfes Smyrdon, Gemahl von Niah und Stiefvater von Aschure. Hagen starb während eines Kampfes mit Aschure.

HEILIGER HAIN: Heiligster Ort der Awaren, der nur selten von den Sterblichen aufgesucht wird. Eigentlich sind die awarischen Zaubererpriester die einzigen, die den Weg dorthin kennen.

HERME, GRAF VON AVONSTAL: Sohn von Graf Jorge, Mentor von Herzog Theodor von Aldeni und Freund von Prinz Zared.

HÖHEREN, DIE: Die neun Sternengötter.

HSINGARD: Zerstörte Stadt in Mittelichtar.

HÜTER DER ZEIT: Zu den Hütern der Zeit gehören sechs Dämonen: Scheol, Barzula, Rox, Modt, Raspu und ihr Anführer Qeteb. Vor Hunderttausenden von Jahren haben sie eine Welt verwüstet, bis es den Bewohnern dieser Welt (von den Dämonen als der Feind bezeichnet) gelungen ist, Qeteb einzufangen, in seine Einzelteile zu zerlegen – Wärme, Bewegung, Atem und Seele – und mit diesen ins Universum hinauszufliegen. Die übrigen fünf Dämonen folgten den Raumschiffen nach Tencendor und ließen Qeteb wiederauferstehen. Siehe auch »Dämonische Stunden«.

ICHTAR: (1) Herzöge: Einst die grausamen Herrscher von Ichtar, deren Linie mit Bornheld ausstarb. (2) Provinz: Größte und reichste Provinz Achars. Sie bezieht ihren Reichtum aus riesigen

Viehherden und Bergbau (Erze und Edelsteinminen). Von Zared regiert. (3) Flüßchen: Fließt durch Ichtar und mündet in den Azle .

Ikarier: Ein geflügeltes Volk, das in den Eisdachalpen lebt. Sie werden auch Volk des Flügels oder Vogelmenschen genannt.

Ilfracombe: Herrenhaus des Herzogs von Skarabost; hier wuchs Faraday auf.

Illgaine, Prinz: Prinz von Nor, Sohn von Isgriff.

Insel des Nebels und der Erinnerung: Eine der heiligen Stätten der Ikarier, einst als Piratennest bekannt. Der Tempel der Sterne liegt auf einem großen Hochplateau an der Südküste der Insel.

Isabeau: Erste Frau von Prinz Zared. Sie ist vor zehn Jahren bei einem Jagdunfall ums Leben gekommen.

Isbadd: Hauptstadt der Provinz Nor.

Isfrael: Magierkönig der Awaren, Sohn von Axis und Faraday.

Iskruel-Ozean: Ozean im Norden Tencendors.

Jack: Ältester der Wächter.

Jervois: kleine Stadt am Tailem-Knie des Flußes Nordra. Tor nach Ichtar.

Jultide: Siehe Feste.

Karlon: Wichtigste Stadt Tencendors und einst Regierungssitz der Könige von Achar, gelegen am Gralsee.

KASSNA: Tochter von Prinz Isgriff von Nor, Gemahlin von Belial, Mutter von Askam und Leah. Lebt nicht mehr.

KASTALEON: Eine der großen Burgen in Achar, gelegen in Mittelachar am Nordra. Sie wurde auf Befehl von Zared durch Theodor in die Luft gesprengt, wobei Tausende von Caelums Soldaten das Leben verloren.

KESSELSEE: Gewässer in der Mitte des Waldes der Schweigenden Frau. Von den Dämonen zerstört.

KLAN: Die Awaren leben in Klans zusammen, ungefähr vergleichbar mit Familienverbänden.

KOHORTE: Siehe militärische Fachausdrücke.

KOROLEAS: Großes Kaiserreich südlich von Tencendor, das zu diesem traditionell freundschaftliche Kontakte pflegt.

KRALLENFÜRSTEN: Herrscher der Ikarier und früher ganz Tencendors. Hauptsächlich aus dem Haus der Sonnenflieger; der Titel wird vererbt.

KRALLENTHRON: Sitz des Krallenfürsten.

KRALLENTURM: Früherer Name des Sternenfingers.

LABYRINTH, DAS: Ein geheimnisvoller Irrgarten, der aus dem Gralsee aufgestiegen ist.

LEAH, PRINZESSIN: Askams Schwester, Tochter von Belial und Kassna. Gemahlin von Zared.

LEBENSSEE: Einer der heiligen und zauberischen Seen Tencendors in den westlichen Urqharthügeln. Er befand sich am westlichen Ende des Felsschlunds. An seinem Ufer lag Sigholt. Jetzt von der Pest befallen.

Luftarmada: Streitmacht der Ikarier, bestehend aus zwölf Geschwadern zu je zwölf Staffeln.

Magariz, Prinz: Gemahl von Rivkah, Axis' Mutter. Zareds Vater. Er lebt nicht mehr.

Magierkönig: Oberster Anführer der Awaren.

Magische Seen: Die vier magischen Seen des alten Tencendor: Gralsee, Kesselsee, Farnbruchsee (Mutter) und der Lebenssee. Der Legende nach entstanden die Seen in der Feuernacht, als die alten Götter aus dem Himmel auf Tencendor stürzten. Die Seen wurden während der Wiederauferstehung Qetebs zerstört.

Malfari: Knollenfrucht, die die Awaren zur Brotherstellung verwenden.

Marat, Baron: Baron von Romstal.

Militärische Fachausdrücke (vornehmlich Achars, sowohl für die regulären Truppen als auch für die Axtschwinger im Gebrauch):
- Peloton: Kleinste Einheit, sechsunddreißig Bogenschützen.
- Abteilung: Einheit von einhundert Fußsoldaten, Spießträgern, Bogenschützen oder Reitern.
- Kohorte: Fünf Abteilungen oder fünfhundert Mann.

(Siehe auch »Staffel« und »Geschwader« für die ikarische Streitmacht.)

Minarettberge: Name für die Farnberge. Die Bezeichnung geht auf die Minarette der alten ikarischen Städte zurück, die über den ganzen Gebirgszug verteilt sind.

Modt: Hüter der Zeit. Modt ist der Dämon des Morgengrauens und des Hungers.

MONATE:

– Januar	=	Wolfmond
– Februar	=	Rabenmond
– März	=	Hungermond
– April	=	Taumond
– Mai	=	Blumenmond
– Juni	=	Rosenmond
– Juli	=	Erntemond
– August	=	Heumond
– September	=	Totlaubmond
– Oktober	=	Knochenmond oder Beinmond
– November	=	Frostmond
– Dezember	=	Schneemond

MONDKUPPEL: Eine Kultstätte, die dem Mond geweiht ist und sich auf dem Tempelberg der Insel des Nebels und der Erinnerung erhebt. Nur die Erste Priesterin darf sie betreten. Hier zeugten Niah und Wolfstern Aschure.

MONDSAAL ODER MONDKAMMER: Audienz- und Bankettraum im königlichen Palast zu Karlon. Hier hat Axis mit Bornheld bis auf den Tod gekämpft.

MONDWILDBLUMEN: Außergewöhnlich seltene, zartviolette Blumen, die nur bei Vollmond blühen. Aschure ist ganz besonders mit ihnen vertraut.

MORGENSTERN SONNENFLIEGER: Sternenströmers Mutter, Witwe des ehemaligen Krallenfürsten Eilwolke und selbst eine mächtige Zauberin. Sie wurde von Wolfstern Sonnenflieger ermordet.

MOOR, DAS: Großes und unwirtliches Sumpfgebiet im Osten von Arkness; hier sollen eigenartige Wesen leben. Faraday brachte die Bewohner des Moors in die Zuflucht.

MUTTER: (1) Awarischer Name für den Farnbruchsee.
(2) Bezeichnung für die Natur, die als unsterbliche Frau personifiziert wird.

NACHLEBEN: Alle drei Völker, die Menschen (Achariten), die Ikarier und die Awaren glauben an ein Leben nach dem Tod, das sogenannte Nachleben. Was sie jedoch darunter verstehen, hängt von ihren jeweiligen religiös-kulturellen Überlieferungen ab.

NARKIS: Eine der neun ikarischen Sternengottheiten. Narkis ist der Gott der Sonne.

NARRENTURM: Eine der magischen Burgen Tencendors. Wurde Aschure vermacht.

NEUN, DIE: Siehe »Sternengöttinnen und Sternengötter« (die Neun werden manchmal auch die Neun Priesterinnen des Sternenordens genannt)

NIAH: Entstammt einer alten Familie der Barone von Nor. Mutter von Aschure. Sie wurde von Wolfstern Sonnenflieger verführt und von Pflughüter Hagen ermordet. Niah war die Erste der Priesterinnen des Sternenordens. Wolfstern wollte sie wieder ins Leben zurückholen, damit sie auf ewig seine Geliebte werden könne, und ihre Seele wurde in Zenit wiedergeboren, der jüngsten Tochter von Axis und Aschure. Niah und Zenit rangen miteinander um die Herrschaft über ihren Körper und ihre Seele, mit dem Ergebnis, daß Zenit Niahs Seele in den Körper des ungeborenen Kindes verbannte, das sie in sich trug (gezeugt von Wolfstern). Sie brachte das Kind vorzeitig zur Welt und tötete es. Danach nahm sich Wolfstern der Leiche des Kindes an, um es wiederzubeleben, bis es den Dämonen in die Hände fiel.

NIEDEREN, DIE: So werden höhere Wesen genannt, die über gottähnliche Magie verfügen.

Noah: Ein Mann, der mit den Schiffen unter den Seen in Zusammenhang steht.

Nor: Südlichste Provinz Achars; ihre Bewohner haben eine dunklere Haut als die übrigen Achariten und unterscheiden sich von ihnen außerdem durch ein exotisches Äußeres. Regent von Nor ist Baron Illgaine.

Nordmuth: Hafen an der Mündung des Nordra.

Nordra: Größter Strom und Hauptlebensader Achars. Entspringt in den Eisdachalpen, fließt durch Awarinheim, durchquert schließlich Nord- und Mittelachar. Der Fluß wird zu Bewässerung, Transport und Fischfang genutzt.

Ogden: Einer der Wächter. Ein »Mitbruder« Veremunds.

Orden der Sterne: Priesterinnenorden, die Neun Hüterinnen des Tempels der Sterne. Wenn eine solche Priesterin ihren Ordenseid leistet, legt sie damit ihren Namen ab.

Ormund: Soldat in Zareds Armee.

Orr: Der Fährmann der Charoniten. Er lebt nicht mehr.

Pflug: Unter der Herrschaft der Bruderschaft vom Seneschall verfügte jede Ortschaft in Achar über einen Pflug, der nicht nur der Feldarbeit diente, sondern auch den Mittelpunkt der religiösen Verehrung der Ortsansässigen darstellte.

Pflughüter: Der Seneschall wies jedem Ort in Achar aus den Reihen seiner Bruderschaft einen Priester zu, den sogenannten Pflughüter.

Piratennest: Jahrhundertelang der gebräuchliche Name für die Insel des Nebels und der Erinnerung und immer noch Unterschlupf für Piraten.

PIRATENSTADT: Die Stadt am nördlichen Hafen von Piratennest, der Insel des Nebels und der Erinnerung.

PORS: Eine der neun ikarischen Sternengottheiten. Pors ist der Gott der Luft.

PROPHEZEIUNG DES ZERSTÖRERS: Uralte Weissagung, die von der Erhebung des Gorgrael im Norden und dem Auftauchen des Sternenmanns kündet, der ihn als einziger aufhalten kann. Seit der Zeit der Prophezeiung des Zerstörers sind vierzig Jahre vergangen.

QETEB: Der Dämon der Zerstörung, der zur Mittagszeit wütet.

RABENBUND: Nördlichste Provinz von Tencendor.

RABENHORST SONNENFLIEGER: Ehemaliger Krallenfürst der Ikarier, der beim Angriff der Greifen auf den Krallenturm getötet wurde.

RAMU: Zaubererpriester der Awaren. Jetzt der heilige Weiße Hirsch.

RASPU: Hüter der Zeit. Raspu ist der Dämon der Abenddämmerung und der Pest.

RAT DER FÜNF: Zusammenkunft der Oberhäupter der Ersten Fünf Familien.

RATSSAAL: Der große Saal im königlichen Palast in Karlon, in dem früher des Königs Geheimer Rat zusammentrat.

RENKIN, BÄUERIN: Eine Landfrau aus dem Norden von Arkness, in deren Gestalt die Mutter oft erscheint. Die Bäuerin hat Faraday geholfen, das Bardenmeer zu pflanzen und ist danach im Wald verschwunden.

RHÄTIEN: Kleine Provinz Achars an den westlichen Ausläufern der Minarettberge.

RING DER ZAUBERIN: Ein uralter Ring, einst im Besitz der Ersten Zauberin, jetzt von Aschure getragen. Sein eigentlicher Name ist Sternenkreis und er ist eng verbunden mit den Sternengöttern.

RIVKAH: Prinzessin von Achar, Mutter von Bornheld, Axis und Zared. Gemahlin von Prinz Magariz. Sie lebt nicht mehr.

ROMSTAL: Provinz südwestlich von Karlon; berühmt für ihren Weinanbau. Zur Zeit der Geschichte herrscht hier Baron Marat.

ROX: Hüter der Zeit. Rox ist der Dämon der Nacht und des Schreckens.

SA'DOMAI: Häuptling der Rabenbunder, Sohn Ho'Demis.

SAL: Ein höchst ungewöhnliches Pferd.

SANDMEIER, GREGORIUS: Bürgermeister von Karlon.

SCHEOL: Hüterin der Zeit. Scheol ist die Dämonin des Nachmittags und der Verzweiflung.

SCHÖPFUNGSLIED ODER ERWECKUNGSLIED: Ein Lied, das ikarischen und awarischen Legenden zufolge tatsächlich selbst Leben erschaffen kann.

SCHRA: Die ranghöchste Zaubererpriesterin der Awaren. Als Kind hat Axis ihr das Leben gerettet. Sie wurde von den Dämonen getötet.

SCHWEBSTERN SONNENFLIEGER: Zauberin und Gemahlin des Krallenfürsten, die Mutter von Morgenstern und Großmutter von Sternenströmer, starb dreihundert Jahre vor Beginn des Buches.

SEEBLICK: Stadt am Lebenssee.

SEEGRASEBENE: Riesige Ebene, die nahezu die gesamte Fläche der Provinz Skarabost ausmacht.

SEEWACHE, SEEWÄCHTER: Miliz, die ausschließlich aus Männern und Frauen besteht, die Dornfeder Wahrlied als Kinder aus dem Krallenturm gerettet hat, als dieser von Greifen bedroht wurde. Sie konnten über die unterirdischen Wasserwege entkommen und wurden durch diese Erfahrung verändert. Die Seewache steht im Dienst des Sternensohns.

SENESCHALL: Früher allmächtige religiöse Institution Achars, inzwischen aufgelöst. Die Heilige Bruderschaft vom Seneschall hatte in Achar eine außerordentliche Machtposition inne und spielte nicht nur im alltäglichen Leben der Menschen, sondern auch in allen politischen Belangen eine bedeutende Rolle. Sie lehrte vor allem Gehorsam gegenüber dem einen Gott, Artor dem Pflüger, und den heiligen Worten, dem Buch von Feld und Furche.

SEVERIN: Die neue Stadt, die Magariz und Rivkah anstelle der alten Hauptstadt von Ichtar errichten ließen. Jetzt Regierungssitz von Zared.

SICARIUS: Rudelführer der Alaunt. Einer der Niederen.

SIGHOLT: Eine der bedeutenden magischen Burgen Tencendors, gelegen an den Ufern des Lebenssees in den südlichen Urqharthügeln Ichtars, Axis' Heimat.

SILTON: Eine der neun ikarischen Sternengottheiten. Silton ist der Gott des Feuers.

Skarabost: Große Provinz im Osten Achars; Hauptgetreidelieferant Achars.

Skrälinge: Kreaturen in den nördlichen Ödlanden, die für Gorgrael gekämpft hatten.

Smyrdon: Ein ehemals großes Dorf im Norden von Skarabost, das von Aschure auf Grund seiner engen Verbundenheit mit Artor, Gott des Pfluges, zerstört wurde.

Sonnenflieger, Haus der: Herrscherhaus der Ikarier seit vielen tausend Jahren.

Staffel: Kleinste Einheit der ikarischen Luftarmada, die von einem Staffelführer befehligt wird. Sie setzt sich aus zwölf weiblichen und männlichen Ikariern zusammen; zwölf Staffeln bilden ein Geschwader.

Staffelführer: Befehlshaber der kleinsten Einheit der ikarischen Luftarmada.

Sterne, Haus der: Herrscherhaus des Axis.

Sternenfieber Hochkamm: Oberster Sekretär im Palast von Krallenfürst Freierfall in den Minarettbergen.

Sternenfinger: Der höchste Berg in den Eisdachalpen, der Gelehrsamkeit und der Andacht gewidmet. Ursprünglich wurde er Krallenturm genannt.

Sternenfreude Sonnenflieger: Gemahlin Wolfsterns, vor viertausend Jahren durch das Sternentor gestoßen. Sie ist mit den Hütern der Zeit nach Tencendor zurückgekehrt.

Sternenkreis: Siehe Ring der Zauberin.

STERNENGÖTTINNEN UND STERNENGÖTTER: Die neun Gottheiten der Ikarier. Siehe auch Axis, Aschure, Adamon, Flulia, Narkis, Pors, Silton, Xanon und Zest. Sie alle haben ihre Zauberkraft verloren.

STERNENGRAZIE: Tochter von Wolkenbruch Sonnenflieger und Nichte von Wolfstern.

STERNENMANN: Axis Sonnenflieger.

STERNENRITTER: Wolfsterns Vater und Krallenfürst; ermordet, damit Wolfstern schon in jungen Jahren den Thron besteigen konnte.

STERNENSOHN: Titel, den Axis Caelum verliehen hat, der jedoch in Wahrheit Drachenstern gebührte.

STERNENSTRÖMER: Ein ikarischer Zauberer, Vater von Gorgrael, Axis und Abendlied.

STERNENTANZ: Die mystische Quelle, aus der die ikarischen Zauberer ihre Kräfte bezogen. Es ist die Musik der Sterne bei ihrem ewigen Tanz am Himmel. Der Sternentanz verstummte, als die Hüter der Zeit durch das Sternentor brachen und es zerstörten.

STERNENTOR: Eine der heiligen Stätten der Ikarier, unterhalb der Alten Grabhügel gelegen. Es war ein Portal, das ins Universum führte, wurde jedoch von den Hütern der Zeit zerstört.

STRAUM: Große Insel vor der Küste Ichtars, vornehmlich von Robbenfängern bewohnt.

SUCHENDEN, DIE: Ein Name, den sich die Hüter der Zeit ursprünglich gaben, um ihre Opfer hinters Licht zu führen.

Tailem-Knie: Die große Flußbiegung des Nordra, wo er aus dem Westen kommend nach Süden abbiegt und schließlich bei Nordmuth ins Meer von Tyrre einmündet.

Tarantaise: Eine ziemlich arme Provinz im Süden Achars, die vom Handel lebt.

Tare: Kleine Handelsstadt im Norden von Tarantaise.

Tekawai: Der bevorzugte Tee der Rabenbunder, der aus dem getrockneten Seetang der Eisbärenküste hergestellt wird. Er wird stets mit großer Feierlichkeit aufgegossen und serviert.

Tempelberg: Hochplateau des Bergmassivs im Südosten der Insel des Nebels und der Erinnerung. Hier erhebt sich die Tempelanlage.

Tempel der Sterne: Eine der heiligen Stätten der Ikarier. Sie befindet sich auf der Insel des Nebels und der Erinnerung.

Tencendor: Der alte Name des geeinten Achar vor den Axtkriegen. Unter Axis' – und jetzt Caelums – Führung das wiedervereinte Land der Achariten, Awaren und Ikarier.

Theodor, Herzog von Aldeni: Enkel von Herzog Roland, der Axis in seinem Kampf für die Einheit Tencendors unterstützte. Freund von Prinz Zared.

Todestanz: Die Dunkle Musik der Sterne, das Gegenstück zum Sternentanz. Sie entsteht, wenn die Gestirne bei ihrem Tanz aus dem Takt geraten, ineinanderkrachen oder zu Roten Riesen anschwellen und schließlich implodieren. Nur Wolfstern und Aschure können sich der Macht des Todestanzes bedienen.

Torwächterin: Die Wächterin am Tor des Todes, dem Zugang zur Unterwelt. Sie führt Buch über die eintretenden Seelen.

Außerdem ist sie die Mutter von Zecherach und eine der Niederen.

TOR ZUM LABYRINTH: Das hölzerne Tor, das in das Labyrinth führt. Sein steinerner Torbogen ist mit Hieroglyphen bedeckt.

TRÜBBUCHT: Große Bucht an der Westküste Tencendors. Ihr Wasser ist schmutzig, verunreinigt durch die Gerbereien entlang des Azle.

TRÜBBERGE: Öder Bergzug entlang der Trübbucht. Einst wurde dort Opalabbau betrieben. Heute ist es eine verlassene Gegend.

TYRRE, MEER VON: Der Ozean an der Südwestküste Achars.

ÜBERLEBENDE, DER: Der einzige Überlebende an Bord der Schiffe in der Feuernacht.

UR: Eine sehr alte Frau, die im Zauberwald lebt. Seit undenklichen Zeiten hat sie die umgewandelten Seelen der awarischen Zaubererpriesterinnen bewacht.

URBETH: Eine unsterbliche Eisbärin der nördlichen Wildnis. Die erste Zauberin.

URQHARTHÜGEL: Halbkreisförmige niedrige Bergkette in Mittelichtar, die Sigholt umschließt.

VEREMUND: Einer der Wächter, ein »Mitbruder« Ogdens.

WÄCHTERINNEN UND WÄCHTER: Die fünf mystischen Geschöpfe der Prophezeiung des Zerstörers. Ursprünglich waren sie Charoniten und wurden von Wolfstern in der Gestalt des Propheten angeworben, um der Prophezeiung zu dienen. Sie gaben ihr Leben, um das Zepter des Regenbogens zu erschaffen.

WALD DER SCHWEIGENDEN FRAU: Dunkler und undurchdringlicher Wald im südlichen Arkness und Sitz der Burg der Schweigenden Frau. Jetzt weitgehend niedergebrannt und zerstört.

WALDFLUG WEITSEGLER: Angehöriger der Seewache.

WEG DES FLÜGELS: Allgemeiner Ausdruck, der manchmal zur Beschreibung der Kultur der Ikarier benutzt wird.

WEG DES HORNS: Allgemeiner Ausdruck, der manchmal zur Beschreibung der Kultur der Awaren benutzt wird.

WEG DES PFLUGES: Religiöse Pflicht, Sitten und Gebräuche, wie sie vom Seneschall gemäß den Glaubenssätzen des Buches von Feld und Furche gelehrt werden. Im Zentrum der Lehre steht die Urbarmachung des Landes durch den Pflug. Der Weg des Pfluges lehrt alles über die Ordnung, der ein jeder Mensch und ein jedes Ding auf der Welt unterworfen sind. Einige Ikarier und Awaren befürchten, daß viele Achariten immer noch diesem Glauben anhängen.

WEISSER HIRSCH: Nach seiner Umwandlung während der Zeit der Prophezeiung wurde Ramu zu einem prachtvollen Weißen Hirsch und nicht zu einem Gehörnten. Der Weiße Hirsch ist das heiligste Lebewesen des Zauberwaldes.

WEITWALLBUCHT: Große Meeresbucht zwischen Achar und Koroleas. Ihre geschützte Lage und ihr ruhiges Gewässer sind ausgezeichnet zum Fischfang geeignet.

WESTBERGE: Zentrales acharitisches Bergmassiv, das sich westlich vom Nordra bis zum Andeismeer erstreckt.

WILDHUNDEBENE: Ebene, die sich vom nördlichen Ichtar bis zum Fluß Nordra erstreckt und von den Grenzbergen und Urqharthügeln begrenzt wird. Ihren Namen erhielt diese Ebene von den Wildhundrudeln, die sie durchstreifen.

WITWENMACHERMEER: Riesiger Ozean im Osten von Achar. Von den vielen unerforschten Inseln und Ländern jenseits dieses Meeres kommen die Seeräuber, die Koroleas heimsuchen.

WOLFEN: Zauberischer Bogen, der einst Wolfstern Sonnenflieger gehörte, und von Aschure auf der Jagd benutzt wurde. Drachenstern trägt nun den Wolfen.

WOLFSTERN SONNENFLIEGER: Neunter und mächtigster aller Krallenfürsten. Er wurde schon bald nach Regierungsantritt ermordet, kehrte jedoch vor dreitausend Jahren durch das Sternentor zurück. Vater von Aschure.

WOLKENBRUCH SONNENFLIEGER: Jüngerer Bruder und Mörder von Wolfstern Sonnenflieger.

XANON: Eine der neun ikarischen Sternengottheiten. Xanon ist die Göttin des Himmels und die Gemahlin von Adamon.

YR: Eine Wächterin.

ZARED: Sohn von Rivkah und Magariz, Halbbruder von Axis. Zared ist der Prinz des Nordens und der neugekrönte König von Achar. Seine erste Gemahlin war Isabeau (die Schwester von Herme), die durch einen Jagdunfall ums Leben kam, und Zared ist jetzt mit Leah verheiratet, der Schwester Askams.

ZAUBEREI: Unter dem Einfluß des Seneschall fürchteten und haßten alle acharitischen Artoranhänger den Gebrauch von Zauberei. Diese Furcht ist inzwischen fast ebenso erloschen wie der Seneschall.

ZAUBERER: Die Zauberer der Ikarier, von denen viele ausgesprochen mächtig sind. Alle ikarischen Zauberer führen das Wort »Stern« in ihrem Namen (mit Ausnahme von Caelum und Zenit).

Zaubererpriester: Die religiösen Führer der Awaren. Sie verstehen sich auf Magie, wenn auch nur in bescheidenem Maße.

Zauberin, Die: Die erste aller ikarischen Zauberinnen und Zauberer und gleichzeitig die erste, die den Weg zur Beherrschung der Macht des Sternentanzes entdeckte. Sie wird von den Ikariern verehrt. Mit diesem Titel wird Aschure manchmal bedacht.

Zecherach: Eine Wächterin. Gemahlin von Jack.

Zeit der Prophezeiung des Zerstörers: Zeitraum, der mit der Geburt des Zerstörers und des Sternenmanns begann und mit dem Tod Gorgraels endete. (Entspricht der Handlung der sechs Bände »Unter dem Weltenbaum«.)

Zenit: Jüngste Tochter von Axis und Aschure.

Zepter des Regenbogens: Eine Waffe, die ihre Entstehung den Leben der fünf Wächterinnen und Wächter, der Macht der Schiffe unter den Magischen Seen und der Macht des Erdenbaumes verdankt. Mit ihrer Hilfe ist es Axis gelungen, Gorgrael zu schlagen. Drachenstern hat das Zepter gestohlen und durch das Sternentor getragen. Nun hat es die Gestalt eines lilienförmigen Schwerts angenommen.

Zest: Eine der neun ikarischen Sternengottheiten. Sie ist die Göttin der Erde.

Von Sara Douglass liegen bei Piper vor:
Hüter der Macht. Das dunkle Jahrhundert 1
Tochter des Krieges. Das dunkle Jahrhundert 2
Diener des Bösen. Das dunkle Jahrhundert 3
Gesandter des Teufels. Das dunkle Jahrhundert 4
Die Sternenbraut. Unter dem Weltenbaum 1
Sternenströmers Lied. Unter dem Weltenbaum 2
Tanz der Sterne. Unter dem Weltenbaum 3
Der Sternenhüter. Unter dem Weltenbaum 4
Das Vermächtnis der Sternenbraut. Unter dem Weltenbaum 5
Die Göttin des Sternentanzes. Unter dem Weltenbaum 6
Die Weltenbaum-Saga 1. Das Original. Die Sternenbraut · Sternenströmers Lied
Die sterblichen Götter Tencendors. Im Zeichen der Sterne 1
(im Taschenbuch geteilt in: Die Erben der Götter und Dämonensturm)
Die Wächter der Zeiten. Im Zeichen der Sterne 2
(im Taschenbuch geteilt in: Wächter der Träume und Sternensohn)
Die letzte Schlacht um Tencendor. Im Zeichen der Sterne 3
(im Taschenbuch geteilt in: Gebieterin des Dunkels und Weltenschlacht)
Der Herr des Traumreichs
Die Glaszauberin. Die Macht der Pyramide 1
Der Steinwandler. Die Macht der Pyramide 2
Die Macht der Pyramide. Die Glaszauberin · Der Steinwandler. Zwei Romane in einem Band

PIPER

Sara Douglass

Die Glaszauberin

Die Macht der Pyramide 1. Aus dem australischen Englisch von Andreas Decker. 352 Seiten. Piper Taschenbuch

Über das Land Ashdod breitet sich der Schatten einer gigantischen Pyramide, das Werk machtgieriger Magier und eine Brücke in die Unendlichkeit. Doch noch ist das Bauwerk nicht vollendet. Unter den Sklaven ist die junge Glaskünstlerin Tirzah, die über eine rätselhafte Begabung verfügt: Sie kann das Wispern des Glases im Innern der Pyramide hören. Und es verrät ihr ein grausames Geheimnis. Sobald der Bau vollendet ist, wird ein mächtiger Dämon aus der Unendlichkeit erwachen und Ashdod mit Tod und Zerstörung überrollen …

»Sara Douglass ist die unangefochtene Meisterin der Mythen und schillernden Fantasien.«
Publishers Weekly

05/1870/02/L

Sara Douglass

Der Steinwandler

Die Macht der Pyramide 2. Aus dem australischen Englisch von Andreas Decker. 336 Seiten. Piper Taschenbuch

Im Wüstenreich Ashdod wird eine gigantische Pyramide gebaut, die skrupellosen Magiern den Weg zur Unendlichkeit weisen soll. Doch als das Werk vollendet wird, erwacht ein grausamer Dämon, der alles Leben in Stein verwandelt. Die junge Tirzah und ihre Verbündeten müssen aus Ashdod fliehen. Doch es gibt kein Entkommen vor dem übermächtigen Zerstörer …
Nach »Die Glaszauberin« beginnt nun der entscheidende Kampf um die Macht der Pyramide!

»Sara Douglass sollte man für ihre vorzüglichen Romane zum Ritter schlagen.«
Bookworm

05/2011/02/R

SEI UNSER
HELD!
PIPER FANTASY
Piper-Fantasy.de
PIPER